Il était une fois le Sentier

Nadine Vasseur

Il était une fois le Sentier

Liana Levi

L'éditrice remercie Nicky et Nicolas Leon pour avoir accueilli avec enthousiasme l'idée du livre au cours d'une longue et passionnante soirée de vacances, ainsi que tous les autres accros du Sentier qui ont ouvert leurs carnets de souvenirs et leurs albums de photos.

Préface

Le jour où Liana Levi me parla pour la première fois de son souhait de publier un livre sur le Sentier, ce sont avant tout les odeurs qui remontèrent à ma mémoire, par bouffées. Odeurs de poussière s'échappant des lourdes pièces de tissu, odeurs de vapeur des vêtements pressés sous le fer, odeurs fades des craies de tailleur.

Puis, comme un dormeur qui se réveille après de longues années de sommeil dans un lieu familier, je recomposai à tâtons le local de la rue du Caire dans lequel je suis née, il y a un peu plus de quarante ans, quand il était encore lieu de travail et habitation avant devenir uniquement atelier. Tout de suite à gauche de la porte d'entrée, la cuisine où nous mangions enfants et où les ouvriers se réchauffaient un repas, se faisaient un café. À droite, une première salle de coupe où travaillait M. Wan-Ki, un Indochinois si maigre qu'on se demandait comment il pouvait manier les énormes ciseaux dont il se servait. Une deuxième salle de coupe, immense, avec une grande table centrale équipée de plusieurs machines à couper électriques. Au fond, le local où l'on entreposait les rouleaux de tissus, empilés du sol au plafond. À gauche de la grande pièce, une porte toujours ouverte donnait sur la salle des mécaniciens : penchés sur leurs machines à coudre, ils piquaient tout en écoutant la radio, allumée en permanence. Dans cette pièce travaillait également la finisseuse.

C'est aussi là que se trouvait la petite machine en métal grâce à laquelle on recouvrait les boutons de tissu. Il suffisait d'abaisser une manette et le bouton ressortait garni du tissu qu'on avait choisi. C'était (à petites doses !) un exercice facile et amusant, en échange duquel je gagnais, enfant, un peu d'argent de poche. Dix boutons, un franc !

Au bout de l'atelier, on trouvait un petit réduit baigné de vapeurs, dans lequel officiait Simon, le presseur. Enfin, une petite pièce toute en longueur, le « bureau de style » de mon père – un terme un peu pompeux, vu l'exiguïté des lieux – où il dessinait ses modèles dont les silhouettes aux tailles de guêpes me faisaient rêver. Par la suite, j'étais déjà jeune fille, un autre logement fut annexé sur le palier et transformé en bureau de direction et showroom. C'est ici qu'Irène, la secrétaire – une jolie rousse dont tout l'atelier connaissait les multiples déboires amoureux – allait trôner pendant plus de vingt ans.

Je n'eus aucun mal à reconstituer l'organisation de ces lieux, et pourtant depuis combien d'années n'y avais-je plus pensé ? Le Sentier, dans lequel toute mon enfance et mon adolescence s'étaient écoulées, avait disparu de ma mémoire. À peine y accordais-je une pensée fugitive, mais désincarnée, lorsqu'au détour d'une réflexion sur un vêtement que je portais, j'étais contrainte d'expliquer : « C'est mon père qui me l'a fait.

– Ton père ? »

Mes interlocuteurs me fixaient d'un air amusé et surpris, à mille lieues d'imaginer que cela puisse être son métier.

« Oui, c'est son travail. Il est fabricant de prêt-à-porter dans le Sentier. »

Et je cessais immédiatement d'y penser. Parce que les choses les plus proches sont souvent les plus invisibles.

Il m'aura fallu la distance du temps et l'opportunité de ce livre pour faire revivre ce monde dont je n'ai gardé que des souvenirs d'une grande gaieté. L'atelier, pour moi, était une vaste famille, pleine de vie et d'agitation. C'était un monde rassurant, chaleureux, peuplé de visages familiers, et à la mesure de ce que pouvait embrasser mon regard d'enfant. Comment avais-je pu l'oublier ?

En réalité, depuis mes années de collège jusqu'aux événements les plus récents, le Sentier n'avait jamais cessé, sans que j'y prenne garde, de ponctuer ma vie et de se rappeler à moi, d'une manière parfois cocasse. Lorsque j'étais adolescente, une surveillante générale qui avait le regard particulièrement perçant – elle avait en effet le pouvoir de deviner ce que nous portions à travers nos blouses obligatoires ! – m'avait convoquée pour me tancer d'un ton cinglant : « Vous direz à votre père que le lycée n'est pas un défilé de mode ! » Ce à quoi, l'air penaud et les mains croisées devant mon tablier maculé de taches d'encre, je ne sus, bien sûr, que répondre. Depuis que j'étais fillette, mon père adaptait en effet à ma petite taille certains modèles de sa collection. Ce qui me ravissait, évidemment. Mais il faut croire que cela ne plaisait pas à tout le monde…

Dans le même lycée, l'autre persécutrice était le professeur de couture, Mme Damart, que ma nullité – il est vrai intégrale –, dans la discipline qu'elle enseignait, mettait dans des états de rage proches de la convulsion. Parfois, lasse de triturer en tous sens le morceau de batiste blanche, censé devenir une charmante brassière pour bébé et transformé en infâme tissu crasseux, je donnais l'ouvrage à mon père pour qu'il fasse correctement l'ourlet sur lequel je m'arrachais les yeux. Invariablement, le commentaire du professeur, tombait alors comme un couperet : « C'est vous qui avez fait cet ourlet, mademoiselle, ou votre père ? » Mais on avait prévu le coup. Dans mon cartable, j'apportais aussi quelques belles chutes de tissu. « Tenez, c'est pour vous, de la part de mon père », lui disais-je avec un sourire craintif. Et cela suffisait à la calmer pour un temps.

Mais la plus belle des histoires que je dois au Sentier arriva bien plus tard, lorsque, au début des années quatre-vingt, j'arrêtai mes études de lettres pour me lancer dans le journalisme. Comme pour tous les débutants, démarrer dans le métier n'était pas facile. Je faisais des piges, quelquefois à peine payées. Le schéma classique. Or, voici qu'un jour de septembre 1981, mon père me téléphone :

« Tu cherches toujours du travail ?

– Oui...

– Bon, eh bien moi, je vais t'en trouver.

– Ah oui ? demandai-je à la fois curieuse et instinctivement inquiète. Comment ça ?

– Tu vois Mme X... Madame Monique, quoi ! Eh bien, c'était une cliente. D'ailleurs non, ce n'était même pas une cliente. Mais je lui faisais quand même des prix de gros, parce que c'était la copine d'une de mes clientes. Alors maintenant qu'elle est au ministère, elle pourrait tout de même te trouver du travail ! »

À l'autre bout du téléphone, j'avais du mal à déglutir.

« Écoute, non, c'est très gentil... mais je ne crois pas que ce soit une bonne idée.

– Pourquoi ? Bien sûr que c'est une bonne idée ! D'ailleurs, j'ai déjà pris rendez-vous. »

Après cet argument sans réplique, je n'avais plus qu'à obtempérer, non sans entendre un dernier conseil : « Et ne viens pas habillée en pyjama, comme d'habitude ! » Car il était fini le temps où il m'habillait des modèles de son atelier. Comme toutes les filles de vingt ans, je préférais m'acheter des fripes au marché aux puces, systématiquement désignées, dans ma famille, par le terme de « pyjamas ».

Nous voici donc tous deux dans le salon d'attente du ministère, et peu de temps après, dans le bureau de la dame. Je passe sur l'état piteux dans lequel je suis… Mon père, lui, est très à l'aise et visiblement content de revoir madame Monique, puisque c'est ainsi qu'il l'appelle, selon la coutume du Sentier qui veut que tout le monde s'appelle par son prénom précédé du terme de civilité. Après quelques politesses, le voilà qui se met à faire l'éloge de sa fille – laquelle de plus en plus crispée, s'enfonce chaque seconde davantage dans son fauteuil – tandis que son interlocutrice, qui n'en a que faire, se met à faire l'éloge des talents de la sienne, qui débutait alors dans le cinéma. Le « dialogue », dont je n'écoute qu'un mot sur quatre, se poursuit jusqu'au moment où, abasourdie, j'entends mon père dire : « On ne vous voit plus par chez nous, madame Monique. Vous avez tort, car en ce moment, on a de ces petits tailleurs ! » Non, me disais-je, il ne va pas faire ça… Mais imperturbable, il poursuit : « On a une petite veste cintrée en alpaga, avec deux poches plaquées, et un petit col Mao… exactement un modèle pour vous ! Il y a la jupe ou le pantalon coordonnés. Et un manteau, vous n'avez pas besoin d'un manteau ? »

J'étais tétanisée. Heureusement, l'entrevue ne tarde pas à s'achever. Mais à peine avions-nous refermé la porte du bureau de madame Monique, que mon père se retourne vers moi et m'annonce du ton dont on annoncerait le scoop de la semaine : « Tu te rends compte ! Madame Monique, avant, elle faisait bien un 42. Eh bien depuis qu'elle est au ministère, je te parie qu'elle ne fait pas plus d'un 38 ! »

Ce n'est pas un bon professionnel, ça ? Tout en discutant, et sans mètre, il avait réussi à prendre les mensurations : tour de taille, tour de poitrine, tour de hanches…

Madame Monique ne m'a pas trouvé de travail, mais je suis malgré tout devenue, quelques années plus tard, productrice d'une célèbre émission de radio sur France Culture. Un jour que je présentais une émission en public au studio 107 de la maison de Radio France, le Sentier, une fois encore, m'a rattrapée. Il s'agissait d'un débat à propos de différents livres sur l'ex-Union soviétique, et notamment sur *Le Livre noir*, un document sur l'extermination des Juifs d'URSS par les nazis. À la fin du débat au cours duquel s'exprimaient quelques journalistes, le public pouvait poser des questions. Un homme lève le bras et je reconnais le père de l'un de mes amis d'enfance. Aussi, l'émission finie, vais-je à sa rencontre. Il se retourne alors vers le groupe qui l'accompagne, une bande d'anciens confectionneurs. « C'est la fille de Siguy ! » leur dit-il. « La fille de Siguy ? ! » s'exclament-ils en chœur, avec un fort accent yiddish, en m'assaillant de questions : « Et l'atelier, ton père, il l'a toujours ? Et la boutique ça va ? Ça marche les affaires ? » Et moi qui, dix minutes avant, me trouvais encore dans la peau d'une productrice de radio distinguée, j'étais redevenue, en un clin d'œil, la petite fille du Sentier !

Mais qu'on ne se méprenne pas sur le sens de ces anecdotes que je n'ai pu résister au plaisir de rapporter : ce livre n'est pas l'histoire de « mon » Sentier. Au contraire, l'intime connaissance que j'ai de ce monde s'est mise, dans ces pages, au service de tous ceux qui, depuis le début du siècle, l'ont fait vivre. C'est à eux que je donne la parole. Quels que soient leur âge et leurs racines.

Tout de suite, il m'est apparu que ce livre ne pouvait être qu'un livre de témoignages. D'abord parce que la majorité des acteurs de l'histoire du Sentier est encore en vie, et qu'il s'agit d'une fabuleuse mémoire vivante qu'on n'a jamais, jusqu'ici, pris la peine d'interroger. Ensuite, parce que les hommes et les femmes qui se sont un jour retrouvés ici, ont tous une expérience à transmettre. Acteurs de l'une des aventures les plus excitantes de notre époque, celle de la mode, ils ont tous été les témoins – souvent les victimes – des grandes secousses qui ont déchiré le siècle. Leur parole nous est précieuse.

J'ai donc rencontré, pour réaliser ce livre, plusieurs dizaines d'entre eux, pendant des mois. J'aurais pu parler avec les 4500 fabricants qui forment aujourd'hui le Sentier, ils auraient tous eu, je le sais, une histoire passionnante à me rapporter. Tant il est vrai que dans le Sentier, « l'entreprise c'est l'homme, et avant tout un homme[1] ». L'univers du travail, ici, n'a rien d'aseptisé. Au contraire. Il est tout entier pétri du destin, éminemment singulier, de ces milliers de personnages qui lui ont donné son âme, unique au monde.

La plupart de ceux que j'ai rencontrés sont bel et bien des « personnages », au sens romanesque du terme, tant par le tracé chaotique et aventureux de leur vie que par la trempe de leur caractère. Et c'est comme tels qu'ils interviennent tout au long de ce livre, pour ponctuer de leurs expériences et de leurs commentaires ce qu'on aurait pu, tout aussi bien, intituler *Le Roman du Sentier*. Certains ont préféré conserver l'anonymat. Au nombre de tous ces témoins, mon père occupe, qu'on veuille bien me le pardonner, une place particulière. Mais il est, après tout, l'interlocuteur que je pouvais questionner encore et encore. Ses quarante ans dans le Sentier, de l'après-guerre au milieu des années quatre-vingt, étaient une mine d'informations d'où sont parties bien des pistes suivies lors de cette enquête. Précisons qu'il n'y a pas que les patrons qui parlent dans ce livre, les ouvriers sont là aussi, avec leur misère, la dureté de leur quotidien.

Aucun scandale n'est passé sous silence, car aussi solidaire de ce monde qu'ait pu être mon regard, il n'a jamais cédé, je pense, à la complaisance. Plus encore, c'est cette proximité même qui m'a donné une totale liberté de parole.

En un mot, si le Sentier ne ressemble guère, j'espère le démontrer, aux caricatures dont on l'accable sans cesse, il n'est pas non plus, qu'on se rassure, un repaire d'anges !

Ce que raconte enfin le Sentier, c'est tout simplement l'histoire du XXe siècle. Car dans ce petit périmètre de quelques rues, ce sont les multiples tragédies et soubresauts du siècle qui se sont donné rendez-vous, dont chaque pas-de-porte, chaque atelier, renferme une part de témoignage. Qu'on ne s'étonne donc pas si son histoire est mouvementée, violente, parfois cruelle. Ce qui ne l'empêche pas d'être aussi drôle, pétrie de cet humour féroce et de cette gaieté salvatrice que savent si bien manier ceux qui ont cru un jour avoir tout perdu.

Le Sentier à ses débuts

Le Sentier avant le Sentier

On aimerait pouvoir dater précisément le moment où le Sentier est devenu ce quartier de la fabrication et du commerce de la mode. Or, c'est au fil des ans et sous des formes diverses – de la chambre de la cousette au commerce en gros des tissus, des boutiques de linge de maison à celles de bonneterie, jusqu'aux ateliers de confection et aux grossistes d'aujourd'hui – que le quartier s'est finalement spécialisé dans la seule activité du prêt-à-porter.

L'histoire du Sentier est traversée par celle du vêtement et de la mode, dont il a vécu et répercuté toutes les transformations : de l'essor de la confection à la fin du XIXe siècle jusqu'à la naissance du prêt-à-porter au début des années cinquante, et de l'explosion des « produits mode » à la fin des années soixante jusqu'au règne actuel des grandes marques de distribution. Le visage que nous lui connaissons aujourd'hui, cet alignement ininterrompu de boutiques de gros, cette colonisation du quartier par la seule industrie du vêtement, remonte quant à lui à la fin des années soixante, lorsque l'extraordinaire expansion de ce secteur a fini par avoir raison de tous les anciens commerces environnants.

En fait, c'est aux débuts de la confection, au milieu du XIXe siècle, qu'il faut remonter pour trouver les premiers ateliers et les premiers commerces de tissus en gros du quartier. Les premiers immigrants aussi, venus d'Alsace – d'où le nom de la rue de Mulhouse – dans l'espoir de faire fortune en offrant à la petite bourgeoisie cossue les premiers vêtements fabriqués en série. Ces ateliers employaient comme main-d'œuvre les couturières dont les romans du XIXe siècle ont si souvent peint l'indigence et les harassants travaux d'aiguille dans des chambres misérables. Celles-ci se trouvaient souvent dans les immeubles insalubres et délabrés du quartier. D'ailleurs, sur la façade de l'un d'entre eux, au coin de la rue de Cléry et de la rue Poissonnière, on peut encore voir une statuette de sainte Catherine, la patronne des cousettes, dont la fête a été célébrée jusqu'aux années cinquante.

Mais l'on pourrait aussi remonter à la fin du XVIIe siècle et à l'épisode de la célèbre « bataille des Indiennes », qui se livra de 1667 à 1830. Les Indiennes, ou « toiles peintes des Indes », sont pour la première fois introduites en France par des négociants portugais vers 1630. Cette nouveauté – on ne connaissait jusqu'alors que les motifs tissés – suscite un véritable engouement dans les milieux de la cour et de la noblesse, las des habituels velours vénitiens et soies brochées. Très vite des ordonnances s'empressent de réserver ces étoffes, importées à grand frais, à l'aristocratie et en interdisent l'usage au « commun », sous peine de fortes amendes.

Finalement, quelques années plus tard, en 1686, un édit royal en bannit totalement l'importation, afin de protéger l'industrie du tissage hexagonal. La France ne devra plus être qu'un lieu de transit avant la réexpédition de ces marchandises vers l'étranger.

La puissante Compagnie des Indes, fondée par Colbert en 1664, est chargée de ce travail d'import-export qui donne lieu à toutes sortes de trafics clandestins. Or, ladite Compagnie s'installe en 1723 dans l'hôtel de la marquise de Pomone, dont l'une des entrées se trouve à la hauteur du 2 de l'actuelle rue d'Aboukir.

C'est de là que, plusieurs décennies durant, les étoffes défendues seront régulièrement et illicitement acheminées vers les arrière-boutiques des fournisseurs à la mode. Madame de Pompadour (qui, notons-le au passage, était née sous le nom de Jeanne Poisson, rue de Cléry) en fera elle-même tapisser clandestinement les murs de son château de Bellevue. Si bien que le commerce parallèle des Indiennes ne tarissant pas, les marchands français finiront, bien des années plus tard, par obtenir le droit « d'imprimer sur tissu ».

Autre question, d'où vient ce nom de Sentier? Là non plus, il n'existe pas de réponse tranchée. Peut-être – c'est l'explication la plus romanesque – la rue qui porte aujourd'hui ce nom, et qui l'a donné au quartier, a-t-elle été d'abord un sentier où un loup affamé serait venu errer au cours du rude hiver 1612-1613. À moins que – c'est la version la plus prosaïque – ce nom de sentier ne soit qu'une déformation du mot « chantier » sur lequel aurait donné la ruelle de l'époque.

Ces deux étymologies nous renvoient au Sentier médiéval, celui qui existait avant les importants travaux d'urbanisme ordonnés par Louis XIV qui lui donnèrent sa forme actuelle, tant pour le tracé de ses rues que pour nombre de ses édifices. C'est même l'une des caractéristiques du quartier que d'avoir conservé, par-delà les siècles et les transformations de Paris, la même configuration qu'à l'époque du Roi-Soleil. Secteur le mieux sauvegardé du Paris de Louis XIV et de Louis XV, le Sentier est aussi le témoin le plus authentique de son architecture. Il appartient au patrimoine architectural de la capitale et plusieurs de ses immeubles et de ses façades, comme celles du 2 place du Caire ou du 226 rue Saint-Denis, sont classés monuments historiques[1].

À l'heure des hôtels particuliers

À l'époque de Louis XIV, la ville encore médiévale se transforme. Une réforme radicale de l'espace parisien intervient, à commencer par la destruction des anciennes fortifications, remplacées par une ceinture de promenades. Paris jusqu'alors ne dépassait pas les actuels Grands Boulevards. La porte Saint-Denis, œuvre de l'architecte Blondel, est réalisée sur une commande de Colbert pour honorer Louis XIV. Elle est édifiée en 1670 sur l'ancien emplacement de la porte médiévale du même nom et restera le plus important arc de triomphe jusqu'à la construction de celui de l'Étoile. Elle est, aujourd'hui encore, le monument majeur du quartier. Car c'est là une autre caractéristique du Sentier : ici, il n'y a « rien à visiter », aucun monument, aucune église remarquable. Comme si ce quartier, pas tout à fait comme les autres, était depuis toujours voué à la seule activité de ses riverains.

La démolition, en 1634, du rempart de Charles V permet le percement des rues d'Aboukir et de Cléry. Mais plus important encore est, en 1667, l'ordre de destruction de l'ancienne cour des Miracles, dite Neuve-Saint-Sauveur, qui depuis le XVe siècle se trouve entre l'actuelle rue Dussoubs et la place du Caire. C'est là en effet, sur la Butte-aux-Gravois, qui n'est qu'un dépôt d'ordures, un tas d'immondices nauséabond, que se retrouvent alors tous les exclus de la société – misérables, vagabonds, mendiants, estropiés, voleurs, proxénètes – lesquels, dans ce dédale de masures sordides et de ruelles fangeuses, se livrent à toutes sortes de trafics. Cette cour des Miracles n'est pas la seule du Paris du XVIIe siècle, il en existe une douzaine d'autres, mais elle est la plus célèbre de toutes et sera la dernière à disparaître.

Certains textes du XVIe siècle, décrivant la cour des Miracles, évoquent déjà la présence de fripiers qui échangent des vêtements en augmentant le prix à chaque nouvelle transaction et trafiquent discrètement des objets suspects. D'autres assimilent ces marchands de la rue Saint-Denis aux successeurs des Juifs expulsés de Paris en 1220 par Philippe

Auguste[2] ! Il faut croire que le mot Sentier, qui dans l'imaginaire collectif évoque aujourd'hui encore « une population variée qui s'enrichit en fraudant le fisc[3] », souffre d'une lourde hérédité où l'histoire se mêle au fantasme.

C'est aussi l'époque où les paysans du village Saint-Denis empruntaient la rue Saint-Denis pour descendre vendre leurs produits aux Halles. Ils remontaient ensuite par la rue du Sentier où se trouvaient déjà de nombreux marchands de draps et maisons closes ; du drap des uns aux draps des autres, nos paysans à peine renfloués n'avaient que l'embarras du choix pour profiter de leur argent !

Longtemps après sa disparition, la cour des Miracles continuera à hanter les esprits, puisqu'elle demeure un lieu-dit sur les plans de Paris jusqu'au XIXe siècle, et qu'une plaque commémorative apposée en 1924 dans le hall d'entrée du journal *L'Intransigeant*, rue Réaumur, devenu par la suite le siège de *France-Soir*, en perpétue la mémoire.

Dans le quartier, désormais nettoyé de ses mendiants et de ses truands, on commence alors, dès la fin du XVIIe siècle, à construire de beaux immeubles où viennent s'installer les notables, rue Beauregard, rue Blondel. L'hôtel le plus fastueux du quartier est alors l'hôtel de Cléry. Il donnera son nom à la rue, laquelle hébergera quelques autres célébrités de l'époque, comme Robert Poquelin, le frère de Molière, au 19, ou la comtesse d'Estrades, au 15. L'hôtel de Saint-Chaumond, demeuré intact dans une arrière-cour de la rue Saint-Denis, date aussi de cette époque. Après avoir abrité quelque temps les Filles de l'Union chrétienne, une communauté séculière qui s'occupait de recueillir de pauvres orphelines mais aussi des dames en instance de séparation d'avec leur mari, il devient le siège de commerces et de petites industries. Bien plus tard, en 1798, le futur historien Jules Michelet naîtra à cette adresse où l'imprimerie de son père était installée.

C'est au XVIIIe siècle – les actuels Grands Boulevards sont alors le lieu de promenade à la mode – que le Sentier devient un quartier élégant où viennent s'installer parlementaires, financiers, receveurs généraux, agents de change ou banquiers. Le fameux banquier Necker, futur directeur général des Finances de Louis XVI et père de Mme de Staël, emménage en 1768 dans un hôtel réputé de la rue de Cléry, l'hôtel Le Blanc.

Des artistes les rejoignent, comme le sculpteur Coysevox, les peintres Fragonard et Mme Vigée-Lebrun, portraitiste de Marie-Antoinette, qui habite rue de Cléry puis rue du Sentier où elle tient un célèbre salon. Le poète André Chénier, qui meurt décapité en 1794, donnera son nom à une petite rue du quartier, et une plaque au 97 rue de Cléry signale l'immeuble où il a vécu.

Évidemment, tout ce beau monde n'est pas très révolutionnaire, et le baron de Batz, qui habite là aussi, entrera même dans l'Histoire pour avoir tenté d'empêcher l'exécution de Louis XVI. Il aurait attaqué le convoi qui menait l'ancien souverain le long d'une rue du quartier, perdant ainsi sa vie près de l'église Notre-Dame-de-Bonne-Nouvelle.

Grandeur et décadence

Quelques années plus tard, c'est Napoléon qui laisse son empreinte sur le quartier du Sentier, choisi comme lieu de célébration de sa campagne d'Égypte. On rebaptise plusieurs rues à sa gloire, du nom des villes et sites d'Égypte qu'il a marqués de son passage : rue du Caire, rue d'Alexandrie, rue du Nil, rue d'Aboukir.

La construction du passage du Caire intervient en 1799 sur l'emplacement de l'ancien couvent des Filles-Dieu, dont les pierres tombales constituent, dit-on, une bonne partie du dallage de l'époque. En souvenir encore de l'expédition napoléonienne, on fait décorer l'entrée principale du passage, sur la place du Caire, d'impressionnantes têtes sculptées de la déesse Hathor. Ce chef-d'œuvre de kitsch néo-égyptien vaut à la façade d'être aujourd'hui classée.

C'est le premier passage couvert parisien et il connaît une grande vogue dès sa création. Plusieurs autres le suivront dans le quartier, comme le passage Lemoine ou encore celui du Ponceau, construit en 1826. Bien des Parisiens garderont ce dernier en mémoire car le cardinal Daniélou y mourut entre les bras d'une dame officiant à cette adresse.

Créé à l'époque de Napoléon sur le modèle des bazars d'Orient pour relancer le commerce qui avait quelque peu souffert pendant la période révolutionnaire, le passage du Caire permet au chaland de faire ses courses dans ses différentes galeries bordées d'élégantes boutiques à l'abri des chevaux, des roues des fiacres et de la boue.

L'Empire et la Restauration sont encore des temps de faste pour le Sentier. On peut y croiser, par exemple, le grand joaillier Christofle et nombre d'industriels. L'activité financière y est même tellement intense que la Bourse, dont la construction s'achève en 1827, s'installe à proximité.

Cet événement marque le point d'orgue de l'histoire du quartier et le début de son déclin. Bientôt, sous Louis-Philippe, l'aristocratie, puis la haute et la moyenne bourgeoisie le désertent au profit du petit commerce. Dans les passages, de modestes échoppes succèdent aux boutiques de luxe. Et dans la seconde moitié du XIXe siècle le Sentier prend cette allure de quartier populaire et artisanal qu'il gardera jusqu'aux années 1970. Quelques artistes l'habitent encore, mais ce sont les plus démunis : ainsi Charles Baudelaire, au plus profond de la misère.

Si les travaux d'Haussmann (1853-1870) le désenclavent en perçant à l'est le boulevard de Sébastopol, au sud la rue

Réaumur, et au nord les Grands Boulevards, le quartier demeure intact et conserve ses immeubles du XVIIIe siècle. Il échappe aux travaux de rénovation, ce qui dans les décennies à venir va accentuer son fonctionnement autarcique et peut-être, qui sait, son image de mystère.

Les bâtiments, mal entretenus, se voient défigurés par des appentis et des hangars construits dans les cours. Peu à peu l'ensemble se dégrade, les logements deviennent insalubres et sans hygiène. Et cette vétusté, celle des immeubles en tout cas, restera la même jusqu'à nos jours. Derrière les vitrines rutilantes des magasins, ce sont souvent des arrière-cours sordides, des escaliers miteux sans lumière, de vieilles toilettes à la turque sur le palier, des façades intérieures jamais ravalées. Si la spéculation immobilière s'est nettement développée depuis les années soixante-dix, elle s'est surtout intéressée aux pas-de-porte (en 1989, une boutique de 17 m^2 rue d'Aboukir se louait 15 000 F par mois), délaissant les étages qui servent essentiellement d'ateliers. À la fin des années quatre-vingt-dix, alors que le quartier est pourtant en train de se transformer, on compte encore 20 % de logements inoccupés (les 80 % restant sont essentiellement des ateliers et des showrooms), alors que le taux est de 9 % ailleurs dans Paris. On y compte aussi le pourcentage le plus élevé de logements dépourvus de confort (WC sur le palier et absence d'eau chaude) et une très forte proportion de petits appartements : 75 % contre 57 % dans le reste de la capitale.

Le quartier de la presse

C'est aussi au XIXe siècle que le Sentier commence à devenir le quartier de la presse. Sous Louis-Philippe, le journal *Le Temps* s'installe rue du Mail et, en 1869, *La Marseillaise* prend ses locaux rue d'Aboukir. Beaucoup d'autres suivront. C'est ici, près d'un café de la rue du Croissant – une rue où dès avant la guerre s'étaient regroupées de nombreuses imprimeries de presse – que Jaurès est assassiné en juillet 1914 alors qu'il sort de son journal, *L'Humanité*.

Rue Réaumur, Léon Bailby fait construire, au début du XXe siècle, l'immeuble de *L'Intransigeant* qui, comme on l'a dit, deviendra après la guerre celui de *France-Soir*. Dans ce bâtiment seront alors regroupés tous les journaux du groupe Hachette, dont le grand patron sera pendant près de trente ans Pierre Lazareff. Aux différents étages se trouvent *France-Soir*, *Elle*, *Le Jardin des Modes*, *France Dimanche*, *Paris-Turf* et *Franc-Tireur*.

Victor Zigelman, qui a été pendant vingt-cinq ans secrétaire de rédaction à *France-Soir* après avoir tâté une dizaine d'années de la confection, se souvient qu'à la fin des années cinquante, alors qu'il débutait à ce poste, on pouvait encore voir sur la façade de l'immeuble les croix gammées qu'y avait fait graver la direction de la *Pariser Zeitung*, journal de langue allemande destiné aux troupes d'Occupation, installé là pendant la guerre. On avait bien essayé, à la Libération, de les combler avec du ciment, mais elles avaient été gravées dans la pierre et leur dessin restait visible. Il faudra attendre l'arrivée de Robert Hersant dans les années soixante-dix pour que la façade soit entièrement refaite et que ces vestiges insolents du nazisme disparaissent.

Le siège de *France-Soir* était au 100, rue Réaumur. Un peu plus loin, au 118, il y avait *L'Aurore*, puis *Le Parisien libéré*. Les bureaux du *Journal du Dimanche* étaient rue de Cléry. Avant-guerre, en face du Rex, sur les Grands Boulevards, se trouvait aussi le siège du *Matin*, un quotidien disparu à la Libération pour cause de collaboration, et dont les locaux furent occupés ensuite par *L'Humanité*. Les bureaux de plusieurs correspondants de presse étrangers étaient également là, comme ceux du *Daily Mirror*, ou ceux du journal japonais *Yomiuri*. *Le Nouvel Observateur* s'installe rue d'Aboukir au début des années soixante-dix, et rue Dussoubs de 1985 à 1994.

De tous ces sièges de journaux, il ne reste plus aujourd'hui que celui du *Figaro*, un peu plus loin dans la rue du Louvre. Mais pendant longtemps l'imprimerie et la confection se sont mêlés dans le quartier. À côté des boutiques d'accessoires de mode, de plumes et de garnitures, entre deux vitrines de mannequins aux postures fantomatiques, on pouvait trouver dans le passage du Caire de nombreux commerces de fournitures pour les imprimeurs. L'imprimerie Thérèse était là depuis 1914. Gib, le fabricant d'enseignes qui, comme son père, a longtemps eu un atelier dans le passage du Caire avant de déménager rue Saint-Denis, se souvient encore de cette imprimerie et de l'atmosphère du passage dans les années trente quand il était enfant. Toutes sortes de commerces s'y côtoyaient alors : marchands de passementeries, de fanfreluches pour rideaux, de pompons, revendeurs de cartons, fabricants d'enseignes, brocanteurs, et même des blanchisseries dont les eaux s'écoulaient au milieu du passage. « Moi, j'ai connu la rue d'Aboukir sans aucune boutique de confection, se rappelle-t-il. Il y avait quelques bonneteries et c'est tout. Rue Saint-Denis, il y avait surtout des cafés : un tous les vingt mètres. Et puis quelques boucheries, des boulangeries, des marchands de couleur... et pas mal de rats, à cause de la proximité des Halles ! Le premier magasin que j'ai vu s'installer rue Saint-Denis, c'est Fel2, qui vendait à l'époque du linge de maison. Aujourd'hui c'est l'un des plus importants grossistes du quartier. Quant à la rue du Caire, c'était la rue des transporteurs et des messageries qui dans les années trente se déplaçaient encore avec des voitures à chevaux. »

Les maisons de passe

Bien entendu, les prostituées étaient déjà là, mais la plupart travaillaient alors dans les maisons closes du quartier. Leurs clients étaient les débardeurs des Halles et les messieurs qui fréquentaient les nombreux music-halls et théâtres avoisinants : l'ABC, boulevard Poissonnière, ou la Gaîté lyrique, rue Réaumur, près du square Émile-Chautemps.

L'une de ces maisons s'appelait *La Grotte des hirondelles*, et une autre, dont on a oublié le nom mais qui était située au 5 rue Blondel, a même été classée en 1985 par le ministère de la Culture. Son ancien salon, devenu aujourd'hui l'arrière-boutique d'un magasin de vêtements, entièrement recouvert de glaces et de carreaux de faïence sur lesquelles dansent des nudités, est un petit chef-d'œuvre de l'érotisme 1900.

Il semble que certaines de ces maisons aient continué à fonctionner, plus ou moins clandestinement, jusque dans les années cinquante, tout en s'adaptant à la nouvelle population... puisque certains se souviennent encore qu'on pouvait y rencontrer là des putains qui parlaient yiddish !

D'où vient, depuis toujours, la présence de prostituées dans le quartier ? Gib, qui n'est jamais en reste d'anecdotes, en donne une explication tant historique que géographique : les prostituées de la rue Saint-Denis auraient depuis le Moyen Âge bénéficié d'une tolérance de la police en échange de l'obligation, pour chacune d'entre elles, de posséder un seau et d'aider à la chaîne de l'eau en cas d'incendie ; la rue Saint-Denis était en effet l'un des principaux axes menant de la Seine au nord de Paris.

Les lions du Rex

Un grand moment de l'histoire du quartier, dans les années trente, c'est l'inauguration du grand cinéma le Rex. Son édifice, inspiré du style Art déco new-yorkais, avec sa salle « atmosphérique » au plafond parsemé d'étoiles, son écran géant et sa tourelle sortie tout droit d'un conte de fées de dessin animé, est resté pour des générations un haut lieu du rêve et des distractions populaires. On peut apercevoir sa silhouette un peu irréelle, en bordure extrême du périmètre qu'on appelle le Sentier, depuis certaines fenêtres de la rue de la Lune ou de la rue Beauregard.

Isidore Zigelman, le père de Victor, qui livrait ce jour de 1932 un des fabricants du Sentier, avait assisté par hasard à l'inauguration de ce nouveau temple du cinéma et en avait gardé un souvenir émerveillé. Ce qui l'avait frappé surtout, c'était les animaux sauvages, tigres et lions, qui paraît-il se promenaient le long des vitrines du cinéma transformées en cages ! Isidore était, à n'en pas douter, un esprit curieux car il ne manquait pas non plus, lors de ses fréquentes livraisons, d'aller voir une autre attraction du Sentier de l'époque : l'agent de police de la porte Saint-Denis. C'était devenu une célébrité (on l'avait même photographié sur des cartes postales !) à cause de sa barbe qu'il ne s'était plus rasée depuis la guerre, si bien qu'elle lui descendait jusqu'au nombril. Au dire de certains, il avait obtenu cette dérogation exceptionnelle des autorités en reconnaissance des services rendus à la nation au titre d'ancien combattant.

Quartier bigarré, où se côtoient l'artisanat, la prostitution, le petit commerce, et des immigrés venus du monde entier, cerné à l'ouest par la Bourse et les grandes banques, au nord par les cafés, les cinémas et les restaurants des grands boulevards, à l'est par les filles de la rue Saint-Denis, au sud par les Halles, avec au cœur, rue Réaumur, le siège de plusieurs grands journaux, le Sentier garde son caractère hétéroclite jusqu'aux années soixante-dix.

À l'emplacement qu'occupe aujourd'hui la boutique Kookaï, au coin de la rue Réaumur et de la rue Saint-Denis, se trouvaient, avant la guerre, les grands magasins Réaumur spécialisés dans la confection de vêtements professionnels, habits de facteurs ou de pompiers. Ils seront remplacés dans les années cinquante par les célèbres Boucheries Bernard où – dixit Gib – « on venait acheter de la viande depuis la banlieue, sous prétexte qu'elle était moins chère, en oubliant de compter ce que ça coûtait en essence ! »

Un peu plus loin il y avait, toujours dans la rue Réaumur en allant vers la rue de Turbigo, la grande boutique de mannequins pour les vitrines, Siegel, et, boulevard de Sébastopol, de nombreux marchands de meubles, eux aussi remplacés depuis par des boutiques de vêtements. Tous ceux qui ont fréquenté le quartier jusqu'aux années soixante-dix se souviennent à coup sûr de l'immense pharmacie Canonne qui occupait tout l'angle de la rue Réaumur et du boulevard de Sébastopol, en face du grand Félix Potin qui faisait le coin de la rue Palestro, car c'était l'une des deux plus grandes pharmacies de Paris avec celle de la place de Clichy.

De tous ces commerces, il ne reste aujourd'hui plus rien, ni boucherie, ni boulangerie, ni marchands de journaux, ni bureaux de presse. Tout a été englouti dans l'incroyable raz de marée des années soixante-dix, celles de l'explosion du prêt-à-porter et de la transformation du Sentier en premier centre textile d'Europe, avec ses centaines de magasins, d'ateliers, et ses légendaires embouteillages. Il est depuis lors le dernier quartier de Paris dont toute la vie demeure centrée autour d'une activité professionnelle. Surtout depuis que les ébénistes et les marchands de meubles ont déserté le faubourg Saint-Antoine transformé, à la suite de la création de l'Opéra Bastille, en quartier branché de la vie nocturne.

Jusqu'à quand le Sentier va-t-il rester encore le quartier du prêt-à-porter ? Personne ne peut le dire avec précision. Ce qui est sûr c'est que l'heure est à la reconversion. Sera-t-il dans les années à venir un centre de création et de showrooms pour le prêt-à-porter haut de gamme, comme certains de plus en plus menacés par la concurrence de la main-d'œuvre recrutée à bas prix dans les pays pauvres le prédisent et l'espèrent ? Ou bien sera-t-il le nouveau quartier du Net et des start-up, ces jeunes sociétés informatiques, ainsi que le laisse entendre la presse qui parle de plus en plus du « Silicon Sentier » ? Ou les deux à la fois ? Les paris sont ouverts.

Français s'abstenir

Comme le dit si joliment Nancy Green[4] : « La révolution du prêt-à-porter a finalement été possible grâce aux *prêts-à-travailler* ». En fait, pour être plus précis (mais la formule aurait été mais moins percutante), ce n'est pas seulement le prêt-à-porter mais l'histoire tout entière de la confection, qui, depuis le milieu du XIXe siècle, a eu besoin pour exister d'une main-d'œuvre à la fois flexible – car soumise aux fluctuations des saisons et aux caprices de la mode – et corvéable à merci. Que celle-ci se soit recrutée majoritairement, dès avant la guerre et de plus en plus exclusivement depuis, dans les différentes vagues d'immigration qui se sont succédé, n'a rien d'étonnant. Il faut avoir tout perdu, ou n'avoir rien à perdre, pour travailler ainsi. Il faut être mû par cet extraordinaire désir de survivre et de s'en sortir que donnent l'exil et le déracinement.

Mais ce n'est pas tout, l'organisation même du travail dans le monde de la confection – et cette organisation est restée pratiquement inchangée depuis sa création – en fait une activité plus propice que d'autres à l'intégration de nouveaux immigrés dans la population active.

C'est pour cela que Juifs fuyant les pogroms de l'Empire tsariste dès les années 1880, Arméniens rescapés du génocide de 1915-1917, survivants des camps nazis déportés de France ou d'ailleurs, Juifs d'Afrique du Nord traversant la Méditerranée dans les secousses de la décolonisation, Yougoslaves traqués par la misère, Turcs s'expatriant d'un pays en pleine crise ou fuyant le coup d'État de 1980, Vietnamiens chassés du Sud-Est asiatique après la chute de Saigon,

Cambodgiens fuyant la prise de Phnom Penh par les Khmers rouges en 1975, ou Chinois arrivés plus récemment de Chine populaire, se sont retrouvés les uns après les autres, tout au long du siècle, le pied sur la pédale de la machine à coudre ou devant une table de coupe, à habiller la France. Mais aussi à produire pour l'exportation les vêtements *made in France.*

Cette chaîne ininterrompue d'ouvriers et d'artisans venus des quatre coins du monde est même si frappante qu'elle englobe, mais dépasse aussi, l'image traditionnelle du « tailleur juif » lequel, plus encore qu'une référence précise et limitée à la seule histoire juive, peut devenir, selon Nancy Green, « une métaphore de l'ensemble des travailleurs immigrés de l'industrie du vêtement ».

La machine à coudre souveraine

Qu'est-ce que la confection ? C'est la fabrication de vêtements tout prêts, faits en série, et c'est une industrie – ou un artisanat, car elle n'a cessé jusqu'à aujourd'hui d'être les deux à la fois – qui prend son essor à partir du milieu du XIXe siècle. Jusqu'alors, il n'existe pas de vêtements prêts à la vente : les élites se font faire des habits sur mesure par leur tailleur ou leur couturière, quant aux pauvres, ils se font leurs vêtements eux-mêmes ou héritent des vêtements passés de mode de leurs patrons.

Mais si le développement du secteur de la confection est bien le résultat de la démocratisation de la mode et de la société, il est avant tout la conséquence d'une invention qui révolutionne le monde de la couture dans son ensemble. Il s'agit bien sûr de la machine à coudre.

La première, une machine au point de chaînette, est créée en 1830 par le Français Thimonnier, mais c'est l'Américain Isaac Merritt Singer – le bien nommé « Napoléon de la machine à coudre », comme on l'appela après sa mort – qui a l'idée, en 1850, de la munir d'une pédale. La machine peut ainsi être actionnée par les pieds, ce qui libère les mains pour guider le tissu. Son innovation est tellement décisive, avec le succès posthume que l'on sait, que la « Singer » devient purement et simplement un nom générique. Une « Singer », disait-on, et peut-être le dit-on encore tant les machines d'aujourd'hui paraissent des sœurs jumelles de celles d'autrefois. Elles ont beau être alimentées par des câbles électriques, elles fonctionnent toujours sur le même principe et supposent du mécanicien les mêmes gestes et les mêmes postures. C'était presque émouvant (que les ouvriers courbés sur elles toute la journée me pardonnent) de les retrouver, au cours de cette enquête, quasiment inchangées, ces machines aux lignes familières et sur lesquelles le temps semble n'avoir pas passé. En dépit de toutes les innovations technologiques, et de l'informatisation de certaines tâches, personne n'a encore trouvé le moyen de fabriquer une machine à coudre automatique qui puisse faire l'économie de la main de l'homme pour faire passer et tenir le tissu. La petite Singer a encore de belles années devant elle… et les ouvriers de la confection n'en ont pas fini d'en découdre.

À sa création, la machine Singer avait permis aux patrons de remplacer six ouvriers cousant à la main par un seul piquant à la machine : démocratisation de la mode oblige, celle-ci doit aller de pair, en retour, avec une baisse des coûts et donc des prix, que seules rendent possible la standardisation et la mécanisation de cette industrie, appuyées sur un système capitaliste d'organisation du travail. C'est le début des grands ateliers, comme ceux des grands magasins. Pour la confection masculine, ce sont ceux de La Belle Jardinière qui, dans ses locaux du Pont-Neuf, emploient 50 coupeurs, lesquels fournissent du travail à 2 000 ouvriers travaillant à domicile. Pour la confection féminine, ce sont les ateliers des Galeries Lafayette et du Bon Marché.

Les quatre étapes de la confection

Tout autant que la machine à coudre dont la forme semble s'être arrêtée dans le temps, l'organisation du travail, des ateliers du siècle dernier à ceux d'aujourd'hui, est restée étrangement la même, avec ses quatre stades immuables de fabrication.

D'abord la coupe, confiée toujours à des ouvriers coupeurs qui travaillent directement avec la maison donneuse d'ouvrage (grand magasin ou plus tard fabricant) où ils sont souvent chefs d'ateliers. Les « coupeurs » se trouvent, en effet, au sommet de la hiérarchie de la production puisque sur eux repose la maîtrise du tissu, c'est-à-dire la responsabilité de le couper le plus rationnellement possible, avec un minimum de chutes.

Ensuite le montage des pièces, préparées par le coupeur, est confié aux « apiéceurs » qui sont toujours payés à la pièce, comme leur nom, désormais vieilli, l'indique. Depuis l'après-guerre, on ne les désigne plus que par le terme de « mécaniciens », mais ils sont encore le plus souvent payés à la pièce, qu'ils travaillent en atelier ou à domicile, comme cela arrive encore, surtout parmi les populations immigrées les plus récentes et les plus pauvres. À la fin du siècle dernier et jusqu'à la guerre, les apiéceurs se reconnaissaient à la « toilette », ce grand drap noir qu'ils portaient sur leurs épaules et dans lequel ils transportaient les pièces à monter pour ne pas les salir. On pouvait les voir dans les rues de Paris ou dans le métro, pliés sous le poids de leur lourd fardeau sombre.

Après le travail des apiéceurs ou mécaniciens, vient celui des « finisseuses » qui, comme leur nom l'indique, sont toujours des femmes; sans doute parce qu'avec le « repasseur » (ou presseur) elles sont traditionnellement les moins bien payées de la profession. Elles s'occupent des finitions, cousent boutons et doublures, terminent certaines coutures.

Enfin, en dernier, tout en bas de la hiérarchie et de la chaîne, vient le « presseur » qui met en forme et repasse les vêtements finis.

Les conditions de travail très dures de ces ouvriers de la confection – paiement à la pièce, mais aussi totale dépendance à l'égard des variations saisonnières qui les laissent au chômage en morte saison et les soumettent à des horaires sans limites en haute saison – sont à l'origine des grandes grèves de l'habillement. Elles furent nombreuses pendant toute la première moitié du XXe siècle.

La première de ces grèves a lieu en février 1901 et rassemble 700 des 800 ouvriers qui travaillent dans 55 ateliers de confection. Ce qu'ils demandent? La suppression du paiement à la pièce et l'établissement d'un tarif fixe. D'autres grèves suivront, notamment dans les ateliers des Galeries Lafayette et du Printemps, jusqu'aux grandes mobilisations de 1917 et 1918. Chaque fois, ce sont les mêmes revendications: suppression du travail à la pièce, remboursement par les employeurs du fil, des aiguilles et des frais de transport à l'époque pris en charge par les ouvriers, abolition du travail à domicile qui empêche toute réglementation, à commencer par celle des horaires dont certains tracts mentionnent qu'ils peuvent aller de quinze heures par jour pour les ouvriers tailleurs à dix-huit heures pour ceux du cuir.

On peut d'ailleurs noter au passage que si ces conditions se sont sensiblement améliorées pendant la période d'expansion du prêt-à-porter et de plein emploi, entre 1960 et 1990, elles sont redevenues, depuis une dizaine d'années, extrêmement pénibles. Le métier, ces derniers temps, est décrit comme plus instable que jamais, en des termes qui font penser à ceux du début du siècle : concurrence de la main-d'œuvre, soumission totale de celle-ci aux exigences du marché...

Ils ont été pauvres

Ouvriers français et immigrés – russes, roumains, arméniens, tchèques, italiens et suisses – se retrouvent solidaires dans toutes les grèves. Nancy Green raconte d'ailleurs que c'est à l'occasion de ces mobilisations populaires, et notamment à cause de tracts rédigés en yiddish qui appellent à la solidarité les ouvriers juifs d'autres ateliers, que la presse et avec elle la société française prennent soudain conscience, non sans surprise, qu'il existe des ouvriers juifs ! Ils ne sont donc pas tous des potentats de la grande finance internationale !

Mais cette étincelle a fait semble-t-il long feu, à lire la manière dont on parle aujourd'hui encore des Juifs de la confection, en oubliant systématiquement de rappeler qu'eux aussi, un jour, ont été pauvres...

« À l'époque, leurs tracts étaient rédigés en yiddish, écrit encore Nancy Green, mais les travailleurs turcs, yougoslaves ou chinois d'aujourd'hui s'y reconnaîtraient », tant il est vrai que les conditions de travail – sinon les mentalités et les contextes des différentes immigrations qui sont chacune singulières – sont restées quasi immuables depuis le début du siècle, comme si elles étaient constitutives de cette industrie.

Les mêmes évocations courent tout au long du siècle. Lit-on la description classique d'un atelier de cette époque, qu'on pourrait se croire aujourd'hui dans l'une de ces tours du 13e ou du 19e arrondissement de Paris où travaillent, sans relâche, Chinois et Pakistanais : intérieurs misérables où se mêlent espaces de vie et de travail, ustensiles de cuisine et piles de vêtements.

«Je n'en revenais pas ! » me confie Hakan, un jeune entrepreneur turc qui découvre avec horreur, à son arrivée d'Istanbul, le monde parisien de la confection, et notamment celui des ouvriers chinois chez qui ses patrons l'envoient faire des livraisons. « Il y avait par exemple un immeuble de trente étages, près de la porte de la Chapelle, une véritable usine ! À tous les étages, c'étaient des ateliers dans de minuscules appartements où les gens travaillaient, mangeaient, dormaient – je me souviens d'un lit ouvert au milieu des machines à coudre où deux bébés étaient assoupis. Ça sentait la graisse cuite, mêlée aux odeurs de tissu… c'était écœurant. Il y avait des fillettes de douze, treize ans, qui aidaient leurs parents. Je les regardais et je me disais : "Hakan, tu es comme eux, tu vas passer toute ta vie sur une machine !" et cette vision me faisait horreur. Tous ces gens étaient sans papiers et sous-louaient leur local à un Chinois, qui lui était en règle et pouvait le louer à son nom. Pour qu'on ne risque pas de les découvrir, les sols étaient recouverts d'épais tapis pour étouffer les bruits, et les fenêtres étaient masquées avec du papier. Parfois, il y avait jusqu'à cinq machines dans une petite pièce. Aujourd'hui pour les Turcs, ça va un peu mieux. Avec le temps beaucoup sont devenus entrepreneurs, mais au début c'était la même galère. Mon cousin Ali, quand il est arrivé en France, il dormait sur le béton, au milieu des machines à coudre ! »

Et si l'on remonte quelques décennies ce sont les patrons du Sentier d'aujourd'hui qui se souviennent des lits que leurs parents leur préparaient à la va-vite près de la machine à coudre rangée et recouverte pour la nuit, ou de ces éclairages insuffisants sur lesquels, dans les années d'après-guerre, ils se sont usés les yeux à coudre. « Mon père couvrait tous les soirs les machines à coudre et me faisait dans un coin un lit d'enfant », se souvient Jacques Segal, devenu depuis l'un des plus importants grossistes du Sentier. « La moitié de notre appartement était occupée par l'atelier, raconte à son tour Pierre Aïdenbaum, l'autre par les pièces où nous vivions, quand les cartons n'envahissaient pas la cuisine, quand on ne mangeait pas sur les machines à coudre parce qu'il n'y avait pas suffisamment de place ! »

Hier la poussière et les gaz toxiques dégagés par les fers et les machines de pressage provoquaient la tuberculose, aujourd'hui les ouvriers de la confection souffrent de bronchite et d'asthme chronique.

Et c'est toujours la même main-d'œuvre, décrite depuis des décennies comme la plus cosmopolite de toutes, au point de représenter à elle seule une bonne part de l'immigration parisienne. En 1910, selon un guide en yiddish, près de 9 000 Juifs travaillent dans la confection. Entre les deux guerres, la main-d'œuvre étrangère représente 48 % des ouvriers de la profession, dont un fort pourcentage de Juifs. Il y a même certains secteurs, comme celui des casquettiers, où l'on compte près de 90 % de Juifs.

Prêts à tout ?

Pionnier de l'engagement syndical des travailleurs juifs avant la guerre, le syndicat des casquettiers est resté célèbre, dans l'histoire du mouvement ouvrier, pour avoir formulé dès les années 1910 deux revendications importantes : un tarif unique applicable à toutes les entreprises et à tous les travailleurs d'un même atelier et la mise en place de conventions collectives. Ils obtiendront le premier en 1912 et la seconde en 1919, ce qui montre bien la force de cette organisation.

Les ouvriers de la confection n'obtiendront jamais rien de tel. Sans doute leur profession, moins spécialisée que celle des casquettiers, qui détenaient le quasi monopole de leur savoir-faire, souffrait davantage de la concurrence. Mais ils furent néanmoins nombreux à se syndiquer : en 1938, le syndicat unifié de la CGT (CGTU) du vêtement compte 57 000 membres parmi lesquels de très nombreux immigrés. Le poids des Juifs dans cette organisation peut se mesurer au seul fait que, la plupart d'entre eux ne parlant pas français mais seulement yiddish ou polonais, des « commissions syndicales juives » sont alors créées au sein de la CGTU, à l'intérieur desquelles la propagande syndicale se fait en yiddish.

Cet engagement dans les syndicats, s'il ne parvient pas à leur faire obtenir les mêmes droits que les casquettiers, permet néanmoins aux ouvriers de la confection de tenir tête à leurs patrons lors de conflits ponctuels. Ces patrons, il faut le rappeler, sont eux-mêmes juifs le plus souvent, puisqu'avoir des origines en commun n'a jamais empêché personne, au contraire, d'exploiter ses compatriotes. Cela a continué à se faire entre Turcs, Chinois ou Pakistanais avec une constance sans faille.

Roger Norymberg sera, après-guerre, apprenti chez plusieurs de ces patrons juifs de la confection et il se souvient encore de leur dureté dans le travail : « C'étaient de bons professionnels, mais certainement pas des gens gentils. Il ne faut pas croire, ils n'étaient pas tendres. On était traités à la dure ! À quatorze ans, on m'envoyait faire les livraisons avec trente ou quarante manteaux sur le dos. Et tout ça à l'autre bout de Paris, dans des ateliers en étage, au quatrième ou au cinquième sans ascenseur. Et puis, à la fin de la semaine, on me disait au revoir, et je n'avais pas une thune ! Non seulement je n'étais pas payé, mais je n'étais pas non plus déclaré comme apprenti, ce qui m'a posé des problèmes plus tard, pour le décompte de mes années de travail. »

L'engagement dans un syndicat permet aussi aux ouvriers des ateliers d'entreprendre un travail d'information auprès des nouveaux immigrés qui, bien souvent sans en être conscients, sont utilisés dans les conflits comme briseurs de grève. Désireux de commencer à travailler tout de suite, ignorants des tensions du monde du travail qu'ils découvrent, impressionnés par les salaires relativement élevés qu'on leur propose en France par rapport à ceux de leur pays d'origine, ces nouveaux venus sont, en effet, tout désignés pour tenir le rôle du « jaune ».

D'ailleurs la rivalité qu'on observe aujourd'hui entre les diverses communautés pour le marché de la confection ne relève-t-elle pas d'un processus analogue ? Il n'est plus question de combat syndical, puisqu'il n'existe plus dans ce secteur où il a été remplacé par une concurrence sauvage, mais il s'agit toujours de droits acquis par ceux qui, avec le temps, ont réussi à se faire une place et dont les repères et les habitudes de travail se trouvent remis en cause lorsqu'arrive une nouvelle vague d'immigration. C'est un phénomène récurrent : tous les nouveaux immigrés, sans que cela soit de leur part délibéré mais simplement parce qu'ils sont « prêts à tout », sont accusés par les anciens, aujourd'hui de casser les prix, hier d'accepter des cadences infernales et de mauvaises conditions de travail.

Un métier d'immigrés

La confection est sans aucun doute un métier d'immigrés. La première raison, c'est qu'au cours des années les ouvriers français pouvant prétendre à des vies moins rudes ont délaissé ce travail pénible. Et puis c'est un métier qui, du moins pour débuter et pour la production de grandes séries de fabrication ordinaire, s'apprend facilement et n'exige que peu de savoir-faire. Entre les deux guerres, beaucoup d'immigrés récents se proposent comme mécaniciens sans aucune qualification préalable. Le père de René Frydman, avant de devenir tricoteur, avait travaillé dans un port et conduit des autobus; celui de Serge Ghazarian, un rescapé du génocide arménien devenu confectionneur après la guerre, avait commencé par être mendiant dans les rues de Bagdad, puis photographe de rue à Paris, avant d'ouvrir un pressing. Aujourd'hui certains ouvriers turcs sont d'anciens bergers venus d'Anatolie, d'autres des instituteurs...

Autre facteur important, très fréquent dans les témoignages de ceux qui m'ont raconté leur histoire : c'est un métier qui permet, à partir du moment où l'on arrive à se procurer une machine à coudre – ce qui représente, surtout achetée à crédit, un investissement relativement modeste – de travailler à son compte. Pas un intérieur turc dans les années quatre-vingt qui n'ait sa machine à coudre, sa table à repasser, sa machine à surjeter, la plupart du temps achetées d'occasion, avec de l'argent prêté par des parents.

Cette indépendance semble revêtir une grande importance pour les immigrés. On pourrait interpréter cela comme une habitude de ne compter que sur soi-même, de toujours se débrouiller seul. Peu importe qu'en réalité cette « indépendance » soit le plus souvent synonyme d'insécurité et de dépendance à l'égard des fluctuations saisonnières et des demandes du marché...

Mais la raison essentielle de l'afflux des immigrés dans le secteur de la confection est que les réseaux d'immigrés y fonctionnent de façon exemplaire. Travailler à domicile ou dans de petits ateliers – et la confection, de par l'organisation même de sa production, est l'un des rares métiers à marcher ainsi – permet aux nouveaux venus d'apprendre un métier en famille ou par des réseaux liés au pays d'origine sans avoir à parler une nouvelle langue. Le père de Hakan, par exemple, arrive d'Istanbul à la fin des années quatre-vingt pour rejoindre l'un de ses frères qui travaille ici, dans la confection. Quelque temps après, il fait venir sa famille et place son fils, dès que celui-ci a seize ans, dans l'atelier de son cousin Ali, pour qu'il apprenne le métier. Aujourd'hui, à vingt-quatre ans, Hakan est entrepreneur. Il a ouvert un petit atelier en s'associant avec l'un de ses compatriotes et en empruntant de l'argent pour acheter quelques machines.

Enfin les femmes, qui ne maîtrisent pas plus le français, trouvent de grands avantages à ces travaux de confection qui peuvent se faire à domicile en élevant les enfants.

Tous ces « avantages » ont bien sûr aussi leur revers, qui vont des relations de trop grande dépendance envers sa communauté, à l'exploitation par ses compatriotes, en passant par le travail gratuit, parce que domestique, des femmes. Mais il faut croire que pour ceux qui arrivent sans rien, les avantages pèsent de loin plus lourd que les inconvénients. Les ateliers leur donnent une possibilité d'accès relativement facile au monde du travail, sans les couper de leurs racines linguistiques, ethniques ou religieuses, au point que certains, s'ils ne parviennent pas à s'émanciper du monde de l'atelier, ne parlent toujours pas français après de nombreuses années.

Le recrutement s'y fait essentiellement de bouche à oreille, ce qui simplifie les démarches de recherche d'emploi. Il y a un étrange sentiment de répétition à écouter les débuts dans le métier des uns et des autres : tous, qu'ils soient juifs polonais, turcs ou chinois, ont commencé de la même manière, en étant apprentis, puis ouvriers dans l'atelier d'un compatriote qui leur a appris le métier et les a aidés à faire leurs premiers pas dans la société française.

Lorsqu'ils ont économisé assez d'argent ils achètent leur première machine à coudre, puis quelques autres, pour monter leur propre atelier.

Et quand ils se mettent à leur compte, ils commencent eux aussi par embaucher des compatriotes puis, au fur et à mesure qu'ils s'intègrent dans le système de production, ils diversifient leur main-d'œuvre et sortent du ghetto.

On ne trouve pourtant pas des représentants de toutes les communautés dans la confection. On n'y trouve par exemple pas, ou très peu, d'Africains. Georges Jollès, président de l'Union des industries textiles, a sur la question un point de vue intéressant, selon lequel c'est dans les pays de culture textile que se recrutent la main-d'œuvre et les sous-traitants de la confection : l'Europe de l'Est, la Turquie, la Chine, l'Inde et le Pakistan, où le textile de tout temps a été une activité importante. Chacun de ces pays a d'ailleurs sa spécialité : les tailleurs d'Europe de l'Est se distinguent dans le costume, tandis que les Chinois sont bons dans le jean, le blouson et les robes, et les Turcs dans la maille.

Quant aux immigrés venus d'Afrique du Nord, il faut leur faire, dans cet ensemble, une place à part. À commencer par les Juifs algériens qui, contrairement à tous les autres immigrés du Sentier, sont des citoyens français. Les Tunisiens et les Marocains, eux, ne sont pas français, mais ils ont néanmoins en commun avec les Algériens de parler la langue. C'est là une différence de taille qui explique, en grande partie, qu'ils n'aient pas suivi l'itinéraire habituel. Contrairement à ceux qui ne la parlent pas, les immigrés d'Afrique du Nord n'ont pas eu besoin du passage par l'atelier, à la fois lieu d'accueil et d'apprentissage, pour s'intégrer et progresser dans le monde du travail. Même s'ils ont débuté eux aussi, en particulier les Tunisiens et les Marocains, en bas de l'échelle sociale, par des travaux de manutention, leur maîtrise du français leur donne très vite accès à des emplois de vendeurs et de représentants. C'est par la porte du commerce et non, contrairement aux autres, par celle de l'artisanat, qu'ils ont accès au monde du prêt-à-porter.

Destination : Sentier

Ancien fabricant de tricots reconverti à la fin des années soixante-dix dans le roman policier (on trouve décidément de tout dans le Sentier !) Joseph Bialot donne dans *Le Salon du prêt-à-saigner*[5], son premier polar qui se passe dans le milieu de la confection, cette définition du Sentier : « [À la fin des années vingt] dans les rues chaudes de ce vieux quartier parisien, s'installent quelques Juifs venus de Salonique et de Smyrne. Ils se font soldeurs en textiles, et les premières boutiques d'alimentation commencent à disparaître. Durant les années trente, le mouvement s'accélère et les grossistes en bonneterie font leur apparition. [...] Les premiers magasins tenus par des Juifs originaires d'Europe de l'Est s'ouvrent à la fin des années quarante. Quelques Arméniens se joignent au peloton, et une poignée d'hommes, travailleurs et dynamiques, va faire du quartier, en l'espace de dix ans, le premier centre textile d'Europe. »

Les premiers immigrés à investir le Sentier, dans les années vingt, sont donc les Juifs venus de Smyrne et de Salonique. Ils arrivent alors que l'Empire ottoman est en train d'être démantelé, à la suite de la révolution des « Jeunes-Turcs » de 1908 et de la guerre des Balkans de 1912 et 1913. Ce sont eux qui ouvrent les premiers magasins de tissus et de bonneterie. Mais en même temps qu'eux s'installent en France les Arméniens et les Juifs de l'Est. Ils vont tous confluer dans la confection : un tiercé gagnant, qui va s'imposer.

Case départ, l'Empire ottoman

Les Juifs de l'Empire ottoman avaient connu quatre siècles de paix et d'épanouissement sous la protection de la Sublime Porte, depuis leur expulsion d'Espagne en 1492. Beaucoup s'étaient installés sur les rives du Bosphore, à Istanbul, ou sur la mer Égée, à Smyrne ; plusieurs milliers d'entre eux avaient rejoint le port de Salonique. Multiethnique et multiculturelle, à l'image de l'Empire ottoman lui-même, Salonique est alors peuplée de Grecs, de Turcs, d'Italiens. Aux séfarades, le sultan laisse toute liberté de pratiquer leur culte et de parler le judéo-espagnol, qui restera longtemps la seconde, sinon la première, langue de Salonique.

Au cœur de l'Europe et de la Méditerranée, à la croisée de l'Empire ottoman, de la Mitteleuropa, des Balkans et de l'Europe occidentale, ce port est pendant de longs siècles un lieu privilégié d'échanges et de rencontres entre l'Orient et l'Occident, entre la tradition et la modernité. Certes les Juifs y ont conservé leur ancienne langue, mais cela ne les empêche pas de pratiquer très activement le commerce et d'être au fait des idées nouvelles qui circulent en Europe, notamment celles de la Révolution française. Ce rayonnement de la « patrie des droits de l'homme » jouera même plus tard un rôle décisif dans le choix que feront nombre d'entre eux d'émigrer en France.

La révolution de Mustafa Kemal Atatürk, avec ses idéaux nationalistes, et bientôt la guerre des Balkans au cours de laquelle Serbes, Grecs et Bulgares se dressent contre la Turquie (et ensuite les uns contre les autres) mettent fin pour les Juifs de Salonique – et pour tous ceux de l'Empire ottoman – à des siècles de tranquillité. Pris entre les feux croisés des différents nationalismes qui s'affrontent dans la région, et ne pouvant se reconnaître dans aucun d'entre eux puisque précisément ils ne sont pas une nation, ils sont nombreux à préférer émigrer. Les premiers partent dans les années qui suivent l'annexion de Salonique par la Grèce en 1912. D'autres suivent en 1917, à la suite du gigantesque incendie qui ravage la ville le 5 août; puis en 1922, lors du retour en Grèce de nombreux Grecs chassés d'Asie Mineure; et enfin en 1931, lorsque des violences anti-juives éclatent dans Salonique devenue grecque, entraînant l'exil de 10 000 Saloniciens vers Tel-Aviv.

Au début de la Seconde Guerre mondiale, il reste, malgré tout, 55 000 Juifs à Salonique. Presque tous disparaîtront dans les camps nazis. L'extermination de cette communauté, mise en place lors des grandes rafles de 1943, sera en effet l'une des plus systématiques, et ne laissera que 4 % de rescapés.

L'arrivée des Arméniens en France est, comme celle des Juifs de Salonique, liée à l'effondrement de l'Empire ottoman, mais elle est plus tardive et surtout bien plus dramatique puisqu'elle fait suite à des déportations massives de populations et au génocide de près d'un million d'Arméniens en 1915. La grande émigration arménienne de Turquie commence en 1924, au lendemain de la conférence de Lausanne qui, en 1923 et à la demande du nouveau chef de la Turquie Atatürk, annule le traité de Sèvres de 1920.

Ce traité imposé à l'Empire ottoman (allié des vaincus de la Première Guerre mondiale), et signé par le sultan, prévoyait en effet le démantèlement de la Turquie et la création d'un État kurde et d'un État arménien indépendants. Mais la conférence de Lausanne revient sur ces dispositions et reconnaît l'intégrité de l'État turc. En compensation, les signataires du nouveau traité proposent d'accorder des facilités aux Arméniens qui souhaitent émigrer, mais à une condition : ceux qui choisiront l'exil devront renoncer pour toujours à tout droit de retour en Turquie. On leur remettra alors un passeport destiné à ne servir qu'une fois et sur lequel sera inscrite la mention « sans retour possible ».

Nombreux sont les rescapés, issus de toutes les couches sociales, qui choisissent de partir en emmenant avec eux les survivants de leur famille et le peu de biens qu'ils possèdent. Cette émigration va s'échelonner jusqu'à la fin des années vingt, et pour beaucoup la destination, bien qu'ils ne parlent pas un mot de français, sera la France. Les bateaux chargés d'immigrants se rendent à Marseille. Arrivés à bon port, les Arméniens cherchent avant tout du travail. Certains d'entre eux se font embaucher dans les soieries lyonnaises, d'autres dans l'industrie de la chaussure à Romans, d'autres encore dans les ateliers de tricot d'Issy-les-Moulineaux.

Quelques années après, on les retrouvera dans le Sentier. Le Centre de recherches sur la diaspora arménienne, aujourd'hui rue Cadet (non loin de la célèbre épicerie arménienne Hératchian), aura d'ailleurs longtemps son siège au 47 rue de Cléry, dans les anciens locaux d'un marchand de tissus arménien, M. Kébabdjian, dont le fils est aujourd'hui encore le directeur de ce centre de recherches historiques et culturelles.

« À Salonique, on parlait français mieux qu'à Paris »

Les Juifs de Salonique qui émigrent entre 1915 et 1925 choisissent majoritairement la France, non seulement à cause du prestige dont ce pays a toujours joui à leurs yeux, mais parce qu'ils sont presque tous francophones. La plupart ont fait leurs études au Lycée français, ou dans l'une des nombreuses écoles qui enseignent cette langue, et la culture française est l'une de leurs références de base. Il suffit pour s'en convaincre de parler avec les quelques rares Saloniciens qui sont encore dans le Sentier, comme Georges Moreno qui ne se souvient pas que dans sa famille on ait jamais parlé le turc, mais seulement le judéo-espagnol et le français ; ou avec Nicolas Leon, un émigré d'après-guerre, dont la famille à Salonique parlait, à ce qu'il dit, bien mieux le français que lui qui vit à Paris depuis trente ans ! « Il était fréquent, se rappelle-t-il, que les gens cultivés ponctuent leur conversation de citations de Cyrano de Bergerac ou d'autres classiques français. » N'est-ce pas ce que raconte également Edgar Morin dans le livre qu'il consacre à son père[6] ? Vidal Nahoum, lui aussi, connaissait par cœur les chansons de Mayol, et aimait s'adresser aux gens par un : « À moi, comte, deux mots... »

Les Saloniciens qui arrivent pendant la guerre de 14 ne sont ni turcs ni grecs puisqu'ils viennent de fuir la ville annexée, et l'État français ne sait trop comment désigner leur nationalité. Salonique, en effet, n'a jamais été un État-nation. Les Saloniciens n'ont jamais été turcs non plus et ils ne tiennent pas davantage à devenir grecs, surtout en pleine guerre mondiale, où être l'un ou l'autre signifie soit la prison comme ressortissant d'un pays ennemi, soit la mobilisation sur le front allié. Un décret administratif leur déniche alors cette appellation invraisemblable et magnifique d'« Israélite du Levant », que les autorités françaises tamponneront le plus sérieusement du monde sur leur permis de séjour. Ils la garderont jusqu'à ce qu'ils optent pour la nationalité française.

À leur arrivée à Paris, les Juifs du Bosphore et de Salonique se regroupent essentiellement dans deux quartiers de la capitale. Le premier est délimité par la rue Sedaine, la place Voltaire et la rue de la Roquette, où beaucoup d'entre eux viennent habiter et qu'ils transforment en une sorte de micro-Salonique, avec ses commerces typiques, ses boutiques d'alimentation et ses restaurants[7]. On peut d'ailleurs s'interroger sur le destin de certains quartiers comme celui-ci, qui semblent voués depuis des décennies à l'accueil et au regroupement des immigrés. Après les Juifs de Salonique ce sont ceux d'Europe de l'Est qui, à partir des années trente, viendront habiter à proximité de la place Voltaire, avant que ne s'y crée, voici une dizaine d'années, le quartier chinois de la confection.

Le second quartier dans lequel ils se retrouvent est le Sentier où beaucoup d'entre eux ouvrent, dès les années vingt, des boutiques de tissus ou de bonneterie en gros.

Le Sentier et ses commerces de textile ne s'étendent pas encore jusqu'à la rue Saint-Denis ; et c'est surtout rue d'Aboukir, rue de Cléry et dans les petites rues avoisinant la place du Caire que se trouvent alors bonneteries, magasins de fournitures et de tissus en gros. Vidal Nahoum, qui arrive en France en 1916, installe en 1922 sa première boutique de bonneterie en gros au 52 rue d'Aboukir, alors que dans le quartier on trouvait une centaine de commerces saloniciens.

Du tissu au kilomètre

Les marchands de tissus, comme les maisons Algazi, Covo, ou Perahia, étaient les plus riches de ces commerçants, car pour ouvrir une maison de tissus il fallait avoir les moyens d'investir et connaître un peu le métier. De toutes ces maisons, la maison Broudo, créée en 1932 par Élie Broudo, est la seule qui existe encore. Georges Moreno, son gendre, la dirige depuis 1959. Élie Broudo, m'explique Georges Moreno, était arrivé à Paris après le grand incendie de Salonique. Il avait tout de suite ouvert un petit magasin de tissus au 85 rue d'Aboukir, et c'est encore à cette adresse qu'il se trouve aujourd'hui. Mais si en 1932 le local occupait 60 m^2, aujourd'hui, il en compte 3000 et colonise tout un immeuble. « Non, ne dites pas qu'il fait 3000 m^2, se reprend Georges Moreno, dites que c'est un "grand" magasin, ça suffira, ce n'est pas la peine… » comme si cela pouvait – on n'est jamais trop prudent – attirer les jalousies malveillantes, et qui sait « le mauvais œil ». Pourtant, ce n'est un secret pour personne ici, la maison Broudo est devenue sous la houlette de Georges Moreno, après celle de Broudo, un véritable empire.

À Salonique, le père d'Élie Broudo était éleveur de vers à soie, et il avait poussé son fils à travailler très jeune : « Devinez à quel âge il a commencé à faire du commerce ? demande amusé Georges Moreno, tant il est sûr que je ne trouverai pas la réponse.

– Je ne sais pas, j'ai rencontré ici beaucoup de gens qui ont commencé à travailler très jeune… À quinze ans ?

– Non, à neuf ans ! À neuf ans, il savait déjà ce que c'était qu'acheter et vendre, il savait ce qu'était le commerce ! Au début, il s'agissait de petites choses, évidemment, mais cela l'a formé très jeune aux réflexes et aux manières de raisonner du commerce. Ce qui fait que lorsqu'il est venu à Paris, à l'époque il était déjà père de famille, il n'a pas eu de mal à mener sa barque. »

Mais cela ne veut pas dire qu'Élie Broudo n'ait été qu'un commerçant, uniquement préoccupé de la réussite de ses affaires. C'était aussi, aux dires de Georges Moreno, un homme de culture, « libéral comme tous les Saloniciens ». Sans être religieux, et encore moins sectaire, il était respectueux des traditions, et avait versé des fonds pour la construction de la synagogue de la rue de la Roquette. Tous ceux qui l'avaient rencontré le respectaient pour sa droiture et, dans le Sentier, il arriva plus d'une fois qu'on ait recours à lui pour arbitrer un conflit.

Pendant la guerre, comme toutes les entreprises juives, la boutique d'Élie Broudo est réquisitionnée et placée sous contrôle aryen, et son propriétaire s'enfuit pour se cacher. Lorsqu'il rentre à la Libération, toute sa marchandise et son matériel ont évidemment disparu, et il ne retrouve plus que les murs de son magasin. Il doit repartir de zéro : c'est alors que son destin croise celui de Moreno. Ce dernier est né à Paris dans les années vingt, mais sa mère est de Salonique, tandis que son père est né de l'autre côté du détroit des Dardanelles, dans le port de Çanakkale. Son enfance est celle d'un petit Parisien tranquille jusqu'à ce jour de juin 1940 où l'armée allemande fait son entrée dans Paris. Son père, à cette nouvelle, ressent un tel choc qu'il est terrassé par une crise cardiaque. Et c'est seul avec sa mère que Georges Moreno part se réfugier en zone libre.

La guerre finie, après de brèves études commerciales, il part au service militaire qu'il est fier d'effectuer comme officier de réserve. Car ce dont il rêve, à vingt ans, c'est de faire une carrière militaire ! C'est un rêve où se mêlent tout à la fois son admiration pour certaines valeurs – la morale, l'ordre et l'honneur – qu'il croit retrouver dans l'armée, et son orgueil d'être français. Il lui faut pourtant renoncer à son rêve pour ne pas contrarier sa mère et, en 1947, il accepte, suite à la recommandation de l'un de ses oncles, d'entrer comme comptable chez Broudo. Il ne semble pas avoir perdu au change, car le petit employé qu'il est ne va pas tarder à faire son chemin : peu de temps après, il épouse la fille d'Élie Broudo. Lorsqu'en 1959 son beau-père meurt, il reprend l'affaire dont il fera l'une des plus grosses maisons de tissus du Sentier, et l'une des rares à prospérer encore.

« J'achète des chaussettes à 3 F, je les revends à 3,50 F »

Vidal Nahoum fait partie, quant à lui, de l'autre catégorie de marchands saloniciens du Sentier, les commerçants de bonneterie en gros, dont l'exercice réclame de moindres investissements et une formation professionnelle des plus rudimentaires. Ainsi qu'il l'expliquera un jour à sa petite-fille, il lui suffisait de savoir acheter des chaussettes à 3 F la douzaine, et de les revendre 3,50 F. Même chose avec les bas et avec les culottes de coton.

Dans son livre, Edgar Morin dresse un portrait chargé de tendresse et non dénué d'humour de ce père plein de charme, mais bien peu doué pour les affaires. En tout cas pour la bonneterie, à laquelle il ne parvint jamais à réellement s'intéresser, n'ayant aucune passion ni pour les bas ni pour les chaussettes. Au bout de plusieurs années, il n'avait toujours pas acquis le sens des textures, des couleurs, ni des matières, ce qui faisait de lui la proie idéale des fournisseurs qui réussissaient à lui vendre n'importe quoi. Il n'y a que M. Doré, l'un des directeurs de la célèbre marque de chaussettes et de bas DD qui, l'ayant pris en affection, lui réservait certaines exclusivités. Cela ne l'empêchera pas d'être voué, toute sa carrière, aux fins de série, au deuxième choix, aux soldes, aux coloris impossibles... dont il conservera des stocks d'invendus pendant plus de dix ans, jusqu'à ce que l'occupation allemande de 1940 et son régime de restrictions lui permettent enfin de les écouler ! Du moins jusqu'en juillet 1941, date à laquelle il est finalement contraint de prendre la fuite, après que son entreprise a été placée, comme toutes celles appartenant à des Juifs, sous le contrôle d'un administrateur aryen.

À la fin de la guerre, Vidal retrouve son magasin qu'il laisse vivoter sans songer à le faire prospérer, ni pendant l'ère des restrictions de l'immédiat après-guerre, ni lors du grand essor économique de la fin des années cinquante. Sa famille le pousse à tenter le textile en gros, et il relève en 1949 une grande boutique de tissus, rue de Mulhouse, toujours dans le Sentier. Mais il s'y sent mal et quatre ans plus tard, il retourne rue d'Aboukir, où il ouvre une nouvelle boutique à l'enseigne de la Maison Vène, d'après ses initiales, VN, dont il espère que prononcées ainsi, elles lui porteront chance ! Mais les affaires ne s'envolent pas pour autant, et à la fin des années cinquante, il doit vendre son fonds de commerce pour en acheter un autre moins cher, à la périphérie du Sentier, rue Beauregard. Des années durant, cette boutique ne cessera pas non plus de péricliter. Le Sentier, c'était sa *querencia*, explique Edgar Morin, d'un terme de tauromachie qui désigne l'endroit vers lequel se dirige le taureau lorsqu'il rentre dans l'arène : son coin, son territoire, son lieu de repli. Et lorsqu'en 1966, à l'âge de soixante-douze ans, il doit se résoudre à vendre enfin ce magasin, il ne peut pas s'empêcher d'en acheter encore un dernier, cette fois-ci minuscule, dans une rue encore plus excentrée du quartier, la rue de la Lune, où il gardera une boîte aux lettres jusqu'à la fin de ses jours ! Vidal Nahoum aura passé plus de cinquante ans de sa vie dans le Sentier.

Edgar Morin, bien des années après la mort de Vidal, se demande encore, non sans amusement, comment son père a bien pu faire pour gagner sa vie : « Je n'ai jamais compris, me confie-t-il, comment il faisait pour gagner de l'argent, pour vivre correctement de son commerce. Il menait une vie plutôt aisée, même si à la fin de ses jours, il ne restait plus rien. Or c'était un petit métier, c'était une toute petite boutique. »

Un morceau d'Orient

Si beaucoup des boutiquiers étaient alors séfarades, ils ne formaient pas pour autant une communauté homogène, car même entre les Juifs venus de l'Empire ottoman, des fractures existaient. D'un côté, les Juifs de Smyrne et d'Istanbul voyaient les Saloniciens comme de parfaits emmerdeurs : « *Saloniki fidchuro* », disaient-ils ; tandis que pour ces derniers, les gens d'Istanbul étaient tous des cons : « *Stanbuli bovo* », se souvient Edgar Morin qui l'a souvent entendu dire dans sa famille. Ces antagonismes étaient tels que les mariages entre les Juifs de Salonique et ceux du Bosphore étaient extrêmement rares. Il faut aussi préciser que les Juifs de Salonique, qui s'étaient toujours considérés comme l'aristocratie des séfarades, du fait de leur culture et de leur situation privilégiée au sein de l'Empire ottoman, ne se gênaient pas pour afficher leur mépris envers toutes les autres communautés, mêmes les plus proches. Et ce ne sont pas les quelques Saloniciens du Sentier que j'ai rencontrés qui me contrediront, persuadés qu'ils sont tous encore d'appartenir à l'une des communautés juives – sinon à « la » communauté – la plus prestigieuse.

Du Sentier de son enfance, Edgar Morin a surtout gardé le souvenir d'une atmosphère bigarrée et cosmopolite où se mêlaient les séfarades, toutes sortes d'immigrés et aussi le « petit peuple » de Paris : ouvriers et cousettes vivant dans les chambres mansardées, concierges dans leurs loges. Les représentants eux aussi étaient essentiellement français, ainsi qu'une partie des clients, dont les boutiquiers de province. Quant aux autres, petits commerçants de Paris et marchands forains, ils étaient en grande majorité arméniens, nord-africains ou ashkénazes.

Il y avait notamment des Algériens, dont la présence était encore rare et perçue comme très exotique dans la France d'avant-guerre. Victor Zigelman, lui, se le rappelle très bien. Il a notamment gardé le souvenir d'une émission radiophonique très populaire de l'époque, *Sidi Cacahuètes et Sidi Tapis*, qui mettait en scène deux Algériens, l'un vendeur de cacahuètes à la terrasse des cafés, l'autre marchand ambulant de tapis. Leur présence dans le Sentier, ajoutée à celle des Saloniciens et des Arméniens, donnait au quartier ce caractère, unique à l'époque, de morceau d'Orient en plein Paris.

L'importance des séfarades ne faisait pas du Sentier un quartier juif. C'est même ce qui le distinguait de celui de la rue des Rosiers, dont l'atmosphère était empreinte de la présence des ashkénazes venus de Russie et de Pologne. Ici, aucun mode de vie particulier, aucun signe distinctif ne désignait aux passants une communauté marquante. Seuls les noms des boutiquiers et la manière que ceux-ci avaient parfois de s'interpeller en judéo-espagnol, ou encore l'entassement sans grâce des marchandises, qui rappelait davantage le bazar que le commerce à l'européenne, laissait filtrer discrètement leur singularité. Mais rien de plus. C'est d'ailleurs ce qui continuera à distinguer le Sentier des autres quartiers d'immigration. Car ce qui réunit les Juifs, mais aussi les Arméniens et depuis quelque temps les Turcs, dans ce périmètre, ce n'est pas leur appartenance à une communauté mais l'exercice d'une activité professionnelle. « Leur affiliation à une même corporation », pour reprendre les termes d'un fabricant d'aujourd'hui. Laquelle, de surcroît, attire et fait travailler depuis toujours toutes sortes d'autres communautés.

Des premiers Saloniciens du Sentier, ou de leurs descendants, il ne reste aujourd'hui que Georges Moreno. Nicolas Leon, quant à lui, arrivé à Paris à la fin des années soixante, est l'un des rares rescapés de l'extermination des Juifs de Salonique par les nazis, et l'un des derniers témoins vivants de ce que fut l'histoire de cette petite communauté, pas tout à fait comme les autres, qui connut le bonheur et la paix des siècles durant.

« Le trajet type d'un Arménien »

Parmi ces nombreux réfugiés des années vingt, il y a les parents de Janine Altounian[8] dont elle a si souvent entendu conter, lorsqu'elle était enfant, l'arrivée à Marseille sur ces fameux bateaux : sans papiers, sans argent, ne parlant pas français, totalement démunis. C'est une odyssée relatée des centaines de fois mais qu'elle est incapable, devenue adulte, de restituer dans les détails : « Parce que tous ces récits relatifs au passé, comprend-elle aujourd'hui, je les ai toujours écoutés d'une oreille, mais pas des deux, tant en était lourde la charge d'angoisse pour l'enfant que j'étais. »

Ce qu'elle peut raconter, ce sont les débuts en France de ses parents : comment son père réussit d'abord à se faire embaucher comme ouvrier soyeux à Lyon, puis très tôt, dès avant la guerre, comment il s'installe à Paris où il devient artisan tailleur pour une grande maison de confection. « Nous vivions alors dans un petit appartement de la rue Léopold-Bellan qui servait aussi d'atelier à mon père, et où ma mère cousait. La famille, les voisins passaient y prendre le thé et bavarder dans la journée, sans que pour autant le travail s'arrête. On se racontait les nouvelles du jour en arménien. Mes parents travaillaient tout le temps mais c'était une atmosphère très conviviale, dont je garde certains des souvenirs les plus heureux de mon enfance. Ce n'est que bien plus tard que j'ai compris combien cet acharnement qui était le leur était certes lié au désir "d'accéder à une situation", comme ils disaient, mais était aussi une défense contre leur peur de la misère, celle qu'ils avaient connue à leur arrivée en France surtout, et qui ne les quittait pas. Cette manière qu'ils avaient de se saouler, de littéralement s'abrutir de travail, c'est le seul moyen qu'ils avaient trouvé pour faire taire les souvenirs anciens. »

Janine Altounian était encore petite mais elle se souvient très bien d'une anecdote qui lui fait penser que son père a dû être un bon ouvrier. Nous sommes dans les années trente, alors qu'on commence à imposer toutes sortes de restrictions à l'embauche des étrangers, et son père, en tant que tel, vient de se faire renvoyer. Quelques jours après, voici que quelqu'un de son ancienne maison se présente chez eux : il vient faire appel à lui de la part de son patron pour qu'il l'aide dans le montage d'une pièce particulièrement délicate, un smoking peut-être, que leur a commandé un client de marque. Ce qui prouve, à n'en pas douter, que son père était un bon ouvrier. Mais cela montre aussi qu'il ne manquait pas non plus de logique ni d'honneur, car à l'émissaire du patron, il aurait réparti : « Je n'ai pas changé de nationalité en quelques jours », et se serait offert le luxe, bien qu'au chômage, de refuser ce travail. Sa peur virulente de la misère s'était heurtée là à une limite, qui n'était autre que celle de sa dignité.

En racontant cet épisode, dont elle est fière pour son père, Janine Altounian laisse en même temps entendre que c'est grâce à son savoir-faire, grâce à ce métier de tailleur qu'il avait appris et dans lequel il excellait, que son père avait eu la force d'affirmer cette dignité. Être capable de faire quelque chose de ses mains, c'est toujours – et ça l'était plus encore à cette époque-là – une forme de protection contre la misère. C'est la leçon que ses parents lui ont transmise et qu'elle n'a jamais oubliée.

Après la guerre, son père deviendra d'ailleurs à son tour patron et montera son propre atelier de confection rue Saint-Denis où il s'occupera de la coupe, tandis que sa mère dirigera les apprentis, achevant ainsi en quelque sorte le trajet type d'un Arménien, avec ses différentes étapes : Marseille, les soieries de Lyon, le Sentier.

D'autres connaîtront des parcours moins attendus, comme Arthur Mihran, le père de Virginie – prénom dont il dotera à la fois sa fille et son magasin. « Monsieur Arthur, disait-on, il avait une main en or massif ! » Ce qui est la forme superlative de l'une des expressions typiques du Sentier : « avoir la main ». C'est une formule mystérieuse que j'ai entendue à maintes reprises au cours de cette enquête. Elle évoque à la fois le don, le talent, la chance, et elle implique que tout ce que l'on touche se vend immédiatement.

Monsieur Arthur avait donc une main en or massif, mais aussi une fille dont le talent et la créativité, on le verra, seront pour beaucoup dans l'explosion de sa maison au tournant des années soixante-dix.

Avant d'en arriver là, monsieur Arthur, lui aussi, a connu les nombreuses et difficiles étapes de la vie du réfugié. C'est aux usines Citroën, qu'à peine débarqué en France, il débute comme ouvrier et rencontre sa future femme, employée au nettoyage des voitures, et arménienne comme lui. Quelques années d'usine et tous deux parviennent à ouvrir, dans les années trente, leur premier magasin de bonneterie dans le Sentier – l'un des plus anciens commerces arméniens du quartier, donc.

Mais c'est surtout après la guerre que leur affaire prend son essor, lorsque monsieur Arthur, qui a été fait prisonnier, est libéré, et s'associe avec un Juif rescapé des camps. Ensemble, ils achètent alors des machines à tricoter. De commerçants, ils deviennent fabricants en bonneterie – maillots de corps, collants, chaussettes – qu'ils revendent pour l'essentiel à des marchands forains. Monsieur Serge, un autre Arménien du quartier, se souvient même de l'année où son propre père avait acheté à monsieur Arthur sa traction avant pour l'aider à se procurer une machine à tricoter circulaire spéciale, pour faire les « marcels ». (Voir ou revoir, pour ceux qui ont oublié les charmes de ce sous-vêtement ô combien seyant, le célèbre combat de Charles Vanel et d'Yves Montand dans *Le Salaire de la peur* ou, dans sa version plus provençale, la non moins célèbre scène finale de *La Femme du boulanger* où Raimu, en marcel, s'adresse à la chatte Pomponette.)

Leur commerce continue ainsi, tranquillement prospère, jusqu'au moment où Virginie a l'idée d'utiliser ces machines pour fabriquer tout autre chose. Mais là commence un autre chapitre de l'histoire…

Serge Ghazarian, en voilà encore une histoire du Sentier ! Ses parents, rescapés eux aussi des massacres de Turquie, ne parlent pas plus français que les autres à leur arrivée. « Alors, qui se ressemble, s'assemble... Il y avait déjà beaucoup de gens [entendez d'Arméniens] dans la confection, ils les ont rejoints ! » C'est ainsi, un peu sommairement, que monsieur Serge résume, au premier abord, l'arrivée de ses parents dans le Sentier. Il faudra un peu plus de temps pour qu'il raconte le parcours mouvementé qui les a conduits en France et les épisodes, non moins mouvementés, de leur installation.

Monsieur Serge, l'un des derniers artisans plisseurs du Sentier, est un homme tout à la fois affable et réservé, dont le visage frappe tant par sa bonté rayonnante que par l'intelligence de son regard. Il parle sans hausser la voix, d'un ton égal et sans effets, même lorsqu'il raconte certains de ces événements qui font à jamais basculer la vie.

« Mon père, après que toute sa famille avait été tuée lors des massacres de 1915, s'est réfugié d'abord à Bagdad, où il est devenu mendiant. C'est son premier métier, mendiant. Et puis il s'est retrouvé en Iran, où il a rencontré ma mère, qui elle est née en Russie, à Kharkov. En Iran, ils se sont mariés et ils ont vécu pauvrement quelque temps. Jusqu'au jour où mon père, parce qu'il avait osé toucher la viande dans une boucherie, ce que tout le monde faisait, s'est fait insulter par le boucher qui préféra jeter la viande à la poubelle devant lui “plutôt, criait-il à qui voulait l'entendre sur le marché, que de devoir garder un morceau souillé par une main impure”, c'est-à-dire celle d'un non-musulman. Alors, mon père a pris peur et il s'est dit qu'il était temps de quitter ce pays. Et c'est ce qu'ils ont fait. Mais ils n'avaient pas assez d'argent pour partir tous les deux ensemble. Mon père est donc parti seul en France, où il est devenu photographe de rue à Paris. Il photographiait les touristes, à l'époque – il y avait surtout des Américains. Et quand il a eu assez d'argent il a fait venir ma mère. C'est comme ça qu'ils ont fini, à la fin des années trente, par se retrouver à Paris. »

Ce qu'ont fait ses parents jusqu'à la guerre, monsieur Serge ne le sait pas trop, sans doute toutes sortes de petits métiers, jusqu'à ce qu'ils reprennent un pressing, vers la rue Caulaincourt. De cela, il se souvient, parce que c'était pendant la guerre et qu'il était petit garçon. Il se souvient même d'un certain Manouchian, « celui de l'Affiche rouge, vous connaissez ? » me demande-t-il, en levant le nez de son assiette, alors que nous déjeunons ensemble dans un bistrot du quartier, avant de continuer imperturbable : « Il venait nous voir presque tous les jours, mon père savait bien qu'il était dans la Résistance. Cela dit, il ne l'aimait pas beaucoup, parce que Manouchian était communiste, mais bon, ils étaient copains quand même. Le travail de Manouchian, c'était de vendre des biscuits secs, des biscuits LU dans de grandes boîtes en aluminium – je me le rappelle bien parce que je mettais mes jouets dedans quand elles étaient vides –, et il entreposait ses boîtes dans l'arrière-boutique de notre pressing. Quelque temps après la guerre, mon père me dit un jour, en riant :

– Il y avait des jours, ses boîtes, elles étaient rudement lourdes pour des biscuits !

Je n'en revenais pas.

– Tu es fou, je lui ai dit, tu entreposais des armes !

– Eh bien oui, m'a-t-il répondu, on était jeunes, et c'était un compatriote. »

Aujourd'hui, c'est monsieur Serge que cette histoire fait sourire ; il la raconte avec une pointe de fierté à l'égard de son père, auquel j'imagine qu'il doit ressembler avec cette manière d'avoir l'air de rien, mais de faire sans bruit ce qu'il faut.

Tout en tenant le pressing, la mère de monsieur Serge coud à la machine et c'est comme ça que, plus tard, en 1949, ils arrivent dans un atelier de la rue Poissonnière, où monsieur Serge travaille encore. Ce sont des petits fabricants d'un niveau très artisanal : sa mère pique à la machine, ils ont juste une aide pour les seconder à l'atelier. Ce n'est que plus tard, lorsque dans les années soixante leur fils viendra les aider, que l'affaire se développera et que monsieur Serge (qui avait fait entre-temps des études de droit !) deviendra l'un des meilleurs artisans plisseurs du quartier.

Aujourd'hui, du temps a passé, et de nouveaux immigrants sont arrivées dans le Sentier, parmi lesquels beaucoup de Turcs qui, après avoir commencé comme ouvriers dans les années soixante-dix, sont devenus à leur tour entrepreneurs. Ils sont d'une autre génération et n'ont pas connu les événements que raconte monsieur Serge et qui étaient à l'origine de l'exil de ses parents. Et cependant j'ai eu envie de lui demander comment, près d'un siècle après les massacres de 1915, les choses se passent entre Arméniens et Turcs de la profession.

« Ça se passe, répond-il, laconique, après un long silence.

– C'est-à-dire ?

– Ça se passe. Il n'y a pas de tensions… mais il reste un contentieux, c'est clair. Tant qu'ils n'auront pas reconnu le génocide… C'est comme si on disait que les Allemands n'avaient rien fait aux Juifs ! Il ne faut pas exagérer, quelque part ça énerve ! »

Ces mots m'avaient fait sursauter, non par leur virulence, mais bien au contraire par leur incroyable retenue. Prononcés du même ton égal et sans apparente colère, sinon une pointe d'accent bougon, ils m'avaient semblé, étonnamment inadéquats. « Quelque part ça énerve », c'est tout ce que monsieur Serge se risquait à dire.

« Et ces tensions se répercutent sur le plan du travail ?

– On ne peut pas les éviter puisque c'est la majorité des entrepreneurs aujourd'hui. Neuf entrepreneurs sur dix dans le Sentier sont turcs... Je dis bien dans le Sentier, parce qu'il y a aussi beaucoup de Chinois qui travaillent pour le Sentier, mais eux, ils sont plutôt dans le 11e. On ne peut pas y couper... mais on ne court pas après. »

Monsieur Serge, dans l'expression de son malaise et de sa blessure jamais refermée, est représentatif de la plupart des Arméniens issus de la génération du génocide. Il l'est certainement moins de ceux qui sont arrivés dans les années soixante-dix ou quatre-vingt, en même temps que les Turcs. Car il existe aussi toute une émigration récente d'Arméniens de Turquie, conséquente à la crise économique et politique de ce pays. Descendants des Arméniens qui avaient pu rester en Turquie et s'étaient intégrés à la société, ceux-là parlent turc et ont même très souvent « turquisé » leur nom, en changeant la terminaison traditionnelle *ian* en *oglu*, désinence typique des noms turcs. Plusieurs Arméniens de cette nouvelle génération ont également créé des affaires ou des ateliers dans le Sentier, sans que les relations avec les Turcs ne leur posent problème. Au contraire, ne serait-ce que pour des facilités de langue, ce sont des Turcs qu'ils emploient le plus souvent.

Isidore, en provenance de Lodz

Si beaucoup de Juifs ont commencé à quitter l'Europe centrale et orientale dès la fin du XIXe siècle, c'est surtout à partir des années vingt que le mouvement s'amplifie.

Selon Nancy Green[9], il y aurait eu, en 1925, 3 500 000 émigrés juifs dont 100 000 pour la France, parmi lesquels beaucoup, dès avant leur départ, étaient spécialisés dans l'artisanat et la petite industrie : tailleurs, cordonniers, chapeliers, mais aussi ébénistes, relieurs… D'autres, dépourvus de toute qualification, furent, pour commencer, affectés aux tâches les plus simples dans les nombreux ateliers de confection.

Isidore Zigelman est l'un d'entre eux. Arrivé de Lodz en 1920, il trouve d'abord un emploi de presseur dans un atelier des Galeries Lafayette. « Ce n'était pas une grande spécialité, presseur, plutôt l'équivalent d'un OS, précise son fils Victor, car c'était la tâche qui s'apprenait le plus facilement. » La mère de Victor, elle, est originaire de Wilno et fabrique des gilets à domicile. Elle rencontre Isidore à Paris dans un atelier et tous deux se marient en 1924.

Quand il évoque son enfance, ce sont surtout les images d'une grande pauvreté, d'un quotidien âpre et laborieux, qui reviennent à la mémoire de Victor : le petit appartement – une pièce de 12 m² – dans lequel il habite avec ses parents jusqu'en 1934, sans eau, sans électricité. Il n'a jamais oublié le jour merveilleux où l'on est enfin venu y installer le courant – ce devait être en 1932 – et qu'il a passé à jouer avec l'interrupteur : allumer et éteindre, allumer et éteindre. Il revoit aussi les promenades du dimanche le long du boulevard de Belleville, où ils croisent tous les autres ouvriers juifs qui, comme eux, pour leur après-midi de congé, font inlassablement l'aller-retour entre les métros Belleville et Ménilmontant. C'est là leur unique distraction.

En 1935, ils déménagent enfin dans un appartement plus grand, un deux-pièces de 23 m² rue Saint-Maur, et son père quitte les Galeries Lafayette pour s'installer comme ouvrier à domicile. Son travail n'en est pas moins pénible, avec ses inévitables périodes de haute et de morte saisons que les ouvriers de la confection ressentent à cette époque-là encore plus durement qu'aujourd'hui, mais au moins peut-il s'organiser comme il l'entend. Victor se souvient qu'une des plus grandes périodes de presse, dans ces années d'avant-guerre où son père était ouvrier à domicile, était curieusement celle des semaines précédant la Toussaint, parce que les Parisiens partaient voir leur famille en province et qu'à cette occasion beaucoup de femmes s'achetaient un tailleur.

En quoi consiste le métier d'Isidore Zigelman, depuis qu'il est devenu ouvrier à domicile ? Il commence par aller chercher régulièrement chez son patron un « matelas » de cinq, six ou dix vêtements qui lui sont fournis en pièces détachées. Le coupeur a tout préparé : le dos, le devant, les manches (dessous et dessus de manches), le col, les pattes de poches. Et son travail à lui est de rapporter les vêtements montés. « Mon père ne montait pas lui-même les pièces, précise son fils Victor, mais il "réglait" le travail. Le soir, sans faire de bruit, à l'aide d'une aiguille et d'un fil enduit de craie, il passait à travers le matelas, pour marquer sur toutes les pièces l'emplacement des poches, des boutonnières. Il suivait pour cela le modèle de la pièce du dessus où tous ces emplacements avaient été tracés à la craie par le coupeur de l'atelier. Et puis, il coupait les doublures, il coupait les toiles qui allaient dans les cols et dans les revers. Le lendemain matin arrivait un mécanicien qui montait les pièces à la machine. Ma mère s'occupait des finitions, c'est-à-dire, comme elle le disait avec son accent, de la "doublire" et du "tournage" – il y avait en effet une opération qui s'appelait le "retournage", mais j'ai oublié en quoi elle consiste. Ensuite, mon père faisait la presse en recouvrant notre table d'une planche. »

Pour le repassage, on se sert alors de fers très lourds, si lourds même que je me souviens avoir entendu, un jour, un ancien tailleur poser cette question en forme de blague : « Vous savez ce qu'ils faisaient les Juifs, dans le temps quand ils se lançaient dans la confection ? Ils commençaient par s'acheter un fer de 7 kg, pour être sûrs de souffrir ! » C'était effectivement des fers de 7 kg, qu'on posait sur une sorte de petit réchaud à gaz qui s'allumait quand on mettait le fer dessus, et qui se mettait en veilleuse quand on l'en enlevait. Victor Zigelman se souvient aussi de la pattemouille, cette toile humide qu'on mouillait avec une éponge pour humidifier le tissu avant de le repasser, et puis de la petite forme en bois dont se servait son père pour enlever la buée, le repassage fini.

Quand le vêtement est terminé, vient alors le moment de le mettre sur le mannequin, pour vérifier que tout tombe bien. « C'était un mannequin de taille 44 de chez Stockman, se souvient Victor, une boîte qui se trouvait rue Réaumur, près du métro Arts et Métiers, parce qu'à l'époque, le 44, c'était la taille standard. Si on montait un 40 ou un 42, il suffisait de le mettre sur le mannequin et de ne pas fermer les boutons. Dans tous les cas, il fallait que tout tombe d'aplomb. Mais quelquefois, hélas, c'était une vraie catastrophe ! Surtout les manches, parce qu'une manche mal montée, elle part en arrière (on disait alors vulgairement en yiddish, que la manche se grattait le *tokhes*, c'est-à-dire le derrière !) ou elle part en avant, et de toute façon, il faut tout refaire, tout démonter, dépiquer la manche… une horreur ! »

Enfin, quand tout était fini, si nécessaire remonté, Isidore mettait les vêtements montés bien à plat dans une toilette, ce grand drap noir qu'il fermait avec des épingles à nourrice, et il prenait le métro pour aller livrer ses patrons dans le Sentier, rue d'Aboukir ou rue de Cléry (non sans faire, on l'a vu, un petit détour par le Rex et par le gendarme de la porte Saint-Denis).

« Le Sentier, c'est là que se trouvaient, comme il disait dans un mélange de français et de yiddish ou plutôt un français déformé par l'accent yiddish, les maisons pour lesquelles il travaillait. Des maisons qu'il nous décrivait en des termes quasi mythiques, et qui ne manquaient pas, quand j'étais enfant, de me laisser rêveur et impressionné. À leur tête, il y avait bien sûr, le patron, le maître, mais il y avait surtout un personnage qui me paraissait fabuleux : le “modéliste”. Le modéliste c'était, pour reprendre une expression typique du Sentier jusqu'aujourd'hui, un “monsieur”. C'était le grand créateur qui portait une blouse blanche comme les chirurgiens. Car ils avaient des blouses blanches, c'est vrai – les modélistes étaient des personnages ! Et bien sûr, le rêve de mon père, c'était que je devienne modéliste. Non seulement parce qu'il portait une blouse blanche, et que c'était le créateur, mais parce qu'en plus il allait aux courses ! À l'époque, on allait, en effet, voir la mode aux courses. Il y avait là des mannequins qui arrivaient dans de superbes voitures et qui présentaient les nouveaux modèles. Sans doute n'y avait-il pas de défilés comme aujourd'hui, mais les courses étaient un lieu de présentation de la mode et le modéliste était tenu d'y assister pour voir la “tendance”, comme on ne disait certainement pas à l'époque, et s'en inspirer. Le summum, pour mon père, était donc que je sois modéliste. Mais si je n'y parvenais pas, il envisageait pour moi une autre situation qui n'était pas mal non plus, celle de représentant. »

Il ne sut jamais, le pauvre Isidore, mort trop jeune en déportation, que son fils Victor exaucerait après la guerre ces deux ambitions et qu'il serait quelque temps, avant de devenir secrétaire de rédaction à *France-Soir*, bel et bien modéliste et représentant… mais dans des circonstances et pour des emplois qui, on le verra, n'auront pas grand-chose à voir avec les rêves de son père.

Les « entreprises juives »

Isidore Zigelman est arrêté lors de la grande rafle du 11ᵉ arrondissement, le 20 août 1941. Transféré à Drancy par l'un des premiers convois de prisonniers, il est déporté en mars 1942 à Auschwitz où il mourra quelques mois plus tard. Il avait été ce petit homme rond et modeste, dont se souvient aujourd'hui son fils ; mais aussi un ouvrier juif engagé dans son temps, au fait des combats politiques, comme ils étaient nombreux à l'être en ces années-là. Sympathisant communiste et détaché de toute tradition religieuse, Isidore avait appartenu au mouvement *Die Arbeter Ordenung (L'Ordre Ouvrier)* et il lisait *Naïe Presse (La Nouvelle Presse)*, le journal yiddish d'inspiration communiste. Des ouvriers comme lui, il y en eut des dizaines de milliers à mourir dans les camps. D'après Nancy Green[11] environ 50 % des ouvriers juifs de la confection sont morts en déportation, ce qui fit passer – inutile de le commenter, il parle de lui-même – le chiffre de la main-d'œuvre dans l'industrie du vêtement en France de 478 000 employés en 1938 à 250 000 en 1944.

D'autres, qui eurent plus de chance, purent se cacher et revenir la guerre finie, comme M. et Mme J. R.* qui, arrivés de Pologne dans les années trente alors qu'ils étaient jeunes mariés, avaient ouvert un atelier de tricot dans le quartier de la place de la République. Mais en 1941, comme toutes les « entreprises juives », leur atelier est placé sous le contrôle d'un gérant aryen. Rappelons qu'étaient déclarées « juives » toutes les entreprises dont le propriétaire, le directeur ou plus d'un tiers des actionnaires ou des associés étaient juifs. À cette date, en 1941, M. J. R. était démobilisé en zone libre et il était déjà parti se cacher. Sa femme, abandonnant tout aux mains du gérant, ne tardera pas à le rejoindre.

Je n'ai pas rencontré Mme J. R. – c'est aujourd'hui une femme âgée – mais je lui ai parlé au téléphone, et sa voix est de celles qu'on n'oublie pas, tant elle exprime, par-delà le barrage de la fatigue et de l'âge, de force et de clarté. De

---

* Certaines personnes interviewées ont préféré garder l'anonymat.

colère aussi, lorsque, plus de cinquante ans après les événements, elle évoque le gérant qui leur avait été commis d'office par les Allemands : « Un ancien blessé de la guerre de 14 qui se croyait tout permis ! Son but, c'était de faire mettre tous nos hommes dans les camps et de faire copain-copain avec nous les femmes, vous voyez ce que je veux dire... C'était horrible, alors j'ai fini par partir moi aussi en lui laissant tout – les clefs de notre affaire, les machines – et je me suis enfuie. »

Mme J. R. garde encore, à ce qu'elle m'a dit, les lettres de menace que ce gérant leur envoyait pour qu'ils lui abandonnent tout, mais elle n'a jamais pu les ressortir depuis la guerre : « Je ne pourrais pas les regarder », explique-t-elle de sa voix à la fois tremblante et ferme.

Leur histoire, pourtant, n'est pas de celles qui se terminèrent le plus mal. De retour à la fin de la guerre, ils retrouvèrent certes leurs locaux occupés et leurs machines vendues. Il leur fallut faire un procès pour récupérer leurs biens, mais peu après ils purent tout recommencer. Ils reprirent leur atelier et ouvrirent dans la rue Saint-Denis un magasin de tricots appelée à devenir l'une des affaires les plus florissantes du Sentier.

Vidal Nahoum, lui aussi, dut quitter son magasin de la rue d'Aboukir en 1941, non sans avoir mis un certain temps, il faut le reconnaître, à comprendre ce qui le menaçait.

Edgar Morin raconte comment, après la capitulation de juin 1940, Vidal prend la route de Toulouse avec sa famille. Mais dès le mois d'août, il décide de rentrer à Paris et de rouvrir sa boutique. Il n'est pas inquiet, pas même du cachet « Juif » sur sa carte d'identité : il le rassure plus qu'il ne l'alarme car il se sent en règle avec la loi. Naturalisé depuis 1931, il se considère français. De surcroît, ses affaires marchent bien. La plupart des autres grossistes du Sentier s'étant réfugiés en zone sud et la production bonnetière s'étant raréfiée, il en profite pour vendre ses vieux stocks, et redevient même, pour un temps, prospère.

Mais en décembre 1940, il apprend, avec la plus grande surprise, la nomination pour son magasin d'un administrateur provisoire aryen, un certain M. Freulon, domicilié rue de Rivoli, auquel il doit remettre le 27 janvier 1941 son bilan, son compte d'exploitation, et son inventaire de fin d'année. Entre-temps Vidal a bien tenté de faire une cession plus ou moins fictive de son commerce à l'un de ses amis non-juifs, pour tenter de le sauver de la réquisition, mais l'administration s'y est opposée. Et le 22 juillet 1941, il est contraint, en application de la loi du 2 juin 1941 visant toute personne juive, de déclarer l'ensemble de ses biens : maison et compte en banque. C'est à ce moment-là qu'il se décide enfin à fuir en zone libre, mais le trajet sera bien plus difficile qu'en 1940. Lui aussi gardera toute sa vie, comme Mme J. R., un souvenir de cette époque-là, non pas les lettres du gérant, mais l'affichette jaune aux caractères noirs *Jüdisches Geschaeft*, « entreprise juive », qu'il avait dû apposer sur la vitrine de son magasin.

Le plan d'aryanisation des entreprises, tel qu'il était mis en place, avait pour but d'exclure, dans le délai le plus court possible et de manière définitive, les Juifs de la vie économique française. Ceux-ci, dans un premier temps, ne seront pas expropriés mais il leur sera interdit de réinvestir leurs disponibilités dans une entreprise commerciale et leurs affaires seront contrôlées par des commissaires administratifs. Les mesures vont s'aggraver et dès le 26 avril 1941, une nouvelle ordonnance interdit aux Juifs un grand nombre d'activités économiques, prohibe tout contact avec le public aux Juifs employés ou cadres, et enjoint aux administrateurs provisoires de se substituer aux propriétaires.

Lorsque commenceront les grandes rafles de 1942, c'est souvent à jamais que les propriétaires de ces entreprises disparaîtront. Ces dernières seront, pour la plupart, purement et simplement fermées, en raison essentiellement du manque de candidats à la reprise. Ce qui contredit d'ailleurs une rumeur qui n'a cessé de filtrer tout au long de cette enquête. Fallait-il en parler ? « N'en parlez pas, vous allez déclencher un conflit ethnique ! » m'avait conseillé Joseph Bialot. Pourtant, si je me suis finalement décidée à en faire état, ce n'est pas dans le but de lui donner corps – les rumeurs ont vite fait de se transformer en simili réalités – mais pour tenter, bien au contraire, de la démonter.

Un certain nombre de Juifs, avant de partir se cacher, auraient confié, voire fictivement vendu, comme avait tenté de le faire Vidal Nahoum, leur entreprise à l'un de leurs associés ou employés arméniens afin de la sauver de l'aryanisation. Quelle ne fut pas ma surprise lorsque, évoquant cet épisode qui semblait témoigner d'une longue complicité entre Juifs et Arméniens, j'entendis le directeur du Centre de recherches sur la diaspora arménienne répondre, d'un ton gêné, que c'était « un sujet tabou ». Comme je ne comprenais toujours pas, j'insistai. Ce qui me valut cette explication : « Imaginez, si certains d'entre eux n'avaient pas rendu, une fois la guerre finie, ce qu'on leur avait confié, lorsque les vrais patrons ne sont pas revenus… »

Qu'est-ce que tout cela voulait dire ? J'avais envie d'en savoir plus, bien sûr, et posai la question aux uns et aux autres. Certains n'en avaient jamais entendu parler, d'autres me dirent qu'une ou deux histoires de ce genre avaient pu se produire, comme mille autres en ces jours chaotiques qui ont suivi la fin de la guerre et la restauration d'un État de droit. Alors, pourquoi cette rumeur sourde ? C'est sans doute Mme J. R. qui m'a éclairée. En me parlant de son retour après la guerre, et de leurs machines qui entre-temps avaient été vendues, elle précisa que le gérant les avait cédées à un Arménien qui, à la Libération, avait été obligé de les leur rendre en échange du prix qu'il les avait lui-même payé au gérant. « Ça ne le gênait pas, lui, de s'enrichir avec le bien spolié à des Juifs ! s'était-elle alors énervée au souvenir de ces événements. Il était bien, lui, il pouvait continuer à vivre et à travailler pendant que nous, on se cachait. » Ce qui perçait sous sa véhémence, ce n'était pas seulement de la révolte liée au souvenir de ses biens spoliés, car c'est après tout le gérant, et lui seul, qui avait volé les machines, mais le reproche, à peine conscient, qu'elle faisait aux Arméniens de n'avoir pas subi les persécutions qu'elle avait endurées. Pourtant, il y en eut bien d'autres en France qui en furent exempts mais, du fait même de leur proximité, cette différence de traitement entre Juifs et Arméniens lui paraissait insupportable. Et c'est cette même proximité qui, rétrospectivement, me parut expliquer cet étrange sentiment de culpabilité ressenti par certains Arméniens.

Pendant ce temps-là, il y en avait d'autres qui ne s'embarrassaient pas, eux, de remords de conscience. Ainsi La Belle Jardinière, qui fut directement enrôlée dans l'effort de guerre du Reich et dont les ateliers de confection vécurent, pendant toute la guerre, des commandes militaires allemandes. En 1945, avec un zèle toujours égal, elle se reconvertira... dans la fabrication d'uniformes pour l'intendance américaine.

Les grandes heures du prêt-à-porter

Avec la réquisition et la fermeture des entreprises juives (les neuf dixièmes des maisons de confection pour femmes), la déportation d'une grosse partie de la main-d'œuvre de la confection, mais aussi le rationnement des matières premières destinées prioritairement à l'Allemagne, la guerre constitue indiscutablement une rupture dans l'histoire de l'industrie française du vêtement.

La fin des années quarante et le début des années cinquante sont une période de lent et difficile rétablissement. Toujours soumises au rationnement, les matières premières – tissu, fil, laine – sont rares et contingentées. « Peu importait alors le savoir-faire, se souvient Roger Bromberg, pour faire fortune, il suffisait d'avoir des bons de laine ou de tissu. Mais ceux-ci étaient surtout réservés aux gros ateliers, et pour un artisan il était très difficile de survivre. »

La fin des années quarante est aussi l'époque qui voit la naissance de ce qu'on appellera bientôt le « prêt-à-porter » (une traduction littérale de l'anglais *ready-to-wear*), qui suggère l'idée de production en série et, implicitement, celle de mode. Adaptation de la confection au monde moderne qui se dessine après la guerre, et à la démocratisation de la mode, surtout féminine, qui touche toutes les classes sociales, le prêt-à-porter ira en s'imposant.

C'est au cours des années cinquante que les ateliers de confection pour femmes, jusqu'alors disséminés dans divers quartiers de Paris – principalement les 3e, 11e et 19e arrondissements –, se regroupent dans le Sentier qui devient le haut lieu du prêt-à-porter.

Et les acteurs de cette nouvelle industrie ? La plupart de ceux que j'ai rencontrés avaient rêvé un jour de faire autre chose. L'un aurait voulu être professeur, l'autre technicien pour le cinéma, le troisième faire du dessin animé. Mon père souhaitait être ingénieur. Mais tous, au sortir de la guerre, avaient dû renoncer à leurs rêves et parer au plus pressé : gagner leur vie. Beaucoup s'étaient retrouvés orphelins, presque tous avaient dû interrompre leurs études. Il n'était plus temps de rêver.

Le réveil fut d'autant plus rude que beaucoup d'entre eux avaient fait partie de cette nouvelle génération de Juifs élevés par leurs parents dans un désir d'émancipation, une aspiration à la modernité, une ouverture au monde, qui leur avait fait entrevoir de nouveaux espoirs, loin du monde clos des *shtetl*, les bourgades juives d'Europe centrale, et des ghettos. De cette éducation ouverte, curieuse du monde, beaucoup gardent aujourd'hui l'empreinte, même s'ils n'ont pu réaliser les espoirs ni les ambitions qu'elle avait nourris. Nombre de ces parcours ressemblent, à leurs débuts, à des récits de vocations brisées, sans que jamais pourtant n'y pointe l'amertume ou l'envie. C'est l'étrange force de ces destinées, mais aussi parfois leur troublante dureté, que d'avancer toujours tout droit, sans regret et sans complaisance, sans jamais se retourner sur ce qui, hélas, n'a pas été.

« Le Sentier, c'était une possibilité de repêchage pour des gens qui n'avaient pas de diplômes. On pouvait espérer s'y faire une place », résume Serge Ghazarian avec une sorte de tendresse pour ce monde qui l'avait accueilli. Sans doute est-ce pour cela que ceux qui ont atterri ici, au lendemain de la guerre, sont le plus souvent dépourvus d'aigreur : ils y ont trouvé un travail, et souvent, de surcroît, ils y ont réussi. L'effondrement des espoirs de leur enfance a été brutal, mais ils ont malgré tout créé et pris part à l'une des activités les plus dynamiques de leur époque.

Quel était l'atmosphère de ce Sentier des années cinquante ? Régine Halioua, après de brèves études de sténodactylo chez Pigier où elle apprend les règles du courrier commercial, y débarque à l'âge de seize ans pour un emploi de secrétaire. Elle en garde le souvenir contrasté d'un monde à la fois très juif et extraordinairement ouvert sur l'extérieur. Pour elle, originaire d'un milieu modeste – son père était un ouvrier de Belleville mort en déportation –, le Sentier est une découverte : « J'y côtoyais des gens plus mondains, plus cultivés, des gens ouverts. Ils voulaient que leurs enfants fassent des études, je n'avais jamais connu ça chez moi. Mais ils les élevaient en même temps avec sobriété, ce n'était pas des enfants gâtés comme ceux d'aujourd'hui. »

Le témoignage de celle qui n'était alors qu'une jeune fille donne une image de ce monde d'après-guerre où le Sentier représente déjà ascension sociale et réussite. Et cinquante ans après, Régine, qui entre-temps est devenue grand-mère, évoque encore avec un respect mêlé d'affection ses anciens patrons. « Mon patron », « ma patronne » continue-t-elle à dire pour parler de ceux qui, il y a bien longtemps, lui ont « ouvert les yeux sur le monde ».

Pourtant c'est elle, Régine, fille d'immigrés mais née en France – et non ses patrons arrivés de Pologne dans les années trente – qui parle et écrit parfaitement le français. « La première chose que m'a demandée mon patron lorsque je me suis présentée, se souvient-elle, c'était si je parlais yiddish ! Il fallait bien sûr que je sache taper à la machine, mais que je parle yiddish était plus important encore. C'était leur première langue, celle dans laquelle ils lisaient leur journal *Unzer Wort (Notre Parole)*, celle où ils se sentaient à l'aise. Parler yiddish était le signe, pour eux, d'une connivence. Sans compter que cela pouvait être utile, quand on voulait se parler entre nous, se faire passer des messages devant un client, par exemple. »

Remarquablement intégrés dans le monde français des affaires où tout leur réussit, les patrons de Régine, comme la plupart des immigrés juifs de l'époque, sont en même temps pétris de principes ancestraux, non pas religieux mais empreints de sagesse populaire. Régine se souvient que lorsque quelqu'un venait emprunter de l'argent, son patron lui disait : « Demande-lui s'il marie sa fille. C'est une *mistve* [une bonne action] de prêter à quelqu'un qui marie sa fille ; autrement ce n'est qu'une source d'ennuis ! »

Tous les membres de l'atelier n'étaient pas juifs, loin de là. Non seulement parce qu'une grande partie des ouvriers juifs étaient morts en déportation mais aussi parce que les autres, petit à petit, s'étaient mis à leur compte. Car tout honnêtes et droits qu'étaient ses patrons, elle ne reviendra jamais là-dessus, ils n'en étaient pas pour autant généreux sur le plan des salaires. « Ils étaient rigoureux et avaient du respect pour le travail des gens, mais ils étaient très stricts sur ce qu'ils dépensaient et discutaient ferme sur les prix. »

L'ai-je dit ? Régine est une petite femme plutôt ronde, au ton modeste mais à la formule vive, au regard aigu, et qui sait mêler à merveille la réserve et l'enjouement, la simplicité et la drôlerie. C'est chez elle qu'elle m'a reçue et très gentiment offert le café sur la table de sa salle à manger recouverte d'une nappe brodée. Son intérieur me rappelait, avec ses meubles simples, cossus et démodés, certains décors de mon enfance : ceux qui, par-delà la relative aisance dont ils témoignent, gardent la trace de l'origine modeste de leurs occupants.

Des ouvriers de l'atelier, Régine se souvient surtout d'un Tchèque qui s'appelait Stanislas, un très bon ouvrier dont le défaut majeur était d'être complètement alcoolique. Dès 9 heures du matin, il descendait régulièrement prendre un « p'tit blanc » comme il disait, et à 2 heures de l'après-midi, il était bon à être ramené chez lui.

« Je descends, j'ai soif, disait-il à tout moment.

– Encore ! lui répondait mon patron.

– Oui, j'ai à nouveau mangé du filet de hareng. »

Voilà un argument irréfutable !

De son poste de secrétaire, Régine observe tout cela du coin de l'œil, mais elle parle peu, que ce soit avec les autres employés de l'atelier ou, plus généralement, avec les gens du Sentier qu'elle ne fréquente guère en dehors des strictes relations de travail. Mais elle les retrouve plusieurs fois par an, dans les « bals de société », véritables institutions de la vie juive du Paris d'après-guerre. Ces thés dansants, qui avaient lieu le dimanche entre 17 heures et minuit, le plus souvent à l'hôtel Moderne, place de la République, étaient organisés par les différentes sociétés qui regroupaient les immigrés juifs : sociétés de corporations professionnelles, comme celle des tricoteurs ou celle des chapeliers, ou bien des diverses villes d'où ils étaient originaires : Lublin, Varsovie, Lodz ou Khmelnik… « Il s'en est noué des mariages ici ! » se souvient Régine dont le métier, quelques années plus tard, sera de photographier les noces des enfants issus de ces mariages-là.

Avec son mari, un ancien photographe de presse originaire d'Afrique du Nord, elle ouvre en effet à la fin des années soixante, une petite boutique non loin de là, porte Saint-Martin, où tous deux se spécialisent bientôt dans les photos de mariages, et notamment ceux du Sentier ! Son mari prend les photos, tandis qu'elle arrange le voile de la mariée, ou met en forme son jupon ; elle vérifie aussi que tout le monde a correctement boutonné sa veste, avant que ne soit prise la photo de famille. Mariages souvent grandioses que ces mariages du Sentier, où des centaines de personnes sont invitées dans les salons et le parc du Pavillon Dauphine, ou dans ceux d'Ermenonville, au Pré Catelan, ou à l'hôtel Continental. « Il ne fallait pas rater le grand-père en train de danser, ni les jeunes mariés enlacés… » raconte Régine, encore plongée dans ses souvenirs.

Et tandis qu'elle parle, reviennent soudain à ma mémoire les images oubliées de ces mariages où j'accompagnais mes parents quand j'étais enfant : les salons dorés et les buffets somptueux, entre lesquels s'agitent des cohortes d'enfants tous un peu *oysgeputst* (pomponnés) : fillettes boudinées dans des robes à nœuds et coiffées comme des dames, garçons serrés dans d'horribles costumes trois pièces miniatures. Et puis l'orchestre alternant savamment la musique « moderne » pour les jeunes et les vieilles mélodies juives qui font pleurer et chanter les parents, le rock et la *hora* (une danse folklorique), la gaîté et la mélancolie. Parmi les adultes, nombreux étaient ceux qui continuaient à parler affaires tandis que la fête battait son plein : « Et à l'atelier, ça va ? Ça s'est passé comment, la saison ? » Qui sait, peut-être que dans l'une de ces noces Régine et son mari nous ont photographiés ?

L'instituteur

Ceux qui ont vu *Voyages*, le beau film d'Emmanuel Finkel, se souviennent sans doute de Michel Feldman, qui interprète l'un des passagers du car en route pour une visite au camp d'Auschwitz. Le car est tombé en panne ; sa femme, assise à ses côtés, commence à s'impatienter. Il lui réplique alors, sur un ton où se mêlent la fatigue et l'agacement, cette phrase dont on ne sait pas trop si on a le droit d'en rire : « Écoute, la prochaine fois, tu n'auras qu'à aller à Auschwitz en stop ! » Mais cette phrase incroyable, voire choquante, Michel Feldman la prononce avec une telle simplicité et si peu d'effets qu'il est impossible d'y voir du mauvais goût. Et d'ailleurs, comment aurait-il pu ne pas la dire d'un ton juste, cette phrase, lui qui jadis y était allé à Auschwitz, et pas en stop. De sa déportation il est revenu avec un regard à la fois lucide, tonique et désespéré sur le monde, et un ton qui n'a pas besoin de grands mots ni de trémolos.

Fils d'un tailleur, Michel Feldman est sans aucun doute, de tous les fabricants du Sentier que j'ai rencontrés, le plus politisé, marqué qu'il fut dès son enfance par l'action politique de son père et l'éducation qu'il lui a transmise. Cet homme, d'une grande intelligence et très ouvert, était le président du syndicat des tailleurs de Lodz, et il était si respecté de tous qu'on l'avait surnommé du nom hébreu de *Rosh-hamedabrim*, une expression consacrée qui signifie « le chef qui parle ». Il avait même été candidat à la députation pour un petit parti folkiste, parti juif de tendance centriste, laïque et démocratique. Michel Feldman et ses frères et sœurs furent envoyés, quant à eux, dans une école privée du Bund*, l'école Medem, dont le haut niveau pédagogique était réputé. Ce qui lui valut, Michel Feldman aime à le raconter, d'être appelé toute sa vie « l'instituteur », un surnom qu'il devait tant à ses connaissances en tous genres qu'à son esprit militant qu'il a affirmé un peu partout. « J'ai toujours été très engagé, rappelle-t-il avec satisfaction, dès l'école dans ma ville natale de Lodz, et puis après dans le ghetto. Même dans les camps, je militais, et on m'appelait "l'instituteur". Il y en avait même un qui m'appelait "le professeur", c'était encore mieux ! »

---

* Mouvement socialiste juif, dont les idéaux politiques se mêlent à la défense de la culture juive en diaspora.

Et dans le Sentier ? Il continuera bien sûr. « J'étais le seul bundiste du Sentier ! me dira-t-il non sans fierté, enfin mis à part mon beau-père et mon beau-frère, évidemment. » Militant socialiste juif, mais très vigilant aussi envers le devoir de mémoire, critique à l'égard d'Israël, Michel Feldman ne manqua pas, durant ses quarante ans de Sentier, de sujets de débats, voire de disputes, avec ses confrères du quartier, sans que jamais cela n'entame pour autant sa naturelle bienveillance, ni son goût ludique et effréné pour la discussion.

Comment s'est-il retrouvé dans le Sentier ? Un peu par hasard, comme tout le monde. Parce que la guerre finie, lorsqu'il est enfin libéré des camps et qu'il se retrouve orphelin, sa seule idée, c'est d'aller rejoindre un oncle à Paris. Peu de temps après, il y rencontre celle qui ne va pas tarder à devenir sa femme : la fille d'un tricoteur. Et voilà comment tout a commencé ! « C'est mon beau-père, un bundiste lui aussi, rescapé des camps comme moi, qui m'a appris le métier, et qui plus tard m'a aidé à acheter quelques machines. Au début, pendant un temps, j'ai travaillé seul sur quatre machines ! Normalement, on ne peut pas travailler sur plus de deux machines à la fois, mais j'apprends vite ! Et toute la journée, je sautillais, sans m'arrêter, d'une machine à l'autre. » Ce n'était pas la première fois que j'entendais Michel Feldman vanter ainsi ses talents, sans nulle réserve, avec ce mélange de vrai courage et de contentement de soi qui me frappait tellement chez lui et dont je ne savais s'il devait susciter chez moi l'admiration, ou au contraire l'irritation. Mais mon hésitation était toujours de courte durée : son assurance était sans doute l'une des clés de la force qui l'avait jadis aidé à survivre, et personne au monde n'avait le droit de la condamner.

« Ce devait être un vrai travail à la chaîne, de passer comme ça d'une machine à l'autre !

– Oui, en tout cas pendant quelques mois, parce que ce travail était très saisonnier. On travaillait essentiellement de mai à août pour que tout soit prêt pour l'hiver. En septembre, déjà, le travail fléchissait et en octobre, c'était fini, c'était la morte saison. Il fallait donc vivre toute l'année sur quatre mois de travail. Aujourd'hui, c'est très différent parce qu'on ne tricote plus seulement de la laine, mais toutes sortes de matières, on fait des tricots pour l'été, on en fait aussi pour le soir… Et puis en 1953, je suis tombé malade, les séquelles de la déportation, et j'ai dû cesser ce métier qui était trop pénible physiquement. Après bien des péripéties dont je vous passe les détails, j'ai fini par m'associer en 1957 avec mon beau-frère dans une affaire de tricots. Il s'occupait de la fabrication et moi de la vente dans un magasin du passage du Caire. Vous dire que la vente était pour moi une vocation, non. Cependant c'était un monde nouveau, le contact avec les gens, avec les clients… un monde qui au départ, était assez loin de mes intérêts. Mais quand je fais un travail, je le fais sérieusement – soit on fait, soit on ne fait pas – alors les affaires marchaient bien. Évidemment ce n'est pas ce que j'aurais aimé faire. À l'époque j'étais encore très militant, j'ai toujours été un grand lecteur et je m'intéressais à beaucoup de domaines dont il m'était souvent impossible de parler avec mes confrères du Sentier qui eux ne s'y intéressaient pas. Pourtant, en même temps, j'ai rencontré chez tous ces gens, qui n'étaient en rien des intellectuels, une ouverture d'esprit qui m'étonnait parfois, et une forme d'humanisme que je trouvais vraiment formidable. »

Michel Feldman est aujourd'hui à la retraite et vit enfin l'un de ses vieux rêves : il est artiste ! Acteur, pour son premier rôle, dans un petit film amateur qui met en scène un repas de famille chez des Juifs, il est remarqué par Emmanuel Finkel qui le fait tourner dans *Voyages*. Le succès du film et les nombreux prix qui le couronnent contribuent à le faire connaître et voilà qu'aujourd'hui des cinéastes l'appellent même de l'étranger pour lui proposer des rôles ! Quelques jours avant que nous nous voyions, Michel Feldman était en Italie où il tournait un court-métrage.

Dire qu'il en est heureux est trop faible pour traduire l'espèce de jubilation enfantine qui émane de lui aussitôt qu'il en parle. Non pas tant d'être devenu « célèbre », ni de gagner de l'argent – ses cachets sont modestes – mais de jouer la comédie, de créer des personnages ! Sans compter l'ambiance des tournages qui le ravit : « C'est formidable, tout le monde t'embrasse, on t'appelle "chéri" par-ci, "chéri" par-là ! C'est chaleureux, j'aime ça. » Mais n'est-ce pas déjà ce qu'il aimait, quand il était dans le Sentier ? Le contact avec les autres, le sentiment rassurant d'appartenir à un groupe où, selon lui, « les relations avec les gens, qui étaient par ailleurs des concurrents dans le travail, étaient d'une qualité extraordinaire. On se battait sur les prix, on se battait pour les fournisseurs, pour les clients, mais cela n'empêchait pas l'amitié ». Ni les polémiques à l'infini au cours desquelles Michel Feldman, à n'en pas douter, avait déjà laissé percer ses talents d'acteur !

Au son de la Marseillaise

C'est au lendemain de la guerre que Guy Vasseur, mon père, débute dans la confection lorsque, rescapé lui aussi des camps, il arrive par hasard en France, au gré de l'évacuation anarchique des déportés. Il n'arrive pas de Pologne mais d'Allemagne où son propre père, avant la guerre et avant qu'il ne soit arrêté, avait été tailleur dans l'un des quartiers les plus animés de Berlin, l'Alexanderplatz.

Se retrouvant seul à Paris, à l'âge de dix-neuf ans, sans connaître la langue, il lui faut bientôt apprendre un métier pour gagner sa vie, et c'est dans l'une des célèbres écoles de l'ORT* qu'il suit son premier apprentissage, un stage de mécanique et de dessin industriel. Mais quelques semaines de travail comme ouvrier mécanicien dans une usine de la Courneuve, à la sortie de l'école, suffisent à lui faire comprendre qu'il lui sera très difficile d'arriver à quelque chose dans cette branche-là. S'il avait pu poursuivre son apprentissage jusqu'au diplôme d'ingénieur, ç'aurait été tout autre chose : à l'ORT, il avait bien eu le premier prix de sa classe, et ses résultats étaient excellents, mais pour continuer, il aurait fallu qu'il passe le bac, et il ne parlait pas assez bien le français pour cela. Cette voie lui était donc fermée.

« C'est alors que j'ai décidé, pour m'en sortir, de faire de la confection. Dans la mécanique, pour se mettre à son compte, il faut acheter des machines qui coûtent très cher, tandis que dans le prêt-à-porter, il suffit d'une machine à coudre et d'une table, et on peut commencer à travailler tout seul. » Sa décision prise, il se rend alors rue de Paradis. Ici, chaque ville de Pologne a sa société, une sorte de lieu d'entraide et de réunion pour les Juifs d'une même région : il y a la société de Lodz, celle de Varsovie, celle de Kielce. Au bureau de la société de Khmelnik, la ville où est née sa mère, le secrétaire lui propose de le placer comme apprenti chez un tailleur, originaire aussi de cette ville. « Et c'est comme ça que j'ai commencé à travailler chez Rutkovetski, à Saint-Mandé, en 1948. Au début, je faisais des boutons, toutes sortes de petites choses, mais au bout de quelques mois, je commençais à me débrouiller, et je devins ce qu'on appelle sous-mécanicien. Ça veut dire que je préparais le travail. Je préparais les poches, tous les détails, pour le mécanicien qui ensuite assemblait les deux côtés et montait le col et les

---

* Organisation reconstruction-travail. Cette association juive fondée en 1880 gère un réseau d'écoles et de centres de formation à travers le monde.

manches. Le mécanicien, c'était le fils du patron, il arrivait tranquillement vers 11 heures. Tandis que moi, depuis 8 heures, je faisais tout le reste, en étant très mal payé. Rutkovetski était radin. Je me souviens de ses lunettes rafistolées avec du sparadrap ! Je gagnais 5 F par semaine, plus le repas de midi que je prenais chez mes patrons. Avec ça, on ne peut pas aller très loin ! »

Des années d'apprentissage de mon père, j'avais déjà entendu parler, mais c'est surtout l'histoire des repas avec ses patrons qui, dans ma famille, était devenue quasi légendaire. On la ressortait comme une sorte de blague, elle était pour nous l'image de ce que la pingrerie a de plus sordide : « *Es broyt, es broyt* » (« Mange du pain, mange du pain ») ne cessait en effet de lui seriner en yiddish, à chaque déjeuner, la patronne qui avait peur qu'il ne se serve trop d'un autre plat. Cette radinerie sur la nourriture à l'égard d'un jeune homme rescapé des camps m'avait toujours semblé le comble de la vilenie. Il est vrai qu'alors je ne connaissais pas l'histoire, plus lamentable encore, de la machine à coudre !

Fatigué d'être payé si peu et d'être cantonné dans les petites besognes, mon père propose un jour à son patron de monter sa pièce tout seul.

« Monter une pièce tout seul ! lui répond celui-ci en levant les bras, mais il faut quinze ans pour savoir faire ça ! Chez nous, en Pologne, au bout de quinze ans, on commence à laisser monter une paire de manches… »

Petite parenthèse de l'apprenti, devenu professionnel depuis : « Effectivement, dans un vêtement, ce qu'il y a de plus difficile à monter ce sont le col et les manches. Car si les manches sont montées trop en arrière par exemple… – et là mon père éclate de rire –, quand tu dis bonjour, ça fait des plis ! Des vestes, il y en a de toutes sortes. Mais qu'est-ce qui fait qu'une veste a de l'allure et l'autre pas ? Ça tient à peu de chose, et beaucoup aux manches : quand les manches sont trop larges, quand elles font des plis, c'est tout de suite affreux. » Fermeture de la parenthèse.

« Donc, mon patron ne voulait pas que je monte ma pièce tout seul, mais les finisseuses me soutenaient :

– Laissez-le faire, il ne la ratera pas, votre pièce !

– Si la pièce n'est pas bien montée, je la démonterai, c'est tout.

Et moi, j'ajoutais :

– De toute façon, je ne vais pas rester apprenti toute ma vie. »

Finalement le patron accepte de le laisser faire. La pièce est bien, il a beau la retourner dans tous les sens, il ne trouve rien à redire, et de ce jour, il lui confie donc des vêtements à monter tout seul.

« Du coup son fils, au lieu d'arriver à 11 heures en sortant du lit, était déjà là lorsque j'arrivais à 8 heures. Et à nous deux, ça s'est mis à tourner, il n'y avait même plus assez de travail pour deux ! C'est alors que j'ai pensé qu'il était temps que je me mette à mon compte. »

Mais comment faire ? Après la guerre on ne trouvait rien, et notamment pas de machines à coudre. Un jour, la femme du patron, membre elle aussi de la société de Khmelnik, apprend à mon père qu'on peut en faire venir d'Amérique, moyennant le versement d'une certaine somme en dollars. La personne chargée d'encaisser l'argent et de réceptionner ces machines, expédiées par l'ORT, était le secrétaire de la société de Khmelnik, le même qui peu avant lui avait trouvé sa place d'apprenti.

« J'avais un oncle en Amérique, le mari d'une sœur de ma mère, je lui écris donc pour lui demander de m'aider. Il accepte, et envoie la somme nécessaire pour que j'aie ma machine à coudre. » Mais le temps passe et quelques semaines plus tard, toujours pas de machine à coudre. Mon père s'enquiert auprès de sa patronne, et elle lui avoue alors que les machines sont bien arrivées, mais que M. Daitelbaum, le secrétaire de la société de Khmelnik, avait donné sa machine à quelqu'un d'autre, semble-t-il à une dame chez qui il allait passer des vacances...

« Quand j'entends ça, se rappelle mon père, je ne dis rien du tout. Mais je prends ma bicyclette (j'avais réussi malgré tout à m'acheter une vieille bicyclette) et je pars chez M. Daitelbaum qui avait un atelier en étage, près de la rue de la Victoire. Je m'en souviens encore. Je laisse ma bicyclette, je monte, je sonne, et tout de suite je tombe sur lui.

– Bonjour, qu'est-ce que tu veux ? me dit-il.

– Je viens voir pour la machine à coudre, qu'est-ce que ça devient ma machine ?

– Quelle machine à coudre ? Qu'est-ce que tu me racontes ?

– Je parle de ma machine à coudre, pour laquelle mon oncle a donné de l'argent, il paraît que vous l'avez donnée à quelqu'un d'autre... »

Je n'avais jamais entendu cette histoire et je l'écoutais le souffle coupé. Mon père racontait calmement comme il le fait toujours, mais je sentais monter en lui le souvenir de sa colère.

« Alors, M. Daitelbaum me répond :

– Fous-moi la paix.

Et il commence à m'insulter :

– Tu n'as pas honte, un *schnorrer* (un parasite, un pique-assiette) comme toi, on t'apprend un métier, on te nourrit, et tu oses me parler comme ça !

Je l'écoute, mais quand il me traite de *schnorrer*, alors là je ne vois plus clair. Ça je ne peux pas l'accepter. Je l'attrape par le col et je commence à lui foutre des coups. Je me rappelle, il y avait un rideau aux fenêtres, et Daitelbaum avait tellement peur qu'il se roulait dans le rideau. Il a même arraché la tringle qui lui est tombée dessus. Mais moi, je n'arrêtais pas de le taper. Jusqu'à ce que le presseur arrive, quelques minutes plus tard, et qu'il nous sépare. À ce moment-là, je suis parti. Qu'il me traite de *schnorrer*, ça c'était trop. C'était insupportable, car on ne me donnait rien pour rien ! Je travaillais dur, et pour ce qu'on me payait ! J'ai acheté le journal, et à la première annonce où je me suis présenté, on m'a embauché comme mécanicien. C'était chez M. Pomper, rue Michel-Lecomte, où je suis resté un an. Là j'ai commencé à gagner ma vie, à pouvoir mettre un peu d'argent de côté, j'avais même un livret de caisse d'épargne ! Et puis, je me suis acheté une petite voiture. Un jour, rien que pour le faire chier, je suis passé voir Rutkovetski, avec ma voiture. Il était toujours là, avec son sparadrap ! C'est aussi à cette époque-là, que j'ai rencontré Schmil avec lequel j'ai monté mon premier atelier. On habitait le même immeuble, rue Neuve-de-la-Chardonnière. C'était une antiquité, cet immeuble, une véritable curiosité, avec son balcon qui faisait le tour de la cour à tous les étages, et les gens qui passaient sans cesse devant chez les autres ! »

Schmil, dont j'avais beaucoup entendu parler pendant mon enfance, était un personnage. Des années après son arrivée en France, il parlait toujours très mal le français. Et d'ailleurs mon père, le jour de notre entretien, effrayé par l'accent que lui restituait le magnétophone, se mit illico, cinquante ans plus tard, à accuser Schmil d'être responsable de son accent yiddish : « C'est à cause des six ans où j'ai travaillé avec lui, je n'avais pas l'accent yiddish avant, j'avais seulement l'accent allemand, mais avec Schmil, impossible de parler autrement que yiddish ! » Sa mauvaise maîtrise de la langue n'empêchait cependant pas Schmil d'être d'un sans-gêne qui faillit, plus d'une fois, mal tourner. Incapable de lire le nom des plats sur la carte des restaurants, il avait pris la fâcheuse habitude, par exemple, avant de se décider, de regarder avec insistance dans l'assiette de ses voisins. Dans les bistrots populaires où il allait manger avec mon père, les voisins en question étaient souvent des routiers ou des débardeurs baraqués qui ne manquaient pas en retour de le toiser l'air mauvais, prêts à bondir. Cela quand il ne persécutait pas le serveur pour savoir si on faisait bien ici la cervelle d'agneau comme chez lui, à Varsovie, avec de l'oignon revenu dans l'huile. Un serveur, lassé, lui proposa même une fois d'aller se la faire lui-même, sa cervelle comme à Varsovie, ce qui bien entendu ne posa aucun problème à Schmil : ravi, il partit faire sa tambouille dans la cuisine du restaurant.

Schmil était presseur, mon père mécanicien, ils s'associèrent donc et commencèrent à travailler à façon pour des fabricants. On leur fournissait, comme c'est l'habitude, des pièces coupées à monter. « C'étaient des journées de plus de quinze heures, je m'en souviens bien, parce qu'à cette époque-là, les programmes de radio commençaient le matin à 7 heures avec la Marseillaise et finissaient à minuit, toujours avec la Marseillaise. Et moi je me levais et je me couchais tous les jours au son de la Marseillaise, entre les deux je travaillais. J'étais payé à la pièce, alors j'accrochais ma montre à la machine à coudre et, à une minute près, je pouvais dire combien de temps me prenait un vêtement. Et je débitais toute la journée. »

De l'autre côté du Sentier : la presse

Dans le Sentier, nombreux sont ceux qui ont hérité, plutôt malgré eux, de la profession de leur père. Eux aussi auraient préféré faire autre chose, mais la vie – et souvent, la guerre – en ont décidé autrement.

Parmi ceux-là, Victor Zigelman est un cas à part : après plus d'une décennie passée dans la confection, de 1946 à 1958, il réussira un peu par hasard à changer de métier et à travailler dans la presse. Fils d'un ouvrier à domicile, sympathisant communiste on s'en souvient, Victor Zigelman a, dès le début de la guerre, rejoint à son tour le parti communiste et il est entré dans la clandestinité. Il y restera jusqu'à la Libération où il fera partie du 1er régiment de Paris.

Dans l'immédiat après-guerre, resté seul avec sa mère, il entreprend dans un premier temps des études de dessin animé. Il ne manque pas de talent, mais l'embauche dans ce secteur est des plus rares, car il est représenté en France à l'époque par une seule personne, Paul Grimaud. Aussi doit-il y renoncer et se résoudre à entrer, lui aussi, dans la confection. Il n'a jamais rien appris du métier, mais à force d'observer son père, il a retenu quelques trucs. Il décide donc de s'improviser coupeur et, pour un débutant, cela ne marche pas trop mal. À condition qu'il n'essaie pas, sitôt embauché, d'organiser, en bon militant qu'il est, une section syndicale de la CGT dans l'atelier… Car dans ce cas-là – il en garde quelques souvenirs cuisants – il se fait assez vite renvoyer.

Après quelque temps passé comme coupeur, il monte en grade et devient patronnier-modéliste, mais hélas pour des maisons minables qui ne ressemblent guère aux rêves de son père. « On économisait même sur le carton des patronages, se souvient-il. Pour faire les manches, on utilisait de vieux bouts de journaux, collés les uns sur les autres ! Et j'étais bien sûr très mal payé. » Rien à voir avec les prestigieux modélistes en blouse blanche de son enfance ! Il faut dire, à la décharge de ses employeurs, que le savoir-faire de Victor n'était peut-être pas non plus des plus convaincants. Il raconte, par exemple, l'histoire d'un manteau qu'il avait si mal bâti et dont il avait si mal monté les manches, qu'il avait dû, pour le présenter, épingler celles-ci discrètement sur les poches pour qu'elles tiennent en place et ne partent pas complètement en arrière. Il avait présenté le manteau ainsi trafiqué à son patron sur un mannequin et cet homme, qui n'y connaissait rien non plus – selon Victor, c'était sans doute l'un de ces anciens gérants mis en place pendant la guerre qui avait conservé l'affaire de Juifs morts en déportation – lui en avait commandé plusieurs centaines pour les orphelins de l'Assistance publique ! « Les pauvres petits, compatit rétrospectivement Victor Zigelman, non seulement les vêtements étaient mal foutus, mais je dois, en plus, avoir la mort d'au moins trois cents d'entre eux sur la conscience ! Je n'avais jamais fait de l'enfant auparavant, alors à force de couper un demi-centimètre par-ci, un demi-centimètre par-là, j'ai fini par tellement couper que lorsque les malheureux ont voulu fermer le col de leur manteau, ils se sont à coup sûr étranglés immédiatement. »

Quelquefois, heureusement, des succès agréables viennent le rassurer. Et il n'est jamais aussi fier que lorsqu'il croise dans la rue une femme qui porte l'un de ses modèles : « J'étais tellement content que j'avais du mal à me retenir de l'aborder pour lui dire que ce qu'elle portait, c'est moi qui l'avais fait », se souvient-il avec plaisir. Un de ses manteaux a même, paraît-il, tellement bien marché que Victor le voyait partout.

Et cela continue ainsi, cahin-caha, quelques années encore. À la fin des années quarante Victor devient représentant pour l'un de ses patrons qui le trouve convaincant. Jusqu'au jour où l'un de ses clients, une importante chaîne de magasins, Rivoli-Chic, lui propose de s'occuper de ses vitrines et de ses catalogues. « C'est en faisant les catalogues pour Rivoli-Chic que j'ai appris les premiers rudiments d'imprimerie, se souvient Victor Zigelman. Je regardais les typos travailler, je parlais avec les photographes de mode et les photograveurs. Si bien que, lorsque les affaires commencent à mal marcher en 1958 et que je perds ma place chez Rivoli-Chic, au lieu de chercher dans la confection, je me mets à chercher dans la presse. »

Son premier emploi consiste à faire les graphiques boursiers pour un journal financier qui s'appelle *Fortune française*, ce qui n'est pas fait pour le passionner. Mais Victor, on l'a déjà remarqué, n'a pas les yeux dans sa poche et il en profite pour observer le travail du secrétaire de rédaction. Il lui faut peu de temps pour comprendre et bientôt, sans la moindre référence, il fait le tour des journaux en quête d'un emploi de secrétaire de rédaction ! On le prend comme stagiaire à *Paris Presse*, puis deux semaines plus tard il est embauché comme maquettiste pigiste à *France Dimanche*, au 100 rue Réaumur, dans le même immeuble que *France-Soir* qu'il rejoindra bientôt et où il restera vingt-cinq ans.

Le roi du Sentier

Maxi Librati, avait dit une journaliste, c'est « le roi du Sentier » et ce surnom lui est resté. Cinquante ans de Sentier à la tête de l'une des affaires les plus florissantes, mais aussi l'étonnant élan de sympathie qu'il suscite partout, l'expliquent en partie. Tout le monde ou presque – je n'ai entendu que de rares réserves – aime Maxi Librati, au point que descendre l'une des rues du quartier en sa compagnie relève du parcours d'obstacles : tous les trois pas quelqu'un l'arrête, les gens sortent de leurs boutiques pour le saluer. Maxi est connu ici comme le loup blanc. « C'est un monsieur », « droit comme un I », ai-je souvent entendu dire de lui. De multiples anecdotes content sa générosité : envers un ancien compagnon de déportation qu'il n'a jamais laissé tomber, l'embauchant bien qu'il soit malade pour lui assurer un revenu ; ou envers ses employés qui, selon ses propres dires, ne passent pas une semaine sans lui téléphoner pour prendre de ses nouvelles. Alors que nous sommes ensemble dans son bureau de la rue d'Aboukir, sa secrétaire arrive et, sans hésiter, elle se dirige vers nous. « Regarde, me glisse-t-il à l'oreille, en me tutoyant soudain, tu vas voir, elle ne peut pas ne pas venir m'embrasser, ils sont tous comme ça. » Bref, Maxi Librati est un homme heureux, il n'a pas de doutes sur l'amour qu'on lui porte.

Le grand bureau où nous nous trouvons est tout ce qui lui reste de l'immeuble de quatre étages (dont trois d'ateliers) qui lui appartenait jusqu'il y a peu de temps. C'est là qu'ont été fabriquées pendant quarante ans les productions Maxi Librati. La vente se faisait, depuis le début des années soixante, dans ses deux magasins de la rue d'Aboukir, Maxi Librati et Women's Style – sans compter la chaîne de magasins de détail qu'il lance en 1965 pour la mode jeune, La Gaminerie. Un petit empire dont il s'est défait, l'âge de la retraite venant, pour ne conserver aujourd'hui qu'une boutique de détail de prêt-à-porter de luxe avenue Marceau. Mais Maxi Librati, à soixante-dix ans passés, se rend encore tous les jours dans son quartier général du Sentier, un appartement aménagé en bureaux dont la grande pièce centrale est surplombée, en guise de plafond, d'une pyramide en verre. « Eh bien, ils n'ont rien inventé au Louvre ! » s'exclame le visiteur qui me précède. « Non, le Louvre, c'était avant ; c'est moi qui les ai imités », rectifie Maxi avec une coquette modestie.

Pourtant, lui aussi revient de loin. Aîné d'une famille de quinze enfants, de parents marocains, Maxi a passé son enfance à Lyon. Son père, arrivé en France comme soldat pendant la guerre de 14, choisit d'y rester après l'armistice. Devenu ouvrier dans l'une des usines de la banlieue de Lyon, il se marie et Maxi, son premier enfant, naît en 1925 à Saint-Fons, une des banlieues ouvrières du bassin lyonnais. Très jeune, encore adolescent, Maxi doit travailler pour aider son père à faire vivre sa famille, et c'est d'abord comme soudeur qu'il est embauché aux usines Berliet de Vénissieux. Peu de temps après, un contremaître de l'usine lui donne l'idée d'apprendre un métier. « Il m'a dit : "Si tu fais deux années d'études, ton avenir est assuré." Alors je me suis décidé à devenir ajusteur-tourneur, parce que je voyais des gars chez Berliet qui travaillaient sur de belles machines, d'une telle précision qu'on aurait dit de l'horlogerie. »

Pas de chance, à l'école où il s'inscrit pour passer les tests d'entrée, on refuse de le former comme ajusteur-tourneur ! Il a beau pleurer – il n'a que quinze ans –, rien n'y fait : ce sera serrurier-forgeron ou rien ! « Je ne voulais pas faire ce métier, j'ai toujours eu horreur de me salir, d'avoir les mains noires, se rappelle Maxi que l'évocation de ce simple souvenir fait aujourd'hui encore grimacer, mais mon père me dit d'obéir et j'obéis. Je suis donc l'apprentissage, et je travaille comme serrurier pendant quelques mois. Mais en juillet 1943, je suis arrêté et envoyé au fort de Montluc. Puis je suis transféré à Drancy et de là à Auschwitz. »

Maxi Librati est l'un des très rares Juifs d'Afrique du Nord qui ait connu les camps et cette épreuve lui a donné, pour la vie, une proximité particulière avec les Juifs ashkénazes. Tout séfarade qu'il est, il affirme à qui veut l'entendre que c'est ashkénaze qu'il se sent d'abord, car Auschwitz est resté dans sa vie l'expérience fondamentale. Il accompagne régulièrement, plusieurs fois par an, les visites de groupe du camp d'Auschwitz, organisées par le CDJC*.

En même temps, lorsque Maxi parle d'Auschwitz, c'est d'un ton étonnamment gai, il se définit comme un « déporté plein d'optimisme » ou plus exactement, rectifie-t-il, un « déporté dont l'optimisme n'a pas été entamé par l'expérience des camps ». Ce qui ne manque pas de surprendre. « Je ne parle pas, bien entendu, de l'expérience immédiate du

* Centre de documentation juive contemporaine. Maxi Librati est par ailleurs un militant sioniste très actif.

camp, tient-il à préciser, ni des quelques années d'après-guerre qui ont suivi ma libération, je parle du long terme, de la vie que j'ai eue ensuite. Je n'ai pas connu les ravages qui furent le lot de la plupart des rescapés, tout simplement parce que moi, quand je suis rentré, j'ai retrouvé toute ma famille. Les miens ont été sauvés par le patron de l'usine de mon père, M. Amblet, qui les a cachés pendant toute la guerre dans sa propriété. »

Ce sont ces retrouvailles qui donnent à Maxi le sentiment inébranlable que sa vie a été placée sous le signe de la chance. Et puis, ironie du sort ou signe du destin, ce métier de serrurier-forgeron, qu'il déteste et qu'il n'aurait jamais dû faire, a joué lui aussi un rôle dans sa survie dans les camps. « Tous ces jeunes gens qui sont avec moi, qui ont fait des études de lettres ou même de médecine, ils n'en ont pas besoin dans les camps, raconte-t-il. Tandis que moi, lorsqu'on me demande ce que je fais et que je réponds "serrurier-forgeron", l'interprète traduit "*Er ist Schlosser*" et le kapo fait tout de suite un signe pour qu'on me garde. » Est-ce par gratitude pour ce métier qui lui a sauvé la vie que Maxi a choisi de faire sienne la devise des forgerons de son école : « Vouloir, c'est pouvoir » ? Il affirme en tout cas que cette devise ne l'a, depuis, jamais quitté, malgré sa répugnance pour ce travail. Il l'a toujours eue en tête, se répétant intérieurement, à chaque épreuve de sa vie : « Je veux réussir. » Et cette volonté a constamment guidé ses pas.

Contrairement à la plupart des jeunes Juifs, pour qui la guerre porte un véritable coup d'arrêt aux rêves et aux ambitions, Maxi Librati semble trouver au contraire, dans cet arrachement, la force d'échapper au destin modeste qui était le sien : « Après la guerre, je me voyais mal vivre comme mes parents dans la banlieue de Lyon, ouvrier chez Rhône-Poulenc ou Saint-Gobain, j'avais d'autres ambitions. »

Il décide donc de monter à Paris où Mme Kimmel, qui a perdu un fils de l'âge de Maxi à Auschwitz, lui propose un emploi de vendeur dans son magasin de tissus, au coin de la rue Réaumur et de la rue des Petits-Carreaux. Le jeune Maxi Librati est déjà célèbre dans le quartier où il étonne tout le monde par son élégance devenue depuis légendaire : on ne le voit jamais que dans des tenues parfaitement assorties, les poignets de sa chemise blanche toujours impeccables, qu'il soit en train de mesurer des métrages de tissu au milieu de la poussière ou de livrer des colis sur son scooter. Et sur ce point, Maxi n'a pas changé. Toujours tiré à quatre épingles, il se sent mal s'il n'est pas en costume, cravate et pochette coordonnées : « Depuis quelque temps, je me dis que je porterais bien un pull-over noir », me confie-t-il après que je l'aie, non sans taquinerie, complimenté sur sa tenue du jour, « mais quand je mets ce truc, ça ne va pas, je suis déphasé ! »

« Devinez où je suis », me demande-t-il un peu plus tard en me montrant une photo de classe de 1932, où il a sept ans. Et constatant mon embarras, il enchaîne tel un gamin ravi de son canular : « Ce n'est pas difficile, pourtant ! Quel est le seul petit garçon qui porte une cravate ? » Même sur sa carte d'alimentation de la fin des années quarante, il a une cravate ! Plus étrange encore, sur la photo de cette carte que Maxi Librati n'a jamais jetée, qui porte la mention « ancien déporté », il porte non seulement une cravate et une chemise blanche mais la veste rayée qu'il a rapportée d'Auschwitz, nettoyée et repassée. C'est bien la première fois que je vois un déporté avec une cravate…

Logé, nourri et choyé par Mme Kimmel qui le traite comme un fils de la famille, Maxi n'est cependant pas payé. Aussi propose-t-il peu de temps après son arrivée à sa patronne et marraine de faire des heures supplémentaires comme représentant, à l'heure du déjeuner, pour gagner un peu d'argent. Il rencontre ainsi, chez un client auquel il rend régulièrement visite, celle qui va devenir sa femme. Elle est la fille de marchands polonais et à l'époque, leur mariage ne manque pas de faire scandale. « Nous formions l'un des premiers couples mixtes du quartier ! » explique Maxi, sans aucune distance à l'égard de cette expression qui ne manque pas de singularité, mais que j'aurai plus d'une fois l'occasion d'entendre. Les premières années de son mariage, il s'occupe de vendre, dans une boutique de gros de la rue d'Aboukir, la production de ses beaux-parents. Mais son mariage bat assez vite de l'aile et il s'installe à son compte, au début des années soixante.

En 1963, il ouvre son propre magasin, juste en face de celui de ses beaux-parents. Et très vite, il fait venir, pour le seconder, cinq de ses frères et sœurs. C'est le début de l'ascension de Maxi Librati, dont le talent pour les affaires et pour la mode ne se démentira pas, car il s'affirmera comme le créateur d'un style, classique et chic, dans la lignée d'Yves Saint Laurent. « Je suis le copieur de Saint Laurent », aime-t-il à dire, en rappelant ses modèles vedettes, des tailleurs ou des ensembles pantalons structurés, basiques et indémodables. Sa production, qui l'a classé dès le départ parmi les meilleurs représentants du haut de gamme, ceux qui ont permis la démocratisation de la haute couture par le prêt-à-porter, n'est pas étrangère, on le devine, à la célébrité de Maxi Librati.

Certains qui le connaissent depuis longtemps disent de lui, sans malveillance aucune, que la passion de réussir est ce qui l'a toujours guidé, comme son plus grand défi et son unique planche de salut. Cette passion, il l'a suivie, avec acharnement, avec obstination. Et – qui pourrait le contester ? – il a réussi. Comme jamais, sans doute, ne l'avait rêvé l'ancien apprenti serrurier-forgeron de la banlieue de Lyon.

Comme celui de Victor Zigelman, le père de Roger Norymberg a commencé dans la confection. Quand il arrive de Pologne en 1926, il est également presseur. Mais il a plus de chance qu'Isidore : il survit à la guerre et devient à la fin des années cinquante le gérant d'un des hauts lieux de la vie juive du Belleville de l'époque, le restaurant *La Lumière de Belleville.* Ce n'était pas encore le célèbre restaurant de couscous qu'il est devenu depuis, mais un lieu de rendez-vous où l'on pouvait se restaurer d'une assiette de harengs et d'un verre de schnaps.

Roger, qui a une dizaine d'années à la fin des années quarante, aurait bien voulu être technicien pour la radio ou pour la télévision, mais son père le place, dès l'âge de quatorze ans, comme apprenti chez l'un de ses copains, dans un atelier de la rue de Turenne. « C'est là que j'ai appris à tirer l'aiguille sans fil, parce que le fil ça coûtait cher », se souvient Roger avec un mélange de tendresse pour son enfance et de colère envers ce métier qu'il a toujours détesté. « Et je suis resté apprenti trois ans, dans cinquante ateliers différents. J'étais obligé de changer sans cesse parce que, il ne faut pas rêver, les copains, ils n'étaient pas plus gentils que ceux de maintenant ! Ils s'en foutaient de m'apprendre le métier, ce qu'ils voulaient c'est seulement se servir de moi pour porter les paquets et m'avoir à l'œil, parce que j'étais jeune. Alors dès que je voyais que je n'avançais pas, j'allais voir ailleurs. En bluffant chaque fois un peu plus sur ce que je savais faire, pour avoir une chance d'apprendre quelque chose. »

Contrairement à ceux qui, pour s'en sortir, n'ont eu d'autre choix que d'encaisser et de se taire, Roger a le verbe haut et l'accent rocailleux de Belleville. Il a trimé comme les autres, mais la rage au ventre, révolté d'être maltraité, lui qui était « français, parisien » – il le répétera à plusieurs reprises comme s'il s'agissait là d'une distinction capable de le prémunir contre tous les mauvais traitements que subissent les immigrés. Qu'on ose le traiter aussi mal qu'un étranger, aussi mal que l'avait été son père, le mettait dans tous ses états. Surtout que, comble de l'intolérable, ses employeurs étaient souvent eux-mêmes des immigrés !

Rien de nouveau sous le soleil. Hier comme aujourd'hui, bien des ateliers étaient installés plus ou moins officiellement et n'avaient presque aucune comptabilité. Il s'agissait la plupart du temps de petites entreprises où l'on travaillait en famille, en s'arrangeant entre soi, comme il devient impossible de faire dès qu'on doit embaucher du « vrai » personnel. Aujourd'hui on dit que ce sont les Chinois, hier c'étaient les Juifs qui ne payaient pas les charges. « Comme ça, aurait dit l'un d'entre eux à l'époque, quand j'aurai un contrôle, au moins j'aurai de l'argent pour payer l'amende ! »

Certes, l'illégalité dans le travail était alors nettement moins contrôlée qu'aujourd'hui, mais Roger se souvient encore de l'un de ses patrons qui était tellement terrorisé à l'idée qu'il puisse y avoir une descente de police dans son atelier qu'il le faisait lever de sa machine à coudre chaque fois qu'on sonnait à la porte pour le mettre à quatre pattes à côté de son fils, un bébé qu'il gardait près de lui, et lui ordonner, paniqué : « Vas-y, joue ! Joue ! » pour qu'on le prenne pour un enfant de la famille. « Il ne devait pas déclarer grand-chose pour avoir tellement la trouille ! » commente-t-il.

Malgré tout, Roger finit par apprendre le métier. À cette époque-là, son père est toujours presseur, et il est associé avec un mécanicien avec lequel il a monté un petit atelier de deux ou trois ouvriers. Hélas, son associé, qui par ailleurs est un brave homme, a la fâcheuse habitude de disparaître chaque vendredi midi pour aller jouer l'argent de la paie aux courses à Enghien ! Car après la guerre, les ouvriers sont encore payés chaque fin de semaine en fonction du nombre de pièces qu'ils ont montées. Quelque temps de ce régime-là et un certain nombre de salaires hebdomadaires engloutis dans les chevaux finissent par convaincre le père qu'il doit se séparer de son associé. Mais que faire de l'atelier ? Ce n'est guère qu'une pièce qui se trouve dans l'appartement des parents de Roger, avec quelques machines, mais son père, qui n'est que presseur, n'a pas la compétence pour le diriger.

Roger est ambitieux, et c'est l'occasion ou jamais. Il a beau n'avoir que dix-sept ans, il a de l'aplomb, aussi demande-t-il à son père de lui confier l'atelier. Celui-ci commence par lui rire au nez. Alors Roger lui propose un marché : une semaine d'essai, et si au bout de cette semaine, il n'a pas trouvé de commandes, c'est-à-dire des pièces à monter comme entrepreneur, il laissera tomber et repartira travailler à l'extérieur. Marché conclu.

Roger commence à faire le tour des maisons de Paris, et bien sûr, on ne le prend pas très au sérieux : « Un gamin comme toi, mais qu'est-ce que tu sais faire ? » Jusqu'à ce que l'une d'entre elles accepte enfin de lui confier une pièce à l'essai. Mais la partie n'est pas gagnée, car encore faut-il réussir à la monter, cette pièce ! Et Roger est loin de savoir faire tout seul un vêtement jusqu'au bout.

« À l'époque, le montage des vêtements était beaucoup plus fignolé que maintenant, c'était tout un savoir-faire, m'explique-t-il. Il fallait savoir coudre un col revers, c'est-à-dire le monter avec ce qu'on appelait une "anglaise", ou un *spigele* comme on dit en yiddish, ce qui veut dire un "petit miroir" parce qu'il faut que les deux parties du col soient bien l'une en face de l'autre. Et puis toutes sortes de choses encore. » À ce moment-là, Roger s'arrête de parler et regarde attentivement le col de la veste que je porte, puis il le prend et le retourne avec le geste expert du professionnel : « Fais voir, s'il est cousu comme ça par en dessous... » Je vois sa moue d'approbation, mon col semble le satisfaire, et il continue son récit. Pour venir à bout du défi qu'il a relevé et réussir le vêtement qu'on lui a confié, Roger se démène, il demande de l'aide à son frère, à l'un de ses cousins, à son père enfin qui repasse le vêtement une fois qu'il est monté ; et au terme de tous ces efforts, il le rapporte au fabricant. La maison en est satisfaite, elle décide donc de lui redonner du travail. Roger a gagné son pari.

Et c'est comme ça qu'à dix-sept ans il se retrouve chef d'entreprise. Il commence par embaucher son père comme presseur ! Ce qui, on l'imagine, n'est pas simple. « Mais ce n'était pas le pire, se souvient Roger, car le plus difficile, c'était avec les ouvrières, toutes des copines de Pologne de mon père qui, pas si longtemps auparavant, me faisaient sauter sur leurs genoux. Et voilà que j'étais leur patron ! "Comment tu me parles, me rabrouaient-elles, tu ne sais rien, espèce de morveux." Ce qui m'a forcé, ne serait-ce que pour acquérir un minimum d'autorité, à apprendre parfaitement le métier. J'ai appris les différentes manières de monter une doublure soit "en fourreau", soit "à plat" pour les produits haut de gamme. Car le raffinement d'une doublure "à plat" c'est qu'on ne voit pas les points, on la coud en "points cachés". Et puis, peu à peu, j'ai appris à diriger un atelier, à parler aux gens… Je ne me débrouillais pas mal puisque j'étais devenu entrepreneur pour des boîtes assez cotées comme Fouks ou Les Trois Hirondelles. »

Pourtant, malgré sa réussite, Roger n'aime toujours pas son métier. Il n'en supporte pas la dureté, les journées passées courbé sur la machine « dans un atelier pourri, à s'arracher les yeux à cause d'une mauvaise lumière, parce que l'électricité c'est cher ». Et puis, c'est toujours la même violence, à laquelle il ne cesse de se heurter et qu'il ne peut pas accepter : « Les fabricants nous prenaient de haut, ils nous recevaient comme des chiens, on se faisait jeter pour un oui, pour un non. J'ai failli me foutre plusieurs fois sur la gueule avec eux parce que je ne tolérais pas la manière dont ils me parlaient, ça me rendait agressif. J'étais parisien, français, répète-t-il encore une fois, et je ne voulais pas qu'on me parle comme ça. » Roger a grandi, mais les fabricants dont il parle sont les mêmes que ceux qu'il a connus jadis apprenti. Ce sont ces Juifs polonais, parfois roumains, parfois russes, contre la brutalité desquels il ne peut s'empêcher de pester : « C'était souvent des rescapés des camps, redit-il sans que cela implique dans sa bouche la moindre circonstance atténuante, et c'était des gens très violents, tout leur était dû. » Surtout ceux, précise-t-il encore, venus après la guerre : « Ceux qui étaient arrivés avant, ils étaient déjà installés, ils n'avaient pas cette dureté-là, même ceux qui avaient été déportés. » Je ne pouvais m'empêcher, à l'entendre, de trouver à nouveau cette distinction étonnante. « Avant la guerre », « après la guerre », les gens étaient-ils à ce point différents ?

Ce phénomène de rejet n'est pas propre, loin de là, à la communauté juive de cette époque : c'est un leitmotiv de toute immigration. Il n'est pas d'immigré « installé », en effet, pour qui l'arrivée de nouveaux venus de la même origine ne soit perçue comme un danger susceptible d'ébranler le territoire encore précaire qu'il s'est difficilement constitué. D'où l'insistance avec laquelle Roger s'accroche, comme à un garde-fou, à sa nationalité française.

Réprimant sa colère et son peu de goût pour cette profession, il continue néanmoins à diriger cet atelier pendant deux ou trois ans, jusqu'au moment où il lui faut rejoindre l'armée pour faire son service militaire. Mais on est en pleine guerre d'Algérie et Roger décide de déserter. Il ferme l'atelier, en espérant secrètement ne plus jamais le revoir, et vend ses machines pour payer un billet de bateau : il part pour le Brésil où vit une sœur de sa mère qu'il n'a jamais vue. Et que retrouve-t-il à peine débarqué à São Paulo, quand il lui faut gagner sa vie ? Des machines à coudre et des ateliers ! Car à São Paulo aussi, il existe un « Sentier », c'est le quartier du Bon Retiro où se sont regroupés, de la même manière qu'à Paris, les travailleurs juifs de la confection. Roger ne parle pas portugais alors, pour trouver du travail, il a l'idée d'aller rua José Paulino, la rue principale du Bon Retiro, et de lire les noms des boutiques. Certains sont portugais, mais d'autres sont typiquement juifs : c'est là qu'il entre. « *Ir redt yiddish ?* » demande-t-il pour commencer. Puis « *Ir hot an arbet ?* » (« Vous parlez yiddish ? » « Vous avez du travail ? ») Un, deux, trois, quatre magasins, et il est embauché. Seulement « travailler à la machine, à São Paulo, c'est vraiment le bagne ! Avec la chaleur qu'il fait, l'atmosphère des ateliers est horriblement étouffante ». Et lui le Français, lui le Parisien, le voilà qui trime comme le plus misérable des immigrés : « Il faut dire que je voulais gagner de l'argent, je ne voulais pas rester dans la misère, alors je produisais trois fois autant qu'un Brésilien [tiens, on dirait un Chinois de Paris qui parle !], on me regardait de travers d'ailleurs [comme on regarde les Chinois !]. Ma machine était devenue une machine supersonique et moi je transpirais toute la journée : il y avait une flaque d'eau sous ma chaise tellement je suais. Ça ne pouvait pas durer longtemps ! »

Peu de temps après, ayant mis un peu d'argent de côté grâce aux exploits de sa machine « supersonique », et à l'aide de son oncle, Roger achète deux machines à coudre. Il trouve un local, et commence à travailler à son compte pour des fabricants. N'est-ce pas étrange de voir cet homme, qui se voulait tellement différent des immigrés juifs de la première génération, recréer, à l'autre bout du monde, l'expérience qui fut la leur à leur arrivée en France !

Pire même car « les fabricants là-bas sont encore plus épouvantables qu'en France : menteurs, tricheurs, esclavagistes ! » et Roger, tout citoyen français qu'il est, se retrouve sans papiers et sans aucun droit. « Je n'avais qu'un visa de touriste de trois mois, périmé depuis longtemps, je n'étais pas en règle, et je ne parlais pas portugais. » De quoi l'aider à comprendre plus tard, quand il rentrera en France, les immigrés turcs et chinois avec lesquels il travaillera : « Je sais ce que c'est que de vivre avec la peur du gendarme. Sauf que là-bas, c'était plus simple, quand les contrôleurs se pointaient, on leur filait un peu d'argent, et ils nous donnaient une carte. C'était moins dangereux qu'aujourd'hui en France ! » Il parvient même, tout irrégulier qu'il est, à monter un premier atelier, et puis un second qui compte une douzaine de personnes. Et puis lassé, un jour, il rentre.

Quelques mois de service militaire, et le revoilà de nouveau à Paris en 1962, où il est bien décidé à tout faire… sauf de la confection. Mais l'alternative n'est pas très glorieuse, il se retrouve dans une boutique de la rue de Sèvres à vendre des slips et des soutiens-gorge. Alors il rempile. Mais sans abandonner ses rêves de grandeur : ce qu'il veut maintenant, c'est voir grand, monter un gros truc avec une quinzaine de machines, et du personnel ! Rien de comparable avec la vie de ses parents !

Un local est libre dans la rue des Jeûneurs, il le prend un peu par hasard sans savoir ce qu'est le Sentier (avant son départ, dans les années cinquante, les ateliers étaient encore dispersés dans divers quartiers), et puis il déménage rue Saint-Denis. Il ne sait rien de l'explosion commerciale qui se prépare dans le quartier. C'est en écoutant les conversations dans les bistrots où il va manger son sandwich à midi qu'il comprend peu à peu que se traitent ici des affaires à un niveau qu'il n'a jamais connu. Il n'est encore qu'entrepreneur, mais ce qu'il entend lui donne des idées. Et un jour où un fabricant l'engueule plus fort que d'habitude, il décide de devenir lui-même fabricant. « Et c'est comme ça qu'un jour, j'ai fait ma propre collection. »

Sami a l'accent bourguignon

L'histoire de Sami Aladjem ne ressemble pas à celle des autres fabricants du quartier arrivés dans les années cinquante. Il est bulgare et s'est enfui de son pays, non pour fuir les persécutions nazies, mais à cause de l'arrivée au pouvoir des communistes, en 1947.

Bien que la Bulgarie du roi Boris entre en guerre aux côtés du Reich en avril 1941, les Juifs bulgares échapperont, en effet, aux persécutions. Les autorités essayent bien, dans un premier temps, d'appliquer les diktats des Allemands à l'encontre des Juifs, mais ces mesures discriminatoires se heurtent à la réprobation de la population et de l'église orthodoxe qui font pression sur le gouvernement pour qu'il y mette un frein. Les pouvoirs publics sont contraints de faire marche arrière et les SS, envoyés sur place en mars 1943, échoueront à organiser la déportation des Juifs.

Le père de Sami, propriétaire d'une importante fabrique de cigares, peut donc continuer à vivre et à travailler à Sofia pendant toute la durée de la guerre, tandis que ses deux fils poursuivent leurs études à l'école des Frères catholiques, où ils apprennent, dès leur enfance, la langue française. La famille de Sami appartient à la bourgeoisie juive bulgare ; sa mère, et sa grand-mère avant elle, ont fait leurs études à Vienne. Toutes deux sont musiciennes. C'est un monde où se mêlent aisance matérielle et raffinement culturel, et l'on comprend que l'arrivée des communistes au pouvoir y ait été immédiatement perçue comme un danger. Non pas tant pour la prospérité de leurs affaires – car ils partiront en abandonnant presque tout – que pour la protection de leur liberté et de leurs valeurs. « Mon père a senti très vite qu'il ne serait pas possible de vivre dans ce pays-là, et il a décidé de partir », résume Sami.

Ironie de l'histoire : dans sa fuite pour quitter un pays qui va bientôt tomber sous la coupe du stalinisme, le père de Sami ne trouve rien de mieux que de se réfugier dans un pays fasciste ! C'est l'Espagne de Franco, où il vivra avec sa femme et ses deux fils de 1947 à 1951, en essayant sans grand succès de recommencer sa vie à zéro.

Quand il évoque aujourd'hui la fuite de sa famille vers l'Espagne franquiste, Sami ne peut pas s'empêcher d'en rire avec une gaîté communicative. Il faut dire que c'est un homme qui ne manque ni de classe ni de charme avec sa silhouette élancée, son regard perçant et cet extraordinaire accent bulgare, si mélodieux, dont il sait parfaitement jouer avec un mélange de coquetterie et d'humour : « Je n'ai pas de langue maternelle, me dit-il au détour d'une phrase. Je parle cinq langues : bulgare, espagnol, français, anglais et italien ; mais je les parle toutes avec un accent. En France, on me demande souvent si je suis bourguignon ! »

« Vous voulez savoir la meilleure ? » reprend-il un peu plus tard à propos de son aventure espagnole, en se levant pour aller chercher une sorte de drapeau qu'il garde accroché près de son bureau : « C'est le fanion de la Phalange, je le garde depuis 1950 ! Vous voulez savoir comment je l'ai eu ? Quand on était à Barcelone, mon père avait entendu parler, par l'une de ses relations de travail, d'une colonie de vacances gratuite pour les enfants. Il était complètement fauché, et n'avait pas un sou pour nous envoyer en vacances, alors il nous a envoyés là sans savoir ce que c'était. C'était une colonie de la Phalange. On y faisait le salut fasciste, personne ne savait bien sûr qu'on était juifs. Mon frère et moi, on était très jeunes ; ça nous amusait tout ça, le salut, les insignes, les drapeaux. On était plus fascistes que les fascistes, plus catholiques que les catholiques ! Les gens, c'est facile à enrôler, c'est au moins une chose que j'ai apprise là-bas ; je sais ça depuis... Je connais même encore par cœur tous les chants fascistes que j'ai appris, et quelquefois je me mets à chanter ces vieilles chansons pour rire, ça exaspère mes amis. » Et voilà Sami qui entonne dans son bureau, au premier étage de son magasin de la rue Saint-Denis, les premières mesures d'un hymne phalangiste ! « Mais ces vacances, reprend-il bientôt, je vous rassure, elles n'ont eu lieu qu'une fois. »

Son père, en arrivant en Espagne, essaye de lancer un petit commerce de tissus qui végète rapidement. Ce qui ne l'empêche pas de mettre ses enfants, comme il s'est toujours efforcé de le faire, dans la meilleure des écoles, en l'occurrence le Lycée français de Barcelone.

Au bout de quatre ans, comprenant qu'en Espagne il n'y a pas d'avenir pour lui – au début des années cinquante, c'est un pays misérable –, il décide, avec toute sa petite famille, de refaire ses bagages et de partir pour la France. Quand il arrive, en 1952, il commence par acheter un minuscule magasin de 3 m² dans le Sentier, rue du Ponceau. Et puis, en 1954, il en monte un autre un peu plus grand dans le passage du Caire. Sami et son frère, qui sont encore en classe, au lycée Charlemagne, viennent chaque jour l'aider en sortant de leurs cours à 4 heures et demie. Mais l'affaire n'est pas brillante. Son père s'est spécialisé dans les vêtements pour enfants et les marges sont très faibles.

« Un jour, par la grâce de deux erreurs, notre réussite a commencé », me dit Sami. Le façonnier chargé du montage de blouses d'écoliers se trompe. Au lieu de monter, comme prévu, les blouses avec le col assorti, il mélange les couleurs et monte les cols rouges sur les blouses marines, et vice-versa. Toutes les blouses et les tabliers étaient bicolores ! « Pour nous, c'était la catastrophe, se souvient Sami, on était effondrés, il fallait tout découdre ! On était en train de retourner le problème dans tous les sens avec mon père, lorsqu'un client entre et demande le prix. C'est là qu'intervient la seconde erreur. Mon père, troublé par toute cette histoire, se trompe dans le calcul de sa marge, et propose au client un prix de vente avec 35 % de marge, ce qui était énorme puisque notre marge habituelle était autour de 10 %. Mais le client ne dit rien et paye ! Il ne fut pas le seul, car ce produit a tellement plu qu'on se l'arrachait, on en a vendu plusieurs séries de milliers de pièces. C'est ce qui s'appelle la chance, non ? » Oui, à moins que ça ne s'appelle la mode.

Mais cette réussite, il faut pouvoir la porter, et leur père est trop fatigué. Alors Sami et son frère décident d'arrêter leurs études et de reprendre l'affaire. C'est un choix qui ne va pas de soi, car il rompt avec une longue tradition familiale d'éducation et de promotion des enfants vers les carrières les plus prestigieuses, celles d'avocat ou de médecin. Pourtant rien, aujourd'hui, dans les propos de Sami, ne trahit l'amertume. Il faut dire qu'il a réussi. Dans son grand magasin de deux étages, rue Saint-Denis, l'un des meilleurs emplacements du Sentier, le sol est jonché de grands cartons pleins de tricots de toutes sortes, prêts à être expédiés. Depuis 1972, date où Sami a cessé de faire « de l'enfant » pour faire « de la femme », il est passé par nombre de spécialités. Aujourd'hui c'est la maille qu'il fait fabriquer et venir en grande partie d'Italie. Dans le magasin ce jour-là, il y a de l'animation, des vendeurs s'occupent des clients. « Il faut savoir parler plusieurs langues car ils viennent de tous les pays », précise Sami, qu'une telle diversité n'est pas pour effrayer : avec son accent « bourguignon » et ses talents de polyglotte, il est l'homme idéal.

On trouve tout dans le Sentier

« Il faut habiller toutes les femmes », me dit Pierre Aïdenbaum, patron de la boutique d'accessoires Gadget Club, rue du Caire, et maire du 3e arrondissement. « Celles qui gagnent le SMIC comme la cadre sup ou la bourgeoise. Et le Sentier est là pour ça. Il y a de tout ici, des grandes marques comme Gérard Darel, Patrick Gérard ou Teenflo, et des gens qui fabriquent des produits très bon marché pour les centrales d'achat et les grosses chaînes, en passant par toutes les gammes intermédiaires. Ce qui est formidable c'est qu'on peut voir, dans la même journée, les acheteurs des magasins Leclerc ou des Galeries Lafayette pousser la porte de la boutique parce qu'ils sont en quête d'un produit qu'ils ont besoin de réassortir d'urgence – ils viennent aussi renifler la mode – mais aussi ceux d'une boutique branchée de Londres ou d'un grand magasin japonais. Ce qui fait la force du Sentier, c'est qu'il y en a pour tout le monde ! »

Les entreprises du quartier sont diverses elles aussi : beaucoup ont moins de dix employés, certaines « tournent » même à trois ou quatre (le mari, sa femme et un styliste), mais il en existe qui comptent jusqu'à quarante personnes. Là non plus, il n'y a pas de norme. Certains fabricants n'ont qu'une boutique, d'autres une boutique et un atelier, d'autres encore sont en étage uniquement... Toutes les formes sont possibles : le Sentier, contrairement aux idées reçues, est une réalité hétérogène.

Les plissés destinés aux bavettes des avocats, par exemple, où croyez-vous qu'on les fabrique ? Dans le Sentier. C'est Serge Ghazarian, le plisseur, qui, depuis des années, fournit la maison Bosc, spécialisée dans les costumes de magistrats. « Voilà un modèle qui ne risque pas de se démoder ! lui avais-je fait remarquer.

– Ce n'est pas non plus avec ça que je vais vivre, avait-il répondu d'un ton las. Eux, ils les vendent cher, leurs bavettes ; mais le plissé, c'est différent… »

Quant à la maison Nelkin, elle propose, en plus de sa collection, un produit qu'on ne s'attendrait guère à trouver là : la jupe pour musulmane pratiquante ! « C'est une jupe qui n'a rien de spécial, explique Nicky Leon, la femme de Nicolas. Simplement, elle fait 1,05 m de longueur ; elle est donc assez longue pour qu'on ne voie pas les chevilles, et certains imprimés, comme ceux qui comportent des croix ou des animaux, lui sont interdits. » Un peu plus tard, dans sa boutique, je verrai ces longues jupes foncées juste avant qu'elles ne soient emballées pour être expédiées vers le Moyen Orient, leur principale destination. L'Arabie Saoudite est le plus gros acheteur.

Mais, en résumé, ce qu'on trouve dans le Sentier, c'est tout ce qu'il faut pour fabriquer et diffuser un vêtement de A à Z : du tissu et de la doublure jusqu'aux fournitures, boutons, fil, fermetures à glissière, boutons pression, en passant par les mannequins, accessoires, chapeaux, foulards, ceintures, sans oublier les pancartes et les enseignes, indispensables pour attirer le regard des clients. Jusque récemment on y trouvait encore le siège de nombreux transporteurs, comme Ducros et la Sernam, qui expédiaient aux quatre coins du monde les colis préparés dans les arrière-boutiques du quartier.

Le tissu c'est une silhouette

On l'oublie parfois, mais la mode, c'est aussi le tissu. Il suffit, pour s'en convaincre, de se remémorer la vogue du Vichy ou, dans un genre moins coquin, celle du tergal et des autres matières synthétiques qui ont révolutionné la vie quotidienne des ménagères à la fin des années cinquante. Depuis quelques années, la mode est au contraire aux matières naturelles, et bien sûr au lycra dont l'invention a bouleversé le prêt-à-porter. Ce fil, ajouté au tissage, a la propriété de rendre le tissu élastique. Il est à l'origine des nouvelles matières stretch, qui permettent un plus grand confort et une plus grande souplesse. Non seulement elles évitent au tissu de se déformer, mais elles ont donné naissance à une nouvelle ligne plus près du corps, plus sexy, plus féminine. Car le tissu, ce n'est pas seulement de la couleur et de la matière, c'est aussi une silhouette.

Les commerces de tissus sont localisés principalement rue des Jeûneurs, rue de Cléry, rue du Sentier : Tissus Marey, Tissus Symbole, Tissus Broudo, rue d'Aboukir, ou encore STN, dont le magasin au bas de la rue de Cléry a été pendant plus de trente ans une véritable institution. Créé au début des années soixante par un rapatrié d'Algérie, STN devint l'une des maisons de tissus les plus florissantes du quartier, et le resta jusqu'au milieu des années quatre-vingt-dix où elle atteignait encore un chiffre d'affaires annuel de 180 millions.

Du temps de sa splendeur, les nombreux rayons de cet immense magasin de trois étages attiraient du matin au soir une large clientèle dont on pouvait, depuis l'entrée du rez-de-chaussée, observer les déplacements le long de galeries bordées de rampes en bois, à chaque niveau, sortes de balcons intérieurs. Au coin de chacun de ces balcons, se trouvait une caisse où trônait, droite comme un I, une imperturbable caissière. Mon père a pendant des années fait ses courses dans ce magasin, et il se souvient de l'une de ces caissières qu'il avait repérée parce qu'il la trouvait jolie. Les années passant, il continuait à la voir, identique, toujours assise à la même place, derrière sa caisse au coin d'un balcon. Et puis un jour, il s'est rendu compte qu'elle avait grossi et vieilli, sans qu'elle ait bougé d'un centimètre de toute sa vie, semblable en cela au magasin, où tout semble s'être figé dans le temps. Avec ses galeries, ses rampes et son mobilier tout en bois, celui-ci ressemble à l'image qu'on se fait du Bonheur des Dames, ou de tout autre ancien grand magasin. Aujourd'hui, à la suite de mauvaises affaires qui l'ont contraint au dépôt de bilan, plus démodé et défraîchi que jamais, il ressemble à une sorte de gros paquebot échoué sur le sable. Il a beau s'être reconverti dans le tissu d'ameublement, ses allées restent désertes, habitées par le seul écho d'une agitation lointaine et révolue.

Les temps sont durs pour les marchands de tissus, exposés plus que jamais à la concurrence des étoffes importées d'Asie à prix modique, et, pour le haut de gamme, d'Italie. À Paris, le nouveau grand salon du tissu Première Vision témoigne de cette concurrence étrangère sur le marché français, mais aussi du rôle grandissant du tissu dans la mode. De plus en plus, celui-ci doit être créatif, inventif, jouer avec de nouvelles matières – à croire que c'est en lui que se trouve, dorénavant, le plus grand potentiel de renouveau. C'est aussi dans le tissu que se joue aujourd'hui l'essentiel de la différence entre le bas de gamme et la fabrication de qualité.

STN n'est pas la seule maison de tissus à connaître des difficultés. Elles sont nombreuses, et certaines d'entre elles avaient jadis été puissantes. Cela a été un véritable choc, tant pour la profession que pour les banques qui les pensaient à l'abri d'un coup dur. D'autres, plus modestes, s'éteignent dans l'ombre, comme ce grossiste que j'ai rencontré un jour de décembre, complètement désœuvré, dans l'arrière-boutique de l'un de ses voisins. Il m'avait emmenée voir son magasin, un immense entrepôt, composé de plusieurs pièces en enfilade, qui paraissaient d'autant plus grandes qu'elles étaient presque totalement vides.

« Avant, c'était plein ici, il y avait des pièces de tissu partout. Il y avait de la vie, du monde, le téléphone n'arrêtait pas de sonner... » Tout cet entrepôt est aujourd'hui plongé dans un silence seulement troublé par le bruit de la pluie qu'on entend au dehors. Près de la porte, deux employés l'air fatigué la regardent tomber et guettent en vain la rue. « Ces derniers jours, le téléphone n'a pas sonné de la journée, continue-t-il, je me laisse doucement mourir... Récemment, j'ai bradé toute une partie de mon stock, plutôt que de le laisser pourrir ici. Je vais encore tenir jusqu'au jour où, si ça merde un peu plus, je serai dans l'obligation de fermer. J'ai déjà licencié pas mal de gens, maintenant je réduis les frais pour pouvoir tenir encore... Qui sait ? se reprend-il dans un sursaut, peut-être que ça va repartir, on espère toujours... »

Les quelques maisons de tissus qui tiennent – et elles ne sont plus si nombreuses dans le Sentier – le doivent non seulement à leur bonne gestion mais à leur faculté de reconversion, à l'intérieur même de leur profession.

« J'ai dû changer complètement de métier, me dit Georges Moreno des Tissus Broudo. Avant j'étais grossiste, j'achetais du tissu aux usines et je le revendais aux fabricants du Sentier, ainsi qu'aux magasins de tissus au détail ou aux couturières. J'étais un commerçant. Il y a quelques années, j'ai dû me mettre à fabriquer moi-même. J'achète donc des écrus et je les teins, pour créer ma propre collection. »

Miro, qui est représentant pour Tissus Marey, explique à peu près la même chose : « Si Marey s'en sort, dit-il, c'est qu'ils fabriquent leur propre collection de tissus. Ce qui signifie qu'ils achètent des écrus à des écrutiers, qu'ils créent leurs propres impressions, et qu'ils les impriment eux-mêmes. Les marchands de tissus travaillent aujourd'hui comme les fabricants, avec des modélistes qui leur créent des collections, en s'inspirant notamment des tendances de la haute couture. C'est indispensable si l'on veut être compétitif sur le marché. Car que veulent les grandes marques ou les chaînes puissantes comme Morgan ou Zara ? L'exclusivité sur un tissu. La seule manière de leur offrir, c'est d'avoir sa propre collection, c'est-à-dire une gamme propre à la fois d'imprimés et de matières, car d'une saison à l'autre ce ne sont pas les mêmes matières qui marchent. Il y a trois ans, par exemple, c'était la folie sur le crêpe georgette. Toutes les minettes voulaient du crêpe georgette. Cette année, c'est moins défini, mais on prévoit pour le printemps pas mal de satin, d'imprimés, et beaucoup de garnitures – guirlandes et dentelle – pour orner les jupes. »

La mercerie, toujours au dernier moment

En dehors du tissu, de quoi a-t-on besoin pour fabriquer un vêtement ? De fil, bien sûr, et de boutons, de fermetures à glissière, toutes choses que l'on trouve dans les magasins de fournitures. Il y en a plusieurs dans le Sentier. Par exemple Richfil, rue du Caire ou Bonduel, au coin de la rue Dussoubs, là même où se trouvait, il y a quelques années encore, la célèbre maison Milgrom, de Salomon Milgrom le « roi du bouton ».

Bernard Blaszka-Goldszal est le neveu du fondateur de la maison Milgrom, et il s'est lui aussi, comme toute la famille, distingué dans la vente de boutons en gros. Il n'y a que son frère cadet qui ait échappé à cette spécialité familiale : il a préféré devenir dermatologue.

Pour sa part, c'est dès l'âge de quinze ans, au début des années cinquante, que Bernard Blaszka-Goldszal débute dans la mercerie, à vendre boutons et fermetures à glissière, agrafes, pressions, mais aussi fil, étiquettes, épaulettes, élastiques... Le magasin où il travaille se trouve à la périphérie du Sentier, rue Réaumur, du côté de la rue de Turbigo. Il approvisionne en fournitures aussi bien le Sentier que la République et la Bastille, où il n'y a pas d'immeuble, jusqu'à la fin des années soixante, qui n'abrite un atelier. Il le fera pendant plus de trente ans. Sans joie. Ni même la moindre satisfaction. « Je n'ai jamais aimé travailler dans la mercerie, me confia-t-il en guise de préambule, j'avais horreur de ce que je faisais, c'était insupportable. »

Voilà qui est clair, mais a de quoi décontenancer ! La mercerie mérite-t-elle tant de violence, tant de dégoût ? Je cachai sans doute mal ma perplexité, car Bernard Blaszka-Goldszal s'empressa de m'expliquer : « Vous ne savez pas ce que c'est que vendre à des gens qui ne sont jamais contents d'acheter parce que c'est ça la mercerie ! C'est la chose à laquelle on pense toujours en dernier, et qu'on est furieux de devoir payer. Quand j'ai commencé, j'avais surtout affaire aux confectionneurs ashkénazes, et c'était toujours des discussions interminables, des marchandages à n'en plus finir pour quelques francs. Ce qu'ils dépensaient pour la mercerie, à les écouter, c'était toujours trop ! Quelques francs par robe, pour une fermeture à glissière, c'était forcément de l'argent foutu en l'air. Ce qui est complètement absurde, évidemment, car sans fermeture, la robe ne ferme pas, il n'y a pas de robe ! Mais c'était plus fort qu'eux. C'est le lot de la mercerie, ce sentiment de dépenser de l'argent pour rien, parce que ça concerne tout un tas de petites choses sans valeur, apparemment négligeables. Mais moi, je n'en pouvais plus de ces discussions : "Là-bas, j'ai trouvé 50 centimes moins cher..." Sans compter que c'était toujours au dernier moment qu'ils se rappelaient qu'il leur manquait du fil ou des fermetures. C'est normal, puisqu'ils refusaient d'y penser. Alors ils débarquaient, non seulement énervés, mais en sueur parce qu'ils avaient dévalé en courant les étages de leur atelier. Ils entraient comme des fous dans le magasin. Ils criaient, car il n'était pas question de perdre une minute ; sauf pour marchander, là ils avaient toujours le temps ! Et ils repartaient en courant, de la même manière qu'ils étaient arrivés. On n'a jamais eu le temps d'avoir la moindre relation avec tous ces gens, on les voyait seulement entrer, hurler, et ressortir comme des fous ! »

Certes, ces petits entrepreneurs travaillaient tout le temps, c'est la seule excuse que Bernard Blaszka-Goldszal leur trouve. Plus tard viendront les Juifs d'Afrique du Nord. Et puis les Chinois. Ceux-là, à l'écouter, étaient des clients en or : « Ils ne parlaient pas, ils apportaient seulement une bobine de fil, en disant qu'ils voulaient la même, et puis ils payaient comptant, sans demander de facture, puisqu'ils n'avaient pas de comptabilité ! Ils marchandaient aussi bien sûr, mais une fois d'accord sur le prix, c'était fini. Et pour ce qui est de leurs femmes, on ne les a jamais vues. Elles ne venaient pas au magasin. »

Outre les jérémiades et les mesquineries plus ou moins pénibles des uns et des autres, il y avait encore bien d'autres aspects de ce métier qui le rendent insupportable aux yeux de Bernard Blaszka-Goldszal : « C'est un métier très lassant. Du 1er janvier au 31 décembre, on vend toujours la même chose ! Et puis, le fil, les fermetures, tout cela attire beaucoup de poussière, on est obligé de travailler en blouse, on a les mains noires. En arrivant le matin à 8 heures, on essayait bien de faire un peu de ménage, mais c'était quasiment impossible, car à peine le magasin ouvert il y avait déjà la queue. Et comme ça jusqu'à 7 heures du soir ! Il valait mieux ne pas trop nettoyer, d'ailleurs, car le jour où on a refait le magasin, quelques années plus tard, on a perdu des clients. Ils avaient peur que les prix aient monté, du fait des travaux ! On ne mesure pas à quel point c'est un travail épuisant, parce que les boutons, les fermetures, on ne les vend pas à la pièce, on les vend par 1 000. Et tout cela pèse horriblement lourd ! Surtout à l'époque de la mode des boutons en porcelaine, là, c'était terrible. Une caisse de 1 000 boutons, ça pesait 3 kg ou 4 kg. Vous vous représentez ce que ça peut être que d'attraper et de monter ça, toute la journée en haut des casiers... »

Est-ce pour se venger de ce que ces boutons les avaient tellement fait souffrir ? Toujours est-il que le jour où ils rénovèrent leur magasin, ne sachant que faire de ces boutons démodés, Bernard et sa femme décidèrent de les enterrer, purement et simplement, sous la nouvelle chape en béton du sol. Et depuis ce jour, ils marchent dessus !

« C'est sûr, on gagnait bien notre vie, mais on travaillait comme des chevaux, conclut Bernard Blaszka-Goldszal, toujours aussi maussade, on n'avait le temps de rien faire, on n'avait pas le temps de vivre. »

Jusqu'à ce jour de la fin des années quatre-vingt, où ils se résoudront enfin à convertir leur mercerie en commerce en gros de bijoux fantaisie : « Si vous pouviez savoir le bonheur que ça a été, dit sa femme, soulagée à ce seul souvenir. Pouvoir travailler avec des vêtements propres, sans porter de blouse, vendre des objets qu'on vous achète avec plaisir ! »

L'homme aux multiples casquettes

Gadget Club est l'une des plus anciennes boutiques d'accessoires du Sentier. Son patron, Pierre Aïdenbaum, est en même temps une figure politique de premier plan. Il fallut d'ailleurs repousser l'heure de notre rendez-vous au dernier moment, monsieur Pierre ayant été appelé d'urgence à ses occupations de maire, ainsi que me l'expliqua l'une des vendeuses de son magasin. Certains d'ailleurs, dans le Sentier, ne se privent pas de penser que « monsieur Pierre s'occupe plus de politique que de son affaire… » Militant du parti socialiste, longtemps président de la LICRA, il a également travaillé au cabinet de François Mitterrand, ainsi qu'à celui de Lionel Jospin avant que ce dernier ne devienne premier ministre.

Pierre Aïdenbaum est le fils de l'un de ces fameux casquettiers que nous avons déjà eu l'occasion d'évoquer pour leur efficacité dans le combat syndical. Arrivé dans les années vingt – c'est-à-dire au lendemain des grandes victoires syndicales de cette corporation – son père travaille d'abord comme ouvrier, puis il parvient, quelques années plus tard, à ouvrir son propre atelier de casquettes et de « chapeaux piqués » comme on disait à l'époque. Il a bientôt un magasin de gros dans la rue du Temple. Mais la guerre arrive, et la famille doit se cacher. Ils ont la chance de revenir. M. Aïdenbaum père reprend alors son métier de casquettier, qu'il exercera jusqu'à la fin de ses jours. De tous ses enfants, son fils Pierre est le seul qui soit resté dans le métier, non sans l'adapter aux nouveaux codes de la mode de la fin des années soixante. Dans ce domaine, il fait même figure de précurseur, puisqu'il a été l'un des premiers à sentir qu'un nouveau secteur était en train de naître, celui de l'accessoire de mode.

« Jusque-là, explique-t-il, il existait des maroquineries, des chapelleries, des marchands de parapluies, toute une série de petits commerces spécialisés. Mais à la fin des années soixante, avec l'explosion du prêt-à-porter, la femme a eu envie de pouvoir assortir aussi des accessoires à ses tenues. Pour cela, il fallait qu'elle puisse trouver, dans un même lieu, à la fois des vêtements et les éléments dont elle allait agrémenter sa toilette : ceintures, foulards, chapeaux. Les boutiques de détail ont donc eu à répondre à une nouvelle demande et se sont mises à développer de véritables rayons d'accessoires, devenus nécessaires non seulement à la vente, mais aussi à la décoration des vitrines. »

Le démarrage de Pierre Aïdenbaum dans la profession est lié, de façon amusante, à deux succès de cinéma de la fin des années soixante. Le premier, c'est en 1967, celui de *Bonnie and Clyde*, dont l'image est restée liée dans toutes les mémoires au fameux béret de Faye Dunaway. « À l'époque, je faisais déjà des chapeaux, raconte Pierre Aïdenbaum, et l'un de mes copains, qui était alors attaché de presse pour la société de production du film, me proposa l'exclusivité de la marque *Bonnie and Clyde* sur les bérets. Pourquoi pas ? C'était une bonne idée. J'ai donc donné à faire une première série de bérets que j'ai fait fabriquer dans le Pays Basque, et ça a été l'explosion ! En six mois, j'en avais vendu 300 000.

– Et le deuxième succès ?

– Il a eu lieu tout de suite après. On passait à la télévision, cette saison-là, une importante rétrospective des films de Greta Garbo. Et Greta Garbo, comme vous savez, on la voit toujours avec un chapeau de feutre sur la tête. Nouvelle explosion, celle du chapeau de feutre ! Cette fois-ci, j'étais lancé. À la suite de ces deux succès, j'ai pu fonder Gadget Club, ma société d'accessoires.

– Arrive-t-il encore qu'un film lance une mode ?

– Non, c'est beaucoup plus rare. Maintenant, la mode vient essentiellement de la rue, et notre métier consiste, la plupart du temps, à se contenter de suivre. L'une des dernières modes en matière de chapeaux, celle de la casquette que les jeunes portent la visière en arrière, est venue de la rue. C'est un sportif célèbre qui portait, je crois, sa casquette comme ça, et les jeunes ont voulu s'identifier à lui. On en a vendu des dizaines de milliers. Il s'agit souvent de phénomènes aussi aléatoires, et aussi imprévisibles que celui-ci. »

L'accessoire de mode a donc pris une importance grandissante depuis les années soixante. Au fur et à mesure que le vêtement perdait de sa valeur comme signe de reconnaissance sociale pour se standardiser, et tandis qu'il se banalisait vers le sportswear dans les années quatre-vingt, l'accent s'est déplacé vers les accessoires pour personnaliser sa tenue. Après Gadget Club, de nombreux magasins d'accessoires se sont ouverts dans le Sentier, dont plusieurs, depuis peu, tenus par des Chinois, comme Tournesol dans la rue Saint-Denis. Les Chinois de France se sont depuis longtemps spécialisés dans la petite maroquinerie – cela remonte à la dernière guerre –, et plus récemment dans la fabrication et la vente de bijoux fantaisie. Il est donc naturel qu'on les retrouve dans le commerce de l'accessoire de mode, dont le travail du cuir et l'objet de fantaisie constituent un secteur important.

Par ici les enseignes

Tout le monde dans le Sentier connaît Gib, car tout le monde a eu besoin, un jour, de poser une enseigne sur sa boutique. Il les a « tous installés », comme il dit, les Naf Naf, les Kookaï, Blanc Bleu, Sinéquanone. Cela ne date pas d'hier puisque Gib a son atelier d'*Enseignes, pancartes et calicots,* ainsi qu'il est précisé sur sa porte, depuis le début des années cinquante. Ce métier, il l'a appris de son père, un réfugié arménien arrivé en France en 1926. Ce dernier, n'ayant pu trouver d'emploi avec son diplôme d'ingénieur agronome, s'était reconverti dans la fabrication de pancartes et d'étiquettes... et aussi dans la promotion sportive de la communauté arménienne de France ! Il a été en effet le fondateur de l'UGA, ce club de football arménien d'où allaient plus tard sortir deux des plus grands champions de l'actuelle équipe de France, Youri Djorkaeff et Alain Bogossian. Le père de Gib ne devait pas manquer d'un certain talent, tout aussi sportif, des affaires. Son fils raconte qu'avant la guerre, alors qu'il était le seul fabricant de pancartes et d'enseignes du passage du Caire, un concurrent eut l'idée fâcheuse de venir s'installer à côté de son magasin. Ce voisin encombrant avait en plus eu le culot d'afficher à son tour *Calicots-Pancartes.* Ce à quoi le père de Gib furieux avait riposté en accolant une autre affiche, bien en évidence, qui portait une flèche dirigée vers son propre magasin et la mention : *Commandes ici.*

Aujourd'hui Gib a déménagé et son atelier se trouve au premier étage, côté cour, d'un immeuble vétuste de la rue Saint-Denis. Pour arriver chez lui, il faut se frayer un passage au milieu des prostituées qui attendent le client à l'entrée de l'immeuble et le long du couloir. « Avant, c'était plein d'ateliers ici, dit Gib, mais les gens sont partis les uns après les autres et les filles ont racheté leurs locaux pour en faire leur studio. Je reste pour ainsi dire le dernier artisan des lieux. » Drôle d'endroit, dont l'espace se résume à une petite pièce en longueur, occupée presque entièrement par un long établi de bois, sans même une chaise pour s'asseoir. Contre le mur sont rangées quelques plaques en carton ou en plexiglas, *Pierre Cardin, Diffusion Pluie,* peut-on lire sur l'une d'entre elles, *Miss Froc,* affiche une autre, ou encore, plus riche en informations, *Diabolo Fabricant. Spécialité caleçons. Fond cour. 2e étage.* S'agit-il d'enseignes en attente d'être livrées ou de commandes qu'on n'est jamais venu chercher ? D'autres sont peintes sur du tissu et attendent roulées dans un coin. Depuis cinquante ans qu'il fait ce métier, Gib ne grave pas que des enseignes : il peint aussi toutes les annonces qui ornent les devantures, des *bail à céder* jusqu'aux *soldes exceptionnelles.* Il s'agit, en réalité, d'un travail extrêmement minutieux, entièrement réalisé à la main. Que ce soit à la plume, à la laque, ou à la peinture, Gib doit tracer des lettres élégantes sur les supports les plus variés allant de la toile tendue au verre, en passant par le plexiglas et le carton.

Ce n'est pas lui, évidemment, qui décide du texte à écrire, mais ses clients. Il a d'ailleurs eu le temps, pendant toutes ces années, de voir défiler les spécimens les plus farfelus. Il y en a même qui font preuve de véritable susceptibilité littéraire, même pour le texte d'une simple affiche commerciale. Gib a un vrai talent de clown, et il sait changer de voix et de grimace autant que l'exige la variété des personnages à imiter. Tout en marchant à longues enjambées comme Groucho Marx d'un bout à l'autre de son minuscule atelier, sans jamais ôter son vieux mégot de la bouche, il raconte cette anecdote :

« Un jour un client vient me voir pour que je lui peigne un panneau rédigé ainsi : "Ici, vous pouvez acheter vos vêtements à crédit, sans souci."

– Soulignez "sans souci", me précise-t-il en insistant à plusieurs reprises.

– Très bien, j'ai compris.

Je lui propose alors une date pour qu'il vienne chercher son panneau.

– Venez plutôt me le livrer, me dit-il alors, comme ça vous me l'accrocherez.

Et puis quoi, encore ! Ça, il n'en était pas question. Je lui rétorque donc pour rigoler :

– Non, non, vous venez avec un taxi, on le fixe sur la galerie, et comme ça vous repartez avec votre panneau, sans souci.

Que n'avais-je pas dit là !

Voilà le type furieux qui hurle dans mon atelier :

– Vous avez volé mon texte ! Vous avez volé mon texte ! »

Des anecdotes de ce genre, plus abracadabrantes les unes que les autres, Gib en aurait toute une anthologie à raconter, à croire que le petit monde du Sentier relève de la commedia dell'arte !

Depuis son petit atelier d'enseignes, Gib est aux premières loges pour observer les mouvements dans le quartier : ouvertures, faillites, changements de propriétaires, cessions de baux, mise au goût du jour du nom des boutiques… Tout passe entre ses mains. Personne n'est meilleur que lui pour résumer en quelques mots l'histoire des « tendances » en matière d'enseignes, qui sont autant de signes de l'évolution des codes de la mode.

« Avant et juste après la guerre, les magasins s'appelaient *Au Petit Bénéfice, Aux Bonnes Affaires, À la Confiance.* Puis, dans les années cinquante on leur a donné des prénoms : *André, Chez Albert.* La vogue des noms étrangers, surtout anglais, est arrivée dans les années soixante-dix, du genre *Oxford Street.* Il y en a un qui s'est même appelé *No Man's Land.* Mais ça, pour attirer le client, c'est un peu dur, commente-t-il, goguenard. Et puis, on a aussi eu droit à *Overdose* et très récemment encore à *Exit.* Celui-là, il n'a pas fait long feu, il est resté un mois, il ne devait pas savoir que ça voulait dire "Par ici la sortie" ! Ensuite, il y a eu les noms italiens et maintenant, on aime bien les formules toutes faites ou les jeux de mots. *Jerry Mode,* par exemple, est devenu *À nous les filles.* Il y a aussi *Copain, copine, À propos de…, Sinéquanone.* »

Chaque semaine dans le Sentier, un magasin bouge, mais cela n'empêche pas Gib de sentir arriver la fin de son métier. Le prêt-à-porter est moins florissant qu'il y a dix ans, et les gens économisent jusqu'au budget de leurs enseignes. Certains préfèrent même « s'arranger tout seuls avec des bouts de cartons en guise d'affiche, pour faire des économies ! » se lamente-t-il non sans ironie. « Dans les années soixante-dix, quand les gens prenaient un magasin, ils l'installaient la plupart du temps de manière luxueuse, avec de beaux éclairages, des décorations, parfois ils mettaient même du marbre. Aujourd'hui, regardez les nouvelles boutiques, elles sont toutes identiques : quatre murs blancs, un bureau, deux ou trois *stoyaks* (portants à roulettes sur lequel on accroche les vêtements) et c'est tout. Ils n'investissent plus puisqu'ils ne sont pas sûrs de pouvoir tenir, et d'ailleurs, souvent, au bout de deux ou trois mois, il n'y a plus personne.

Certaines semaines, il y a des mouvements terribles. La semaine dernière, par exemple, en huit jours, cinq magasins ont changé de nom, c'est-à-dire, en clair, de propriétaire ! »

Mais cela n'alarme pas Gib outre mesure : en cinquante ans, il en a tellement vu ! Ce n'est rien d'autre qu'un nouvel acte du petit théâtre du Sentier.

Les tricoteurs, un monde à part

Jusqu'à ce que je fasse cette enquête, je n'avais jamais entendu parler des tricoteurs du Sentier. Certes, ils ne faisaient pas tout à fait le même métier que les confectionneurs, mais ils se côtoyaient pourtant ! Ces derniers travaillent à partir de tissus prêts à couper – ce que dans le jargon du métier on appelle le « chaîne et trame » – tandis que les tricoteurs travaillent à partir du fil ou de la laine, qu'ils tricotent eux-mêmes pour en faire des lés dans lesquels ils découpent ensuite leurs modèles. Cette distinction a suffi pour qu'ils forment deux corporations totalement distinctes, qui ne se rencontrent pas.

Aujourd'hui, cette séparation n'a plus cours. Au contraire, les fabricants, pour être plus performants, doivent proposer à la fois de la maille et du « chaîne et trame ». Cela leur est possible, puisqu'ils ne sont plus, comme autrefois, des artisans spécialisés dans une technique, mais des entreprises qui ont recours aux modes de production et aux mains-d'œuvre les plus diversifiées.

Jusqu'à la fin des années soixante, la maille est restée un marché très important. Le « chaîne et trame » a pourtant toujours existé, mais il faut attendre les décennies soixante-dix et quatre-vingt, avec l'apogée du tailleur et des vêtements très structurés, pour voir réellement triompher le tissage serré du « chaîne et trame ». Jusqu'au retour de la maille, au milieu des années quatre-vingt-dix. C'est le principe éternel de la mode que d'être une succession de flux et de reflux, dont le rythme est aussi capricieux que répétitif.

Roger Bromberg, fils de tricoteur et tricoteur lui-même, a une analyse intéressante de ce clivage entre les deux corporations des tricoteurs et des tailleurs : il la fait remonter aux modes de vie et de travail des uns et des autres du temps où ils vivaient en Pologne. Son père, par exemple, originaire de Sterdyn, une petite ville située à une centaine de kilomètres de Varsovie – et plus précisément encore « à une dizaine de kilomètres de Treblinka » – avait dû très jeune quitter sa ville natale pour se faire embaucher à Stettin où se trouvait une grosse usine de tricots. « C'est là toute la différence entre le tailleur et le tricoteur. Le premier peut rester dans son échoppe au village. Il ne lui faut rien d'autre pour travailler qu'une paire de ciseaux et une machine à coudre, tandis que l'autre a besoin de grosses machines qu'on ne trouve que dans les grands ateliers des villes ou dans les manufactures. Et le plus souvent, il est obligé de quitter son village et de s'exiler pour trouver du travail. Ce fait suffit à expliquer que, dès la Pologne, tricoteurs et confectionneurs aient constitué deux mondes séparés. Et ils continueront tout naturellement à l'être en France. Les uns comme les autres passaient la journée penchés sur leurs machines, et ils n'avaient guère le temps d'aller voir ce qui se passait chez le voisin ! »

Ces grosses machines à tricoter dont parlait Roger Bromberg, je n'en avais jamais vues, et j'avais du mal à imaginer qu'un atelier puisse être autre chose que ce que j'avais toujours connu : une table de coupe, des machines à coudre, le fer du presseur. Je sautai donc sur l'occasion lorsqu'il me proposa d'aller visiter son ancien atelier.

Il s'agit bien sûr d'un atelier moderne où le travail n'a plus grand-chose à voir avec ce qu'il était lorsque, du matin au soir, il fallait passer la navette à la main d'un bout à l'autre du métier à tisser. Le métier de tricoteur était harassant, et il continua de l'être même après l'arrivée des premières machines à moteur. On devait encore en effet, pour les alimenter, enrouler soi-même, sur de grosses bobines, la laine qu'on allait acheter en écheveaux dans le Nord de la France, à Lille, Roubaix ou Tourcoing. C'est une opération qui demandait une grande dextérité parce qu'il fallait enfiler la laine très vite et faire très rapidement des nœuds à chaque fois qu'elle cassait. Aujourd'hui, tout cela n'existe plus. On achète la laine déjà embobinée sur des cônes, et il suffit d'enfiler ceux-ci directement sur la machine. Mais bizarrement, dans un coin de l'atelier, il reste encore, bien qu'elle soit depuis longtemps inutilisée, l'une des anciennes machines à embobiner la laine, long engin en métal fait de cônes et de tiges juxtaposées. On imagine toute une rangée d'ouvrières travaillant côte à côte, les bras levés, à défaire et à enrouler des mètres et des mètres de laine.

Mais ce n'est pas cette machine-là, remisée dans le fond, que je vis d'abord en pénétrant dans l'atelier. Le spectacle qui s'offrit à moi, surprise et assourdie par un bruit violent et continu, me fascina par son étrange beauté : quatre énormes machines circulaires agitées en tous sens et tournant comme des manèges. Au sommet étaient accrochées, tels des lampions, des bobines de toutes les couleurs. C'était comme un ballet ininterrompu de fils dont le mouvement, tout à la fois constant et saccadé, donnait mystérieusement naissance à de longues bandes colorées de laine tricotée. Au milieu de cette immense pièce, un seul ouvrier évoluait d'une machine à l'autre pour surveiller les programmes de tricotage, car tout ce qui se faisait jadis à la main est programmé aujourd'hui par ordinateur : les alternances de points et de couleurs, la longueur et la largeur des panneaux. Parfois, une machine s'arrêtait, bloquée par un nœud qu'il fallait dénouer ou bien au contraire par un fil cassé. L'ouvrier y remédiait alors promptement, et ça repartait.

Ces gros engins métalliques occupaient tout le centre de l'atelier, tandis que contre les murs étaient alignées d'autres machines anciennes de toutes sortes, dont certaines servaient encore, comme de vieilles bécanes à moteur et à navette horizontale qui déroulaient d'étroites bandes de tricots destinées aux cols et aux bordures des pulls. Quelques-unes étaient même curieusement programmées grâce à des cartes perforées semblables à celles des orgues de barbarie, qui commandaient les changements de couleur, de maille, ou de dessins. D'autres ne servaient plus, comme deux vieilles machines circulaires, datant peut-être d'avant-guerre, dont la silhouette fantomatique ajoutait encore au côté fantastique du lieu.

Le fils d'un tricoteur arménien m'avait décrit d'autres sortes de machines utilisées dans les années cinquante, comme celles à gratter la laine pour faire le faux angora, alors très à la mode. Mais c'était un modèle rare que peu de tricoteurs possédaient, et je n'en vis pas ce jour-là.

Sans doute est-ce Renée Bromberg qui a tenu à les conserver, telles des pièces de musée – c'est vrai qu'elles étaient très belles –, car c'est elle qui, dans la famille, a la passion du tricot. Jeune fille, elle a dû se battre pour faire ce métier qu'elle préférait aux études de pharmacie auxquelles son père la destinait. Il était tricoteur, et ce ne fut pas simple de le convaincre que c'est tricoteuse qu'elle rêvait d'être ! C'était un métier que peu de femmes pratiquaient, sinon les ouvrières employées à enrouler les bobines, car il supposait d'actionner des machines lourdes à manier. Mais Renée Bromberg avait tenu bon et son père avait fini par céder : « Très bien, lui avait-il dit, mais si tu veux être dans le métier, tu commences par balayer par terre et par ramasser les épingles ! » Ce qu'elle fit sans broncher et sans jamais le regretter, comme en témoignent ses yeux qui brillent et sa voix qui s'anime aussitôt qu'elle parle de son travail.

« Mais qu'est-ce que vous aimiez ? lui demandais-je, malgré tout perplexe, tant on m'avait parlé de la dureté de ce métier.

– J'aimais tout. Créer des mailles, jouer avec les points mousse et les points de jersey. Mais aussi régler la machine, déplacer les aiguilles, monter les bobines, rattraper les mailles tombées. J'aimais créer des mariages de couleurs, des rayures, des jacquards – bien que tout cela, tous ces dessins, ne soient venus que beaucoup plus tard, dans les années soixante. Avant, on ne tricotait que de l'uni. Une année, avec mon père, on avait réglé la machine en jersey, "côte une et une", et on a travaillé quatre mois comme ça, sur quatre machines, dans le coloris abricot. C'était la mode de l'abricot. Sans doute était-ce, aussi, encore la pénurie ! Ensuite, dans les mois qui ont suivi, on n'a fait que du vert olive, des milliers de pièces uniquement en vert olive. La seule fantaisie qu'on pouvait s'offrir dans les années cinquante, c'était la veste Week-end, une veste à manches longues, décolletée en V sans col, dont toute l'originalité se trouvait dans les poches. On les matelassait avec une sorte de mousse collée et on brodait dessus des motifs variés. La veste Week-end, c'était le luxe !

– Mais le pull de Jean Marais, dans *L'Éternel Retour,* alors ? C'est bien du jacquard et c'est bien avant les années soixante, fis-je remarquer à Renée Bromberg, me remémorant le pull le plus célèbre de toute l'histoire du cinéma.

– Ça n'a rien à voir, c'était un pull tricoté main ! s'empressa-t-elle de rectifier. À la machine, on n'a commencé à faire des dessins que bien plus tard. Le jacquard Camel de Daniel Hechter, par exemple, ce n'est pas avant le milieu des années soixante. »

Je ne voyais pas bien de quoi elle voulait parler.

« Le jacquard Camel, ça ne vous dit rien ? Ces pulls dont le motif reproduisait celui du paquet de cigarettes Camel. Il n'y avait pas que cela, d'ailleurs. À l'époque, on faisait aussi des pulls qui représentaient des tableaux de chasse. Notre spécialité à nous, c'était les jacquards irlandais, garnis d'une collerette de fleurs. Je suis sûre que vous connaissez. Si je vous montrais un modèle, ça vous rappellerait quelque chose. Et puis on faisait aussi toutes sortes de fantaisies, continua-t-elle sur sa lancée. On fabriquait des métrages entiers de tricots imprimés dans lesquels on coupait des pulls. Ensuite, il y a eu la mode des tricots brodés avec des perles, et puis celle des pulls décorés avec des motifs collés. Mais ça, c'était horrible : il ne fallait surtout pas les laver, sinon la colle durcissait et le motif avec ! »

Renée Bromberg était réellement intarissable sur le sujet, et elle en parlait avec une telle joie que sa passion en devenait communicative. Un peu plus tard, quand nous visiterons l'atelier, je demanderai à son mari, en hurlant pour me faire entendre dans le vacarme des machines : « Et elle ne souffrait pas de tout ce bruit votre femme ?

– Pas du tout. Ma femme... ah ! si vous l'aviez vue ici, elle était vraiment dans son élément. »

Roger Bromberg, bien que tricoteur de métier, avait quant à lui préféré s'occuper, depuis son bureau silencieux, de la gestion de leur affaire. Loin des machines et loin du bruit. Il n'avait pas, comme sa femme, la passion du tricot ni celle de l'atelier. « Je suis daltonien, alors les couleurs et même les formes... » m'avait-il confié.

La seule motivation qui l'avait poussé un jour à faire ce métier avait été celle de gagner sa vie et de faire vivre sa famille lorsque son père avait été déporté. Ce en quoi il ressemble bien davantage à l'immense majorité des fabricants de sa génération, tricoteurs comme confectionneurs, dont le destin professionnel s'est trouvé bien souvent scellé par l'horreur de l'époque. Le père de Roger Bromberg est arrêté quand celui-ci a dix ans et, dès l'âge de seize ans, Roger met un terme à ses études pour le remplacer. Il s'en acquitte comme d'un devoir. Tout naturellement, mais le cœur meurtri, il reprend alors, face à la machine, ces mêmes gestes qui jadis lui avaient dérobé son père, occupé tous les jours de sa courte vie à travailler, loin de ses enfants. « Si j'ai un reproche à faire à mon père, un seul, m'avait-il dit d'un ton timide, c'est de n'avoir presque aucun souvenir de lui. Je ne l'ai quasiment jamais vu. Il partait le matin avant que je me réveille, rentrait le soir quand j'étais couché, et un jour, quand j'avais dix ans, on l'a emmené… »

Plissage aux gants blancs

La plupart des anciens artisans du Sentier ont aujourd'hui disparu, mais il en reste encore quelques-uns. L'un d'entre eux, Serge Ghazarian, est l'un des derniers artisans plisseurs du quartier.

Monsieur Serge, on s'en souvient, c'est celui qui rangeait ses jouets pendant la guerre dans les boîtes à « biscuits » du résistant Manouchian. Devenu adulte, il fait quelques années de droit qui ne le passionnent pas. Alors, de retour de son service militaire, il passe parfois dans le Sentier pour aider ses parents dans leur atelier de la rue Poissonnière…

Trente-cinq ans plus tard, il est toujours là, au deuxième étage du même immeuble délabré, au fond d'une cour qui suinte l'humidité. De son atelier n'ont été conservées que deux pièces, mais l'on en devine d'autres derrière les portes entrouvertes, qui semblent depuis longtemps à l'abandon et desquelles émane une odeur de moisi mêlé de poussière. Même la grande salle où s'activent encore les machines dégage un air de désolation, le plancher y est défoncé par endroits. Mais pas question, c'est évident, de faire de travaux. On est en fin de course ici, ça se sent, et l'on s'attend à tout instant à ce que l'atelier, telle une personne très âgée et très fatiguée, rende son dernier souffle.

Pourtant, plus de 20 personnes travaillaient ici à la fin des années soixante, lorsque monsieur Serge se lance dans la fabrication pour relayer ses parents. Son affaire marche bien, il commence même à avoir une petite marque et fabrique des séries de 50 000 pièces, ce qui est un chiffre plus qu'honorable. Mais en 1973, il est blessé dans un accident de voiture et doit rester immobilisé pendant plus de deux ans. Il licencie alors son personnel et ferme son atelier.

À son retour, il n'a plus la force ni les fonds pour se relancer dans la fabrication et décide de se reconvertir dans le plissage, dont il connaît déjà un peu la technique. En outre, c'est une activité liée à son adolescence, lorsque pendant les vacances scolaires, il faisait des livraisons pour ses parents chez un plisseur de la rue des Petites-Écuries. De ce plisseur, futur député-maire, un temps ministre des Travaux publics de Georges Pompidou, il dit : « Déjà à cette époque, c'était un homme qui s'exprimait bien. Il tranchait sur les autres ouvriers, il avait de la prestance, et je m'étais dit que je serais bien plisseur, moi aussi, plus tard. Ça me paraissait un métier noble car il me donnait toujours l'impression de travailler avec des gants blancs. Et ça m'est revenu, j'en suis sûr, lorsque des années après, il a fallu que je me recycle. Seulement lui, entre-temps, il était devenu ministre ! »

À l'inauguration de la tour Montparnasse, au début des années soixante-dix, monsieur Serge est invité et pour s'amuser, il dit à Jacques Toubon (ils étaient ensemble à l'école communale !) :

« Vous savez, on a des points communs, lui et moi.

– Ah ! Vous êtes ministre ? répond Toubon.

– Non, il est plisseur », rétorqua Serge.

Tout le monde l'ignorait; le ministre préférait dire qu'il avait une « petite industrie ».

J'ignore comment il travaillait, mais une chose est sûre, quand j'ai vu monsieur Serge dans son atelier, j'ai pensé à tout sauf à des gants blancs. Sitôt passée la porte, on est d'abord surpris par la vapeur qui se dégage des machines, et par le bruit du souffle. Ce sont en effet d'énormes rouleaux dans lesquels on insère à la main, les unes après les autres, les pièces de tissu serrées entre deux feuilles de carton plissé, chauffées à la vapeur. On les insère plates et, quelques secondes plus tard, elles ressortent plissées. La première fois que je suis allée rendre visite à monsieur Serge, il m'a reçue, souriant derrière sa machine dans laquelle, tout en me parlant, il passait inlassablement des manches de corsage, répétant indéfiniment le même geste. Ces manches ressortaient sous une forme que je n'avais encore jamais vue, striées d'un double plissage croisé comme une sorte de gaufrage. « C'est une combinaison de plissage que j'ai créée, m'explique monsieur Serge, ça s'appelle du barbelé.

– Mais c'est très dur, votre métier ! lui fis-je remarquer en songeant perplexe aux gants blancs.

– C'est très dur, oui. À mon âge, je passe encore huit ou neuf heures par jour sur les machines, malgré mes jambes cassées. C'est un vrai travail à la chaîne. Charlot dans *Les Temps modernes*, c'est moi ! Mais il n'y a pas le choix, il faut relever les manches et y aller ! »

Aujourd'hui, dans son atelier, monsieur Serge n'a plus que cinq ouvriers et il sait que son entreprise n'en a plus pour longtemps. Ces dernières années, une centaine d'ateliers de plissage ont dû fermer et il n'en reste qu'une trentaine en France. Pour beaucoup d'entre eux, il était devenu impossible en effet de tenir face à la concurrence de la main-d'œuvre des pays d'Asie, d'où sont importés aujourd'hui une grande partie des produits textiles. Le plissage, tout comme les autres secteurs du prêt-à-porter, est touché. Si monsieur Serge a pu malgré tout continuer jusqu'ici, c'est grâce à son savoir-faire qui lui permet de proposer des produits haut de gamme, plus sophistiqués, plus créatifs, qu'on ne peut pas faire fabriquer ni importer en grosses séries.

« Mais qu'est-ce qu'on peut créer en matière de plis ? lui demandai-je un peu par provocation. Un pli c'est un pli !

– Pas du tout, il y a beaucoup de plis et beaucoup de modèles. En plus, on n'utilise pas la même technique selon le plissé qu'on veut obtenir. On ne plisse pas une jupe soleil comme on plisse une jupe dans le droit fil. Il y a des jupes qui sont faites au métier à plisser dans des cartons avec des plis et des creux, pour que ça tombe mieux. Et puis, les méthodes dépendent aussi de la qualité du tissu. On ne chauffe pas de la même manière tous les tissus, ça dépend de leur qualité.

– Et tout cela ne peut pas être réalisé avec des techniques industrielles ?

– Oui et non. Il faudra toujours que la main de l'homme soit là. Pour chaque modèle il y a une manière de mettre le tissu dans la machine, de le poser pour qu'il soit d'aplomb. Si c'est de l'écossais, il faut que le carreau soit bien droit. C'est toute une posture à acquérir. Comme pour le tir à l'arc, si la posture est mauvaise, la flèche ne touche pas son but !

– Vous avez l'impression d'être l'un des derniers artisans du Sentier ?

– Oui, hélas. Car on est en train de perdre notre âme avec toutes ces importations. Avant le Sentier c'était... (Monsieur Serge se reprend.) Je dis "c'était", ça me fait mal... C'est encore, j'ose croire que ça va durer encore, un creuset de création extraordinaire, avec tous ces ateliers, tous ces gens qui avaient acquis un savoir-faire. Ça se sentait dans les vêtements. Un vêtement, ce n'est pas un objet impersonnel. Si c'est pour faire des vêtements comme les Allemands... Ils sont tous habillés pareil, je n'appelle pas ça des vêtements, ce sont des stéréotypes. Tandis que nous, nous avons – nous avions – les grands couturiers. Aujourd'hui, l'Italie est devenue beaucoup plus forte que nous en création. Parce qu'ici, tout est devenu tellement rigide, la législation ne pardonne rien, c'est comme ça et pas autrement ! Mais la mode ce n'est pas ça, la mode c'est de l'art quelque part…

– La mode, peut-être, mais pas le Sentier ! En tout cas, ce n'est pas l'image qu'on en a.

– Je vous signale tout de même que la Chambre syndicale de la couture, rue Saint-Roch, c'est-à-dire la première école française de couture, envoie ses élèves chez moi, là, dans mon atelier pourri, pour qu'ils apprennent des notions de plissage ! Souvent, les étudiants arrivent avec des projets qu'ils ne parviennent pas à réaliser, et ils ne comprennent pas pourquoi ça ne marche pas. Ils sont ravis quand je leur explique qu'il ne faut pas utiliser cette technique, mais telle autre, qu'il faut le faire sur telle machine, avec ce type de papier là et pas un autre… Jusqu'à présent, il n'y avait pas de cours de plissage à l'école, c'était une spécialité qui s'apprenait sur le tas. Dans l'atelier de la plupart des créateurs, il y avait un plisseur qui travaillait dans l'ombre, car eux-mêmes ne connaissaient pas la technique, et c'est normal, puisqu'on on ne leur avait jamais appris. Je ne veux pas citer de noms, mais moi-même j'ai fait des modèles pour plusieurs créateurs, des modèles qui sont passés en défilés, et il n'y a pas si longtemps que ça. Le dernier est un créateur étranger. Je lui ai fait toute une ligne de plissés soleil, pour une série de tenues en blanc, c'est même passé à la télévision. Alors quand on dit que les "créateurs" c'est les autres et ce n'est pas le Sentier…

– Vous avez travaillé très dur, mais quand vous parlez de votre métier, vous le faites avec beaucoup d'amour…

– Oui, bien sûr, j'aime mon métier. Quand j'étais fabricant, j'étais heureux de reconnaître l'un de mes modèles dans la rue. Je le répète, la mode pour moi c'est un art. Il m'arrive de peindre ou de faire de la musique, et tout est lié. La musique, il faut que ça vienne de l'intérieur, n'est-ce pas ? Eh bien, un vêtement c'est la même chose. C'est même encore plus complexe, car non seulement il faut qu'un vêtement soit beau, mais il doit tenir compte de la technique et du prix de revient. Il faut qu'il embellisse la femme, sans être trop cher. C'était ça le Sentier, et peut-être que ça l'est encore... Le Sentier dont on ne parle jamais, celui qui travaille, qui produit, celui qui fait plaisir aux femmes et qui embellit les vitrines...

– Qu'est-ce qui se passera quand les derniers plisseurs auront fermé ?

– Je ne sais pas, on ne fera plus que des plis impersonnels. À moins qu'un créateur, on ne sait jamais... on ne peut jamais préjuger de l'avenir. »

Les recettes du Sentier

Dans les années cinquante et jusqu'au milieu des années soixante, le métier du prêt-à-porter était un métier de « spécialistes ». Ce n'étaient pas les mêmes qui faisaient « de la jupe », « du pantalon » ou « de la grosse pièce », c'est-à-dire les tailleurs et les manteaux. Et quoi qu'il en soit, la plupart des fabricants ne vendaient que la production de leur propre atelier : ils vendaient ce qu'ils savaient faire.

Aujourd'hui, à l'inverse, pour couvrir l'ensemble du marché, les fabricants se sont diversifiés et font réaliser par des sous-traitants robes, tailleurs, manteaux, jeans ou tricots. La dimension artisanale a en grande partie disparu, pour laisser place à la dimension commerciale, transformation du marché et des modes de production oblige. Et ce ne sont pas seulement deux époques mais véritablement deux mondes en tout dissemblables qui s'opposent : d'un côté celui d'hommes de métier que les anciens appelaient *fakhman**, de l'autre celui des négociants dont tout le talent s'exprime dans l'art de savoir vendre et de percevoir avec acuité les nouvelles règles du marché. De ces derniers, nous reparlerons. Mais hier, lorsqu'on était *fakhman*, comment devenait-on patron du Sentier, une fois terminées les années d'apprentissage, et accomplis les premiers pas comme entrepreneur ? Pour devenir fabricant, il ne suffisait pas de savoir monter un vêtement, encore fallait-il savoir embaucher les bons ouvriers, savoir créer une collection (car sans collection pas de « maison ») et enfin se constituer un réseau de clients.

---

* Mot yiddish dérivé de l'allemand *Fachmann*. Désigne l'artisan qui maîtrise un savoir-faire.

L'embauche des ouvriers de la confection ne s'est jamais faite, ou très peu, par annonces dans les journaux. Hier, elle se faisait au gré des rencontres dans les ateliers, ou bien par le bouche à oreille, ou encore dans des lieux de recrutement qui servaient de véritables points de ralliement à la profession. C'était même une institution juste avant et après la guerre, ces lieux se trouvaient près des ateliers, dans les quartiers où vivaient les ouvriers : devant *Chez Félix,* un restaurant à proximité de la place Voltaire, derrière le Carreau du Temple, ou encore (Roger Norymberg s'en souvient bien) devant le restaurant *Les Lumières de Belleville,* sur le boulevard du même nom.

« Le dimanche matin, tous les gens du métier étaient là : les mécaniciens, les presseurs, les entrepreneurs, mais pas les finisseuses car les femmes ne venaient pas dans ce genre d'endroits. Et tout se passait dans la rue. C'est là qu'on venait pour recruter. "Je cherche un mécanicien", disait l'un. Il y avait toujours quelqu'un pour répondre ou pour lui indiquer du doigt la personne qu'il lui fallait. »

Dans les années cinquante et soixante, la sortie du métro Sentier prit le relais. « Il suffisait d'aller là-bas, se rappelle mon père, il y avait toujours des ouvriers qui attendaient. On trouvait tout de suite un presseur, un mécanicien avec lequel il suffisait d'échanger quelques mots : "Vous avez travaillé chez qui ? Bon, on va faire un essai..." C'était comme ça, on ne passait pas d'annonces. À l'époque, la plupart des gens qui attendaient là étaient encore des ouvriers français. »

Aujourd'hui, ces points de rencontre n'existent plus que pour les Pakistanais qui attendent place du Caire qu'on leur commande quelque tâche de manutention. Pour les ouvriers qualifiés, cette pratique a été remplacée par celle des annonces apposées sur la devanture des magasins: « Cherche modéliste », « Cherche entrepreneur, vingt machines minimum », ou encore « Cherche vendeuse, expérience Sentier ».

Une fois ces divers ouvriers recrutés, encore faut-il savoir estimer la qualité de leur travail, mais aussi, quand on est un petit patron débutant sans beaucoup de machines, leur rapidité. Roger, lorsqu'il monte son premier atelier dans les années cinquante, a besoin, pour que son investissement soit rentable, d'un mécanicien qui travaille suffisamment vite.

À ses débuts, dans l'atelier qu'il monte avec son associé Schmil, mon père n'a que quelques ouvriers: deux mécaniciens, une finisseuse, et Schmil qui fait le presseur. Mon père, lui, se charge de la coupe. Il n'a pas de table adaptée et doit tailler par terre, à genoux, en maintenant le patronage, pour qu'il ne bouge pas, avec ce qui lui tombe sous la main: un presse-papiers, ou n'importe quel objet lourd. Il n'a pas non plus de machine électrique pour couper les énormes matelas de tissu, alors il utilise de grands ciseaux de tailleur qui lui font des ampoules aux mains. Ce n'est que plus tard, lorsqu'il s'installera seul à la fin des années cinquante et créera sa propre maison – Siguy, un diminutif de son prénom Sigmund – qu'il embauchera un coupeur, M. Wan-Ki, un Indochinois qui restera à ses côtés pendant près de trente ans, jusqu'à ce qu'il devienne aveugle, et un presseur, monsieur Simon, qui un jour partira avec la finisseuse, madame Germaine.

« On prend le bas de l'un, le haut de l'autre »

Reste à créer des modèles. Comment fait-on une collection quand on commence dans le métier? On copie les modèles des autres en les modifiant légèrement, on récupère des patrons, on les trafique un peu, histoire de se faire la main. Mais on ne s'aventure pas, en tout cas pas au début, hors de sa « spécialité ». Car chaque type de vêtement nécessite un savoir-faire particulier. « Chacun a sa patte », pour reprendre une expression de Roger Norymberg, lequel, comme beaucoup de Polonais, était spécialisé dans la « grosse pièce ».

La répartition entre les savoir-faire se dessine non seulement en fonction des compétences acquises, mais aussi des traditions et des cultures d'origine. Les gens d'Europe centrale travaillent surtout les matières lourdes – ce qui est habituel dans les pays froids – mais ils ne savent pas manier les matières fluides et souples dont on fait les robes. « Aujourd'hui ce sont surtout les Chinois qui font les robes, explique Roger, parce que la robe, c'est flou, c'est léger, et les Chinois ont de plus petites mains. Ils sont plus aptes à travailler ce genre de matières. » Ce ne sont pas les mêmes ouvriers qui travaillent les matières raides et les matières fluides, mais les machines non plus ne sont pas réglées de la même façon, on n'utilise pas les mêmes aiguilles… Chaque type de vêtement suppose de connaître toutes sortes de détails techniques spécifiques.

Lorsque j'étais enfant, ce mot, « la collection », résonnait souvent à la maison. Je ne savais pas ce que ça voulait dire, mais j'avais compris que, lorsqu'il était question de « la collection », il valait mieux ne pas énerver mon père. Comme je l'ai compris depuis, ce sont les modèles qui risquent de ne pas être prêts à temps. Mais aussi, la saison venue, ceux qui risquent de ne pas se vendre à cause des caprices de la mode et du climat. Faire une collection, c'est donc aussi scruter le ciel, attendre avec espoir la pluie ou s'inquiéter du soleil qui ne veut pas laisser la place à l'automne : « Avec le temps qu'il fait, je vais encore rester avec toute la collection sur les bras ! »

Ces collections, qui varient au gré des saisons et se renouvellent plusieurs fois par an, doivent, dirait-on aujourd'hui, « suivre la tendance », adhérer à une demande changeante, de plus en plus rapide, pointue et insaisissable.

Jusqu'aux années soixante-dix, il fallait aussi proposer plusieurs fois par an des modèles nouveaux, mais les changements de mode étaient alors beaucoup plus lents. C'était encore la haute couture qui donnait le ton, et ses échanges avec le prêt-à-porter naissant étaient beaucoup plus forts qu'aujourd'hui. Les maisons de couture commençaient à créer leurs filiales de prêt-à-porter, et les fabricants de prêt-à-porter s'inspiraient du prestige de leurs créations. Ainsi Maxi Librati qui, nous l'avons vu, déclare ouvertement avoir été le « copieur de Saint Laurent ».

Mais s'inspirer des couturiers, cela ne suffit pas bien sûr, il faut avoir l'œil, savoir regarder, savoir écouter, avoir du goût. Quand j'ai demandé à mon père comment il faisait, en son temps, pour créer une collection, sa réponse me parut d'abord évasive – à la façon de ces cuisiniers qui ne peuvent pas nous dire avec précision les ingrédients, les proportions exactes, le temps de cuisson de leur recette, parce qu'ils les déterminent au jugé, et chaque fois différemment. « On ne crée rien, on adapte, on transforme, a-t-il commencé par dire. Il faut surtout sentir ce qui marche... et puis il faut parler avec les gens. Si une femme dit qu'elle aurait envie d'une robe comme-ci-avec-un-col-comme-ça, il faut écouter. On ne travaille pas tout seul. Ensuite, pour trouver des idées de modèles, il faut chercher un peu partout. Moi, je m'inspirais beaucoup de la haute couture, dont je copiais certaines idées. Je regardais également les magazines de mode, même les magazines anciens. Ou alors je voyais un truc dans la rue, et j'en faisais un petit croquis. Ou encore dans un film. Il y avait de très jolies toilettes au cinéma, dans ces années-là. Il faut dire aussi, ajoute-t-il en souriant, qu'il y a des modèles que j'ai copiés en allant au Salon du prêt-à-porter, en jetant un petit coup d'œil chez les copains. Je ne faisais pas exactement pareil bien sûr, mais on prend le bas de l'un, le haut de l'autre, on mélange… Et qu'est-ce que tu crois, s'interrompt-il soudain avec un besoin subit de se justifier, ceux qui écrivent des livres, ils piochent aussi dans les livres des autres ! C'est la même chose. Moi, je ne suis pas un créateur, mais je vois que même ceux qui s'appellent des "créateurs", souvent ils ne créent pas grand-chose. »

Comme beaucoup d'autres fabricants du Sentier, il n'exposait pas au Salon du prêt-à-porter car la nécessité de faire sa collection très longtemps à l'avance (selon le principe des salons qui anticipent sur les marchés d'une saison, voire d'un an) comportaient des risques qui le faisaient reculer. Il préférait comme il dit « aller voir un peu ce qui se faisait, et faire la collection après ! »

Si le Salon permet de se faire connaître de nouveaux clients et de prendre des commandes, il suppose aussi de parier longtemps à l'avance sur ce qui va marcher. Ce qui en matière de mode n'est jamais sûr. Certes les risques, jusqu'aux années soixante-dix, étaient moins grands que depuis un quart de siècle où les cycles de la mode n'ont cessé de s'accélérer. Mais qui ne se souvient des brusques et multiples revirements du mini au maxi, à la fin des années soixante ? Un certain nombre de fabricants leur doivent leurs premiers cheveux blancs. Et tout ça parce qu'en pleine vogue de la mini, le film de Sergio Leone *Il était une fois dans l'Ouest* fait un tabac et inonde le marché du prêt-à-porter de ces longs manteaux cache-poussière qui habillent les vedettes du film ! Un imprévu.

Le premier Salon du prêt-à-porter féminin date de 1957. Il est créé à l'initiative de la Fédération française du prêt-à-porter pour rassembler dans un même lieu les divers fabricants qui exposaient jusque-là de manière dispersée : le prêt-à-porter aux Magasins Réaumur, non loin du Sentier, les fabricants « boutique », c'est-à-dire plus haut de gamme, dans les salons du Grand Hôtel. De plus, diverses foires commerciales du vêtement féminin se tenaient tout au long de l'année. Faire un salon unique, c'était permettre de présenter, deux fois par an, l'ensemble de la production française, Paris et province, et de la faire connaître notamment aux acheteurs étrangers. L'adhésion de la France au Marché commun venait juste d'être ratifiée.

Ce n'est qu'en mai 1961 que le Salon deviendra international et ouvrira ses portes aux exposants du monde entier. Le Sentier n'a jamais été le pilier de cette institution, même si certains fabricants y ont exposé et y exposent encore, et si les échanges ont été constants entre les deux. Car le Sentier ne vit pas du long terme, son talent est de savoir coller à l'actualité et d'y répondre vite.

Copier ou contrefaire ?

Dans la mode, tout le monde s'inspire de tout le monde. Copier y est une pratique courante, et pas seulement dans le Sentier. Mais la limite à ne pas dépasser, pour ne pas risquer le procès, est la contrefaçon. « Il y a quelques années, c'était devenu la mode, de se faire des procès pour – c'est le terme exact – "détournement de clientèle" », raconte Michel Kaminski, l'un des experts-comptables du cabinet Placek-Epelbaum, le plus important cabinet comptable du secteur textile, dont les bureaux se trouvent au coin du boulevard de Sébastopol et de la rue Réaumur. « Par peur d'être copiés, certains fabricants du Sentier s'étaient mis à déposer leurs modèles, et il y avait quatre ou cinq avocats spécialisés dans ces questions sur la place de Paris. En général, tout finissait par se régler à l'amiable, et ces affaires, au bout du compte, servaient surtout à enrichir les avocats. Sauf dans le cas de procès intentés par des marques célèbres, comme Lacroix ou Armani qui ont poursuivi des fabricants du Sentier à plusieurs reprises et qui ont gagné. Cela se comprend puisque ce sont les seuls, avec quelques autres comme Gaultier, dont on puisse vraiment dire qu'ils créent quelque chose. »

S. se souvient bien de l'époque où tout le monde dans le Sentier copiait Armani. « On ne se contentait pas de le copier sur catalogue, on allait carrément acheter un costume, on le démontait entièrement pour copier le patron, et on le fabriquait à l'identique en modifiant juste un détail. Ensuite, on le mettait sur le marché à des prix largement inférieurs à ceux du couturier. »

Il arrive pourtant que les marques, face au problème de la contrefaçon, réagissent autrement que par un procès et préfèrent mettre à profit les talents du copieur. C'est ce qu'a récemment choisi de faire une célèbre marque de polos, devant le déferlement des copies de ses chemises en provenance du Vietnam. Le rapport de ses experts constatant qu'il s'agit de copies parfaites, d'une fabrication impeccable, cette marque décide d'ouvrir sa propre usine là-bas et d'utiliser le savoir-faire des ouvriers et des entrepreneurs locaux. Ce qui lui évite de voir l'ensemble du marché asiatique inondé par des faux à moitié prix. Quant à la distribution de ces produits, elle est confiée, pour tout le Sud-Est asiatique, à des entreprises japonaises travaillant sous licence.

C'est aussi une affaire de copie qui décida de l'évolution de la carrière de mon père… Pour faire sa collection, il lui arrivait d'acheter des dessins à des stylistes qui démarchaient dans le Sentier, proposant leurs modèles aux fabricants. Un jour, à la fin des années soixante, un jeune styliste, en stage chez Ted Lapidus, vint lui proposer ses dessins. Il n'en avait pas le droit, puisque tout ce qu'il faisait devenait la propriété du couturier. Mais, pauvre stagiaire non rémunéré, il essayait malgré tout de vendre quelques croquis, par-ci par-là, pour se faire un peu d'argent. Mon père lui acheta un dessin. « C'était une robe, se souvient-il, avec une taille très haute, ceinturée sous la poitrine par une boucle cuivrée. J'ai eu du mal à trouver ces boucles sur le marché, il a fallu que je les fasse fabriquer chez un artisan maroquinier de Belleville. Je lui en ai commandé quelques milliers, et finalement j'ai fait cette robe. Elle a marché à merveille ! Il y avait aussi un manteau qui allait avec... Quelques mois plus tard, je vois la police débarquer ; deux inspecteurs en civil. C'était la police des fraudes.

– Bonjour monsieur, me disent-ils, nous venons vérifier que vous avez bien vendu des robes au magasin de Mme Shalom à Lille, car on y a saisi des modèles qui sont des copies de modèles Ted Lapidus.

Moi, bien sûr, je fais un peu l'imbécile :

– Ah bon, non je ne sais pas... Cette robe, c'est un dessin que j'ai acheté...

Lorsque j'avais acheté le croquis, j'avais reconnu tout de suite le style de Ted Lapidus, évidemment, mais je ne tenais pas tellement à le savoir ! Bref, les policiers posent encore quelques questions et partent en m'informant que M. Lapidus allait certainement m'attaquer en justice. Alors là, j'étais embêté. Je prends rendez-vous avec le directeur de Lapidus pour tenter d'arranger l'affaire, mais il reste très évasif. Et puis, deux ou trois jours plus tard, je reçois un coup de fil à mon atelier : c'est Ted Lapidus lui-même qui me demande de passer le voir. J'y vais et voici ce qu'il me dit :

– Écoutez, monsieur, j'ai bien regardé vos robes. Elles sont très bien faites. Alors, plutôt que de se bagarrer, je vous propose la chose suivante : vous laissez tomber ce que vous faites et vous travaillez pour moi.

Et c'est comme ça que j'ai commencé à travailler pour Ted Lapidus. Ça a duré treize ans, de 1970 à 1983, et c'était très intéressant pour moi. Au début, je continuais à faire en plus ma collection, mais j'ai arrêté très vite car je vendais beaucoup plus cher celle de Lapidus, j'avais une plus grande marge. Ce qui ne m'empêchait pas de créer des modèles car, que ce soit pour les défilés de la haute couture au Salon Gabriel, ou pour le Salon du prêt-à-porter, il y avait dans sa collection des modèles que Ted Lapidus ne connaissait même pas, c'est moi seul qui les avais faits ! Chaque couturier a son style, il y a l'allure, la forme des épaules… Moi, je peux faire une collection Lapidus les yeux fermés ! J'étais d'ailleurs presque obligé d'ajouter des choses, surtout des robes, parce que lui s'occupait surtout de vestes et de blazers. Madame Michèle, la première de chez Lapidus, me disait quelquefois “M. Siguy, il nous manque un smoking”, ou “il nous manque une robe” et j'ajoutais ce qu'il fallait. Une année, je me souviens, j'ai fait un smoking qui a marché du tonnerre. Ils ont fait une fortune avec ça ! Et moi, j'ai bien gagné ma vie aussi.

– Comment ça s'appelle dans la profession : un travail de “nègre”, d'entrepreneur ?

– Ni l'un, ni l'autre. Je travaillais “sous licence Ted Lapidus”. C'était on ne peut plus officiel, on recevait les clients, tant français qu'étrangers, ensemble. Contrairement aux entrepreneurs, c'est moi qui achetais et qui coupais le tissu. Je fabriquais, j'emballais et je livrais moi-même les clients. Je recevais directement les commandes, et c'est moi aussi qui devais courir après les clients pour me faire payer, ça ce n'était pas son boulot non plus ! »

« Copiez… mais avec talent ! » Voilà la morale de cette histoire. Et ce ne sont pas les fabricants du Sentier qui me contrediront !

Quand on n'expose pas, comment trouve-t-on des clients ? À partir du moment où les fabricants ont eu des boutiques, c'est-à-dire surtout à partir de la fin des années soixante, c'était simple : les clients entraient, regardaient et achetaient. Mais avant, quand la plupart des fabricants étaient encore en atelier, il fallait se faire une clientèle. Et cela passait, là encore, par le bouche à oreille.

Parfois, pour se faire connaître, il suffisait d'une bonne rencontre, comme celle, au début des années cinquante, entre mon père et monsieur Paul. Ce dernier était l'ancien client d'un copain parti en Amérique, et il avait envie, cette année-là, d'une veste rouge. Après quelques tâtonnements, car monsieur Paul était difficile – « rouge, tu appelles ça rouge ? Ce n'est pas du rouge, c'est du framboise (ou peut-être de la fraise…) », l'avait-il houspillé au premier essai. Mon père finit par lui faire la veste qu'il désirait, et monsieur Paul en fut si satisfait qu'il le recommanda à son oncle, un certain monsieur Sam, propriétaire d'une boutique à Boulogne, Sylvie Couture. Monsieur Sam devint ainsi l'un de ses premiers clients. Plus tard son fils, patron d'une des plus importantes boutiques de la Chaussée d'Antin, JNS 3, prit le relais et fut pendant de nombreuses années un très gros client.

Mais il faut aussi se faire connaître en province et, entre deux collections, deux matelas de tissu à couper, mon père, comme beaucoup d'autres fabricants à leurs débuts, se transformait en représentant. « Je partais avec une énorme valise, se souvient-il en soupirant comme si c'était la pire épreuve qu'il ait connue dans cette profession. C'était même pas une valise, c'était deux énormes caisses qu'on emboîtait l'une sur l'autre et dans lesquelles on pouvait mettre vingt-cinq ou trente manteaux. » Deux ou trois chemises en plus, pour se changer pendant sa tournée, un catalogue avec les échantillons de tissus, un bloc de commande. Avec cette énorme charge, il prenait le train pour démarcher de ville en ville. Chaque soir, en arrivant à l'hôtel, il fallait sortir les vêtements pour qu'ils se défroissent un peu, et chaque jour, son immense valise avec lui, il se traînait d'une boutique à l'autre. « Après, j'avais trouvé le truc, je laissais la valise la consigne et j'allais faire un tour en ville pour prospecter d'abord. Je rentrais dans les magasins et je demandais : "Ça vous intéresse ? J'ai de beaux vêtements, une belle collection..."

Quand on me disait de venir, c'était déjà pas mal. Je revenais alors, mon énorme valise tirée à deux mains, je poussais la porte du pied en essayant de ne rien faire tomber, et très aimable, j'entrais à nouveau dans le magasin : "Excusez-moi de vous demander pardon..." Évidemment, à chaque fois que je revenais, un client était arrivé entre temps. Moi, toujours aimable, je disais : "Je vous en prie, je vous en prie, j'ai tout mon temps." Et j'attendais. Une fois le client sorti, je pensais qu'on allait enfin pouvoir commencer, mais il y en avait un autre qui entrait ! C'était *khaloshes** ! » s'exclame-t-il en éclatant de rire à son propre récit, non sans continuer à mimer dans tous ses détails cette petite scène de théâtre commercial qui a dû se renouveler des dizaines de fois et dont il n'a rien oublié. « Quand je commençais enfin à déballer, il y avait quelqu'un qui venait parler au patron, et il ne savait plus ce qu'il avait vu... C'était vraiment très dur. Très éprouvant. Là où ça commençait à être intéressant, c'était lorsqu'un client se mettait à marchander le prix :

– C'est un peu cher !

– Oui, mais c'est de la belle marchandise, je répondais.

* Au sens strict, en yiddish : évanouissement.

Quand ça démarrait comme ça, c'est que quelque chose allait peut-être accrocher… Mais quand tu déballes et qu'on te dit: "C'est bien ce que vous faites là, c'est très bien!" Alors, tu peux remballer. C'est comme si c'était fini, c'est qu'il n'a pas envie d'acheter. Moi, dans ces cas-là, je n'avais qu'une envie: tout remettre dans la valise et me tirer!»

Mon père n'aimait pas vendre, il n'aimait pas le baratin, ni le marchandage. Ce qui tombait mal car, pour reprendre son expression, «le commerce de détail, au début des années cinquante, c'était le folklore!» Il parlait surtout, c'est vrai, du commerce à Paris. À cette époque, il y avait en effet deux passages dans la rue Saint-Denis, le passage Brady et le passage Prado, où les boutiques de détail de prêt-à-porter étaient les unes à côté des autres. C'était d'ailleurs la même chose au Village Suisse, où les boutiques d'antiquaires ne sont venues que bien plus tard. La plupart des détaillants qui travaillaient dans ces passages venaient de Pologne, et Régine Halioua s'en souvient aussi. «C'était terrible! On vous racolait, on vous attrapait par la manche, on vous mettait de force un manteau sur le dos. Ce n'était pas la bonne taille? On vous disait: "Mais si, ça va, c'est très bien!" Quand c'était trop grand, on tirait même le tissu par-derrière pour vous faire croire que la taille était bonne! Et quand une cliente rentrait dans l'un de ces magasins, on ne la laissait plus ressortir. Si par hasard elle faisait mine de partir sans avoir acheté, la patronne faisait un signe à son personnel et on lui envoyait immédiatement une autre vendeuse pour la "prendre en main"! Et lorsque, malgré tout, la cliente repartait sans rien, les vendeuses se faisaient incendier, et traîner plus bas que terre par la patronne hors d'elle.»

Quand on était un fabricant, se faire payer par ces boutiques-là, c'était aussi toute une histoire!

Voilà ce qui arriva un jour à mon père, dans la boutique de madame Yvonne, passage Brady. Celle-ci lui règle en espèces

– c'était alors très courant – la somme convenue. Puis elle se met à discuter d'autre chose. Elle parle, elle parle, sans discontinuer, et soudain elle s'arrête, tétanisée :

« Dites-moi, monsieur, je crois que je vous ai trop payé.

– Mais non, vous m'avez payé comme convenu. »

Et mon père de recommencer à faire le décompte, il y avait ça et ça…

« Regardez dans votre portefeuille, pour voir si je ne vous ai pas trop donné ! insiste madame Yvonne.

– Comment voulez-vous, je ne sais pas combien j'avais dedans avant !

– Eh bien, téléphonez à votre femme, lui rétorque-t-elle sans se démonter, si vous ne savez pas, elle, elle doit savoir combien vous aviez dans votre portefeuille ! »

« Voilà pour donner un aperçu du style de clients qu'on avait au début », résume-t-il en guise de morale.

Si cet exercice sportif du commerce fatiguait mon père, il plaisait au contraire beaucoup à son associé, Schmil, qui avait inventé une technique de vente que j'eus la surprise de retrouver des années plus tard dans le film *La vérité si je mens.* Comme quoi les petits trucs du commerce sont indémodables et la naïveté des clients aussi ! Cette technique avait pour but de vendre ce dont ils n'arrivaient pas à se débarrasser : fins de séries, rossignols, etc. Et elle réussissait parfaitement sur quelques clients spécialement candides, dont un certain Matalon, qui avait une boutique rue Daguerre. Il semble avoir été leur victime désignée.

« Le principe en était simple… Mais c'était une idée de Schmil, répète encore une fois mon père en essayant de se dédouaner. Avant que Matalon n'arrive, en général en fin de journée, on accrochait sur la tringle la plus éloignée et la plus en hauteur les vêtements dont on voulait se débarrasser. Et sur toute cette rangée de vêtements, on accrochait une bande de papier, épinglée d'une manche à l'autre, sur laquelle on écrivait n'importe quoi, *Jacques*, par exemple. Et on attendait. Matalon arrivait.

– Alors qu'est-ce que vous avez de beau ? demandait-il en frétillant.

Et on lui montrait des trucs, on lui sortait différents modèles, on a ça et ça...

– Et ça là-haut, c'est quoi là-haut ? nous demandait invariablement Matalon.

– Non, ça ce n'est pas pour toi, c'est vendu. C'est pour la Chaussée d'Antin, un gros client.

– Comment, ce n'est pas pour moi ! Fais voir, insistait-il.

– Mais je ne peux pas te le vendre, c'est vendu, ce truc-là, c'est promis.

– Je veux le voir !

À ce moment-là, Matalon commençait à taper des pieds, à s'énerver. Alors, l'air de céder, on lui descendait la marchandise.

– C'est ça que je veux, donne-moi ça ! »

Et il partait en général avec tout ce qu'ils avaient rangé là-haut. « Ça, c'était le style de Schmil », conclut mon père, malgré tout en rigolant. Même s'il tient aussitôt à préciser que plus tard, dès qu'il s'est mis à travailler seul, il n'a plus jamais eu recours à ce genre de méthode : « Moi, je montre ma collection, c'est un prix, ça te plaît ou ça ne te plaît pas. J'ai horreur des combines et des machins... »

Descendre dans la rue

Pour ceux qui ne veulent pas avoir affaire directement aux détaillants – ou qui ne le peuvent pas, car pour avoir une clientèle il faut s'être tout de même fait un petit nom – il y a l'autre solution : avoir recours à un grossiste. Celui-ci n'est rien d'autre qu'un intermédiaire entre le fabricant et le détaillant, mais il a un magasin, souvent à un bon emplacement, ce qui lui permet de toucher une clientèle que le fabricant seul, dont l'atelier est souvent en étage, ne peut pas atteindre.

Le grossiste vend la production de plusieurs fabricants et le détaillant peut trouver chez lui, comme dans un supermarché, tout un éventail de marchandises, ce qui lui évite de courir d'un fabricant à l'autre pour s'approvisionner en robes, en chemisiers, en manteaux : il a tout sur place. Le fabricant y perd en bénéfice, puisqu'il est obligé de baisser sa marge pour que le grossiste puisse ajouter la sienne (qui est importante puisqu'elle est d'environ 30 %), mais il gagne en marché et en clientèle.

Quand il commence dans les années soixante, Roger Norymberg se choisit un grossiste dans chacune des rues du quartier : rue d'Aboukir, rue du Caire, rue Saint-Denis, et il donne à chacun d'entre eux l'exclusivité pour la rue ! Ce qui ne pose pas de problèmes de concurrence, puisque chaque grossiste a sa propre clientèle et qu'en général ils appliquent tous, la plupart du temps… la même marge bénéficiaire.

À partir de la fin des années soixante, beaucoup de fabricants « descendront dans la rue » – c'est la formule qu'ils employaient pour signifier qu'ils avaient pris une boutique. Si bien qu'il existe, depuis une trentaine d'années, deux types très différents de boutiques dans le Sentier, mais qu'il est impossible à un néophyte de distinguer tant elles se ressemblent : celles des grossistes qui vendent aux détaillants la production des fabricants, celles des fabricants qui écoulent eux-mêmes leur production. C'est là le premier avantage d'être « descendu dans la rue », le second étant de pouvoir toucher les petits détaillants, qui achètent en petite quantité, par trois, quatre ou dix pièces. Ceux-là entrent acheter dans les boutiques mais ne montent jamais en étage.

Maurice Kormann est l'un de ces détaillants qui, pendant plus de vingt ans, ont arpenté les rues du Sentier en quête du modèle qui allait se vendre. Tout le monde le connaît ici, grossistes comme fabricants. « Un bon petit client », dira de lui Virginie.

« C'est vrai, j'avais la cote d'amour dans le Sentier, reconnaît Maurice Kormann, aujourd'hui à la retraite, parce que j'étais le client sympa, pas emmerdant, le genre qui paie rubis sur l'ongle. »

C'est en 1964, en plein début du yéyé, qu'il ouvre sa première boutique à Livry-Gargan, Record 34, un magasin de 40 m² dont il s'occupe seul avec sa femme. Quelques années plus tard, la petite boutique est devenue l'une des affaires les plus florissantes de la région, avec ses 300 m² et sa vingtaine d'employés, dont 10 vendeuses et 5 retoucheuses. Le secret de la réussite de Record 34 ? Une vie de travail sans répit, alliée à un phénomène nouveau : un dynamisme jamais vu, une véritable frénésie, qui s'empare de la mode en ce milieu des années soixante.

« Là où je m'installais dans la banlieue parisienne, il y avait déjà beaucoup de magasins bien sûr, raconte Maurice Kormann, mais ils étaient très classiques, ils vendaient surtout du tricot. Nous, on amenait quelque chose de nouveau. Les années soixante, c'est les débuts de Cacharel, de Daniel Hechter. J'ai connu le premier dans un petit atelier au cinquième étage, l'autre dans un deux-pièces cuisine… Et puis ce sont aussi les années Sheila, dont le succès avait donné naissance à toute une chaîne de boutiques, les "boutiques de Sheila", qui vendaient la griffe. Son père avait d'ailleurs une affaire en plein Sentier, au 10 rue des Jeûneurs, et on voyait souvent Sheila passer dans des voitures toujours immatriculées avec un chiffre 13 ! Il y avait aussi des vêtements griffés Sylvie Vartan. Le premier modèle Sylvie Vartan qu'on ait vendu, je m'en souviens, c'était un manteau marine avec de gros boutons dorés de chaque côté. Sylvie chantait cette année-là *En capote et boutons dorés*. C'est une boîte du Sentier qui s'appelait Hervé qui fabriquait ça, et là-dessus, Sylvie Vartan touchait des royalties. Mais c'est la griffe Sheila qui marchait le mieux. »

Les années soixante, c'est bien sûr les débuts de la mini jupe, mais aussi ceux du pantalon. On l'a oublié, mais les femmes commençaient tout juste à en porter. Dans certaines administrations, dans les banques, dans les postes, cela leur était encore interdit. Un peu plus tard, ce sera la vogue des chemisiers en crépon de Cacharel, et puis la saison des pulls en shetland, très serrés, hyper courts. « C'est la première fois, se souvient Maurice Kormann, qu'un pull laissait voir le nombril. Et c'était la folie ! On a même vu des filles se balader, cet été-là, en pull shetland sur les plages de la côte, par trente degrés ! »

Pour un commerçant qui veut, comme lui, être toujours à la pointe de la mode afin de satisfaire ses clientes, il faut suivre de très près les tendances et ne pas cesser de se tenir informé. Pour cela, Maurice Kormann se rend deux fois par an au Salon du prêt-à-porter, et regarde les vitrines des magasins les plus en vue. Ils se trouvent, en ces années-là, dans le quartier de la Chaussée d'Antin : c'est JNS 3, Tube, À la Ville du Puy… Il lit aussi *Vingt Ans* et *Salut les copains*, dont chaque numéro comporte plusieurs pages de photos de mode. Enfin, il traîne dans le Sentier. « Notre boulot, c'était d'arpenter le Sentier et de dégotter le truc qui marcherait. Pour un magasin comme le nôtre qui marchait bien, cela voulait dire y aller tous les jours. Pendant vingt ans, je suis allé tous les jours dans le Sentier, pour ramener de la nouveauté ! »

Les années soixante et soixante-dix sont une époque d'expansion, et le problème, pour un commerçant, n'est pas de vendre : « On vendait bien, mais on ne vendait pas bon marché. Ce n'était pas comme maintenant, les vêtements étaient bien faits, tout était fabriqué en France. Ce n'était pas encore un article de crise. Les gens achetaient, ils ne faisaient pas attention au prix comme aujourd'hui, ils ne regardaient pas les étiquettes. Dans une certaine fourchette, bien sûr, ils savaient qu'ils n'étaient pas chez Tati, mais qu'ils n'étaient pas chez Dior non plus. Disons qu'ils n'étaient pas à 200 F près. »

L'important, c'est de bien acheter, et bien acheter cela veut dire trouver quelque chose de nouveau. L'important dans cette mode yéyé, c'est que les modèles aient « de la gueule », et qu'ils soient originaux. La coupe, les finitions, la qualité, tout cela vient après. « Personne chez moi n'a jamais regardé si une manche tombait bien, du moment que c'était dans le coup ! » Cet exemple que donne Maurice Kormann nous fait mesurer, à lui seul, combien les temps et les modes de vie sont en train de changer, combien, peu à peu, le modèle fabriqué par l'ancien *fakhman* dans son atelier tombe en désuétude. « Ce ne sont plus des vêtements, ce sont des chiffons ! » s'exclameront certains des vieux professionnels. « Oui, ce sont des chiffons, leur répondra Maurice Kormann, mais c'est ça que les filles veulent aujourd'hui, c'est ça qu'elles aiment ! » Tout en précisant néanmoins que, vu la dégradation de la fabrication, il n'aurait pas pu survivre sans un sérieux atelier de retouches. « On était bien obligés parfois d'y mettre la main, et d'arranger ça avec quelques épingles... »

Bien acheter, cela ne veut évidemment pas dire ne jamais se tromper. Car la mode n'est pas une science exacte, et le succès comme l'échec peuvent dépendre parfois d'un simple détail, d'une couleur. « Une année, cite en exemple Maurice Kormann, j'achète un manteau qui me plaît bien. Un manteau avec un col rond, un peu en forme de violon. Il va en vitrine. Et je ne le vends pas.

– Tu ne vends pas ce manteau, Maurice ? me dit le fabricant incrédule. Ce n'est pas possible, ce manteau, on se l'arrache ! Dans quelle couleur tu l'as pris ?

– Un peu de tout, du vert, du gris...

– Tu n'as pas pris de marron ? Tu ne sais pas qu'il n'y a que le marron qui marche en ce moment !

Je l'ai écouté et j'ai acheté quelques pièces marron.

– Qu'est-ce que tu me ramènes ! me dit ma femme horrifiée, quand elle me voit rentrer avec ce paquet sur le bras. Ce manteau, on ne sait déjà plus quoi en faire !

Mais il avait raison. En marron, j'en ai vendu des dizaines de ce manteau. »

Ces vagues de couleurs qui font que les femmes d'un seul coup s'habillent toutes en rouge, en mauve ou en vert olive, cela n'existe plus beaucoup aujourd'hui, même si les créateurs de mode continuent à vouloir donner « sa couleur » à chaque saison. « Mais avant, explique Maurice Kormann, si la tendance était au gris, lorsqu'une femme ouvrait son armoire et qu'elle ne trouvait pas de gris, c'était comme si elle n'avait rien à se mettre ! Aujourd'hui, elle met autre chose. »

« Une bonne cliente, c'est quelqu'un qui n'a besoin de rien »

Autre signe du changement des comportements en ces années de mutation : l'importance que prennent les vitrines. « Dans les anciens magasins, explique Maurice Kormann, les gens entraient parce qu'ils avaient besoin d'une robe ou d'un manteau : ils ne regardaient pas la vitrine. Dans la nouvelle génération, une bonne cliente, c'est une femme qui n'a besoin de rien, mais qui se pointe devant la vitrine et se laisse entraîner à l'intérieur parce qu'elle a repéré quelque chose qui lui plaît, quitte à acheter finalement tout à fait autre chose. » La vitrine devient même un élément tellement déterminant de la vente que Maurice embauche un étalagiste professionnel dont le travail consistera à inventer chaque semaine une nouvelle vitrine. Car il faut continuellement de la nouveauté pour attirer et solliciter le regard des clientes.

Et ce phénomène gagne même le Sentier, car là aussi la manière de présenter les vêtements change. Jusqu'aux années soixante, les magasins ressemblent plutôt à des entrepôts où la marchandise est présentée sans grâce, simplement sur des tringles et des cintres. L'un des premiers à faire de vraies vitrines et à soigner la décoration de ses boutiques de gros est Maxi Librati, et cela dès l'ouverture de sa première boutique rue d'Aboukir, en 1963. Son décorateur s'inspire alors du concours de musique de jazz de Bordeaux, et toutes les vitrines sont sur le thème du jazz, avec des musiciens et des trompettes. Depuis, toutes les vitrines ne sont pas aussi raffinées, mais elles soignent leur présentation et prennent garde à l'esthétique. Certains magasins, surtout ceux de la rue Réaumur et du boulevard de Sébastopol, qui ont les plus grandes superficies, utilisent même de telles décorations qu'on dirait, à s'y méprendre, des magasins de détail.

De 1965 à 1990, date à laquelle il cède son magasin et se retire du métier, Maurice Kormann a connu les plus belles années du Sentier, celles de l'explosion de la mode qui n'est autre qu'une expression du dynamisme économique de la France de ces années-là. Depuis les choses sont plus difficiles. Mais lui, il aura eu de la chance jusqu'au bout, puisque l'une de ses meilleures saisons en vingt-cinq ans de métier, il la réalise peu de temps avant de fermer, pendant l'hiver 1989, grâce à l'engouement pour les fausses fourrures qui soudain s'empare du marché. « C'est l'époque où Brigitte Bardot avait foutu le bazar avec les peaux de phoque. Du coup les fausses fourrures, on en vendait, c'était incroyable ! Même les fabricants se demandaient ce que j'en faisais, ils ne comprenaient pas comment c'était possible d'en vendre autant dans un magasin de détail. Mais c'était comme ça. C'était une nouveauté, et il y avait de très belles imitations... » Si Brigitte Bardot avait su...

Maurice Kormann, en voilà encore un qui est amoureux de son métier. Les contacts humains que procure le commerce, la vie et l'ambiance du Sentier, mais aussi discuter, négocier les prix, tout cela lui manque aujourd'hui, et quand il en parle, c'est avec une grande nostalgie. Dix ans après avoir vendu son magasin, il continue à y retourner une fois par semaine. Il vient dire bonjour, et puis il tourne autour de la boutique dans l'espoir que, peut-être, on l'appellera pour donner un coup de main... « Oui, c'est vrai, le métier me manque, répète-t-il. Aujourd'hui, d'accord, je fais du golf, je me régale avec le golf, mais je me régalais presque plus avec les affaires ! Les affaires, c'était mon truc. »

1970-1990 :
le Sentier de la gloire

Les décennies soixante-dix et quatre-vingt sont les grandes années du Sentier, celles de son explosion économique, celles de ses plus célèbres *success stories,* celles aussi de tous les clichés. Lorsqu'on évoque le Sentier de ces années-là, ce sont des images mille fois vues et entendues qui reviennent d'abord en mémoire : celles d'un quartier frénétique, grouillant de monde, bloqué par les embouteillages et assourdi par les coups de klaxon, en somme quasiment asphyxié par l'intensité de son activité.

Dans cette foule nerveuse qui s'agite, se mêlent à la fois les commerçants du quartier, les détaillants venus faire leurs courses, les livreurs qui, en moto ou en scooter, essaient de se frayer un chemin au milieu des piétons et des voitures garées en double file, les camionnettes stationnées en pleine rue le temps d'un chargement, les manutentionnaires qui transportent des vêtements sur des portants, des ateliers aux boutiques ou d'un magasin à l'autre. Il y a aussi les camions, dont les plus gros, les quinze tonnes, livrent d'énormes rouleaux de tissus acheminés depuis le Nord de la France. Leurs manœuvres durent des heures dans ces rues étroites et encombrées, totalement inadaptées, ce qui excite davantage encore la nervosité des riverains et des marchands. L'atmosphère est électrique, mais chaleureuse : les gens discutent sur les trottoirs, et jusque sur la chaussée, bloquant encore plus la circulation. Certains parlent fort, d'autres s'engueulent, la plupart se tutoient.

Le Sentier de ces années-là, c'est aussi celui de l'argent facile, dont les représentations les plus populaires, véhiculées par les médias, les histoires drôles, et quelques films, se résument pour l'essentiel à des images de voitures de sport, de Rolex en or et de faramineux coups de poker financiers. C'est l'époque de quelques réussites légendaires, dont la plus célèbre est celle des frères Pariente, ces fils d'ouvriers tunisiens devenus patrons de Naf Naf. En même temps, c'est l'essor de plusieurs grandes marques qui, on l'oublie parfois, sont toutes nées dans le quartier : Morgan, Kookaï, Blanc Bleu, Teenflo…

Même s'ils sont simplificateurs, ces clichés reposent évidemment sur certaines réalités. Mais ils oublient le contexte et la genèse de ce boom. Ils ne disent rien de la rencontre, à la fin des années soixante, des facteurs à la fois politiques, économiques et sociaux qui ont fait « décoller » le Sentier : une forte croissance économique qui a favorisé la consommation, un ensemble de mutations qui ont révolutionné le monde de la mode, et une nouvelle immigration, celle des Juifs d'Afrique du Nord, qui a apporté un sang neuf à la profession.

La mode au tournant des années soixante-dix

Si la mode a pu, à certains moments de l'histoire, être suffisamment typée pour symboliser à elle seule toute une époque – ainsi, la mode garçonne ou le *new-look* – elle est devenue depuis la fin des années soixante un phénomène beaucoup plus difficile à cerner, car plus éphémère et composite.

Les cycles de la mode duraient jadis plusieurs années, ils se réduisent, depuis les années soixante-dix, à une ou deux saisons. Et le phénomène ne cesse de s'accélérer. Plus que jamais, pour citer un mot de Coco Chanel, d'ailleurs emprunté à Oscar Wilde, « la mode, c'est ce qui se démode ». Et à un rythme de plus en plus rapide. À tel point qu'une sociologue, Solange Montagné-Villette, auteur d'une très sérieuse étude sur le Sentier[1], a créé le terme de « prêt-à-jeter » pour désigner le système mis en place à partir du milieu des années soixante, et surtout après mai 1968. Le « prêt-à-jeter », explique-t-elle, coïncide avec l'apparition de nouveaux consommateurs, les enfants du baby-boom, qui atteignent alors l'âge de quinze à vingt ans. Ce sont les jeunes d'une France riche, où l'on possède plus de vêtements qu'il n'est utile et où la mode constitue un moteur pour la consommation.

Le « prêt-à-jeter » s'adresse en priorité à ces jeunes et il leur propose des produits peu coûteux, à rotation extrêmement rapide. Il ne s'agit plus d'investir dans un vêtement de qualité destiné à durer, mais au contraire d'en changer souvent ; ce sont des comportements inhérents à la société dite « de consommation ». Des produits éphémères inondent le marché de la mode jeune de ces années-là : la chemise à fleurs en 1967 ou la chemise indienne en 1973, par exemple. Il s'agit d'une mode essentiellement décontractée, qui utilise de préférence des fibres acryliques ou des cotons asiatiques de qualité médiocre, lesquels permettent de baisser les prix de revient.

Le mouvement s'accentue même avec les années, allant vers une simplification grandissante de la fabrication : plus de doublure ni de col tailleur, mais des formes floues, des modèles volontairement « *oversized* », c'est-à-dire « taillés trop grands ». La mode jusqu'à la moitié des années quatre-vingt est aux vêtements trop larges, comme les T-shirts géants à taille unique – un seul modèle pour tout le monde. Ce phénomène déjà amorcé vers 1965, durant la période de ce que Maurice Kormann appelle « la mode yéyé », ne manque pas de dérouter les anciens de la profession, pour qui un vêtement, c'est d'abord un modèle bien fait et bien structuré. Ils ne conçoivent pas que les vêtements puissent être sans forme, appréciés non pour l'élégance de leur coupe, mais pour les codes et les comportements qu'ils sous-entendent.

Un ancien coupeur, formé à la vieille école, exprime ainsi son amertume : « Les femmes sont devenues des autoroutes ! On ne fait plus de pinces, on ne fait plus rien. Avant, sur une robe, il y avait au moins huit pinces, maintenant, plus une seule. Dans le temps, un modèle pouvait durer deux ou trois ans. Maintenant, on ne cesse d'en créer de nouveaux, mais c'est n'importe quoi, et toujours la même chose : des petits hauts, des petits bas… On ne fait que des petites pièces, presque plus de tailleurs, plus de manteaux… Rappelez-vous la mode des caleçons ! Ça n'était pas horrible ça ? » La mode des caleçons, à la fin des années quatre-vingt, relève effectivement du même « prêt-à-jeter », mais elle a pour toile de fond un contexte très différent de celui des deux décennies précédentes, puisque c'est celui de la récession. Celle-ci induira à son tour, nous y reviendrons, des attitudes nouvelles à l'égard de la mode : on demande des produits à prix modiques, moins créatifs, et qu'on renouvelle peu. En somme, des produits de crise.

« Jamais ma femme ne porterait ce que je vends »

Thierry, un jeune fabricant installé à son compte dans le Sentier, depuis une dizaine d'années, n'y va pas non plus par quatre chemins. Après s'être vanté de ses talents de commerçant, il se laisse aller à quelques confidences : « Il faut vendre sa marchandise avec beaucoup d'amour », commence-t-il par dire, mais il précise aussitôt que cela ne signifie pas pour autant qu'il aime tout ce qu'il vend.

« Ma femme, par exemple, jamais elle ne porterait ce que je vends ici… Il n'empêche, il faut aimer sa marchandise. »

Je lui demande alors, allant droit au but, car c'est ce que j'ai souvent entendu dire par les anciens fabricants du Sentier :

« Vous avez l'impression de faire de la merde ?

– Je ne fais que de la merde ! répond Thierry sans se démonter et, je le reconnais, à ma plus grande surprise.

– Vous ne faites que de la merde ?

– Dans le Sentier, il n'y a pas autre chose. À quelques exceptions près, comme Teenflo ou Patrick Gérard… pour le reste, on fait tous la même saloperie. Et on le sait. »

Voilà qui a le mérite d'être clair.

Et ce n'est pas Maxi Librati qui dira le contraire. Alors que nous descendons la rue d'Aboukir, il commente, sans même prendre la peine de s'y arrêter, les vitrines devant lesquelles nous passons : « Regarde-ça, t'appelles ça un vêtement, toi ? Un bout de tissu avec un volant ! Y'a plus que des trucs comme ça. Y'a plus rien, c'est fini. » Il continue : « D'accord, la mode est adaptée aux jeunes générations qui veulent qu'on voie leur nombril, qui ne veulent mettre que des pantalons très collants… en fait, ce qu'elles veulent surtout, c'est ne pas s'habiller comme leurs mères ! Mais ce n'est plus le même travail. Une bonne mécanicienne, avant, elle pouvait passer une journée entière sur un beau vêtement ; aujourd'hui on coud les vêtements en une heure ! Les gens n'ont plus le feu sacré de la création. On ne prend plus son temps, comment veux-tu qu'on fasse du travail fini ? Il n'y plus de recherche, il n'y a que du commerce. »

Et ne croyez pas que Maxi Librati soit le seul à penser ainsi. Tous ceux qui ont appris le métier dans les années cinquante partagent cette opinion. Ce qu'ils voient, c'est un savoir-faire qui disparaît. Ce qu'ils méconnaissent, c'est la mutation de certaines valeurs constitutives de notre société, à commencer par la place, chaque jour grandissante, accordée aux jeunes. Ces artisans habillaient « la femme », le « prêt-à-jeter » habille les jeunes. Cela se voit aussi dans les tailles qui, lorsqu'elles ne sont pas *oversized*, ne dépassent quasiment plus le 40 ou le 42. Certains « anciens » comme Jacques Sebaoun, dont la maison Amandine fut jadis l'une des grosses affaires du Sentier, continue à faire « de la femme mûre », comme il dit, et donc à aller « plus loin dans les tailles ». Mais c'est devenu rare. « Ici, on ne fait pas les grandes tailles, peste encore l'ancien coupeur. C'est mieux, ça prend moins de tissu ! On fabrique pour les jeunes, des petits hauts, des pantalons stretch, un peu plus longs, un peu plus courts, on change un col, des boutons, on rajoute une rayure… mais c'est toujours pareil. Ça ne s'appelle pas faire des modèles, ça, mais des photocopies ! »

Être comme tout le monde

Si la mode a pris pour cible privilégiée, depuis une trentaine d'années, les 15-25 ans, c'est aussi parce que cette classe d'âge s'est révélée être un marché très porteur. Des statistiques ont en effet montré que la consommation maximale de vêtements, dans la France des années soixante-dix et quatre-vingt, se situe autour de dix-huit ans, qu'elle se stabilise entre vingt et trente ans, et décline ensuite. Mais ce marché est fragile, en permanence menacé, puisqu'il ne peut prétendre fidéliser une clientèle par définition changeante, tant physiquement que socialement. D'où cette idée qu'a eue Naf Naf en 1988, quelques années après le succès phénoménal de sa célèbre combinaison : lancer des couches-culottes de la même marque pour rattraper et fidéliser une clientèle sur le point d'avoir, à son tour, des enfants.

Ce que veulent, par ailleurs, ces 15-25 ans, depuis que s'est développé un marché qui leur est prioritairement destiné, c'est se distinguer des autres générations par une mode spécifique : chemises à fleurs, combinaisons, pulls shetland qui laissent voir le nombril. Tout cela va de pair avec une uniformisation croissante à l'intérieur de sa propre tranche d'âge, pas seulement d'ailleurs par le port de vêtements semblables. Toute une série de codes de reconnaissance y participent, comme les logos qui permettent d'identifier immédiatement une marque : le camion de Naf Naf ou le dauphin de Blanc Bleu, par exemple. C'est là un principe qui ne diffère guère de celui qui vaut chez les adultes, pour qui le tailleur Chanel ou la chemise Lacoste fonctionnent comme des signes d'appartenance à une classe sociale. Déclinée dans sa version « jeune », éphémère et bon marché, la mode exprime là aussi la volonté d'investir le vêtement d'une fonction d'identification sociale, et de manifester un certain conformisme à l'égard des codes de sa classe, en l'occurrence de sa classe d'âge. Mais la puissance de ces nouveaux codes est telle qu'elle va dépasser les strictes limites d'une génération et contaminer l'ensemble de la mode. Par mimétisme, chacun va vouloir s'identifier à la mode jeune, devenue référence. D'où ces véritables raz-de-marée qui inondent régulièrement le marché : les liberty de Cacharel, les robes gitane des années soixante-dix, et les combinaisons Naf Naf – tous bien sûr abondamment copiés – sans oublier, évidemment, le jean. Quel meilleur exemple, en effet, d'uniformisation du vêtement à travers le monde que celui-ci ! Ce qui fait dire à notre coupeur, toujours exaspéré : « La mode, aujourd'hui, c'est la maladie d'être comme tout le monde, même si ça ne vous va pas. »

Plus je prévois, plus je me trompe

L'autre critère qui peut définir la mode de ces trente dernières années, c'est son imprévisibilité. « La mode, c'est très bizarre », dit Jacques Sebaoun. Qu'est-ce qui fait qu'un modèle marche et un autre pas ? Difficile à dire. Cette incertitude a toujours existé, bien sûr. Mais ce qui a changé, c'est la rapidité avec laquelle la mode bouge, et donc la réactivité dont il faut faire preuve pour être capable d'y répondre et de satisfaire la demande. C'est pourquoi planifier des collections longtemps à l'avance est devenu plus que jamais problématique, et même quasiment inutile, sinon pour quelques marques réputées qui ont leur clientèle fidèle.

« Un produit mode, affirme Georges Jollès, aujourd'hui président de l'Union des industries textiles, c'est un produit qui se consomme. Mais personne ne peut prétendre mettre cela en équations. Personne ne peut, dans la mode, maîtriser la demande, elle est beaucoup trop volatile. » Il existe bien quelques principes de base, que tous les professionnels connaissent, et qu'ils résument ainsi : en période de croissance, la demande s'oriente vers des vêtements légers, plus colorés et plus excentriques, tandis qu'en période de crise, les consommateurs réclament plutôt des produits à durée de vie plus longue, aux coloris plus sourds, aux formes plus classiques. Mais de là à se limiter à ces quelques critères élémentaires pour créer une collection, il y a une marge qui s'appelle justement « la mode » ! D'où cette phrase de Paul Valéry que Georges Jollès aime à citer et dont il a fait son credo : « Je prévois, donc je me trompe », qu'il transforme même parfois pour s'amuser, renchérissant sur Valéry : « Plus je prévois, plus je me trompe ! »

Cette maxime, dont il n'a cessé de vérifier la véracité dans le secteur de la mode féminine, semble étendre sa validité à la mode masculine. Elle aussi se diversifie et devient beaucoup moins prévisible que du temps où les hommes se pliaient de bon gré aux conventions du costume en flanelle grise, ou du blazer en serge bleu marine.

De plus en plus, par l'entremise de phénomènes complexes, c'est la rue qui donne le ton. La rue, ou ce qu'on pourrait appeler « l'air du temps ». Ce peut être le succès d'un film, tel que *Il était une fois dans l'Ouest* ou *Bonnie and Clyde*; ou un climat de contestation, comme celui qui donne naissance au début des années soixante-dix à la mode hippie ; ou encore comme cela s'est produit au début des années quatre-vingt, la nostalgie des années cinquante et de son emblème, le mythique James Dean, inséparable de son vieux blouson de cuir, dont se saisit – par quelle intuition ? – Éric Azoulay pour créer en 1983 sa marque Chevignon et lancer sur le marché ses célèbres blousons en cuir vieilli.

« C'est quoi la mode ? continue à s'interroger Georges Jollès dans son bureau de la tour Montparnasse. C'est sentir l'air du temps, avoir une sensibilité aux tendances de la rue. Mais surtout être capable de les percevoir avant les autres, pour qu'au moment où la demande se manifeste, le produit soit déjà fabriqué. »

Or, Georges Jollès le reconnaît, les gens du Sentier ont une faculté tout à fait remarquable à sentir « l'air du temps ».

Cette affirmation a de quoi surprendre de la part de cet homme aux allures de dandy, dont la fonction est de représenter les organismes officiels du textile français. « Cela leur vient sans doute de leur sensibilité exacerbée d'écorchés. Vous savez, dans le monde de la mode, il y a peu de stylistes qui viennent de la grande bourgeoisie. Ce sont souvent des gens issus de milieux modestes qui font les grands créateurs, car ils ont ce talent de sentir la rue. »

Le Sentier, champion du « circuit court »

Georges Jollès est aussi l'auteur d'un rapport, *Un Projet pour le textile-habillement français,* qui a fait date dans l'histoire de la profession. Rédigé en 1989 à l'intention du ministère de l'Industrie, ce rapport est en effet, pour l'essentiel, un éloge des entrepreneurs du Sentier. Il incite d'ailleurs l'ensemble des professionnels de l'habillement à les imiter.

Il part d'un constat simple : la mode est un phénomène volatil et imprévisible. Or, l'industrie de la confection « traditionnelle » répond à cette réalité par des cycles de fabrication beaucoup trop longs. Il se passe en effet en général plus d'un an – de cinquante-cinq à soixante-six semaines – entre le moment où un modèle est créé et celui où il est vendu en magasin. Une fois le modèle conçu, il faut commander le tissu, fabriquer la collection, la présenter dans les salons, prendre les commandes. C'est seulement au terme de toutes ces opérations que le produit peut être livré.

Dans le Sentier on travaille totalement à l'inverse de cette méthode, puisque le principe est de réagir au marché et d'adapter sa production à la demande dans un délai maximum d'une semaine et sans qu'il y ait besoin de commandes préalables, ni de quantités imposées. « Un métier d'opportunistes au sens noble du terme », selon Georges Jollès. Car sa force, il la doit à sa formidable sensibilité au marché, à sa « réactivité », et à ses performances dans le circuit court, tant en termes de créativité que d'exécution. Aussitôt qu'un produit est dans « l'air du temps », il est capable d'en créer des modèles et de les mettre sur le marché dans un délai extrêmement bref.

Cette forme de réactivité propre au Sentier est aussi liée à un certain type de production, qui n'a rien à voir avec la production industrielle classique, laquelle est encore fondée dans les années quatre-vingt sur le principe du taylorisme, à savoir une production de masse fabriquée à la chaîne permettant d'abaisser à la fois le coût des salaires et le prix de revient des produits. Or, le taylorisme suppose l'existence d'une demande stable et prévisible qui, on l'a vu, n'existe pas dans la mode.

Le Sentier n'est pas engagé dans la course aux bas salaires, contrairement au reste de la profession. Son défi porte sur les délais, sa course est contre la montre. D'où sa pratique de ce qu'on a appelé la « délocalisation locale ». « Locale », car dans le Sentier – celui des années soixante-dix et quatre-vingt –, on ne donne pas ses produits à fabriquer dans des usines éloignées de Paris, en province ou à l'étranger (comme le fait l'industrie de la confection afin d'économiser sur les salaires), mais dans des ateliers situés à proximité. Le besoin numéro un est d'être approvisionné le plus rapidement possible ; il faut donc réduire au maximum les délais de livraison. Quant à la « délocalisation », cela signifie simplement que ce n'est pas le fabricant – qui en réalité ne « fabrique » rien mais conçoit les modèles et leur coupe – qui fait le montage des vêtements, mais des ateliers extérieurs. Ces derniers sont de petites structures qui peuvent plus facilement qu'une usine s'adapter aux fluctuations de la demande. Que ce soit en fonction des variations saisonnières ou du succès, presque toujours imprévu, d'un modèle, ils sont aptes à produire des petites séries dans des délais très courts.

Ce mode de production ne va pas, nous l'avons déjà évoqué, sans poser de problèmes sur le plan de l'organisation du travail, puisque cette « flexibilité » va de pair avec une grande variabilité des horaires, qui peuvent aller du quasi-chômage aux journées de dix ou douze heures. Il n'en demeure pas moins, selon Georges Jollès, que ce système – qu'il faudrait mieux réglementer sur le plan du droit du travail – reste le seul adapté aux exigences si particulières du marché de la mode. À l'époque de son rapport, cette affirmation lui avait valu d'être voué aux gémonies par l'ensemble des professionnels. Avec son flegme de grand seigneur, il s'était contenté d'en sourire. Aujourd'hui, il peut sourire davantage encore puisque les méthodes du circuit court, qu'il avait défendues, se sont généralisées à l'ensemble de la profession. Ce qui n'est pas vraiment une bonne affaire pour le Sentier d'ailleurs, puisque dans cette histoire, il a perdu l'exclusivité de ce mode de production.

Solange Montagné-Villette utilise, quant à elle, des termes anglais de marketing pour vanter les mérites du circuit court. Le Sentier, sous sa plume, est à la fois le champion du *just in time* (dans sa rapidité à coller à la demande), du *small is beautiful* (dans la préférence qu'il accorde aux courtes séries sur les grosses quantités, qui lui permet de s'adapter à l'imprévisible et d'éviter les stocks), celui enfin du *cash and carry*, que dans le vocabulaire de la profession on appelle plus traditionnellement « la vente au décroché ».

Contrairement à ce qui se fait dans le reste du prêt-à-porter, et à ce qui se faisait encore dans le Sentier des années soixante, on ne vend pas aux détaillants sur commande, mais selon la marchandise disponible en magasin. Celle-ci, produite en petites séries, est fréquemment réassortie ou modifiée en fonction de la demande. Cela réduit considérablement les délais de fabrication et de livraison, mais aussi les risques d'invendus. Les années soixante-dix et quatre-vingt sont, dans le Sentier, les grandes années du *cash and carry.* Ce sont celles aussi des « courses du lundi », où tous les détaillants, le jour de fermeture de leur propre boutique, déferlent sur le quartier pour s'approvisionner, causant plus encore qu'à l'accoutumée, embouteillages et crises de nerfs !

Coller à la mode

Nicky Leon dirige avec son mari la maison Nelkin. Avec sa vingtaine d'employés, c'est l'une des grosses affaires du Sentier, puisque les entreprises ont en général moins de dix employés. C'est à la fois un grossiste, qui vend la production des autres, et un fabricant, qui crée sa propre collection. De tous les fabricants que j'ai rencontrés, sans doute est-ce Nicky Leon qui m'a le plus clairement fait comprendre ce que voulait dire ce fameux « circuit court » au quotidien.

Le « prêt-à-jeter » ? C'est un terme qu'elle n'a jamais entendu, mais qui ne la choque pas : « Pourquoi me choquerait-il ? On sait bien qu'ici, on ne fabrique pas de tailleurs Chanel, que notre créneau, ce n'est pas le vêtement qu'on est censé garder pour la vie ! Au contraire, notre métier consiste à coller à la mode dans ce qu'elle a de plus éphémère, d'être au plus près de l'actualité. Cela signifie qu'on doit être sans cesse sur la brèche pour sentir la tendance et réagir immédiatement, qu'il s'agisse d'un modèle ou d'une couleur. Imaginons qu'une couleur, disons l'orange, prenne dans la rue. Le travail du Sentier, c'est de commander tout de suite le tissu qu'il faut pour faire de l'orange. Un modèle plaît, on en inonde les boutiques. Mais l'important, c'est de savoir aussi s'arrêter à temps, avant que le client ne se soit lassé. Il faut le surprendre, anticiper sur ses désirs… Nous sommes de fait contraints à une création permanente, car la demande bouge sans cesse. En ce moment par exemple, nous préparons les modèles pour la collection de printemps. Mais nous savons qu'à peine sortis, il nous faudra très vite les adapter aux besoins de la clientèle, et ne pas cesser de les renouveler tout au long de la saison en fonction des variations de la demande. »

Comme tous les fabricants du quartier, Nelkin donne ses vêtements à fabriquer à des entrepreneurs dont les ateliers sont, la plupart du temps, hors du périmètre du Sentier ; mais toutes les autres étapes de la chaîne de fabrication, de la création des modèles à leur coupe et à leur vente en magasin, se déroulent directement sur place. Pour s'en rendre compte, il faut quitter le magasin et entrer dans la cour voisine, qui n'est autre que l'ancienne cour de l'élégant hôtel de Saint-Chaumond dont la façade du XVIIe siècle est toujours intacte. Tout autour, les immeubles n'abritent que des ateliers, et les façades sont parsemées d'un nombre impressionnant d'enseignes indiquant aux visiteurs l'étage des fabricants : *Rectangle blanc*, *Sylvia*...

« Ici, on fabrique », me dit Nicky Leon, à peine descendue dans la cour, « ce qui n'est plus le cas de toutes les cours du Sentier, car beaucoup servent davantage aujourd'hui d'entrepôts et de showrooms. Il suffit de regarder les poubelles pour le savoir, ajoute-t-elle. Regardez, elles sont pleines de chutes de tissu ». Cette remarque paraît bien insolite sur le moment. Pourquoi tant d'attention accordée aux poubelles ? On y jette du tissu, et alors ? Mais je me souviens aussitôt de la réflexion, encore plus saugrenue, que m'avait faite l'une des rares riveraines étrangère à la confection : « Je vis dans le Sentier, mais je n'ai rien à voir avec ces gens – je le précise sans aucune agressivité – car moi, c'est du papier que je jette dans les poubelles, tandis que dans leurs poubelles à eux, on ne trouve que du tissu ! » Intéressante distinction sociologique, qui doit sans doute avoir un sens, car ce ne sera pas la dernière fois que j'entendrai parler des poubelles du Sentier. Certains racontent que le soir, lorsque les ateliers sont fermés, les Chinois de la confection (que ne prête-t-on aux Chinois !) viennent fouiller dans les poubelles pour y récupérer les chutes, qui sont autant d'indices de ce qu'on fabrique ici, et s'en servir pour copier…

« C'est la cour où a été tournée la première scène de *La vérité si je mens*, continue Nicky Leon tout en me précédant dans l'escalier qui conduit à ses ateliers. Vous vous souvenez, celle où Richard Anconina rencontre pour la première fois Richard Bohringer ? C'est là. On voit même notre enseigne dans le film, avec des bandes bleues et vertes. » Entre-temps, nous sommes arrivées au premier étage. C'est là que, de chaque côté du palier, se trouvent les deux ateliers de coupe. Au centre de chacun d'eux, une immense table porte des machines électriques qui servent à couper, dans d'épais matelas, les pièces destinées au montage. Au-dessus, l'entrepôt de tissus et le bureau de la styliste, qui dessine ses patrons sur ordinateur. Voilà qui ne ressemble guère aux craies et au papier kraft de mon enfance ! La styliste travaille, me dit-on, sur un logiciel que l'on appelle un vétigraphe. Enfin, au dernier étage se trouve le bureau de Nicolas Leon, qui conçoit les modèles et gère l'entreprise. Mais ce jour-là, je ne pourrai pas lui parler : « Je n'ai pas le temps, je n'ai pas le temps », dit-il en me passant sous le nez comme un bolide, tandis que j'attends sa femme dans le magasin. Ce qui ne m'étonne pas, car je sais qu'à force d'être sur la brèche pour coller à la « tendance », et fabriquer ses collections en temps et en heure, le Sentier rend nerveux, tout le monde vous le dira. C'est le stress du *shmatès**!

---

* Littéralement, en yiddish : « chiffon ». C'est devenu un terme générique pour désigner tout ce qui touche à la mode, aux vêtements, à la confection.

Le stress du shmatès

Le stress du *shmatès* est un phénomène qui serait connu jusque chez les médecins, habitués selon Nancy Green[2] à traiter les fréquents ulcères à l'estomac et les non moins fréquentes dépressions nerveuses du confectionneur. Michaël T., dont le cabinet de psychanalyste se trouve dans la rue du Sentier (ce qui, il l'avoue lui-même, n'est pas banal), a parfois eu en consultation des professionnels du quartier, et il le confirme : jusque sur le divan, le stress des affaires occupe une place prépondérante. L'angoisse du métier est même à ce point envahissante dans le discours de ses patients que Michaël T. est sans doute aujourd'hui l'un des hommes les plus avertis des problèmes de la confection. Mais qu'on se rassure, secret professionnel oblige, il ne dit rien.

« C'est un métier qui détraque, m'avait dit l'un des fabricants. C'est comme si on repassait son bac plusieurs fois par an. Rien n'est jamais acquis, on ne peut jamais savoir à l'avance si ça va marcher… avec tous les problèmes d'argent à la clé, bien évidemment ! »

« Rien n'est jamais gagné, renchérit Roger Norymberg. D'abord, tu dépends de la météo. Imagine que tu fasses une collection de petites robes d'été et qu'il pleuve tout le temps : tu ne vends rien ! Tu ne peux rien prévoir. C'est ça le plus stressant : ne pas pouvoir anticiper sur ce qui va marcher, être sans cesse sur le qui-vive. Sans compter les clients qui ne se gênent pas pour exiger n'importe quoi au dernier moment. Il y a par exemple ceux qui, le vendredi soir à 4 heures et demie, se rendent compte qu'ils ont besoin de marchandise pour le samedi et qui téléphonent pour être livrés le jour même ! En sachant que les transporteurs finissent à 5 heures, toi tu mets tout le monde en branle pour que le colis parte dans la demi-heure qui suit. Ensuite, le client paie ou ne paie pas. Il faut lui courir après. Sans compter ceux que tu livres et qui refusent la marchandise, parce qu'entre-temps ils ont changé d'avis ! Qu'est-ce que tu peux faire ? Rien, car tout va tellement vite que les commandes ne sont évidemment jamais signées. Elles sont faites par téléphone ou griffonnées à la va-vite sur un bout de papier, alors… »

« C'était un métier stressant ? ai-je demandé à mon père.

– Oui, bien sûr, mais si tu ne veux pas être stressé, il ne faut pas te mettre à ton compte. Si tu ne veux pas avoir d'ulcères, il vaut mieux être fonctionnaire. Quand on est dans la confection, on se fait d'abord du mauvais sang pour la collection : est-ce que ça va marcher ? Et puis, quand on a des ouvriers, il faut leur donner du travail. Si ce sont de bons ouvriers et qu'il n'y a pas de travail, ils vont aller chercher ailleurs… Il y a sans arrêt des problèmes : la saison est mauvaise, la collection ne marche pas, un entrepreneur ramène une série de vêtements mal faits. On se trompe… Par exemple, on se passe le mot que la mode sera au mauve, alors tout le Sentier fait du mauve. La saison venue, il y a du mauve dans toutes les boutiques, et les gens en ont déjà marre de tout ce mauve, ils n'achètent pas. Et toi tu restes avec ton mauve sur les bras ! »

Tout cela ne date pas d'hier puisque Victor Zigelman se souvient que dans l'après-guerre, bien avant que le mot ne soit utilisé en France, tout le monde était déjà « stressé » : « Je n'ai pas rencontré de patrons mauvais, se rappelle-t-il, mais je n'ai rencontré que des fous. Ils étaient tous fous, surexcités, malades des nerfs. Quand c'était la haute saison, ils étaient stressés ; quand c'était la basse saison, ça les énervait de nous voir ne rien faire. J'avais un collègue qui avait compris ça : il avait toujours un chiffon à la main. Quand le patron entrait dans la pièce et qu'on n'avait pas de travail, il se mettait à essuyer n'importe quoi avec son chiffon, histoire d'avoir l'air occupé. »

Car évidemment, le stress du *shmatès* vient du souci qu'occasionnent les affaires, mais il va aussi de pair avec toutes sortes de comportements plus ou moins agités, qui ont pour but essentiel de ne jamais laisser croire aux autres que vos affaires vont mal, de ne jamais se montrer désœuvré. « Dans le Sentier, il faut toujours paraître fort pour être respecté, à la fois des collègues et des clients », m'avait confié Miro, un représentant en tissus. Et pour paraître fort, certains sont prêts à tout. Comme ces employés d'une boutique qui passaient leur temps à faire des colis. « Ça travaille bien en face ! » disaient les voisins qui ne cessaient de les voir fermer des colis, mettre des étiquettes... Jusqu'au jour où l'un d'entre eux, profitant d'un moment d'inattention des employés, s'est approché d'une pile de colis : ils ne pesaient rien, ils étaient vides ! Et toute cette agitation n'avait été qu'une mascarade, organisée par le patron, pour faire croire que l'entreprise tournait.

Sans aller jusque-là, mon père m'a avoué que lui non plus n'aimait pas que dans sa boutique, la vendeuse ait l'air de n'avoir rien à faire. Il fallait qu'elle soit occupée, même à faire des rangements, « car c'est très mauvais, quand il n'y a pas de mouvement ! »

Cette surenchère d'activité, Gisèle Wurmser la découvre lorsqu'elle débarque dans le Sentier, au début des années quatre-vingt, après avoir été directrice commerciale chez Cacharel pendant dix ans. C'est dire qu'elle a l'habitude du travail et des responsabilités ; mais le climat d'urgence et de nervosité permanentes qu'elle découvre ici lui était jusqu'alors inconnu. « Sans doute cela tient-il au mode de production spécifique du Sentier, reconnaît-elle, mais je crois que cela vient aussi des fabricants eux-mêmes. Ce sont eux qui font naître et entretiennent cette manière de faire. Ils ne savent pas vivre autrement. Ils se nourrissent de cette pression, de ce stress constant. En Hollande ou en Allemagne, il existe aussi des circuits courts dans le prêt-à-porter, mais les gens ne travaillent pas comme ça. Ce sont des gens du nord, calmes, structurés. C'est un autre tempérament et une autre façon de voir la vie. Dans le Sentier, tout le monde est fébrile, surexcité. Il faut être en bonne santé pour y travailler, c'est une des premières conditions. Être résistant, parce que tout se fait dans l'urgence, et souvent sans horaires. » Ce qui, pour la mère de famille qu'elle est, a fini par poser problème, jusqu'à la convaincre de partir.

Elle y sera pourtant restée treize ans, d'abord comme conceptrice et directrice du secteur « enfant » chez Naf Naf, puis comme directrice de l'export. C'est que le Sentier, au-delà du rythme épuisant de travail qu'il lui imposait, a su la séduire et la retenir : le versant positif de la fébrilité, c'est l'extraordinaire vivacité des gens qu'elle a rencontrés ici, leur rapidité à comprendre, à se reconvertir, à s'adapter. « Le Sentier, dit-elle, a été pour moi une expérience fabuleuse, une fantastique leçon d'adaptation, de survie, d'apprentissage permanent. Ce sont des gens qui ne se laissent pas mourir, qui ne baissent jamais les bras, qui ont une formidable envie de vivre. » Le stress, qui sait, est peut-être une manière de se sentir exister…

Mais il n'y a pas que les fabricants qui soient stressés dans le Sentier. Les entrepreneurs le sont aussi, comme bien entendu les ouvriers qui travaillent pour eux, toujours soumis aux mêmes lois des saisons et des fluctuations de la demande. Lorsque Roger était encore entrepreneur, dans les années cinquante, il se souvient qu'en basse saison, lorsqu'un fabricant lui passait une petite commande de cinq ou dix tailleurs, il acceptait le travail et il téléphonait aux ouvriers : « Il y a six pièces à faire. » Alors, ils venaient, ils faisaient les six pièces, et ils repartaient. Pour le reste, ils vivaient sur les réserves de la haute saison où il leur fallait, en revanche, travailler nuit et jour.

Les choses n'ont pas beaucoup changé et aujourd'hui, c'est Metin qui se tourmente. Metin est turc et depuis une dizaine d'années, il dirige un atelier qui lui a permis de gagner sa vie. Mais depuis quelque temps les affaires marchent mal et Metin ne dort plus: «J'ai perdu ma santé, j'ai les nerfs malades, c'est trop de stress», se plaint-il. Depuis quatre mois en effet, il n'avait plus de commandes. Son atelier, faute de travail, avait bel et bien fermé. Depuis quelques jours, il a rouvert car une commande est tombée. « Mais ce sont des quantités dérisoires, je ne peux pas vivre avec ça, 100 ou 200 pièces par jour, alors que ma capacité est de 1 000 à 1 500 pièces ! » Sans compter les fabricants qui ne paient pas et après lesquels il passe son temps à courir. Comment peut-il payer les ouvriers si les fabricants ne le paient pas ? Même si, affirme-t-il, il se débrouille toujours pour les payer quand même… En ce moment, il ne dort pas et se ronge les sangs. À l'inverse, quand les commandes tombent, il n'a plus le temps de vivre ni de penser. Souvent, les fabricants lui passent des commandes le vendredi pour le lundi, il ne prend donc jamais de week-end. Et du coup, manquant à ses devoirs paternels, il n'a jamais pu trouver le temps d'emmener son fils à Eurodisney ! Quant aux ouvriers, comme jadis, ils attendent qu'on leur téléphone, lorsqu'il y a un peu de travail. Comment dit-on « stress du *shmatès* », en turc ?

Les Juifs d'Afrique du Nord lancent le Sentier

La grande métamorphose du Sentier, au tournant des années soixante-dix, est due aussi à l'arrivée des Juifs d'Afrique du Nord, qui vont révolutionner à la fois la mode, les mentalités, les manières de travailler et la réputation du quartier. Qui, dans le grand public, savait avant leur arrivée ce que c'était que le Sentier ? Personne, ou à peu près, car ce n'était rien d'autre qu'une corporation d'artisans. L'explosion du prêt-à-porter et les signes de réussite qui allèrent de pair, conjuguées à des comportements plus ostentatoires que ceux des fabricants de la génération précédente, auront pour effet d'attirer sur lui l'attention des médias et du public. Pour le meilleur et surtout pour le pire.

Au premier rang des clichés sur le Sentier de ces années-là, on trouve bien sûr l'image du « Tune* » et ses attributs obligés : liasses de billets dans les poches, montre Rolex en or, voiture de sport (ou Rolls, au choix), pied-à-terre à Deauville (appartement privé ou suite à l'hôtel Normandy), soirées au Bains Douches, vacances au Club Méditerranée d'Agadir ou d'Eilat, et verbe haut, lesquels expriment à parts égales sa chaleur, sa vulgarité et sa roublardise. Toutes ces images, l'immense succès du film de Thomas Gilou, *La vérité si je mens*, s'est chargé de les ancrer définitivement dans l'esprit du public. Elles contiennent une part de vrai, bien évidemment, elles ne sont pas tombées du ciel et nombreux sont ceux qui, sur le sujet, peuvent y aller de leur anecdote. Michel, le patron du bistrot *Le Sans-Souci*, se souvient, par

---

* Abréviation de « Tunisien », à la fois familière et un peu méprisante.

exemple, d'un de ses clients qui garait sa voiture devant son bistrot : « Non seulement c'était une Rolls, mais il l'avait, en plus, personnalisée en la faisant décorer d'une peinture sur le capot ! Et ce n'était même pas un patron, c'était un simple représentant ! »

D'autres évoquent les mariages ou les bar-mitsvah au luxe extravagant, où l'on ne reculait devant aucune dépense. Ainsi ce père qui, pour faire plaisir à son fils dont le rêve était de rencontrer un célèbre gardien de but, n'avait pas hésité à louer pour la soirée le footballeur en chair et en os, en guise de cadeau de bar-mitsvah. Avec obligation, notifiée sur le contrat de « location », que celui-ci laisse le jeune garçon marquer un but sur un mini-terrain dressé spécialement pour l'occasion !

Thierry, qui arrive dans le Sentier aux débuts des années quatre-vingt, se souvient d'avoir eu l'impression de « débarquer sur Mars tant ça brillait, avec toutes ces Porsche, ces Ferrari, ces Rolex en or... Et puis ces folles parties de cartes où l'on jouait ce qu'on n'avait pas, ces voitures de luxe qu'on achetait sans pouvoir les payer ! » Dans ces années-là qui dit réussite, dit également, souvent, frime.

Évidemment tout cela est extrêmement réducteur et, inutile de le préciser, *La vérité si je mens* n'est pas le film préféré des gens du Sentier. Ces images de flambeurs qui bâtissent leur fortune sur des coups de poker et mènent la grande vie, à l'instar des stars du showbiz, dans les boîtes de nuit à la mode, ne sont pas leurs. « Les gens du Sentier, on les voit comme des abrutis qui montent des affaires, résume non sans raison Moïse Soussi, comme des gens qui crient et roulent les mécaniques sur les planches de Deauville ! » Or le Sentier de l'an 2000 a encore moins à voir avec tout cela que celui des années quatre-vingt. En effet, *La vérité si je mens* a beau être sorti sur les écrans en 1997, c'est un film qui raconte le Sentier des années quatre-vingt, un Sentier en proie à l'euphorie où, pour reprendre une expression des fabricants eux-mêmes, « il suffisait de prendre un bout de tissu et de faire deux trous à la place des manches pour faire fortune ». Aujourd'hui le contexte a changé, les affaires sont devenues beaucoup plus dures, et des anciens joueurs des années quatre-vingt, il ne reste plus grand-monde, qu'ils aient fait fortune et filé vers d'autres activités plus rentables, ou qu'ils aient été (c'est plus souvent le cas), poussés au dépôt de bilan par un train de vie trop élevé.

À écouter les fabricants, les représentants les plus clinquants de la profession n'ont toujours été qu'une minorité, et leurs prouesses de courte durée, puisque, une fois le premier coup de poker gagné et la première mise ramassée, il n'y a guère qu'une seule recette, toujours la même, pour réussir dans le Sentier : travailler. « C'est sûr, c'est un film qui ne nous a pas vraiment arrangés, me confie l'un des fabricants tunisiens. Le moins que l'on puisse dire, c'est qu'il donne une image plutôt appauvrissante du Sentier. À quel moment parle-t-on du savoir-faire des gens qui ont réussi, de leur travail, de leur pragmatisme ? Jamais. C'est moins comique à montrer, sans doute. Par ailleurs, tient-il à préciser en changeant quelque peu de registre, moi qui connais la plupart des personnes réelles derrière les personnages du film, je peux vous dire qu'en vérité, ce ne sont pas des Tunisiens. Celui qu'interprète Richard Bohringer, par exemple, ce marchand de tissus revêche, pas chaleureux, dans la vie c'est un Algérien ! Quant à l'homme d'affaires richissime qui arrive à l'aéroport avec sa chemise à fleurs et une blonde nordique au bras, je sais aussi qui c'est, c'est un Marocain… » Ces distinctions peuvent faire sourire, mais elles recouvrent de fait une réalité que les clichés ont tendance, une fois encore, à simplifier.

Contrairement aux préjugés, les Juifs d'Afrique du Nord ne forment pas une communauté homogène. Entre les Juifs algériens et les Juifs tunisiens, le fossé peut être immense, tant du point de vue historique ou économique que sur le plan des mentalités.

Certains Juifs algériens sont arrivés très tôt en France, au sein de l'armée française, bien avant la décolonisation. C'est le cas, par exemple, de René Aboucaya, mobilisé en 1940, engagé volontaire dans les Forces françaises libres du général de Gaulle, puis fondateur, dès la fin des années quarante, d'une des plus anciennes et plus importantes maisons de tissus du Sentier, la maison Affritex, qui se spécialisera exclusivement dans la vente de doublures. Le père de René Aboucaya était déjà marchand de tissus en Algérie, mais un grand nombre de Juifs algériens sont dans l'administration, et certains exercent des professions libérales, médecins ou avocats. L'heure de la décolonisation venue, ils arriveront en « métropole » munis de la nationalité française, qui leur a été accordée en vertu du décret Crémieux de 1870. Ce qui n'est pas le cas des Juifs tunisiens pourtant francophones. Ce sont aussi les plus pauvres de tous les immigrés du Maghreb. Contrairement à l'Algérie, mais aussi au Maroc où il existait une bourgeoisie juive, il y a peu de grosses fortunes en Tunisie, où les Juifs, comme les Arabes, vivent pauvrement. Pourtant, ce ne sont pas les conditions économiques qui pousseront la majorité des 450 000 Juifs tunisiens – qui, sur 4 500 000 d'habitants, représentaient un dixième de la population – à quitter la Tunisie à la fin du protectorat français, mais le durcissement du climat politique. La création récente de l'État d'Israël et les tensions que celle-ci entraîne au Proche-Orient ne manquent pas de se répercuter sur le climat intérieur des pays du Maghreb, et les Juifs, qui avaient vécu jusque-là en bonne entente avec les populations arabes, commencent à devenir l'objet de pressions qui leur rendent la vie chaque jour plus difficile. En une dizaine d'années, entre 1956 et 1965, ils seront quasiment tous partis.

J., qui est aujourd'hui l'un des fabricants les plus importants du Sentier, est l'un d'eux. Lorsqu'il arrive en 1964 avec sa famille, il n'est encore qu'un adolescent. Son père exerçait à Tunis le métier de prothésiste dentaire quand, peu de temps avant d'émigrer, il se reconvertit dans le petit commerce de tissus. Est-ce pour cela qu'il eut l'idée de pousser son fils à préparer un CAP d'ingénieur textile ? J. ne le sait pas. Mais il obéit à son père et suit ces études, d'un niveau très élémentaire, tient-il à préciser, dans une école spécialisée de Troyes, une ville de forte tradition textile dont l'activité dans les années soixante est encore florissante. On y trouve, dans ces années-là, non seulement le siège des vêtements Lacoste, mais aussi celui des établissements Babygros, Absorba, Le Coq sportif, ainsi que de nombreuses usines de construction de machines textiles, comme les métiers à chaussettes ou les machines à tricoter circulaires de la marque Lebocey.

Son CAP en poche, J. travaille un temps en usine, jusqu'à ce que l'un de ses oncles l'initie à quelques ficelles du commerce qu'il a lui-même apprises d'un marchand forain. Il vend des bas sur les marchés, selon la méthode dite « à la postiche », entendez à grand renfort de démonstrations et de boniment en invitant les badauds à tirer sur les bas, à enfiler leur main dedans pour vérifier qu'ils ne se démaillent pas… Le rôle de l'oncle, dans cette affaire, est de faire « le baron », c'est-à-dire d'attirer le client en hélant les gens à la cantonade et en s'efforçant de les racoler de toutes les manières possibles. Il propose à J., sa semaine finie à l'usine, de venir l'aider le dimanche. Et c'est ainsi que ce dernier s'exerce quelque temps à l'art de la retape, et apprend à vendre. Il apprend même si bien que, peu après, il décide de quitter l'usine et de s'installer à son compte.

Pour ne pas risquer de faire concurrence à son oncle, il lui laisse le secteur des bas et opte pour les pulls, qu'il achète à des grossistes et revend ensuite sur les marchés. En 1967, avec l'aide de son père qui s'y connaît un peu dans le métier, il se met à les fabriquer au lieu de se contenter de les acheter. Leurs débuts, à tous deux, sont modestes. Ils achètent à bas prix quelques vieilles machines à tricoter, une usine qui déménage leur en cède gracieusement quelques autres, et montent leur premier atelier dans un petit local du Sentier.

La réussite ne se fait guère attendre. En 1974, J. crée sa propre marque, surtout réputée dans le sweat-shirt, et très vite il la distribue dans de nombreuses grandes surfaces et via des réseaux de vente par correspondance, comme La Redoute. Le pauvre petit Tunisien est devenu le patron d'une des affaires les plus prospères du Sentier. Et ce n'est pas le seul, car comme J. tient à le rappeler, la majorité des grandes réussites du Sentier des années soixante-dix et quatre-vingt sont le fait de Juifs tunisiens, ce qu'il explique ainsi : « Quand on vient d'un milieu pauvre et qu'on veut s'en sortir, on est prêt à travailler de manière acharnée. Mais ce n'est pas tout. Dans ce genre de situation, il y a toute une gymnastique qui se met en place et qui vous aide à capter très vite, de manière très concrète, la réalité. Ces mécanismes développent en vous des antennes qui vous font repérer immédiatement la petite niche où l'on va pouvoir s'infiltrer et réussir. »

Sous le regard des ashkénazes

J. se sent-il proche pour autant des Juifs ashkénazes qui l'ont précédé dans le métier, et qui sont, comme lui, sortis de la misère ? Cela n'étonnera pas grand-monde que la réponse soit négative. Car quand J. et les autres Juifs d'Afrique du Nord arrivent dans le Sentier, les ashkénazes sont là depuis longtemps ; ils n'en sont plus à se battre et ont eu le temps de s'embourgeoiser. Ce qui ne manque pas de provoquer les habituelles tensions et réactions de méfiance entre immigrés de longue date qui se pensent intégrés, et nouveaux venus qui dérangent. Celles-ci sont aggravées encore par les différences considérables de culture et de mentalité qui séparent depuis toujours les Juifs d'Europe de l'Est de ceux d'Afrique du Nord.

Comment J. a-t-il eu le sentiment d'être perçu par les Juifs ashkénazes, à son arrivée dans le Sentier ? « Comme un pauvre type, répond-il sans hésiter. Ils nous regardaient avec supériorité, du fait de leur soi-disant éducation, et de leur antériorité en France. Et puis, même s'ils ne l'exprimaient pas clairement, on sentait qu'ils nous en voulaient de ne pas avoir connu les pogroms, les camps, les persécutions du régime de Vichy. Ils ne comprenaient pas notre sérénité, ils semblaient toujours nous la reprocher. Enfin, et c'est là, tout compte fait, le problème majeur, ils ne pouvaient pas supporter nos manières de faire. Car nous étions plus agressifs, plus percutants qu'eux sur le plan commercial, ce qui nous a valu de très bien réussir. Tout cela les agaçait. Mais quand on vient d'un pays pauvre et qu'on n'a rien, on est bien obligé de mettre le paquet si on veut s'en sortir ! »

Il s'en tiendra là. Ces anciens conflits sont pour lui une affaire classée, car il a réussi, entre-temps, et n'a plus de revanche à prendre. Bien plus vivaces sont au contraire ses sentiments à l'égard des Algériens. D'emblée, il les dépeint comme des gens sanguinaires : « Il n'y a qu'à observer la violence de leur histoire, dit-il, tandis que nous, les Tunisiens, nous sommes pacifiques, hospitaliers. » Petite banalité à rappeler en passant : plus on est proches, mieux on se déteste.

Et les ashkénazes, de leur côté, comment ont-ils perçu l'arrivée des Tunisiens, des Algériens et des Marocains dans le Sentier ? Le chapitre promet d'être fourni. Car les Juifs de l'Est sont intarissables sur le sujet.

C'est ce que laisse entendre, non sans ironie, Jean-Claude Grumberg[3] dans un petit texte qu'il a écrit en décembre 1988 pour un numéro spécial de la revue *Passages* consacré au Sentier. La scène se passe quelque part dans le Sentier, « dans ce qui a été un atelier ». Un vieux confectionneur répond aux questions de son petit-fils. « Les Juifs, mes enfants, l'ensemble des Juifs est une grande famille, avec des ramifications, des branches et des branches. Seulement, comme dans toutes les familles, il y a des cousins, des tantes, des oncles, dont on ne parle jamais. » Quoique pour des gens dont on ne parle jamais, on a tout de même beaucoup à en dire…

Pourtant, à rebours encore une fois des clichés simplificateurs, les Juifs d'Afrique du Nord suscitent, chez ceux d'Europe de l'Est, des commentaires plus contrastés qu'on ne croit, qui couvrent toute la gamme des sentiments : de la fureur à l'égard de certains procédés commerciaux jugés déloyaux, à l'admiration pour ce que d'aucuns nomment leur « souplesse » et d'autres leur « désinvolture » ; de l'agacement envers des manières trop voyantes, à l'attirance pour une légèreté et une joie de vivre perçues comme enviables ; de l'irritation devant leur peu de « métier », à la reconnaissance de leur talent et de leur inventivité en matière de mode.

Les anciens du Sentier accueillent les Juifs d'Afrique du Nord avec inquiétude, craignant que leur présence n'attire l'attention et ne perturbe une tranquillité durement acquise : « C'est sûr que nous trouvons les séfarades* un peu expan-

---

* Ce terme désigne les Juifs chassés d'Espagne qui se sont dispersés dans tout le bassin méditerranéen. Mais il est souvent employé en France, de manière erronée, pour désigner les Juifs d'Afrique du Nord qui ne sont pas originaires d'Espagne.

sifs, un peu voyants, confie l'un d'entre eux, conscient de ce que cette attitude a de banal. C'est un peu comme lorsqu'on est arrivés et que les Juifs français avaient honte de nous ! C'est notre tour d'avoir honte des séfarades, d'être gênés par l'image qu'ils donnent des Juifs, avec leur verbe haut et leur culot. Ce sont des gens qui "poussent la porte", comme on dit chez nous, et ça leur a plutôt réussi. Nous, on n'aime pas trop les marques de frime, encore moins en période de crise, on aime mieux ne pas se faire remarquer. »

« Ne pas se faire remarquer », il s'agit là d'un véritable leitmotiv chez les ashkénazes, et ses résonances sont si profondes qu'il pourrait résumer à lui seul tout ce qui les sépare des Juifs venus d'Afrique du Nord. Non pas que cette discrétion dans le comportement soit synonyme, dans leur bouche, d'une éducation ou d'une distinction que n'auraient pas les autres, mais plutôt, comme dit l'un d'entre eux, du « désir de se faire oublier ». N'est-ce pas ce que laisse entendre aussi à sa manière, celui qui s'inquiète de « l'image qu'on donne des Juifs » ? « Ce que désiraient avant tout les Juifs ashkénazes, lorsqu'ils sont arrivés en France, explique Bernard Blaszka-Goldszal, c'était éviter d'être montrés du doigt. Ils voulaient s'intégrer. Ils craignaient de faire des faux pas. Ce sont des gens qui, de ce fait, ont toujours été à l'opposé de l'ostentation, et qui n'aiment pas beaucoup parler de leur réussite de crainte qu'on ne les envie ou qu'on ne la leur reproche. La seule chose qui pouvait les faire remarquer, c'était évidemment leur accent, mais à cela, ils ne pouvaient rien. »

Le côté « paillettes » – les voitures de sport, par exemple – n'a jamais existé chez les Juifs d'Europe de l'Est. Aussi prospères qu'aient été leurs affaires, ils ont continué longtemps à rouler en 404 Peugeot ou en Renault.

Que ce désir de « se faire oublier » ait à voir avec la mémoire de persécutions que les Juifs d'Afrique du Nord n'ont, pour leur part, jamais connues, est une évidence. C'est ce que Michel, le patron du garage de la rue Dussoubs – qui abrite les voitures du Sentier depuis des décennies – se charge de rappeler de son ton musclé : « Il n'y a pas que dans le Sentier ! Dans tous les métiers où il y a des Orientaux, ils font les beaux ; pas seulement les Juifs. C'est normal, vivre au soleil, ça donne le goût du plaisir, celui de dépenser, de briller, et c'est bien ! C'est le soleil qui demande à sortir ! C'est mieux que les hivers polonais, je peux vous le dire. Moi je fais l'échange tout de suite ! S'il arrive que les Juifs de l'Est critiquent les séfarades pour leur je-m'en-foutisme, pour leur goût de la parade, pour la manière un peu désinvolte qu'ils ont de jongler avec l'argent, c'est peut-être parce que nous, on n'était pas au soleil, on n'avait rien, on ne pouvait donc pas jongler avec quoi que ce soit. C'est que les séfarades n'ont pas connu, Dieu merci, la misère des Juifs ashkénazes. J'ai la réputation d'être le séfarade manqué du quartier, ajoute Michel avec ses intonations de titi parisien, on dit que je suis un ashkénaze qui ne ressemblerait pas à un ashkénaze ! Alors moi, vous voyez, cette séparation qu'on veut faire entre les premiers et les seconds, ça me rend nerveux. »

Ensemble en jean, crinière blanche et gourmette au poignet, avec sa grande gueule et ses allures de play-boy sportif, Michel est une célébrité du Sentier. Le décor de photos du Club Méditerranée collées à côté de publicités pour le tourisme en Israël sur les murs du local vitré qui lui sert de bureau à l'entrée de son garage, aussi. Il est également l'un des personnages les mieux informés de la vie du quartier car cette cage en verre, d'où il surveille du matin au soir les allées et venues de ses clients, est un formidable poste d'observation : « Je suis le seul garage du quartier, chacun vient se garer ici ; c'est normal que je connaisse tout le monde. En plus, c'est mon style, j'aime bien savoir qui sont mes clients, d'où ils viennent, ce qu'ils font. Alors, on discute… Comme ils pensent tous que mon affaire c'est Las Vegas, ils m'envient un peu, ça les incite à se confier.

– Question Las Vegas, vous avez dû en voir passer quelques-unes des belles voitures du Sentier !

– Il y a des gens, c'est vrai, qui ont très bien réussi, qui ont roulé dans de très belles voitures, qui ont mené grand train. Quand on gagne beaucoup d'argent, qu'on est oriental et qu'on aime vivre, c'est comme ça, ou plus exactement, c'était comme ça.

– Votre garage, c'est un bon baromètre pour suivre la réussite des uns, la faillite des autres, les effets de l'expansion ou de la récession économique…

– Complètement. Et ça se traduit dans toutes sortes de choses, pas seulement dans le prix des voitures qu'on achète ou dans leur renouvellement, mais dans les produits dérivés, c'est-à-dire dans tout ce qui peut s'attacher aux voitures pour les rendre plus belles : un poste de radio qui vaut 15 000 F, ou des jantes spéciales qui valent 5 000 F pièce. Ou encore dans les réparations pour lesquelles on est prêt à investir de l'argent ou pas. Je peux vous dire qu'aujourd'hui – est-ce les gens qui ont vieilli ou les temps qui sont plus difficiles ? – ça ne sent plus du tout l'argent comme avant, dans le Sentier. Et cela, il me suffit d'être au garage pour le savoir. »

Une réussite trop rapide ?

L'exhibitionnisme de la réussite est surtout typique, rappelons-le, des années quatre-vingt, où quelques-uns, partis de rien, ont pu connaître une ascension fulgurante. Vingt ans après, le climat est bien plus austère, et pourtant la réputation d'ostentation faite aux Tunisiens persiste. Comme si ces images avaient à jamais entaché la profession, enracinant dans l'esprit du public des clichés indéboulonnables.

« C'est vrai, convient Pierre Aïdenbaum, que beaucoup de ceux qui se sont installés dans les années quatre-vingt ont connu une réussite très rapide, et qu'ils ont eu envie d'afficher cette réussite, parce qu'ils avaient une conception de la vie différente de la nôtre. Ils avaient une manière de vivre proche de celle des gens du showbiz et tout cela, vu de l'extérieur, pouvait inciter à se demander comment ils avaient réussi aussi vite… On voyait des gens qui étaient partis de rien rouler dans de très belles voitures, partir pour des week-ends fantastiques. De là à conclure que cette réussite était liée à la fraude, le pas a été vite franchi. » « Et puis, témoigne quelqu'un d'autre, tous ces jeunes du Sentier qu'on voit dans les boîtes de nuit de Deauville avec des liasses de billets, s'offrir les bouteilles les plus chères, pendant que les jeunes du coin, avec leurs 8 000 F par mois, ne peuvent se payer qu'un coca, c'est sûr que cela nuit à l'ensemble de la profession. »

À ces réflexions qui visent principalement les Tunisiens comme lui, J. répond sans se démonter que quand quelqu'un sort de la misère, « il est possible, que pendant un temps, il ait du mal à contrôler une forme d'exubérance. Ça peut se comprendre, c'est comme une revanche. Mais cela dure rarement. Quand on est installé dans une situation, on retrouve en général des comportements normaux. La question n'est pas qu'il se soit agi pour l'essentiel de Tunisiens, mais qu'on vivait une conjoncture d'explosion économique, et que ce boom extraordinaire a pu, c'est vrai, tourner les têtes. »

Lorsqu'on écoute parler J., on peut se demander si la réussite lui a un jour tourné la tête, tant ses propos sont clairs et empreints de sobriété. Chez lui, rien de clinquant ni d'ostentatoire : une grande maison confortable qui respire l'aisance, mais pas davantage. À croire que les images tapageuses du Sentier où tout brille n'ont été qu'un rêve… ce ne sont plus celles d'aujourd'hui. Affaires moins flamboyantes ou plus grande discrétion, toujours est-il que les paillettes ne se voient plus. Vingt ans après la grande explosion, ceux qui se sont maintenus dans le métier ont dû faire preuve de bien d'autres qualités que le simple culot et le goût du jeu.

Ils ont apporté la couleur

De tous ceux que j'ai rencontrés, il n'y a guère que Michel Feldman qui ne se soit jamais soucié de tous ces clichés : « Moi, j'étais très content quand ils sont arrivés, confie-t-il. On dit plein de choses sur les pieds-noirs, sur la manière qu'ils ont de se conduire à Deauville, sur les grosses voitures… Ça existe certainement, mais moi, je n'ai jamais vu ça. Ce que j'ai vu, c'est qu'ils apportaient dans notre métier beaucoup de soleil, beaucoup de couleur. Nous les ashkénazes, on travaillait surtout le noir, le gris, le marine, eux ils ont apporté le vert, le jaune, l'orange. C'était un véritable renouveau dans le métier. Avec eux, les relations étaient chaleureuses. Ils me tapaient dans le dos, on était copains, moi j'avais déjà quarante ans, eux ils en avaient vingt-cinq, mais ça ne changeait rien. Viens, me disaient-ils, on va sortir avec les filles. On allait ensemble au café, au restaurant, ils étaient toujours prêts à payer… »

C'est de cette gaieté dont se souvient Michel Feldman, mais aussi, plus profondément, de la rencontre avec des Juifs différents de lui, et d'une forme de curiosité, d'un intérêt mutuel dont il est rare qu'on parle : « Au début – cela a changé par la suite – ils avaient une forme de respect pour les ashkénazes et pour tout ce que nous avions subi. Ils avaient entendu parler de la Shoah, bien sûr, mais bizarrement, ils l'abordaient surtout d'un point de vue religieux.

La réalité des faits, ils la connaissaient mal. Je pense que nous leur en imposions, parce qu'ils rencontraient en nous des hommes d'une autre trempe, différents, et qui cependant étaient des Juifs comme eux. À l'inverse, nous, nous étions un peu jaloux de leur joie de vivre et de leur solidarité, de ces liens très forts qui les unissaient entre membres d'une même famille ou d'un même village. Nous, les Polonais, nous sommes plus réservés, plus froids, nous n'avions jamais connu ça. »

Ce sentiment d'envie des ashkénazes pour une forme d'insouciance et de légèreté de vivre qui leur était jusqu'alors inconnue, bien d'autres m'en parleront, conscients que ce sang neuf et cette gaîté, venus de l'autre côté de la Méditerranée, les avaient aidés à se débarrasser de certaines manières étriquées, héritées des *shtetl* et des ghettos. « C'est sûr qu'on a appris des choses à leur contact, dit Jacques Segal, le grossiste de la rue du Caire. Les fêtes étaient plus gaies chez eux ! À les regarder vivre, on s'est dit qu'on avait peut-être le droit de s'accorder, nous aussi, un peu de cette qualité de vie au lieu de seulement économiser de l'argent comme le faisaient nos parents, par crainte endémique de l'avenir. »

Quant au renouveau qu'ils ont apporté dans la mode, même les anciens *fakhman*, tout sceptiques qu'ils soient sur la qualité de la fabrication, sont contraints de le reconnaître. Ainsi Roger Norymberg, qui ne se gêne pourtant pas pour critiquer les manières de faire de ses nouveaux confrères, ne peut leur dénier ce talent : « Ce n'étaient pas des professionnels de la finition, commence-t-il réticent, mais ils avaient du goût. Ils savaient ce qui était dans le vent. Nous, on faisait des trucs classiques, on travaillait les belles matières, avec de belles finitions. Eux, ils ont tout de suite fait dans le tout-venant, dans la grande série, mais avec goût, c'est vrai. Ils ont fait des modèles plus jeunes, ils ont su attirer la clientèle de l'étranger. Tout n'est pas négatif, concède-t-il avant d'enchaîner : leur point faible évidemment, c'était la rigueur. On demandait du rouge, ils envoyaient du bleu. Les dates, ce n'étaient pas des dates. La marchandise était mal finie. Il faut dire que dans ces années-là, bien fait ou mal fait, tout se vendait. Alors ils n'en avaient rien à foutre ! »

Même son de cloche – en plus indulgent, car ses relations de détaillant avec les fabricants d'Afrique du Nord ont toujours été des plus cordiales – du côté de Maurice Kormann : « Ils étaient plus bricoleurs, c'est sûr. Et c'est normal : tu ne fais pas les mêmes articles quand tu vis au soleil ; tu ne vas pas faire de grosses pièces ! Mais ils avaient beaucoup de goût. Je parle de goût commercial, de l'art de sentir ce qui va se vendre. Quand on est commerçant, on s'interdit de juger en fonction de son propre goût. Ils ont notamment amené avec eux le lurex, tout ce qui brille. Et ça, ça plaisait. Les modèles n'étaient pas très bien faits, mais tout était très court, très près du corps et les mecs se retournaient dessus dans la rue. "Ça te plaît, toi ? Moi, pas du tout. Mais peu importe, ça plaira, ça se vendra." C'est ça qui comptait. Leur flair mis à part, poursuit Maurice Kormann, c'étaient des gens un peu margoulins. De mauvais payeurs. La devise des pieds-noirs, c'était : "Mon père m'a dit, il y a deux choses dans la vie pour lesquelles on a toujours le temps. Mourir et payer !" J'en ai vu plusieurs démarrer avec trois fois rien et, une semaine après, rouler en Mercedes achetée à crédit. C'était leur truc. Quelques mois plus tard, ils déposaient le bilan. Pour un type d'Europe centrale, déposer le bilan, ça n'existait pas. C'était la pire honte, il se suicidait ! Cela dit, moi je m'entendais bien avec eux, j'aimais leur gaîté. Ils étaient d'un contact agréable, et plus malléables que les gens d'Europe de l'Est qui étaient souvent un peu raides. Chacun ses travers ! Je me souviens d'un pied-noir à qui j'achetais des pulls. Un jour, en ouvrant sa livraison, je trouve au moins 10 pulls avec défaut par caisse. C'est beaucoup, 10 pulls sur 100 ! En plus, j'ai tout de suite vu que c'était des retours d'un autre client, parce qu'il y avait, sur chaque pièce défectueuse, un petit papier épinglé à l'endroit du défaut ! Je lui ramène, et il me dit : "Maurice, tu es un copain, tu es un frère, si je ne peux pas faire ça avec toi, avec qui est-ce que je peux le faire !" Ils étaient comme ça. Ils se faisaient une concurrence terrible, ils copiaient les modèles des autres sans vergogne. Les ashkénazes, eux, copiaient en tremblant. Ils étaient sérieux, quoi ! Tandis que les pieds-noirs étaient tout sauf sérieux. Mais j'arrivais bien à me débrouiller avec eux, car ils apportaient le renouveau, la légèreté, la fantaisie. Les Juifs de l'Est, quand ça ne marchait pas, qu'ils avaient du stock ou un découvert à la banque, ils ne dormaient pas. Il fallait d'abord vendre le stock avant de commencer autre chose. Les autres, ils viraient le stock à un soldeur et repartaient à la case départ, sans états d'âme. Pour nous, les détaillants, c'était évidemment beaucoup mieux. »

La cigale et la fourmi

« Désinvolture », « imprévoyance », « légèreté ». C'est en ces termes que les ashkénazes, bousculés dans leur austérité par ces nouveaux partenaires, parlent le plus souvent des Juifs d'Afrique du Nord – quand ils ne versent pas dans le commentaire ethnologique : « Quand un ashkénaze gagne dix francs, il en dépense à peine cinq et met le reste de côté pour les mauvais jours, on ne sait jamais ce qui va arriver… Lorsqu'un séfarade gagne dix francs, il en dépense vingt, parce que demain est un autre jour, on verra bien… C'est aujourd'hui qui compte. Une bonne saison, et c'est tout de suite la grosse voiture. Ce n'est pas qu'ils soient plus malhonnêtes, ils sont surtout plus insouciants. » Plus généreux aussi, laisse entendre Jacques Segal, même si curieusement, dans sa bouche, cela ne sonne pas vraiment comme un compliment : « Les gens d'Afrique du Nord aiment dépenser l'argent, ils sont très grands seigneurs, très larges. Ils font volontiers des cadeaux, ils glissent des enveloppes aux employés en fin d'année... ce qui n'est pas du tout dans les habitudes des Juifs de l'Est, que les persécutions, la nécessité de se cacher ou de fuir, ont davantage habitués à mettre l'argent de côté. »

De telles formules sur les manières comparées des uns et des autres, on pourrait en citer sans fin. Un autre exemple : le principe des ashkénazes, dans les affaires, est de minimiser les risques, par crainte de perdre ce qu'ils ont acquis. Ils avancent lentement mais sûrement, accumulant un patrimoine qu'ils espèrent pouvoir transmettre à leurs enfants. Les séfarades sont plus joueurs, ils misent beaucoup plus gros, ils jouent à quitte ou double. Leur principe, c'est de gagner beaucoup d'argent le plus rapidement possible, au risque de tout perdre. C'est une tactique qui leur a permis de connaître des réussites phénoménales, mais aussi des faillites retentissantes. Ce sont des « sportifs des affaires », animés tout autant par le goût du challenge que par celui de l'argent.

« Moi ce que j'aime, c'est flamber, disait un jeune fabricant de quarante ans. Il faut dépenser ce qu'on gagne, il faut donner. J'ai beaucoup donné à des associations. Transmettre un patrimoine à mes enfants, ce n'est pas mon problème. Ils devront se débrouiller à leur tour ! »

Commentaire virulent d'un artisan à propos des Juifs d'Afrique du Nord : « Il n'y en a pas un qui soit du métier, qui sache ce que c'est qu'un vêtement ! Ce qu'ils font seulement, c'est “achat et vente”, “import-export”. Ce ne sont rien d'autre que des commerçants. Ce n'est pas la peine de leur demander si tel manteau est bien ou mal fait, ils n'en savent rien. C'est pour ça que maintenant, on ne trouve plus que de la merde ! »

« Les Tunisiens, quand on les entendait parler, se souvient Roger Norymberg, c'était : "Vite, on fait une affaire, on monte un gros coup, on ramasse cinq briques et on se tire." Nous, on n'a jamais cherché ça. On voulait monter une affaire, la développer, on cherchait la stabilité. Eux, il fallait que ça aille vite, quitte à faire autre chose après. Ils prenaient des crédits, ils savaient faire des choses que les gens d'Europe centrale ne savaient pas faire. Nous, on ne connaissait pas le crédit, ou bien pour de toutes petites sommes. Ils se sont mis à produire gros, à diffuser sur toute l'Europe. Nous, on produisait au compte-gouttes. On était des petits fabricants, des artisans qui avaient de bons revenus, mais on restait discrets. Ce sont eux, c'est vrai, qui ont lancé le Sentier, tel qu'on le connaît aujourd'hui ; mais en même temps – en tout cas c'est mon opinion – ils ont tué la poule aux œufs d'or. »

Pourquoi ? Roger ne l'explique pas vraiment, sinon qu'à l'entendre, on sent bien que le sentiment sous-jacent qui pointe n'est autre que la nostalgie, et que ces méthodes inédites qu'il réprouve ne sont pas seulement celles des Tunisiens, mais celles de temps nouveaux où le crédit, la production à grande échelle sont devenues pratiques communes, et où l'artisanat est voué à disparaître.

Ce sont les pieds-noirs qui transforment le Sentier en un quartier de magasins où les ateliers se font de plus en plus rares. Ils opèrent une séparation entre conception et vente d'une part et montage d'autre part. Non seulement parce que le montage des vêtements, qu'ils confient à des ateliers extérieurs, n'est pas leur métier, mais aussi parce qu'ils veulent, à l'inverse des anciens, se diversifier. Ce que Roger traduit dans sa vision désenchantée par « le désir de tout manger » : « Avant, chez les Polaks, il y avait de la concurrence bien sûr, mais ce n'était pas la guerre comme ça l'est devenu ensuite. On s'entraidait même parfois, on se donnait des clients : "Tu fais de la robe, je fais des manteaux, je vais t'indiquer un client à qui vendre tes robes", tandis qu'après, la règle c'était de dire : "Pourquoi, tu vas chez lui ? Moi aussi, je peux te vendre de la robe." Ils voulaient tout manger. Nous, on n'a jamais voulu tout manger. »

Cette différence, Virginie la souligne. Sur ce point comme sur beaucoup d'autres, ashkénazes et Arméniens se rejoignent dans ce que d'aucuns appelleraient une même prudence, d'autres une même frilosité.

Virginie, on s'en souvient, a été l'un des noms les plus célèbres du Sentier des années soixante-dix – ses modèles liberty que tout le monde s'arrachait étaient reproduits dans la presse – et pourtant, elle n'a pas désiré devenir ce qu'on appelle « une marque ». « On est une griffe, m'avait-elle dit, ce n'est pas pareil. Pour devenir une marque, il faut avoir une dimension internationale. Nous, ce n'est pas ce qu'on a choisi. Pourtant, à la fin des années soixante, on a eu le même démarrage que des boîtes comme Gérard Darel, on parlait même davantage de nous à l'époque. Mais on n'a pas eu envie de devenir gros. On a voulu rester "Sentier", parce que devenir gros, ça voulait dire devenir un industriel, avoir des usines en province, etc. Ce n'est pas ce que l'on voulait. Notre affaire marchait très bien avec deux, trois modèles par collection, et ça nous suffisait. Et puis, aller plus loin, cela voulait dire prendre des risques. On avait toute une génération de travail derrière nous, on n'avait pas envie de tout remettre en jeu. C'était assez lucratif comme ça, pourquoi se casser la tête ? »

Quant à Segal, tout séduit qu'il ait pu être par l'insouciance des séfarades et leur goût pour la vie, il n'en a jamais oublié pour autant sa prudence : « Dans une période de crise comme aujourd'hui, on constate que certains de ceux qui ont gagné beaucoup d'argent n'ont jamais pensé à se protéger en cas de coup dur, et ils sont maintenant en proie aux pires difficultés. Beaucoup ont disparu du métier, d'ailleurs. Tandis que nous, avec notre manière de toujours prévoir le pire, on se retrouve beaucoup moins démunis dans les moments difficiles. »

Et les magouilles, faut-il en parler ?

Gib et Bernard Blaszka-Goldszal ont tous deux eu affaire aux uns et aux autres, comme clients. Du côté de Gib, on s'en doute, la scène ne manque pas de saveur : « Pour les Polonais... commence-t-il. Je vais vous donner un exemple : un Polonais passe une commande. Voilà ce que ça donne :

– Très bien, je vais vous dire combien ça fait.

– Quoi ! vous voulez parler fric avec moi ? s'écrie alors le Polonais et il disparaît dans la pièce à côté.

Deux minutes après, il revient avec un vieux manteau élimé et il dit :

– Regardez ce manteau, vous voyez, c'est mon seul manteau, je n'en ai pas d'autre. Alors, il faut que vous me fassiez un prix !

C'était le style des Polonais : ils pleuraient. Les pieds-noirs, c'était différent. Ils me passaient une commande, disons pour une affiche, et ils me versaient des arrhes. Mais en revenant la chercher, ils voulaient avoir deux affiches pour le même prix. Ils inventaient n'importe quoi, que la deuxième était gratuite, que je leur avais promis... Ils essayaient toujours de faire des coups, d'avoir quelque chose à l'œil en plus. Et surtout, ça n'en finissait pas, l'affaire n'était jamais conclue, il y avait toujours autre chose. Tandis qu'avec les Polonais, ils pleuraient, ils discutaient dur, mais quand l'affaire était conclue, c'était terminé. »

Même conclusion du côté de Bernard Blaszka-Goldszal : « Les séances de marchandages avec les ashkénazes étaient insupportables, mais une fois qu'on était d'accord sur un prix, c'était des gens honnêtes. Ils payaient toujours. » Le jugement qu'il porte sur les pieds-noirs est beaucoup plus sévère : « Eux, au moins, ils ne discutaient pas les prix, tous les prix étaient bons, pour nous c'était moins fatigant. Ils ne discutaient pas… mais ils ne payaient pas non plus ! Enfin, ils payaient la première et la deuxième fois, et puis la troisième fois, ils passaient une grosse commande pour laquelle ils demandaient une traite. On attendait, comme ça se fait communément, soixante jours et le mois, toujours pas de nouvelles. Alors on allait voir sur place, et la plupart du temps, il n'y avait plus personne. »

Bernard Blaszka-Goldszal n'est pas le seul à avoir vécu ce genre de mésaventure. Mais c'est un sujet délicat, dont peu de gens du Sentier, ashkénazes comme séfarades, ont envie de parler, sans doute par un réflexe de solidarité envers leur corporation. Pourtant, si le versant positif de la désinvolture est bien la joie de vivre et la générosité, il arrive que son revers soit la magouille, voire l'escroquerie. « Je me souviens, raconte un ancien *fakhman* plus loquace que les autres, d'un jeune fournisseur qui fabriquait des jeans ; il avait vingt-cinq ans, pas plus. Une première fois, il a soi-disant été cambriolé : tout son stock avait disparu ! Une deuxième fois c'était un incendie… Quand il avait des stocks qu'il n'arrivait pas à vendre, il faisait comme ça, une fois c'était le feu, une autre fois le vol, pour se faire rembourser par l'assurance. Il était gentil, on aimait bien rigoler ensemble, mais ce n'était que des combines ! Tous ces gens ont été très dangereux, poursuit-il, ils ont fait couler des maisons de tissus, ils ont provoqué des faillites… Je ne veux pas être raciste, mais malheureusement, c'est vrai. Les anciens, eux, ils ne faisaient pas toutes ces combines-là, c'était des bosseurs. »

Pas raciste ? Ça se discute. L'un des rares fabricants non-juifs du quartier – donc extérieur à toutes ces querelles d'origines – fait part de ses réflexions sur la question : « Il n'y a pas plus antisémite qu'un Juif ! Quand les Tunisiens sont arrivés, pour les Juifs de l'Est, c'est comme si les Arabes déboulaient. "Ils sont venus en chameau", disaient-ils ! Mais ce n'est pas tout, ça a continué. Aujourd'hui c'est l'Oranais ou l'Algérois qui ne supporte pas le Tunisien, le Tunisien trouve que le Marocain est "comme-ci", le Marocain trouve que le Polak, comme il dit, est "comme-ça". Moi, j'ai déjà entendu des gens dire ici : "Si je n'étais pas juif, je voterais Le Pen !" »

L'un des mieux placés pour parler du délicat sujet du racisme dans le Sentier est sans doute David Aboucaya, lui qui, algérien par son père, russe et polonais par sa mère, s'est retrouvé à la croisée de tous ces conflits. Comment s'est-il positionné par rapport à cette double ascendance ? « 100 % séfarade pour la joie de vivre et le goût de la vie facile, répond-il en souriant, je n'ai rien hérité, heureusement, du culte ashkénaze de la douleur. C'est peut-être que ma mère est à moitié russe, et qu'il y a une gaieté russe qui n'existe pas chez les Polonais. Mais pour ce qui est de la manière de travailler, je suis, comme la plupart des Algériens, beaucoup plus proche des ashkénazes. »

Fils du fondateur de la grande maison de doublure Affritex, dont il reprendra, en 1986, la direction pour une douzaine d'années, David Aboucaya avait tout pour devenir l'un de ces enfants gâtés caricaturaux du Sentier, élevés dans l'argent facile. Le jour de notre rendez-vous, il arrive en moto et, entre deux sonneries de portable, il explique que, le tissu n'étant plus rentable, il s'est récemment reconverti, la quarantaine venant, dans l'immobilier et les investissements financiers, ce qui lui laisse suffisamment de temps libre pour voyager et suivre des études. N'en déplaise une fois encore aux images d'Épinal, David est un homme calme et réfléchi, dont l'un des principaux sujets de fierté est d'avoir su quitter son commerce sans honte et sans « magouilles ». Il tient en effet à préciser, retrouvant soudain le ton et le langage de l'homme d'affaires responsable, qu'après de graves difficultés financières qui se sont conclues par un dépôt de bilan, il est parvenu à se rétablir « en rachetant toutes ses créances et en apurant son passif ».

« Lorsque les Algériens sont arrivés dans les années soixante, reprend-il, cette parenthèse refermée, ils n'étaient pas des immigrés comme les Tunisiens, avec toute la misère et tous les réflexes à la fois de défense et d'agressivité que cela suppose. J'ai souvent entendu, par exemple, des Tunisiens – Juifs ou Arabes c'est la même chose – se vanter de la façon dont ils avaient roulé quelqu'un. C'était dans leur mentalité. C'est peut-être une forme de revanche, mais ça m'a toujours considérablement énervé. Les principaux problèmes que j'ai connus, au cours de mes douze ans dans le Sentier, c'est avec des Tunisiens, il faut le reconnaître. J'avais 4000 clients, mais toutes les embrouilles de crédit, de carambouille, de non-respect des engagements oraux (beaucoup des contrats se passent encore comme ça ici), c'est presque toujours avec eux que je les ai eues. De là à dire que tous les scandales du Sentier sont la faute des Tunisiens, certainement pas, concède-t-il pour tempérer ses propos. C'est aussi la société qui a changé ; aujourd'hui tout va plus vite, tout est plus instable. »

« Ce ne sont pas les Juifs d'Afrique du Nord qui ont changé les pratiques du métier, qui sont moins des gens de parole, c'est le monde entier qui a changé », renchérira un peu plus tard Sami, un autre Algérien du Sentier.

Michel, le patron du garage, fait preuve de retenue : « Attendez ! » avait-il commencé par dire, à peine soulevée la question des pratiques peu recommandables qui avaient fait parler du quartier. « Attendez ! » suivi d'une très longue pause pendant laquelle on pouvait entendre tourner à vide la bande du magnétophone.

«Je veux peser mes mots, explique-t-il en reprenant, parce que je fais partie de ces gens qui pensent qu'il y a des linges sales qui doivent se laver en famille. Car malheureusement certaines personnes n'attendent qu'une chose, c'est justement qu'on le lave sur la place publique ! » Puis, le visage concentré, hésitant sur les mots qu'il allait se risquer à prononcer, il se tait à nouveau. «Je dirais que l'évolution, en général, de la jeunesse… » poursuit-il l'air soupçonneux comme si un piège se trouvait de part et d'autre de chaque phrase qu'il va prononcer, « et pas seulement celle du quartier, est une évolution qui ne tient plus compte de certains critères tels que le respect et la correction, et qu'ici comme partout ailleurs, on n'y échappe pas ».

Ouf! la première phrase est passée. Tout va bien, pas de dérapage. On peut continuer : « Sans doute y suis-je plus sensible quand il s'agit de Juifs, car j'imaginais que nous avions eu la chance de recevoir une éducation capable de tempérer ce genre d'excès… Mais elle ne tempère rien, et les Juifs ne sont pas plus à l'abri des abus actuels que tous les autres. C'est l'ensemble de la société qui s'est dégradé, et les vertus de l'éducation juive n'ont pas plus aidé à y résister que le reste. Quand ils ont des travers, les Juifs sont aussi mauvais que les autres. On n'y échappe pas, voilà ! »

Arrivé au terme de cette brève tirade, Michel a l'air soulagé d'un homme auquel on vient de soutirer un aveu pénible mais libérateur.

Précisons tout de même que la surabondance de précautions dont use Michel s'explique en partie par l'énorme scandale de l'« Affaire du Sentier », qui en 1997 a secoué l'ensemble de la profession. Elle est encore dans les mémoires. Or cette affaire d'escroquerie, tout à fait exceptionnelle, n'est guère représentative des pratiques courantes de la profession. L'essentiel des accusations contre des fabricants d'Afrique du Nord porte d'ailleurs sur d'autres questions sensibles : comme celle d'avoir fait flamber les prix de l'immobilier dans le quartier, celle de casser les prix du marché, celle enfin d'avoir instauré ce qu'on appelle « le placement à condition ».

Le grand tournant

Pendant que les prix de l'immobilier grimpent, ceux des produits vendus dans le Sentier... baissent ! Lorsque le Sentier « décolle », dans les années soixante-dix, nombreux sont les fabricants qui se mettent à acheter à n'importe quel prix les commerces du quartier, vacants ou non (boulangeries, cafés, maisons de la presse), en proposant à leurs propriétaires des prix bien au-dessus de ceux du marché. Certains arrivent avec de l'argent, d'autres viennent de faire fortune. D'autres encore s'arrangent avec les banques pour obtenir des prêts leur permettant d'acheter des surfaces qu'ils revendent peu après, sans mal, au double du prix. Du coup, c'est une véritable spéculation immobilière qui s'empare du quartier. Et certains ont du mal à suivre.

« Quand les pieds-noirs sont arrivés, ils ont tout de suite fait monter les prix, s'exclame Roger Norymberg. Ils achetaient tous les commerces qui restaient à la surenchère et personne ne pouvait suivre. »

D'autres, comme Nicky Leon, interprètent cette hausse des prix de l'immobilier d'une manière moins polémique, n'y voyant rien de plus qu'un effet de la loi de l'offre et de la demande. « Quand les Juifs d'Afrique du Nord sont arrivés, il y a eu une forte demande, et les propriétaires en ont profité pour augmenter leurs prix, c'est normal. Mais ce n'est pas la faute des Juifs d'Afrique du Nord. »

Et pour le reste alors? « Ils nous ont bousculés, ils ont cassé les prix, se plaint Roger Norymberg. Chez les Polaks, on ne cassait pas les prix, on se consultait entre nous. Et puis surtout, ils sont allés voir les grossistes et ils ont commencé à leur proposer de la marchandise "à condition". »

En quoi consiste ce nouveau système du « dépôt à condition » ? Jusqu'alors, le fabricant proposait sa marchandise au grossiste qui lui en achetait, comme n'importe quel commerçant, la quantité qu'il désirait. À lui de se débrouiller ensuite pour la vendre aux détaillants. Le système « à condition » change tout, puisque les fabricants ne vendent plus leur marchandise aux grossistes, mais la leur laissent en dépôt: celle que les grossistes vendent leur est payée, celle qu'ils ne vendent pas leur est retournée. Or, cette nouvelle manière de faire a modifié radicalement la vie du Sentier et instauré des rapports de force inédits entre grossistes et fabricants, à la nette défaveur de ces derniers. « Pour moi, c'était une pratique impensable, se révolte Roger. Comment pouvait-on concurrencer de telles méthodes ? Tout ça m'a pris de plein fouet, car les grossistes qui me prenaient d'habitude 100 pièces ne m'en prenaient plus que 10. Évidemment, puisque les autres leur proposaient de la marchandise à condition ! »

Un autre fabricant exprime sa fureur : « Un beau jour, un abruti a eu l'idée de dire à un grossiste : "Puisque tu n'as pas envie d'acheter, je t'en mets en dépôt." Et c'est comme ça que déposer des vêtements est devenu une institution ! Et que cet imbécile a réussi à déglinguer tout le système. Nous prenions tous les risques, et le grossiste aucun ! On achetait le tissu, on préparait les collections, on les fabriquait, tout ça pour déposer des vêtements dans l'espoir qu'ils se vendent, et se retrouver, dans le cas contraire, avec un stock impossible à écouler ! C'était complètement aberrant ! Tout était faussé au départ, mais la plupart des fabricants s'y sont pliés car ils n'avaient pas le choix. Moi, ce que je voulais c'était des clients qui m'achètent "des vêtements", pas des gens chez qui on dépose "du vêtement"! Alors j'ai arrêté, et je me suis reconverti dans la vente de tissu. »

Jacques Segal, comme tous ses confrères grossistes, s'est réjoui de cette nouvelle pratique, qui lui permettait de ne prendre aucun risque : « Cela n'existait pas auparavant, reconnaît-il. Les pieds-noirs l'ont introduit parce qu'ils n'avaient qu'un seul souci : trouver des débouchés pour vendre. Et les autres, qui étaient là depuis longtemps, ont été contraints bien malgré eux de suivre. Seuls les fabricants de pulls, qui à l'époque étaient tous arméniens, ont refusé ce système. Avec eux, on a été obligés de continuer à travailler selon l'ancienne méthode. »

En instaurant ce système du dépôt à condition pour s'introduire sur le marché, les Juifs d'Afrique du Nord ont doté les grossistes d'un pouvoir qu'ils n'avaient jamais eu auparavant. Par la même occasion ils ont contribué, paradoxalement, à asseoir la puissance de certaines des plus vieilles familles du Sentier. Tous les grossistes en effet appartiennent à d'anciennes familles polonaises installées dans le Sentier depuis les années cinquante au moins : Fel 2, rue Saint-Denis, Beren, rue Réaumur, Sapon, passage du Caire, Marcy, rue d'Aboukir, pour ne citer que les plus célèbres. Pourquoi ? L'explication est très simple : être grossiste suppose de pouvoir investir de gros capitaux, notamment dans les murs, car il faut avoir de vastes locaux et bénéficier d'un bon emplacement. Or, ces capitaux sont trop importants pour être acquis du jour au lendemain, ils ne peuvent se constituer qu'au fil du temps. C'est la raison pour laquelle les grossistes sont tous les descendants de familles installées de longue date. Ainsi Jacques Segal lui-même, dont les parents ont pris un premier petit magasin rue du Caire en 1946, lequel s'est agrandi d'année en année sur plusieurs étages et grâce au rachat des boutiques adjacentes.

« Pourtant, plusieurs fabricants d'Afrique du Nord ont remarquablement réussi ; ils auraient pu avoir assez rapidement les fonds pour investir, lui fais-je remarquer.

– Oui, c'est vrai, mais c'est aussi une question de mentalité, admet Jacques Segal, qui revient une fois encore sur les mérites comparés des deux communautés. La démarche d'un grossiste et celle d'un fabricant ne sont pas du tout les mêmes. C'est un peu comme comparer une course de marathon à un cent mètres ! Un fabricant prend plus de risques, mais il peut connaître une réussite très rapide, fulgurante même. Pensez aux combinaisons Naf Naf. La réussite d'un grossiste est beaucoup plus lente, il s'agit de gains réguliers qui s'étalent sur le long terme. On ne prend pas d'aussi gros risques, on ne peut jamais gagner de l'argent aussi vite qu'un fabricant, mais on ne peut pas non plus se casser la figure aussi rapidement ! Toujours est-il que la constitution d'un commerce de gros n'intéressait pas les gens d'Afrique du Nord, car ce qu'ils voulaient généralement, c'était gagner beaucoup d'argent rapidement… et le dépenser aussi vite ! »

Et nous revoilà à la case départ…

Les folles années des *success stories*

Ces histoires de réussites fabuleuses associées depuis trente ans au Sentier relèvent-elles du mythe ? Ou de la fraude, comme on l'entend souvent dire ? Et si ce n'est ni de l'un ni de l'autre, comment ont-elles été possibles ? Essayer de démonter le mécanisme du succès signifie aussi comprendre celui de la dégringolade. Car ça ne marche pas toujours, dans le Sentier comme ailleurs.

Gilles Gomez est depuis le début des années quatre-vingt le directeur de l'agence de la Banque parisienne de crédit, rue du Louvre, qui réalise 90 % de son activité avec les affaires du Sentier. Il met un bémol sur la légende des *success stories.* « Les grandes fortunes séfarades se comptent sur les doigts d'une main, explique-t-il. Elles sont spectaculaires, mais beaucoup moins nombreuses que celles réalisées entre 1950 et 1970 par des gens qui sont arrivés en parlant à peine le français. Car ce sont près de 200 familles qui ont fait fortune à ce moment-là et qui ont aujourd'hui entre 10 millions et 100 millions de patrimoine. Seulement, ces 200 noms-là sont des noms inconnus du public. Ce sont des fortunes plus discrètes, nettement moins voyantes que celles des séfarades, qui non seulement sont d'un naturel plus expansif, mais qui ont surtout eu recours à des moyens qui n'étaient pas utilisés auparavant pour se faire connaître du grand public, tels que les médias ou la publicité. Jusqu'aux années soixante-dix, on ne faisait pas fortune de la même façon. Les fabricants gagnaient gentiment leur vie et puis, une année sur cinq, ou sur dix, ils faisaient une saison extraordinaire. L'un de leurs modèles se vendait bien, et ils gagnaient beaucoup d'argent. » Le problème, c'est que ça ne marche pas toujours et qu'on peut aussi "se planter", comme on dit ici. C'est la loi du Sentier : aux réussites fabuleuses répondent des faillites vertigineuses, surtout dans les grandes années d'euphorie où tout semblait possible.

La tâche de Gilles Gomez, avant d'ouvrir un compte et de proposer des crédits à un chef d'entreprise, est donc de s'assurer que non seulement sa gestion est saine, mais qu'il a les moyens, à la fois financiers et psychologiques, de ses ambitions. « Il n'y a que des gens bien dans le Sentier, certifie-t-il. Ce sont des gens qui se prennent en charge, qui sont responsables, sans doute parce qu'ils ont souvent dû se débrouiller seuls depuis l'enfance et ne compter que sur eux-mêmes pour se sortir d'affaire. En cas de difficulté, ils savent se remettre en cause, ils savent s'adapter aux fluctuations. Cela dit, les coups durs peuvent toujours arriver, et c'est mauvais pour tout le monde, pour le fabricant, pour ses partenaires, et pour sa banque. Ma tâche, avant de prendre un client, est donc de sentir à qui j'ai affaire, mais pas en termes d'honnêteté ou de malhonnêteté : tous les gens que j'ai rencontrés sont honnêtes. Le vrai risque, ce sont les gens qui, en cas de problème, perdent pied. Car quelqu'un qui ne domine plus la situation, qui se sent couler, est capable de n'importe quoi. C'est ça, le danger. Ça ne veut pas dire pour autant qu'il est malhonnête. Mais si un client est capable de me dire clairement qu'il traverse une mauvaise passe, qu'il perd de l'argent, je peux l'aider à se redresser. S'il fait n'importe quoi, je ne peux rien. C'est ça la différence ».

« Il m'arrive de penser que j'ai eu de la chance d'arriver trop tard, déclare David Aboucaya. En 1986, c'était déjà le commencement de la fin, et je n'ai pas eu à me confronter au vertige de la réussite, pas plus qu'à la peur de la chute. J'ai fait de petites affaires qui m'ont permis d'investir, mais je n'ai jamais eu à changer de train de vie dans un sens ou dans un autre. »

Reste que ce vertige de la réussite est l'une des clés du Sentier des décennies soixante-dix et quatre-vingt.

Des puces au Sentier

Moïse Soussi est l'un des jeunes fabricants du quartier et dirige depuis quelque temps une petite affaire de quatre personnes, au nom insolite : À propos de... Contraint, comme tous les Juifs, de quitter l'Égypte à la suite de la nationalisation du canal de Suez par Nasser en 1956, et de la guerre avec Israël qui s'ensuit, Moïse, qui n'est encore qu'un enfant, arrive en France avec sa famille. Adolescent, il milite dans un mouvement sioniste socialiste, le *Dror*, et décide de partir vivre dans un kibboutz. Il y restera cinq ans.

Comment s'est-il ensuite retrouvé dans le Sentier ? Mystère. Mais peu de temps après son retour, le voilà qui travaille ici, d'abord comme manutentionnaire, puis bientôt comme représentant. Au début des années quatre-vingt, avec l'un de ses amis beurs qui lui prête 50 000 F (le strict minimum pour monter une SARL), il crée une première entreprise. Elle frôle assez vite le dépôt de bilan, et il doit brader toute une collection qui s'est révélée invendable. « Je ne sentais pas le *timing* d'un produit, déclarera-t-il quelques années plus tard à un journaliste du *Nouvel Observateur*[4], ni le moment où il fallait mettre la gomme et couper toute la nuit pour pouvoir fournir, ni celui où il valait mieux passer à un autre modèle. » Mais il récidive peu après, cette fois-ci avec ses deux frères. Pendant un an, tout ce qu'ils gagnent est immédiatement réinvesti dans l'entreprise, leurs seuls bénéfices étant ceux des ventes qu'ils vont faire tous les week-ends, aux puces de Clignancourt ! Et puis un jour « c'est le jackpot ». C'est l'époque des combinaisons Naf Naf et, comme tout le monde, ils se mettent à en fabriquer des copies. Ils gagnent beaucoup d'argent, et très vite ils se tournent vers l'exportation qui deviendra leur principale activité. Depuis, les affaires de Moïse – conjoncture oblige – ont eu le temps de décliner, mais le Sentier demeure pour lui l'incarnation vivante du « rêve américain », ce rêve grisant de réussite, ouvert à tous ceux qui n'ont rien.

« Ici on peut percer très rapidement. Pourquoi ? Parce que, que je reçoive une commande de 10 pièces ou une commande de 1 000 pièces, le travail est le même, l'infrastructure est la même. À l'inverse, prenons l'exemple d'une boutique qui fait telle surface, elle ne pourra jamais aller au-delà de tel chiffre d'affaires, tout simplement parce qu'elle ne peut pas vendre plus de produits qu'elle ne peut en contenir. Si le maximum qu'elle peut avoir en magasin, c'est 100 pièces, la meilleure journée qu'elle pourra faire, c'est vendre 100 pièces. Mais dans la fabrication, on n'est arrêté par aucune limite de ce genre : on peut aussi bien avoir une commande de 1 000 que de 10 000 pièces. C'est pour cela qu'on peut rêver !

– Mais il faut alors faire appel à plus de façonniers pour qu'ils fabriquent des modèles.

– Oui, mais qu'est-ce que ça change ? Que vous appeliez un ou plusieurs façonniers pour leur donner 10 ou 1 000 pièces, c'est la même chose. Que vous commandiez 10 ou 1 000 mètres de tissu, c'est le même travail ! C'est ce qui s'est passé pour Naf Naf, quand il a lancé sa combinaison, il était dans sa petite boutique de trois mètres sur trois. Sa combinaison a été un “tube”, et ce “tube” l'a propulsé – comme un chanteur qui explose au box office. C'est ça qui attire les gens dans le Sentier : on sait qu'ici, avec n'importe quelle infrastructure, on peut réussir. »

Le schéma de la réussite, tel que l'expose Moïse, est celui du Sentier des années quatre-vingt, où l'on pouvait faire fortune sur un modèle, sur une saison, en vendant non pas sa propre fabrication, mais un vêtement que l'on pouvait faire fabriquer de manière exponentielle en fonction de la demande. Ce n'est plus celui des années deux mille ; ce n'était pas non plus celui des réussites du Sentier des années soixante. Les succès ont été aussi nombreux, sinon plus, dans ces années-là, mais ils étaient plus discrets.

Les « tubes » de la mode

Au début des années soixante-dix, Serge Ghazarian rencontre Roger Norymberg. Pour celui-ci, les affaires ne vont pas très fort ; c'est la mode des jupes plissées, mais il s'obstine à faire autre chose. « Pourquoi ne faites-vous pas du plissé, puisque c'est ce qu'elles veulent ? » le raisonne monsieur Serge. Roger finit par l'écouter, et du jour au lendemain le voilà qui mène grand train : deux secrétaires, une maison à la campagne, une belle voiture. « Hélas, la mode des jupes plissées finie, poursuit monsieur Serge, il ne sait pas prendre le virage, et continue à vivre sur le même pied. Mais la mode, c'est saisonnier, ce n'est pas l'administration, il faut voir venir les coups. » Et c'est à nouveau le creux de la vague pour Roger.

Heureusement pour lui, commence peu après la grande vogue du jean. C'est la mode des jeans brodés ou décorés de motifs de fleurs, et Roger, comme beaucoup d'autres fabricants, se lance dans ce nouveau créneau. Il ne fabrique pas les jeans lui-même, mais il conçoit les modèles et, plus important encore, il achète le tissu. « Tous les jeans étaient traités, il fallait donc savoir ce qu'ils donnaient au délavage, explique-t-il. C'était un métier totalement nouveau pour moi : plus de tailleurs, plus de manteaux, mai 68 avait balayé tout ça ! J'ai dû apprendre à traiter les matières, à faire la différence entre le jean lourd, le jean léger, le jean américain, le jean colombien, etc. J'étais même devenu un spécialiste, j'avais monté une sorte de petit laboratoire où, avec un réchaud, une casserole et de l'eau de javel, je faisais des essais à partir des différents types de jean brut pour voir comment ils viraient au délavage : vers l'indigo, ou vers le violet, ou vers une autre sorte de bleu. C'est comme ça que j'ai su lesquels il fallait acheter. N'oublions pas non plus que dans ces années-là, on trouvait difficilement de la matière première, du fait des quotas d'importation des États-Unis. Tout passait par la Belgique ou par l'Allemagne, et on achetait nos toiles de jean aux enchères, pratiquement ! Mais c'était extraordinaire, c'était incroyable, ce que ça se vendait ! »

À propos des modèles qui marchent, mon père renchérit : « Au début des années soixante-dix, au moment du retour de la mode garçonne, il y a eu la robe Charleston. Tout le monde, à ce moment-là, faisait des robes plissées taille basse. Moi, j'ai eu l'idée de remplacer les plis par des pans qui se soulevaient sur un fond d'une autre couleur, et ça s'est très bien vendu. Le manteau Caravelle, avec des emmanchures très basses et un col en cuir retourné, a très bien marché lui aussi. Une autre année, j'ai fait une robe toute droite, j'ai oublié comment elle s'appelait, avec une bordure en plumes d'autruche. Celle-là, les magasins me la commandaient par milliers ! “Qu'est-ce que j'ai fait comme fric avec toi, Siguy, m'a dit un jour Célio. Tout ce que je t'achetais, je le vendais tout de suite !” Quand ça marche, ça marche ! C'est bien. »

Autre succès phénoménal des années soixante-dix, bien que plus ponctuel : la robe gitane. Michel, le patron du *Sans-Souci*, s'en souvient encore : « Il y avait des modes, c'était de telles mines d'or, que les gens changeaient de métier pour faire des fringues. Il y avait comme ça deux frères, des chirurgiens dentistes du quartier, qui au moment des robes gitane, vers 1975, ont tout simplement fermé leur cabinet pour se mettre à en fabriquer ! Et pendant un an ou deux, ils se sont vraiment enrichis. »

Parfois, le soleil ajoute son grain de sel. En 1976, une canicule comme on n'en a jamais connue s'abat sur la France et c'est un don du ciel pour le Sentier. « "La manne" de la canicule, se souvient Roger. N'importe quel bout de chiffon qui avait la forme d'une robe se vendait. On ne trouvait pas de tissu, c'était de la folie ! On se serait cru à la Bourse. J'ai dû repousser mes vacances d'été, car c'était impossible de fermer dans un moment pareil ! C'était proprement du délire, le Sentier était déchaîné. » Comment l'industrie du vêtement peut-elle exploser, alors qu'il fait si chaud et qu'on ne supporte rien sur le dos… ? « Justement, répond Roger, les gens n'avaient rien à se mettre car la canicule ne correspond pas à notre climat habituel. Il fallait bien qu'ils s'habillent, pourtant ! »

Le phénomène Virginie

Les liberty de Virginie font partie du catalogue des réussites légendaires du Sentier : une réussite plus durable que les « tubes » d'une saison. « Entre la fin des années soixante et le début des années quatre-vingt, il y a eu un véritable "phénomène Virginie", connu non seulement des professionnels français, mais aussi à l'étranger, explique celle qui a donné son prénom au magasin. Et ce phénomène a commencé le jour où mes premiers modèles ont été exposés sur quelques portants, dans ce qui était encore la bonneterie de mon père. Le jour même, un homme est entré, il a regardé, il a dit "je prends tout", et il est reparti avec tout ce qui était accroché ! Ensuite, ça n'a plus arrêté. C'est simple, tous les jours à 13 h 30, 1 000 robes arrivaient de notre atelier et dans la demi-heure qui suivait, il n'y avait plus rien dans notre magasin. Difficile d'expliquer pourquoi, mais chaque jour c'était la même file de clients qui attendaient, même Manoukian venait nous en acheter ! Pour satisfaire tout le monde, on était obligés de faire rentrer les gens six par six, et de leur distribuer les robes en nombre limité. Et le lendemain, ça recommençait. Au début, on pensait que ce phénomène serait passager, mais il a duré plus de dix ans. C'en était presque anormal ! Et d'ailleurs, cet incroyable succès a donné lieu à toutes sortes d'épisodes des plus insolites. Un jour, par exemple, on a eu une descente de police. Les policiers, qui se demandaient ce qui se passait devant notre boutique, étaient venus vérifier qu'il ne s'agissait pas d'une émeute. Une autre fois, c'était un jour de pluie, il y avait tellement de parapluies à l'entrée du magasin, qu'un passant est entré en croyant qu'on était un commerce d'accessoires. On vendait aussi à La Redoute, et je me souviens qu'un jour un colis nous avait été retourné, parce que les acheteurs de La Redoute avaient trouvé une différence d'1 cm dans la longueur des modèles. On s'est donc retrouvés avec des colis de 2000 pièces dans le magasin, sans trop savoir ce qu'on allait en faire. Mais on n'a pas eu à se poser la question longtemps: une heure après il n'y avait plus rien. Si vous aviez vu les clients se jeter dessus, on se serait crus au marché aux puces ! »

Pour mériter un tel succès, il fallait qu'elles aient quelque chose, ces robes ! Quel était donc leur secret ? Ce n'étaient pourtant que de petites robes imprimées, dans des matières synthétiques comme le dropnyl, l'hélanca ou le triacétate, des petites « robettes » comme dit Virginie, courtes et féminines, un peu dans le style de ce que lançaient, à la même époque, Daniel Hechter et Cacharel. La différence, c'est que Cacharel travaillait dans le chaîne et trame, tandis que Virginie, fille de tricoteur, faisait dans la maille.

« À l'époque, rappelle Virginie pour fournir une explication au succès de ses robes, on ne trouvait rien de tel dans le Sentier. Beaucoup de fabricants faisaient encore de la confection, nous avons été parmi les premiers à prendre le virage de produits plus mode, plus légers. » Mais se limiter à cette seule raison, ce serait oublier le talent et l'imagination de Virginie qui sut donner un style unique à ses modèles, à la fois jeunes et féminins : « J'ai toujours fait des petites choses très féminines, explique-t-elle, avec des fleurettes, avec des bretelles, à l'opposé complet de l'autre tendance de la mode, le sportswear, qui se développait à la même époque. Chez nous, ce qui comptait en premier lieu dans les modèles, c'était le choix de l'imprimé et le soin extrême apporté aux détails. »

Tout en parlant, Virginie feuillette devant moi un classeur où elle garde les photos de ses anciens modèles, dont certaines ont été prises par Sara Moon, la photographe de Cacharel. Il contient aussi quelques coupures de presse : *Jours de France, Elle, Marie-Claire, Vogue, Le Figaro.* « Des robes comme des bouquets », avait titré un quotidien de la fin des années soixante, à propos des robes de Virginie. « Tu te souviens de celle-là ! dit-elle à son frère qui est près de nous, en lui montrant l'une des photos. C'était de la folie. Ça se passait au tout début, en 1967, la première robe à smocks. Et celle-ci avec sa broche en forme de cœur ! Les détails, comme vous voyez, sont toujours très importants. Ici, il y a des pompons, dans celle-là tout le charme vient des liens qui se nouent dans le dos. » À chaque photo de son classeur, Virginie sursaute, s'exclame, sourit, comme si elle tournait les pages d'un album de famille consacré à des êtres chers, retombant amoureuse, des années après, des modèles qu'elle a créés.

Depuis quelques années, le temps du liberty étant révolu, Virginie s'est reconvertie dans un secteur pour le moins imprévu pour elle : celui de la femme forte ! Lorsqu'elle cherche à se renouveler, à la fin des années quatre-vingt, elle crée en effet un nouveau type de robes, à partir d'un plissé très particulier, appelé « plissé cristal », constitué de petits plis très serrés qu'on réalise dans des matière souples, souvent imprimées. « Ce qui permet, explique-t-elle, de donner une ligne très fluide. » Elle ne l'avait pas prévu, mais les femmes fortes s'emballent pour ce modèle qui les habille de manière à la fois seyante et confortable.

C'est une aubaine pour Virginie, car ce marché est justement en train de se développer. Après avoir été oubliées et exclues par une mode dont la cible prioritaire était depuis des décennies la jeunesse et la minceur, celles qui n'ont pas un tour de taille standard retrouvent finalement une place grâce à des fabricants du Sentier qui ont compris qu'un créneau était à prendre. Et depuis quelques saisons, un nombre grandissant de maisons leur proposent des modèles attrayants où couleurs et imprimés tranchent sur les gammes tristes qui leur étaient habituellement réservées. Elles sont une vingtaine aujourd'hui, la plus célèbre, et l'une des plus anciennes, étant Rondissimo, créée par Alain Weitzmann. N'est-ce pas le signe, encore une fois, de l'agilité et de la faculté de reconversion des gens du Sentier ?

La plus célèbre des réussites : Naf Naf

Parfois le succès peut surgir d'une manière bien plus saugrenue, par exemple tout bêtement d'une erreur… On se souvient sans doute de l'histoire de Sami Aladjem dont la réussite démarra « par la grâce de deux erreurs » : des cols montés sur les mauvaises blouses, et une erreur de calcul à l'avantage du fabricant. Mais c'est aussi le cas, on l'ignore parfois, du plus célèbre « tube » du Sentier : la combinaison Naf Naf ! Cette combinaison en coton froissé et délavé, qui s'est vendue en 1983 à 3 millions d'exemplaires, est en effet le résultat d'une erreur de manipulation. C'est parce qu'il avait été entreposé trop longtemps (et même oublié) dans un local humide que le tissu avait pris cet aspect gaufré qui fit fureur. Les frères Pariente y avaient taillé des combinaisons parce qu'ils ne savaient qu'en faire... et quelques semaines plus tard, tout le Sentier avait recours aux procédés chimiques les plus compliqués pour obtenir le même gaufrage et copier la plus mythique des combinaisons !

Alors, Naf Naf ou l'invraisemblable saga d'une erreur ? Non, ce serait par trop simplificateur. L'histoire est un peu plus complexe.

« Si tu appelles Gérard Pariente, m'avait dit mon père, ne lui dis surtout pas que tu es ma fille. Je le connais très bien, je l'ai vu débuter. Mais quand j'ai mis mon magasin en location, à la fin des années soixante-dix, j'ai refusé de lui louer. Il ne pouvait pas me fournir de garantie pour le règlement du loyer, alors c'était pas possible, tu comprends ! » Vingt-cinq ans plus tard, le petit Pariente est devenu le grand Naf Naf, et cette anecdote prête plutôt à rire. Se souvient-il seulement de cet incident de ses premières années de métier ? « Certainement, il s'en souvient, m'avait affirmé Gisèle Wurmser, qui a travaillé plus de dix ans à ses côtés. Il se souvient de tout. Mais c'est sûr aussi qu'il n'en veut pas à ton père, au contraire. Il sait bien que c'est normal, et qu'il aurait fait pareil. »

Ayant essayé en vain de le joindre pendant des semaines, je fais une nouvelle tentative en donnant le nom de mon père. Pas davantage de résultat.

Finalement, ce n'est qu'à l'issue de sa conférence de presse du 1er février 2000, au lendemain de la clôture du Salon du prêt-à-porter, que j'aurai l'occasion de le rencontrer. Cette conférence, qui se déroule dans les salons de l'hôtel Marriott sur les Champs-Élysées, est essentiellement destinée aux journalistes financiers, pour les informer de l'activité du groupe Naf Naf. Depuis son entrée en Bourse en 1993 (à 250,00 F l'action), et sa chute vertigineuse au début de 1996 – après un pic à 430,00 F en avril 1994, les actions avaient chuté peu à peu jusqu'à atteindre leur taux le plus bas en janvier 1996, à 46,70 F –, la direction peut en effet annoncer une légère remontée. Et c'est l'occasion ou jamais de gagner à sa cause les analystes financiers.

Gérard Pariente, qui parlera peu ce jour-là, arrive en compagnie de son directeur commercial, qui explique, schémas à l'appui, la récente progression du groupe. Mais moi, ce qui m'intéresse, tandis que je regarde Gérard Pariente qui se tait, c'est ce qui se passe dans la tête de ce self-made-man, lorsqu'il lui arrive (mais cela lui arrive-t-il ?) de se repasser le film de sa prodigieuse réussite. À peine la conférence finie, je me précipite vers lui, avec le sentiment étrange d'une grande familiarité. Je ne l'ai pourtant jamais vu, je ne lui ai jamais parlé, et pourtant, c'est comme si je le connaissais. Est-ce d'avoir si souvent entendu parler de lui, par mon père, par Gisèle Wurmser, par tant de ses anciens confrères du Sentier, pour lesquels il demeure toujours une référence incontournable ?

J'attaque tout de go, non sans tempérer mon aplomb d'un sourire amusé : « J'ai essayé de vous joindre à plusieurs reprises, vous ne m'avez jamais répondu ! J'écris un livre sur le Sentier.

– Je n'étais pas au courant, on ne m'a pas fait part de vos messages… »

Hum. J'insiste.

« C'est parce que vous ne voulez pas figurer dans un livre sur le Sentier ? C'est quelque chose qui vous dérange ?

– Pas du tout, pourquoi ? Je vous recevrai avec plaisir. Je ne renie rien. Le Sentier, c'est là que j'ai fait mes armes ! »

Il me remet alors sa carte avec la ligne directe de sa secrétaire, et m'invite à convenir avec elle d'un rendez-vous.

Ce que je m'empresse de faire, l'après-midi même.

Mais le lendemain, le rendez-vous est décommandé. Gérard Pariente sera absent le jour fixé. Quant à convenir d'une autre date… « Il est bien gentil, monsieur Gérard, s'exclame la malheureuse secrétaire, de me dire de prendre un rendez-vous pour lui, mais je n'ai pas son agenda ! Son carnet, il est le seul à le connaître, il est dans sa tête ! »

Voilà un signe qui suffit à le distinguer des autres chefs d'entreprise ! N'est-ce pas, au faîte de sa gloire, un reste de Sentier qui traîne ? Car là-bas, on prend ses rendez-vous soi-même, et on les note… dans sa tête. Je ne réussirai pas à revoir Gérard Pariente.

Rappelons tout de même qu'ils sont deux frères à diriger le groupe Naf Naf, dont ils détiennent à eux seuls 51 % des parts : l'autre frère, Patrick, est plus jeune de trois ans. Il est en charge de la gestion, tandis que Gérard dirige la création avec une équipe de stylistes. Reste que Gérard est l'initiateur de cette aventure, puisque c'est lui qui, en 1973 – il a juste vingt ans – ouvre une première boutique, Influence, dans un minuscule local de 17 m² du passage du Caire, où, faute d'accès-voitures, les loyers sont moins chers. Un peu plus tard, cette fois-ci avec son frère, il crée une nouvelle société, Pok (comme poker, ils ont de l'intuition, les deux frères !) dans un magasin au 42 rue du Caire, qui sera le lieu de naissance de la future combinaison.

Tous deux sont nés à Tunis, dans une famille très modeste. Leur père, qui mourra très jeune, trouve, à son arrivée en France, un emploi aux Nouvelles Messageries de la Presse Parisienne, tandis que leur mère est vendeuse au BHV. C'est grâce à ses économies qu'ils pourront démarrer.

Ceux qui ont connu les frères Pariente, dans le Sentier – ils y sont restés plus de vingt ans – en ont conservé des images contrastées où se mêlent l'énergie, la chaleur, la générosité (« Ils offraient volontiers des T-shirts, ou toutes sortes de petites choses », raconte l'un des fabricants), la dureté en affaires (on s'en serait douté), la roublardise, et bien sûr l'endurance au travail.

Il faudra que je me contente de ces bribes d'informations, car les nouveaux chefs d'entreprise qu'ils sont souhaitent, semble-t-il, disparaître derrière leur société. Pas d'affect, pas de récit trop personnel, ont dû leur expliquer leurs conseillers en communication. Jocelyne Bismuth, la directrice de Morgan, « n'a rien à dire sur le Sentier, elle est trop occupée à mener son entreprise ». Quant à Patrick Khayatt, le fondateur de Blanc Bleu, le seul que j'ai directement en ligne car il m'a prise pour quelqu'un d'autre, il a cette réponse définitive : « Un livre sur l'histoire du Sentier ? Mais l'histoire, la mémoire, ce n'est plus d'actualité tout ça ! Il faut regarder vers le XXIe siècle, pas en arrière. Il faut être dans le coup ! Ça ne m'intéresse pas du tout de savoir ce qui s'est passé il y a vingt ans. Ce qui va se passer dans les dix années à venir, ça oui, ça m'intéresse. Raconter le passé, c'est bon pour ceux qui n'ont rien à faire. Moi, je n'ai pas le temps, je suis trop occupé. »

Est-ce pour les mêmes raisons que les frères Pariente n'ont pas tenu à témoigner dans ce livre ? Ou bien pour prendre leurs distances à l'égard de l'image du Sentier, jugée par trop défavorable ? Ils n'ont pas souhaité, en tout cas – c'est la seule conclusion que l'on puisse tirer – que leur histoire personnelle vienne s'ingérer dans celle de leur entreprise. Tenons-nous en donc aux faits.

La première collection signée Naf Naf date de 1978. Le logo de la marque, estampillé sur le côté gauche du vêtement – un camion accompagné du numéro de téléphone de l'entreprise – date, lui, de 1983, l'année de la célèbre combinaison. Gisèle Wurmser travaillait déjà chez Naf Naf cette année-là et elle se souvient que l'équipe au complet était obligée de venir au bureau tous les week-ends. Le standard sautait, les clients se battaient! « Tout se vendait, même les vêtements qui avaient des petits défauts, absolument tout ! »

La même folie recommencera quelques années plus tard, en 1987, avec les doudounes, dont des containers entiers arrivent de Chine. « On a été les premiers à faire des doudounes en couleur, rappelle encore Gisèle, et c'était incroyable, les gens se les arrachaient. »

Au cours des années quatre-vingt, porté par l'explosion des combinaisons et le succès de ses campagnes publicitaires – le mémorable « grand méchant look » signé Franck Davidovici, sur le thème d'une mode aux couleurs tendres, obtint en 1984 le premier prix du Club des directeurs artistiques –, Naf Naf connaît une progression de 400 % et atteint en 1987 un chiffre d'affaires de 364 millions de francs. À la fin des années quatre-vingt, 120 personnes sont salariées par la société, devenue propriétaire d'une usine de fabrication, d'une entreprise de teinture et d'une chaîne de franchise.

Parallèlement, son activité se diversifie et de fabricant, Naf Naf devient aussi distributeur. Son premier magasin de détail ouvre en 1986, rue de Passy, dans le 16e arrondissement. De nombreux autres magasins suivront, en ville et dans les centres commerciaux. Certains atteignent même des surfaces gigantesques, comme ceux de l'avenue des Ternes ou des Champs-Élysées, à Paris, qui occupent plus de 400 m^2. Au début des années quatre-vingt-dix, Naf Naf a créé un empire de 180 magasins, essentiellement en France, plus quelques filiales à l'étranger.

En 1988 l'entreprise lance toute une série de produits sous licence Naf Naf. C'est une grande innovation dans le monde du prêt-à-porter, car seules la haute couture ou les stars du cinéma, avaient eu, jusqu'alors, le privilège de vendre des produits sous leur griffe. Les lunettes, mais aussi les maillots de bain, les montres, la papeterie, les poussettes d'enfant, les couches-culottes, la literie, le linge de maison, la lingerie, la petite maroquinerie, tous ces objets griffés Naf Naf sont autant de signes qui attestent de la renommée atteinte par la marque. En 1988 sort aussi le premier parfum, *Une Touche de Naf Naf...*, créé avec L'Oréal, qui sera distribué en grandes et moyennes surfaces. Un second suivra, quelques années plus tard, en 1995 : *Graffiti.*

Enfin, dernière étape de l'ascension – et non des moindres : l'entrée en Bourse du groupe sur le second marché, en 1993, l'année même où les frères Pariente se voient décerner le prix des « Autodidactes de l'année » par les anciens de Harvard. C'est une première pour une entreprise du Sentier ! Même si 1993 est aussi l'année de leur départ du quartier. En 1986, les locaux de la rue du Caire étant devenus insuffisants, l'entreprise s'était déjà en partie déplacée vers un grand entrepôt de 1 000 m² dans le 10e arrondissement de Paris. Là se trouvaient l'atelier de coupe et les bureaux. La rue du Caire ne servait plus que de boutique de grossiste et de siège social.

En 1993, le dépôt quitte Paris pour une immense surface de 30 000 m² à Épinay-sur-Seine. Dernière étape, le siège du groupe et l'ensemble des bureaux se rapprochent de l'entrepôt, en 1999, et emménagent dans un luxueux bâtiment de cinq étages en verre et aluminium, d'une superficie de 6 000 m², toujours à Épinay. L'ancien local de la rue du Caire est alors définitivement fermé.

L'introduction sur le marché boursier comporte, pour une entreprise comme Naf Naf, bien des avantages : il permet un financement privé bien plus avantageux que les emprunts auprès des banques, ainsi qu'une diversification du capital. Il repose sur un mode de gestion qui permet d'intéresser les salariés aux résultats de l'entreprise. Enfin, la cotation en Bourse assure une énorme publicité au groupe qui, grâce aux articles de presse, bénéficie d'une promotion à bon marché. Et c'est un gage de sérieux, surtout aux yeux des pays anglo-saxons.

Pourtant, paradoxalement, l'entrée en Bourse va marquer (sans qu'il faille y voir de lien de cause à effet) le début des embarras de Naf Naf. L'entreprise va connaître, de 1994 – année du rachat de la marque Chevignon – à 1998, des difficultés qui vont la conduire à une restructuration et à une redéfinition de son image. Plusieurs facteurs sont à l'origine de ces déboires, à commencer par la récession généralisée du secteur de l'habillement depuis le début des années quatre-vingt-dix, encore aggravée par l'arrivée sur le marché français de chaînes étrangères concurrentes, d'une puissance commerciale bien supérieure : l'espagnole Zara, l'américaine Gap, ou la plus récente, la suédoise H & M. Mais des facteurs internes jouent également, notamment une expansion trop rapide du secteur de la distribution. Dans la seule année 1992, Naf Naf ouvre 50 nouveaux magasins de détail, dont certains, immenses, sont situés à des emplacements prestigieux. Les baux ont été décrochés à prix d'or, comme celui des Champs-Élysées ou l'ancien *Café Costes* aux Halles, acheté 25 millions de francs. Si l'augmentation du nombre des magasins permet de s'assurer des marges plus importantes que dans la vente en gros, leur coût élevé, les frais de personnel qu'ils impliquent, grèvent dangereusement le budget de l'entreprise.

De tous ces facteurs, c'est sans doute la question de l'image de Naf Naf qui est la plus grave. La direction le reconnaît, puisqu'elle a récemment changé son logo et abandonné son emblème, le célèbre petit cochon de la publicité, qui infantilisait trop la marque. « Naf Naf accompagne la femme dans tous les points de sa vie, avait commenté Gérard Pariente le jour de cette dernière conférence de presse, aussi bien dans le "citywear" (entendez le vêtement de ville) que dans le sportswear». L'objectif que vise ce changement de logo est de se défaire de l'image de la combinaison qui est à l'origine de la réussite. Elle ne fonctionne plus: trop «ado», trop baba-cool. En un mot, cette image ne fait plus rêver.

«Faire à nouveau rêver nos clients», c'est l'expression qui revient, dans la bouche de Gérard Pariente, le leitmotiv de cette conférence. Et l'on ne fait pas rêver les clients de la même manière en l'an 2000 que dans les années quatre-vingt.

La nouvelle image que Naf Naf veut offrir à sa clientèle est celle d'une mode plus féminine, plus chic, ciblée davantage sur les jeunes femmes que sur son ancien public d'adolescentes. Elle est «destinée à des femmes plus élégantes, plus *French touch*». La dernière campagne publicitaire pour la collection femme, hiver 1999-2000, en témoigne: elle joue sur des portraits de jeunes femmes photographiées, genre photomaton, par Iris Brosh, dans les poses féminines les plus diverses: romantiques, boudeuses, grimacières, amusées... Quant à la collection de l'hiver 2000 – «entre nostalgie et modernité», c'est son nom – elle conjugue le thème de la «silhouette épurée» à celui de la «douceur tournée vers la modernité»...

Autre élément déterminant de cette redéfinition de l'image, la rénovation des magasins dont le maître mot sera dorénavant «sobriété»: boutiques repeintes en blanc, enseignes plus nobles, «plus an 2000» précise Gérard Pariente, sans qu'on sache bien ce que cela veut dire. Hier, les magasins Naf Naf étaient comme de grandes armoires, ils misaient sur le style country et décontracté. Aujourd'hui ils ont pour mission de donner une image chic, «tout en restant une marque démocratique qui propose des produits mode à des prix très compétitifs».

L'enjeu de ces rénovations est de taille puisque le plus gros chiffre d'affaires du groupe repose aujourd'hui sur la distribution de détail, soit 137 magasins en France et 15 à l'étranger, sans compter les 4 magasins Chevignon et les 5 Diapositive, propriété du groupe.

Campagnes de publicité, logiques de communication, cotation en Bourse... Et pourtant, il y a toujours un air de Sentier à l'intérieur de l'entreprise qui repose aujourd'hui encore sur les liens familiaux. Car outre Gérard et Patrick, leur sœur Carole s'occupe de la vente en gros, Joëlle, la femme de Patrick, dirige la communication. Désolée, les frères Pariente, mais rien à faire : le Sentier, on ne s'en défait pas comme ça !

Bhatti, « le Pakistanais qui a réussi »

La rencontre avec cet ancien manutentionnaire, débarqué sans rien de Lahore à la fin des années soixante-dix et devenu l'un des patrons du Sentier, promettait d'être passionnante.

Elle ne le fut pas. Un copain du Sentier lui avait pourtant parlé de moi et il attendait paraît-il mon coup de fil. Mais notre premier contact ne fut pas vraiment engageant :

« Venez si vous voulez, dit-il, mais je ne vous répondrai pas. J'ai publié un livre sur mon histoire dans le Sentier, j'en prépare un autre. Pourquoi répondrais-je à vos questions ? »

Il y avait méprise, Bhatti pensait que je voulais l'interviewer à propos de son livre. Alors j'insistai, pensant qu'une fois devant lui, j'arriverais bien à le faire parler.

« Je ne vous dirai rien, mais vous pouvez venir prendre un café si vous voulez. »

La proposition était sympathique, mais le ton de la voix peu engageant.

« Quand ?

– Jeudi à 10 heures. »

Le jeudi, il avait oublié notre rendez-vous, mais bon gré mal gré, il accepte de me recevoir au deuxième étage de l'immeuble qui jouxte son magasin. Son bureau est situé au fond d'un petit appartement qui lui sert aussi d'atelier de coupe. Sur la porte est inscrit le nom de sa nouvelle société, Ribat.

Bhatti m'accueille avec un sourire, à l'évidence contraint, et je sens à l'instant même jaillir une fulgurante antipathie réciproque.

J'avais lu son livre, *Du Pakistan au Sentier*, que j'avais trouvé bien moins passionnant que je ne l'espérais, mais pour l'amadouer, je lui en parle tout de suite.

« J'en ai déjà vendu vingt mille, m'informe-t-il.

– Vingt mille ! »

Après quelques autres politesses d'usage, je m'aventure prudemment à lui poser je ne sais plus quelle question anodine sur ses modèles qui ont le mieux marché. Il refuse de me répondre. Je fais encore un effort et lui rappelle l'une des phrases de son livre sur la rapidité de la mode.

« La mode, c'est vrai, ça va très vite. Votre veste, par exemple, ajoute-t-il en me regardant, c'était à la mode il y a dix ans. »

Alors là, c'est trop ! Il commence à sérieusement m'énerver. Puis, pensant soudain que cette question le touchera plus profondément, j'évoque les travailleurs pakistanais du Sentier. Comment explique-t-il qu'il soit le seul à s'en être sorti ?

Silence. Mon entrevue avec Bhatti en restera là.

« Tu lui as parlé des Pakistanais ? demande mon ami. C'est la dernière chose à faire. D'ailleurs, il refuse de leur adresser la parole dans leur langue, il ne leur parle qu'en français – quand il accepte de leur parler… »

Pour mieux connaître son histoire, heureusement, il me reste son livre, dans lequel Bhatti raconte son itinéraire. Au-delà du ton emphatique, le document reste intéressant.

C'est en 1957 à Lahore, dans une famille de la petite bourgeoisie, que Bhatti voit le jour. Malmené par un frère aîné dont il est le souffre-douleur, l'âge venu pour lui de faire des études, il demande à sa famille de pouvoir rejoindre à Paris l'un de ses amis et un autre frère partis suivre des études à la Sorbonne. Sa famille lui paye le billet d'avion, mais à Paris, sans argent pour se nourrir ni pour se loger – il dormira plusieurs nuits sur le quai du métro Bonne Nouvelle – il lui faut trouver très vite un moyen de gagner sa vie. Ses compatriotes lui indiquent alors un endroit où d'autres Pakistanais ont trouvé de petits boulots : le Sentier.

Bhatti ne parle pas le français et, comme les autres, il va commencer par porter des paquets ou par décharger des camions, payé à la tâche. Au bout d'un an il est embauché, pour un salaire dérisoire, par un marchand de tissus qui l'emploie à la fois comme manutentionnaire et comme livreur. La vie y est dure, mais Bhatti aime l'ambiance du Sentier, dont le mouvement, le bruit et les embouteillages lui rappellent son pays. Il aime aussi l'atmosphère cosmopolite qui lui a permis, comme il n'aurait sans doute jamais réussi à le faire ailleurs, de trouver sa place et de s'intégrer finalement à la société française.

Un jour son patron s'absente, et se retrouvant soudain désœuvré, il a l'idée, pour ne pas rester inactif, de s'improviser représentant. Il part avec quelques échantillons de tissus faire le tour des fabricants du quartier, et c'est le miracle : en un seul après-midi, il parvient à prendre davantage de commandes que le représentant attitré ! Par quel mystère ? C'est simple : Bhatti est très beau, et il suffit qu'il entre dans une boutique pour que les femmes immédiatement conquises lui commandent tout ce qu'il veut ! C'est en tout cas ainsi qu'il présente les choses. Bhatti a « un physique qui fait succomber les femmes », est-il écrit en quatrième de couverture de son livre, tandis qu'au verso une photo nous le montre, chemise noire et regard sombre, dans une pose de beau ténébreux.

Le voici en tout cas promu représentant par son patron. À partir de ce moment-là, tout va aller très vite. Bhatti se fait une réputation dans le quartier, et, en 1981 – il a vingt-quatre ans –, il monte sa propre affaire, où il commence par créer une dizaine de modèles par mois. Au faîte de sa gloire, il en créera entre 100 et 200.

C'est en 1983 qu'il trouve l'idée qui fera sa fortune. En cherchant à acheter pour lui un blouson de cuir à un prix raisonnable, il imagine soudain un tissu en polyester qui pourrait imiter le cuir. La mode est alors aux vêtements en cuir ou en skaï, moulants et sexy. Le polyester, dont la texture est fine et collante, peut se prêter à la fabrication non seulement de vestes, mais aussi de robes, de pantalons, de chemises à porter comme une seconde peau. Il fait imprimer ses faux cuirs en polyester, façon crocodile ou façon autruche, et le résultat fait fureur.

Quelque temps après, toujours dans la même matière révolutionnaire, il proposera une gamme de couleurs vives – fuchsia, safran, émeraude – et remportera le même succès. En 1984, son chiffre d'affaires atteint 100 millions de francs, sa société emploie 25 employés, et son nouveau local occupe 500 m^2 ! Sa réussite ira ainsi grandissant jusqu'en 1987. Il achète une nouvelle boutique, rue Réaumur, à l'emplacement d'une vieille brasserie, *Le Café Royal*, et commence à mener la vie du self-made-man du Sentier, version images d'Épinal : restaurants, boîtes de nuit à la mode, belles bagnoles, showbiz, tout y passe ! Il devient même l'ami d'Anthony Delon. Au point qu'en 1988, fascinés par sa réussite, plusieurs magazines lui consacrent des pages entières : un dossier de trois pages dans *L'Express*, la couverture d'*Actuel*.

C'est aussi comme ça qu'un jour, il reçoit la visite de deux scénaristes qui lui disent vouloir faire un film sur lui. Ils lui proposent même d'y jouer son propre rôle. Il refuse cette proposition mais accepte de répondre à leurs questions, plusieurs mois durant. Les scénaristes disparaissent, et de nombreuses années plus tard, le film sort – *La vérité si je mens, encore et toujours !* – pour lequel Bhatti aurait servi de modèle au personnage de Richard Anconina. Le petit manutentionnaire (non juif de surcroît) qui devient un grand patron, ce serait lui. Mais dans le Sentier, tout le monde n'a pas l'air d'être au courant…

Entre-temps, il s'est passé beaucoup de choses pour Bhatti. Et des choses pas très agréables. Cela commence en 1990 lorsque, raconte-t-il, les déboires de sa vie privée s'allient à la crise du prêt-à-porter pour le faire couler. Sa femme qui, manque de chance, s'occupe aussi de la gestion de l'entreprise, le quitte. Plusieurs de ses clients font faillite et deviennent insolvables. L'engrenage s'emballe, les découverts bancaires s'accumulent. Jusqu'au jour où survient la catastrophe qui le met à terre, en mars 1992. Un incendie prend dans ses locaux détruisant – le polyester brûle vite – une grosse partie de son stock. Il perd 20 millions de marchandise et l'assurance ne lui remboursera que la moitié. La situation ne va cesser d'empirer : en 1996, il est ruiné. Les banques lui coupent les vivres, il ne peut plus acheter de tissu, les fournisseurs refusent de lui faire crédit. Tous ceux qui l'ont adoré hier, aujourd'hui détournent la tête. Après les heures de gloire, Bhatti connaît les revers sombres du Sentier, où l'on peut tout perdre après avoir tout gagné. Il vend alors ce qui lui reste de biens personnels, bijoux, voitures, ne gardant pour lui que son appartement hypothéqué. Depuis 1997, il parvient à lentement remonter la pente, affirme-t-il. Sans qu'on puisse réellement savoir où en sont aujourd'hui ses affaires…

Décidément, il est bien difficile de savoir qui est Bhatti.

Par rapport à d'autres réussites du Sentier, celle de Thierry, une jeune entreprise de huit personnes, n'a rien de remarquable. Mais lui, le patron, a réussi quelque chose d'exceptionnel : travailler et s'intégrer dans le Sentier sans être, comme tout le monde l'est ici, un immigré.

Comment a-t-il débarqué là, alors ? En résumé, pour les raisons inverses de celles qui y ont amené les autres. Thierry, en effet, est un fils de bonne famille, il a même un nom à particule : en toute simplicité, il est baron ! Il est élevé dans un milieu aisé ; tout le prédestine à faire des études et à suivre l'exemple de son frère, aujourd'hui docteur en médecine. Mais Thierry n'a pas envie de passer son temps sur les livres et, fidèle à sa réputation de vilain petit canard de la famille, il décide un jour de tout lâcher et de suivre des amis dans le business des fringues. Après avoir raté son bac, il commence comme « aboyeur » dans un magasin de la rue des Gobelins, en 1978. « L'aboyeur, c'est celui qui interpelle les gens dans la rue avec un prospectus pour essayer de les faire rentrer, explique-t-il. Ça se fait surtout dans les magasins bas de gamme, ou chez les soldeurs. » Ensuite il devient vendeur et, au bout d'un an, il est responsable d'un magasin.

C'est un peu plus tard qu'il arrive dans le Sentier, en tant que représentant. Son travail, comme lui explique son patron de l'époque, va consister à « tourner ».

« Ça veut dire quoi, tourner ? ai-je tout de suite demandé à mon patron.

– Tu prends un sac avec trois chemises et deux robes, et tu tournes, t'essaies de vendre dans le Sentier. C'est comme un cercle, tu vois, ou plutôt un triangle. Tout le monde se connaît, c'est facile. Tu pars de la rue Saint-Denis, porte Saint-Denis, tu prends le premier magasin, et tu continues comme ça dans toutes les boutiques de la rue, ensuite tu tournes et tu fais la même chose dans la rue du Caire, enfin pour finir ton triangle, tu fais la rue d'Aboukir, en entrant au passage dans quelques rues adjacentes.

Le premier magasin s'appelait Citron Vert, je m'en souviendrai toute ma vie :

– Bonjour ! Je viens vous présenter ma collection.

Mais le patron du magasin me répond :

– Je n'ai pas le temps.

Et il me jette dehors. Ce que je n'avais pas vu, c'est que ce monsieur avait deux entrées. À côté, il y avait ce qui me semblait être un autre magasin. J'entre et je me retrouve dans la même boutique, en face du même mec ! Heureusement, j'avais une petite expérience du commerce et j'ai l'idée de me rattraper en disant :

– Excusez-moi, je n'aurais pas fait tomber un bon de commande ?

Au début, c'était sans arrêt comme ça, j'entrais par la porte, je ressortais par la fenêtre... Mais peu à peu, je me suis fait connaître. »

« Vous vous souvenez de vos premières impressions quand vous avez découvert le monde du Sentier ?

– J'ignorais tout de ce monde, je ne savais même pas qu'on vendait des vêtements en gros ! En plus, il n'y avait quasiment que des Juifs, moi je ne l'étais pas. Heureuse-ment, depuis l'âge de douze ans, mon meilleur ami était un Juif tunisien ; quand on allait prendre notre goûter chez lui, ce n'était pas du pain et du chocolat mais des salades tunisiennes. Il me racontait des trucs sur la religion, alors j'ai été un peu bercé là-dedans. Quand je suis arrivé, tout le monde croyait que j'étais juif, et je me suis bien gardé de leur dire le contraire. J'avais le sentiment, je ne sais pas pourquoi, que ça aurait pu me desservir, dans ces années-là. Parfois aussi, je ne le cache pas, ça m'amusait d'en jouer. Un jour, une femme du quartier me dit :

– Vous, vous êtes blond aux yeux bleus, je suis sûre que vous êtes de Sousse comme mon mari !

Et je lui réponds :

– Non, je suis d'à côté, je suis de Monastir.

Ça ne me posait pas de problèmes, je me suis toujours bien glissé dans tous les milieux. Je n'ai jamais juré sur la Torah ! Mais mon associé est juif, alors j'ai une *mezuzah** à l'entrée de mon atelier et je ferme le jour de Kippour.

– Vous pensiez qu'on se méfierait de vous, si on apprenait que vous n'êtes pas juif ?

– Oui. Mais ça ne serait sans doute plus vrai aujourd'hui. Il n'y a plus la même crainte, je ne sais pas pourquoi. Pourtant, il n'y a toujours pas beaucoup de Gaulois, par ici ! Il y a plus de Chinois. L'aristocrate que je suis, avec toute ma lignée de barons depuis le XVe siècle, fait un peu tache dans le quartier, évidemment ! Le plus drôle, c'est qu'ici, les gens aiment se donner des surnoms. À l'époque, il y avait "Michel les yeux bleus", "Lucien le lourd" ; moi c'était "Thierry le baron". Mais, comme beaucoup de Juifs tunisiens ont francisé Barouh en Baron, je passais à l'aise pour Tunisien. Même si avec mon physique on pourrait davantage me prendre pour un Polonais.

– Mais un jour, vous avez bien fini par leur dire que vous n'étiez pas juif…

– Alors là, leur première réaction a été d'être extrêmement impressionnés ! Que j'aie pu traverser tout ça, sans rien dire… Ensuite, ça les a fait rire : "Thierry de…", "alors le baron, ça va ?" Il faut dire que j'ai vraiment un nom à rallonge. Mais ça n'était jamais méchant. Et puis, surtout, ils ont très vite oublié. Quelques jours après, ils recommençaient à me raconter les mêmes blagues juives.

---

* Petit rouleau de parchemin contenant certains passages de la Bible, traditionnellement fixé dans un étui sur la porte des habitations juives.

– Grâce au Sentier vous avez découvert l'humour juif, alors !

– Non, j'ai des lettres tout de même ! Je connaissais les Marx Brothers. Et puis, tout catholique que j'étais, j'ai souvent été invité dans des fêtes juives, des bar-mitsvah, des mariages. Les fêtes catholiques, je l'avais déjà remarqué, n'arrivent pas à la cheville des fêtes juives pour la gaîté. Les mariages catho, c'est barbant…

– Cela n'a pas dû être facile de vous dissimuler si longtemps, car l'une des premières questions qu'on vous pose dans le quartier c'est si vous êtes juif.

– Non, ce n'est pas aussi direct que ça. Le truc, c'est plutôt : "Et toi, tu viens d'où ?" Il n'empêche, je peux vous le dire, il y a plus d'un mec qui m'aurait donné sa fille ! »

Aujourd'hui, Thierry a quarante ans. Il est marié depuis quelques années avec une catholique. Mais il reste attaché à tous ces souvenirs qui lui rappellent, comme à beaucoup d'autres, le « bon vieux temps » des années quatre-vingt. Le Sentier, où tout est devenu plus difficile, le fait moins rire. « Ce n'est pas que je ne travaille pas, m'explique-t-il, mais je m'ennuie, ce métier ne me fait plus bander. Il n'y a plus rien de stimulant, mais qu'est-ce que je peux faire d'autre ? »

Des fenêtres de son atelier de la rue Réaumur, Thierry regarde les nouveaux locaux de la Trésorerie principale des impôts qui s'est installée récemment, juste en face, dans le bel immeuble qui fait le coin de la rue Dussoubs.

« C'est une façon de vous narguer, vous croyez ? De vous dire "Maintenant, vous n'avez qu'à bien vous tenir" ?

– On se tient bien. On n'a rien à se reprocher. La magouille, ce n'est plus ici qu'elle se passe. Qu'ils aillent plutôt voir chez les Chinois du côté du boulevard Voltaire ! Pour rigoler, c'est moi qui leur fais des petits signes par la fenêtre, de temps en temps : "Coucou, ça va ?" »

Mais le rire de Thierry est plutôt un rire las.

Le Sentier, une grande famille ?

« Entre patrons du Sentier, je ne sais pas ce que solidarité veut dire », a déclaré un jour Pierre Aïdenbaum. Cette formule lapidaire peut se lire de deux manières : ici on fait du commerce, or qui dit commerce dit concurrence ; ou bien laissez-nous tranquilles avec vos fantasmes, le Sentier n'est pas une franc-maçonnerie. Nombreux sont ceux pour qui le Sentier évoque, en effet, une société fermée, soudée par une solidarité à toute épreuve et régie par des codes mystérieux et secrets. On peut trouver plusieurs raisons à cela : sa situation géographique tout d'abord, qui en fait une sorte de village en plein Paris, à l'activité concentrée dans le périmètre de quelques rues. La concentration de quelques centaines de chefs d'entreprises qui se connaissent depuis longtemps et se fréquentent quotidiennement, ensuite. Enfin, ce monde presque uniquement composé d'immigrés, et où les Juifs sont majoritaires, peut faire penser à une famille, voire à un clan.

En vérité, le Sentier est une réalité hétérogène. Et si géographiquement, il s'agit bien d'un village, c'est un village peuplé d'êtres indépendants. « Il n'y a jamais eu de collaboration, c'était toujours chacun pour soi, affirme à son tour un grossiste en tissus. Tout le monde se connaissait, mais chacun faisait son petit business. Pourtant… comment dire, on avait le sentiment d'appartenir à la même corporation. C'est la fin d'une très belle histoire », conclut-il, avec nostalgie.

« Dans le Sentier, il n'y a pas de conflits, il n'y a que de la concurrence », dira un autre, résumant d'une formule percutante ce mélange de complicité et de compétition qui caractérise toute corporation.

Et appartenir à une corporation, c'est avoir des codes communs, mais c'est surtout l'obligation implicite de les respecter sous peine de s'en trouver exclu.

L'existence de tels codes n'implique pas pour autant que le Sentier soit une société fermée. « Comment pourrait-il l'être ? fait remarquer Sami Marciano. Être fermé, c'est l'antithèse d'être commerçant ! » Il sait de quoi il parle, puisqu'il est représentant pour les Tissus Symbole, une maison de la rue de Cléry dont les fabricants du Sentier constituent l'essentiel de la clientèle. Pour vendre, il faut d'abord être reçu, puis comprendre quelle sorte de client on a en face de soi pour lui proposer la marchandise qui lui convient, et lui donner envie de revenir acheter. « Pour ça il faut savoir écouter, il faut s'intéresser à l'autre. C'est ça le commerce, explique Sami. C'est une chose que j'ai apprise très jeune, car en arrivant d'Algérie j'ai commencé à travailler dès l'âge de dix ans, l'été, je vendais à Lourdes de la lavande aux touristes, et l'hiver je leur vendais des cacahuètes. Ça me réussissait plutôt bien d'ailleurs, car j'ai compris très vite que ce que les gens aiment, c'est qu'on s'occupe d'eux, qu'on leur parle. Si on est fermé, on ne peut pas faire ça. »

En quinze ans de travail dans le Sentier, Sami a eu le temps d'être adopté et d'en assimiler les règles. Mais cela n'a pas toujours été le cas. Lui aussi, un jour, est arrivé ici sans que rien ne l'y prédestine. Il est en effet, comme Moïse Soussi, parti à l'âge de dix-sept ans vivre dans un kibboutz où il est devenu agriculteur. Il y a également étudié la photographie – son rêve depuis toujours. Aujourd'hui il vend des tissus dans le Sentier… et la transition n'a pas été des plus faciles.

« Il est difficile d'imaginer deux mondes juifs plus opposés ! s'exclame Sami. Il suffit de se reporter à la théorie du socialisme juif selon un philosophe du XIXe siècle, Berl Borochow. L'idéal auquel il aspirait était de modifier la composition de la société juive telle qu'elle existait depuis des siècles. Dans sa théorie, qui a beaucoup inspiré les kibboutz, le monde juif devait reposer sur une large base d'agriculteurs et de travailleurs manuels, et une toute petite minorité de commerçants ! Évidemment, ça ne pouvait rester qu'un rêve. Car pour que cela soit réalisable, il aurait fallu qu'on habite un pays où il y avait de l'eau ! En Suisse, par exemple, ou en Hollande. Et puis, on n'efface pas toute l'histoire d'un peuple comme ça. Le commerce permet de s'enfuir rapidement en cas de danger. Tandis que quand on est cultivateur…

– Arriver dans le Sentier en sortant du kibboutz a donc été un choc pour vous ?

– On peut même dire que c'était la catastrophe. Au kibboutz, il n'y a pas de rapports d'argent, tout repose sur la confiance. Le commerce, c'est l'ouverture au monde, mais c'est aussi le calcul, la mauvaise foi. C'est chacun pour soi. Pendant quelque temps, j'étais complètement déboussolé. Et puis, un jour je me suis fait à l'idée que ce serait mon métier. Les gens du Sentier m'y ont beaucoup aidé. Car, contrairement à ce qu'on raconte, ils sont extrêmement ouverts. Ils sont curieux, ils posent des questions, ils savent vous donner votre chance. On est facilement adopté ici. Je ne pense pas qu'il existe beaucoup d'autres branches où l'on donne aux gens autant de chances, ni autant de crédit qu'ici, sur la seule confiance. "Celui-là, je vais lui donner 50 000 F de crédit", entend-on dire. C'est énorme ! Qui donnerait 50 000 F de crédit à quelqu'un sans bien le connaître ? Personne. Il n'y a vraiment que dans le Sentier qu'on peut assister à des choses pareilles. »

Gisèle Wurmser confirme ce jugement. Après son départ de chez Cacharel, elle recherche dans le Sentier des partenaires désireux d'investir dans la société de vêtements pour enfants qu'elle est en train de monter. Mais lors de son premier rendez-vous avec les frères Pariente, le courant passe si bien qu'ils lui proposent d'abandonner son idée pour créer un département enfants au sein de Naf Naf. « Dans le Sentier, le premier contact est très important. C'est lui qui décide si on vous fera confiance ou pas, explique-t-elle. Les relations personnelles et la parole passent avant les rapports hiérarchiques et les contrats écrits. Ce qui n'est pas sans rapport, bien entendu, avec le fait que la plupart des gens qui travaillent ici n'ont pas fait d'études. Autant le contact et la parole sont importants, autant tout ce qui est écrit fait peur. »

Fondé sur la parole

En effet, le code du Sentier repose essentiellement sur la parole donnée, tous s'y réfèrent en permanence. Ici, aujourd'hui encore, la plupart des transactions se font oralement : on se prête de l'argent ou du matériel, on se dépanne de quelques dizaines de chemises, sans contrat, sans trace écrite. C'est une question de rapidité, mais surtout de mentalité.

« C'était un tout petit monde, dit mon père, on se connaissait tous, et un type qui faisait des coups pas corrects était vite repéré, il était classé. » Ce que confirmera, en des termes étrangement similaires et plus explicites encore, un fabricant chinois de la rue du Chemin-Vert : « Avec nous, les Chinois, il n'y a pas de problème. Nous sommes des gens de parole, pas la peine d'écrire quoi que ce soit, pas la peine de signer, la parole suffit. Si l'un d'entre nous ne tient pas parole ou fait du mauvais travail, tout le monde le sait tout de suite. On se connaît et notre plus grande crainte, c'est de perdre la face, et d'être déshonorés. » Les Chinois, on le verra, appartiennent eux aussi au monde du Sentier, même s'ils en sont en même temps les concurrents directs. Il n'y a donc rien d'étonnant à ce que leur communauté fonctionne de manière analogue.

« Le Sentier, c'est une forme de sensibilité commune, résume Maurice Kormann. Il faut pouvoir travailler avec les gens d'ici ; il y en a qui ne pourraient pas. Quand tu passais une commande, par exemple, que ce soit chez les Juifs de l'Est ou chez les pieds-noirs, l'autre griffonnait ce que tu voulais sur un bout de papier et il le mettait dans sa poche, c'est tout. Si tu voulais un bon de commande, avec un numéro, une date de livraison et tout ce qu'il faut, il ne fallait pas venir dans le Sentier ! »

« Le Sentier, de ce point de vue, est une société primitive, dit à son tour Moïse Soussi. On passe des commandes, on achète le tissu sur un simple coup de fil, pas besoin de fax, ni de signature. "Envoie-moi 1 000 mètres ou 2 000 mètres de tissu, envoie-m'en pour 100 000 F ou 300 000 F", la parole suffit. Dans le Sentier, tout reste fondé sur la parole, c'est ce qui fait notre force. »

À condition, bien entendu, que cette parole soit respectée. Inutile de revenir sur la dégradation des mœurs, toute rupture de ce pacte est évidemment perçue comme une infraction grave aux règles tacites. Et comme une perte de repères : « Téléphoner pour passer une commande, dans le temps, c'est comme si on l'avait payée. On ne revenait jamais dessus, explique la femme d'un fabricant. Mais peu à peu, certains se sont mis à changer d'avis, à se dédire de leur commande s'ils trouvaient mieux ailleurs. Pareil chez les fournisseurs, il suffisait qu'on leur glisse la pièce pour qu'ils vous donnent la commande promise à un autre, quitte ensuite à inventer n'importe quoi pour se justifier. » « Aujourd'hui, pour être sûr d'être payé, s'indigne Régine Halioua, il faut l'être "au cul du camion" [c'est-à-dire, à la livraison], et cela n'existait pas avant. »

À ce compte-là, évidemment, le code de la parole a vite fait de devenir une coquille vide.

Les fabricants du Sentier, Gisèle Wurmser s'en souvient, n'ont pour la plupart jamais fait d'études: «Je parlais plusieurs langues; pour eux, c'était fantastique, ils avaient le sentiment que je connaissais le monde entier!» raconte-t-elle d'un air gentiment amusé, car jamais elle ne s'est sentie supérieure à ce monde d'autodidactes. Au contraire, tout dans ses propos témoigne de l'admiration qu'elle voue à ces gens dont l'intelligence, la vivacité, la rapidité de reconversion n'ont cessé de la surprendre: «Il n'y a qu'à voir la manière dont ils se sont mis à l'informatique. Pour des gens qui n'ont pas été longtemps à l'école, c'est étonnant!»

L'un des événements marquants de la vie du Sentier des années quatre-vingt fut en effet l'introduction de l'informatique chez les fabricants. Yves Doukhan, le jeune informaticien à qui on la doit, figure sans conteste au catalogue des *success stories* du Sentier puisqu'il est aujourd'hui à la tête de Timeless, la plus importante société informatique spécialisée dans le textile, avec un effectif de 70 employés, 56 millions de chiffre d'affaires et de magnifiques locaux quai de Jemmapes. Au nombre de ses clients: Morgan, Naf Naf, La City, René Dhéry, Issey Miyake…

Son aventure débute, bien modestement, en 1982, dans un local de 30 m² situé rue Greneta. Ce sont les grandes années du Sentier. Yves Doukhan, «jeune homme clean, nœud pap et cheveux courts», comme le décrira en 1986 un article de *Libération*, vient de finir des études d'informatique. Mais il est aussi fils et petit-fils de tailleurs d'Algérie, ce qui le rapproche du milieu du prêt-à-porter, où il a de nombreux amis. Il tend l'oreille… Un jour, en les écoutant parler, il comprend qu'un besoin nouveau est né chez les fabricants: organiser leur comptabilité. L'activité s'est tellement intensifiée que le vieux système des commandes et des dettes griffonnées sur des bouts de papier ne suffit plus et devient même pénalisant. Lui vient alors l'idée de mettre au point un logiciel, spécialement conçu pour les fabricants et les grossistes. Il l'appellera *Fashion*.

La société Avant-Première, son premier client, lui avait exposé le problème en ces termes : « Un client entre dans le magasin. Si je ne suis pas capable de lui servir sa marchandise et de lui délivrer une facture tout de suite, parce que cinq ou six personnes attendent à la caisse – à l'époque, c'était ça le Sentier – le client laisse la marchandise, dit qu'il revient et ne revient pas. » « Il s'agit d'un besoin très simple, explique Yves Doukhan, mais ressenti par tous : facturer très vite pour une clientèle qui achète au décroché. Le premier objectif est donc que le client n'attende pas sa facture plus de deux minutes. Le second est de permettre au commerçant d'avoir accès immédiatement au compte des clients, de savoir, dès que l'un d'entre eux entre dans le magasin, ce que celui-ci lui a déjà commandé, ce qu'on lui a livré, et surtout ce qu'il doit. C'est très utile car cela peut permettre au fabricant de dire : "Tiens, dis-moi, tu me dois 30 000 F, en plus on t'a déjà livré pour telle somme, et tu m'as fait pour tant de traites qui ne sont pas encore échues. Donc, cette fois-ci, tu me paies ou je ne te donne pas la marchandise."

– Les gens du Sentier se sont-ils mis rapidement à ce système ? Leur tradition, vous le rappeliez, c'était plutôt celle des bouts de papier !

– Ça a été une véritable traînée de poudre. En trois ou quatre ans, tout le monde s'y est mis. Au milieu des années quatre-vingt, j'avais 450 clients dans le quartier ! Être installé en plein Sentier m'a beaucoup aidé, car j'ai bénéficié, c'est indéniable, de la proximité géographique. Ici tout le monde se connaît, les réputations se font donc très vite – dans les deux sens d'ailleurs – et tout marche par cooptation. Par mimétisme aussi. Il ne faut pas oublier que le Sentier, c'est le royaume de la copie, tout le monde copie tout le monde ! Les gens se disaient que c'était peut-être un gadget, mais "il fallait l'avoir" ! Pendant longtemps, je n'ai même pas eu besoin d'avoir de représentants, car les meilleurs représentants étaient mes clients. On allait prendre un café ensemble et tout en bavardant, ils me disaient : "Tiens, j'ai vu Untel, tu devrais aller le voir." Ça marchait comme ça, par le bouche à oreille, si bien que j'arrivais à vendre trois ou quatre systèmes informatiques dans la journée ! D'abord ce sont les jeunes qui s'y sont mis, et puis très vite les moins jeunes.

– Cela ne devait pas être évident, pourtant, de se mettre à l'informatique, pour des gens qui n'avaient jamais fait d'études.

– Je vais vous répondre en citant l'un de mes clients. Il était très drôle. Malheureusement, le pauvre, il n'est plus là, s'interrompt Yves Doukhan qui sourit cependant à son souvenir. Il s'est fait descendre, il y a sept ou huit ans, par l'un de ses entrepreneurs turcs qu'il n'avait pas payé ! Une histoire idiote... Ce type, à côté de ça, avait beaucoup d'humour. Un jour il me dit : "Yves, tu as vraiment réussi un truc ! Tu as réussi à faire un logiciel pour les cons !" Ce n'était pas du tout un logiciel pour les cons, en réalité. Mais il était important, vu son emploi, que ce soit un système à la fois simple et rapide. "Fais-nous un truc simple. Nous, notre métier, c'est vendre. Faut pas que ça nous complique la vie", me disait-on. C'est ce que je me suis efforcé de faire avec ce logiciel, et c'est ce qui lui a valu son succès. La culture des gens du Sentier n'était peut-être pas l'informatique, mais c'était indéniablement celle de gagner de l'argent. Or ce système les y aidait en leur permettant de visualiser immédiatement sur l'écran combien un client leur devait. Ça valait tout de même la peine de s'y mettre ! Et en cas de problème, on assurait en permanence un service de dépannage par téléphone.

– Ce logiciel ne servait qu'à ça ?

– Non, ensuite il a évolué. Il a permis notamment de connaître les besoins en fabrication, en fonction des ventes. Grâce au logiciel, le fabricant pouvait immédiatement faire le compte du nombre de pièces vendues pour chaque modèle, et donc de ce qu'il devait fabriquer pour le réassort. Le Sentier est, en effet, un système foncièrement anti-taylorien. Ce n'est plus : "Je fabrique en série et ensuite je vends." C'est devenu : "Je vends, et en fonction de ce que j'ai vendu, je fabrique." Et je fabrique vite. Ce système permettait au fabricant de maîtriser au jour le jour, en fonction de l'état des ventes, les besoins en matière première nécessaires à la fabrication d'autres modèles, à commencer par le tissu qu'il pouvait commander le plus rapidement possible pour le donner ensuite à monter aux entrepreneurs.

– On peut s'en servir aussi pour gérer les transactions au noir ? C'est ce que j'ai cru entendre dire, demandé-je à Yves Doukhan de mon air le plus innocent.

– Va savoir ! » s'exclame-t-il en riant, la première seconde de surprise passée.

C'est un rapide.

« D'accord. Vous m'avez répondu !

– C'est vrai, va savoir ! Moi, je leur fournis le logiciel, après ils en font ce qu'ils veulent. »

Aujourd'hui, Yves Doukhan ne travaille presque plus avec le Sentier. Ses clients sont les grandes chaînes de distribution qui, depuis quelques années, se sont organisées pour vendre et fabriquer elles-mêmes leurs produits. Pour elles, il a mis au point un nouveau logiciel plus adapté, *Colombus*, qui permet l'optimisation des stocks. Car le principal écueil dans le textile, tous les professionnels le savent, est celui des stocks. « Chez H & M, explique Gisèle Wurmser, quand un modèle reste quinze jours sans bouger, ils cassent les prix pour s'en débarrasser, car ce qu'ils ne veulent pas, c'est garder du stock. L'informatique est effectivement primordiale. » Elle se souvient du temps où pour connaître l'état du stock, elle était obligée, chez Naf Naf, d'appeler régulièrement les boutiques une par une ! Une sacrée perte de temps.

Colombus a pris pour modèle le logiciel informatique des pharmacies – c'est le plus rapide, avec un point deux fois par jour. Grâce à lui, on peut connaître à tout moment et gérer plus précisément l'état du stock et le réassort. Son principe est très simple ; il prend essentiellement en compte les deux paramètres de base du prêt-à-porter : les couleurs et les tailles. « Pour d'autres industries, les paramètres seraient différents, explique Yves Doukhan. Pour l'alimentaire, l'un des critères, par exemple, serait la date de péremption. Dans le textile, pour une référence, disons pied-de-poule, on aura 10 couleurs – pied-de-poule bleu, pied-de-poule rouge, etc. – et 8 tailles. Ce qui fait 80 combinaisons, ingérables sans l'aide de l'informatique. »

Colombus oriente les commandes de réassort, mais permet aussi de repérer les meilleurs stylistes, puisqu'il fait apparaître très vite les modèles qui se vendent le mieux. Il aide à évaluer, pour chaque boutique, si les achats sont bons – rotation des tailles, des couleurs, des modèles – car il existe des variations d'un magasin à l'autre, selon les secteurs. Il permet enfin d'établir régulièrement ce qu'on appelle le hit-parade des meilleures ventes et des meilleures couleurs.

Ce système est même si efficace que la Fédération du prêt-à-porter, avec le soutien du ministère de l'Industrie, a pour projet d'aider les fabricants du Sentier à l'acquérir afin qu'ils puissent bénéficier des mêmes équipements que la grande distribution.

Des fenêtres de son grand bureau qui surplombe le canal Saint-Martin, Yves Doukhan peut contempler l'ampleur de sa réussite. Mais cela ne l'empêche pas de regretter le Sentier. « Il y avait beaucoup de chaleur, c'était très vivant. Je sortais de mon bureau, j'allais dire bonjour à quinze clients. Et puis, au début surtout, je me suis régalé, c'était formidable. Les gens étaient émerveillés : l'ordinateur entrait dans leur magasin ! C'était magique, et c'était en même temps l'occasion de rire d'eux-mêmes : "Ah ! je commence à devenir quelqu'un. Je sors du souk ! disaient-ils. Je deviens respectable." Tout le contraire, en un mot, de ce que je fais aujourd'hui, c'est-à-dire d'un commerce banalisé, très aseptisé, très électronique. Les commandes se font par Internet, on n'a plus le temps d'être en relation les uns avec les autres. Le Sentier, c'était d'abord un monde de relations.

– C'était chaleureux, mais parfois un peu musclé ! intervient l'assistante d'Yves Doukhan. Tu as oublié les coups de gueule, les engueulades, il y en avait pas mal non plus !

– Oui, comme dans la famille. En famille, on s'engueule ! »

Alors, le Sentier, une grande famille ?

De la généalogie vue par un banquier

En tout cas, une chose est certaine : c'est en famille qu'on y travaille. Savez-vous qui me l'a appris ? Gilles Gomez, le directeur de la Banque parisienne de crédit. Je l'interrogeais très consciencieusement sur le financement des entreprises, lorsque je le vis soudain extirper de l'un des tiroirs de son bureau un grand classeur aux pages soigneusement rangées sous plastique. Là étaient consignés les arbres généalogiques de plusieurs dizaines de familles du Sentier, depuis les plus lointains ancêtres auxquels on puisse remonter – en Pologne, en Bulgarie ou ailleurs –, jusqu'aux plus récents descendants. « Quand un enfant naît, quand un autre se marie, mes clients me téléphonent pour que je sois à jour », déclare Gilles

Gomez, visiblement satisfait de son œuvre. « Celui-ci, vous le connaissez ? poursuit-il, en me conviant à regarder, c'est une très belle affaire. Elle a été reprise par son fils. Et celui-là ? Toute la famille est dans le Sentier, sa sœur, ses cousins... »

Si le Sentier abrite des familles entières, cela ne veut pas dire pour autant qu'il s'agisse de dynasties : il est rare que l'on se succède ici sur plus de deux générations, sauf chez les grossistes dont les affaires sont les plus stables. Si Jacques Segal a pris la suite de ses parents, c'est qu'à l'époque « on ne demandait pas trop aux enfants ce qu'ils voulaient faire. L'affaire marchait bien, il était logique que je la reprenne. On ne s'est même pas posé la question ». Aujourd'hui, ce sont ses enfants qui travaillent avec lui. Sa fille pourtant est chirurgien dentiste, elle pourrait exercer mais « elle gagne beaucoup mieux sa vie ici, explique-t-il. Et puis, elle a des horaires qui lui permettent de s'occuper de ses enfants. En famille, on s'arrange ! »

« Ce qu'il y a de bien avec les entreprises familiales », dit Sami Aladjem en riant – il dirige son affaire avec son frère et a employé un temps plusieurs de ses enfants – « c'est qu'on y trouve toujours des emplois pour sa famille, même pour les incapables ». Pourtant, les entreprises se transmettent relativement peu, car la grande majorité des enfants du Sentier ne prennent pas la relève. Ils deviennent avocats, médecins, ou psychanalystes comme dans les (meilleures) histoires juives... En réalité, quand on parle des familles du Sentier, on a plutôt à l'esprit les frères, cousins, sœurs, épouses ou beaux-frères : les membres d'une même génération qui ont monté ici des affaires ensemble, comme Maxi Librati qui a fait venir cinq de ses frères et sœurs pour l'aider dans son entreprise, ou les frères Pariente, qui travaillent ensemble, avec sœurs et épouses. Mais il y a beaucoup d'autres exemples. Ce qui accentue inévitablement, vu de l'extérieur, le côté village, voire tribu !

Cela signifie-t-il pour autant que les relations sont plus chaleureuses dans le travail ici qu'ailleurs ? Oui et non.

Oui, dit Nicky Leon, qui pour me le prouver m'emmène voir l'un de ses fournisseurs dans la cour qui jouxte son magasin. On y parle boutique, enfants, vacances. « Vous voyez comme nos rapports sont gais, chaleureux ! » dit-elle en sortant, comme si ces quelques échanges de bon voisinage pouvaient suffire à me convaincre.

Oui, dit Michel le patron du bistrot, tout content de m'apprendre qu'il est, plus d'une fois, parti faire du ski avec des patrons du Sentier : « Ils me faisaient aussi des prix de gros. Moi en contrepartie, pendant le salon du prêt-à-porter, je leur laissais les clés de mon café, le dimanche, pour qu'ils puissent inviter des clients à boire un coup, s'ils voulaient. Je n'étais pas là mais ils s'occupaient de tout. Ils servaient eux-mêmes les consommations, et ils notaient au fur et à mesure ce qu'ils avaient pris. Le lundi matin, ils me réglaient l'addition en me rendant les clés. Je leur faisais totalement confiance, et il n'y a jamais eu le moindre problème. Ils m'invitaient aussi à la bar-mitsvah des enfants. »

« Oui, hélas ! confirme Michel Kaminski, l'expert comptable, qui se passerait bien de certains témoignages d'amitié de ses clients. Car si on se laisse prendre dans cet engrenage, on ne peut plus obtenir la rigueur administrative et fiscale qui s'impose et qu'on doit exiger. Ce sont des gens tellement chaleureux, surtout les Juifs d'Afrique du Nord, qu'on peut très vite devenir copains, se fréquenter, sortir ensemble... Mais il faut impérativement s'en protéger. On doit garder une distance pour préserver sa rigueur professionnelle, sinon on peut finir par faire n'importe quoi. Ces relations règlent la vie de l'ensemble du Sentier. La différence, c'est que nous, nous sommes leurs comptables, avec l'obligation de résultat que cela suppose. On est obligés d'être intransigeants là-dessus, et ce n'est pas facile. C'est la spécificité de notre clientèle. »

« Les manières, c'est à revoir »

Mais qui dit famille, chaleur, proximité dit aussi familiarité, et cela peut aller de pair avec une grande rudesse. Gisèle Wurmser, en dépit de son admiration pour les gens du Sentier, ne mâche pas ses mots : « Pour les manières, c'est sûr, c'est à revoir ! Le grand problème du Sentier, ce sont les rapports humains. La manière dont ils se traitent entre eux est épouvantable – je parle du langage. Les choses sont dites abruptement, sans nuances, sans ménagement, surtout chez les gens d'Afrique du Nord. Ils ne sont pas plus horribles que les autres, mais dans la forme, c'est plutôt rude ! D'ailleurs, ce sont surtout des questions de forme, de langage, d'attitude qui ont choqué les ashkénazes quand ils ont vu les autres débarquer. »

Quant à S., inutile d'essayer de la faire changer d'avis, son jugement sur le Sentier est définitif : « Tout le monde se tutoie, tout le monde est à tu et à toi, mais ça ne correspond à rien. Le Sentier n'est pas une famille, tout y est faux. Aucune valeur n'est accordée aux gens, ni aux rapports personnels. En fait, on vous utilise pour que vous travailliez, et c'est tout. La grande familiarité entre les individus n'y change rien, au contraire. En réalité, les rapports sont très durs. Le petit personnel est maltraité et le tutoiement va de pair avec un manque total de respect de l'autre : "Ce soir, tu restes jusqu'à 9 heures", voilà le genre de formule qu'on entend fréquemment. Ils ne vous demandent pas si vous pouvez, si cela vous pose un problème – après tout il y a des gens qui habitent loin, qui ont des enfants en bas âge… Pas question d'aborder le sujet, on vous répond brutalement : "Je ne veux pas le savoir", tout en vous faisant comprendre qu'en période de chômage, si ce n'est pas vous ce sera quelqu'un d'autre. » Une sécheresse qui, hélas, n'est pas réservée au seul Sentier, puisqu'on la retrouve dans l'ensemble du monde du travail. Mais c'est le ton qui, lui, est spécifique, cette manière frontale de formuler les choses.

S. est arrivée dans le Sentier en 1985, tard dans sa vie professionnelle, et elle ne s'y est jamais faite. Elle s'y sentait isolée et n'a pu y survivre qu'après s'être forgée une carapace : « Je regardais un peu ce monde comme un zoo, me confie-t-elle, je ne m'y sentais pas à ma place. » Tout cet univers la choque dans sa dureté, ses excès, son manque d'éthique. « Le commerce ici, c'est le règne du "tout est permis", c'est l'absence de parole. Pour vendre à un client, on est prêt sur l'instant à lui promettre n'importe quoi : l'exclusivité sur un modèle dans sa petite ville de province, par exemple, alors qu'on sait pertinemment qu'il est déjà dans un autre point de vente de la même ville. On dit n'importe quoi pour vendre, et après on règle le problème… C'est à se demander s'ils n'ont pas raison, puisque ça marche ! »

Seule contrepartie, selon S., à cette brutalité du Sentier : ici tout le monde relève les manches et met la main à la pâte. Et l'on n'a que faire des conventions : le patron peut faire les colis, la directrice de magasin aider à décharger les camions, ou les frères Pariente, ainsi que Thierry les a vus à plusieurs reprises, descendre les poubelles remplies de chutes de tissus. C'est un monde pragmatique avant tout, où l'on ne s'encombre pas de manières… pour le meilleur et pour le pire. Ce qui n'empêche pas que certains aient l'argent et le pouvoir, et d'autres pas. Mais les avoir leur suffit, ils se passent du décorum.

Pour Joseph Bialot, ce mépris de la hiérarchie confine au paternalisme : aussi chaleureux que soient les rapports, le patron reste le patron. Michel, dans son enthousiasme à célébrer la qualité des rapports humains dans le quartier, trahit lui aussi, mais à son insu, le même sentiment : « Tout le monde venait prendre le café ensemble, tout le monde se mélangeait à table, les putes, les employés, les fabricants. C'était un village, c'était sympa. Les relations entre les employés et les patrons étaient cool, on sentait une super solidarité. Les patrons savaient donner envie à leurs employés de bien travailler. »

Quant à Gisèle, si elle ne revient pas sur la confiance que les frères Pariente lui ont accordée d'emblée, elle prend tout de même la peine de préciser qu'il fallait qu'elle obtienne des résultats tout de suite : « À partir de ce moment-là, ils étaient prêts à me soutenir. »

On est du même village

Il n'empêche que, dans le Sentier, c'est vrai, tout le monde, du grand patron au manutentionnaire, mange au coude à coude dans les mêmes petits bistrots, nappes en papier et plat du jour. Dans *Le Salon du prêt-à-saigner*, le policier déjeune au *Ballandar*, un célèbre café du quartier, aujourd'hui fermé, dont la particularité était d'être tenu par le fils d'un fabricant. Jusqu'à une date récente, explique Gib, la plupart des bistrots étaient auvergnats. « Ce n'est pas tellement que je les fréquentais, ajoute-t-il, j'avais trop de travail, alors le déjeuner, c'était réglé en deux minutes ; j'ai connu quatorze ans de sandwichs ! Mais en fin d'après-midi, j'allais jouer au 421 chez Meyret, au coin de la rue du Caire. Plusieurs de ces bistrots sont devenus chinois, il y a même un Chinois casher, du côté piéton de la rue Saint-Denis ! Tout a bien changé. Les bistrots casher du passage du Caire et du passage du Ponceau n'existaient pas non plus avant. Et vous ne savez pas la dernière, ils ont essayé d'ouvrir des bars à sushi ! Vous imaginez les gens du Sentier manger des sushi ! Évidemment, ça n'a pas tenu. »

Dans les bistrots, Michel le rappelle, tout le monde se retrouvait : « Certaines prostituées servaient de mannequins, pour essayer les modèles », précise-t-il. Car les putains, elles aussi, font partie de la famille du Sentier : « On n'est pas du même monde, on n'est pas du même milieu mais on est du même village », avait joliment résumé Thierry, avant d'enchaîner goguenard, « et puis, il n'y a pas meilleure surveillance. Vous avez déjà entendu parler d'un magasin cassé en pleine nuit dans le Sentier ? Une pute devant chaque boutique, c'est la meilleure alarme du monde ! » Sami Aladjem peut témoigner puisqu'il en a fait l'expérience. À deux ou trois reprises, le signal d'alarme de son magasin a sonné en pleine nuit. Réveillé en sursaut, il s'est précipité pour constater les éventuels dégâts, mais il est toujours tombé sur les prostituées qui l'ont invariablement rassuré : « Ce n'est pas la peine de vous faire du souci, monsieur. On est là. Rentrez chez vous, il ne peut rien arriver à votre magasin ! »

Si ces relations de connivence entre professionnels du Sentier et prostituées sont toujours de mise, elles n'ont plus la même chaleur, ni la même qualité qu'hier. « Avant, tout le monde était copain », se plaint l'une d'elles, venue dans le magasin de Moïse pour m'être présentée, « mais aujourd'hui, quand je dis bonjour, on ne me répond même plus – et je parle de gens que je vois tous les jours ! Avant, on mangeait tous ensemble, les fabricants, les putes, les maquereaux. C'était comme avec toi, Moïse », soupire-t-elle pour finir, en jetant sur lui un regard attendri et las. On est en février, il fait très froid, et ce bref intermède dans l'arrière-boutique l'a réchauffée, mais il faut à présent qu'elle retourne sur le trottoir. Ce jour-là, pourtant, elle n'est pas en forme, elle a des maux de tête :

« Je vieillis, dit-elle, en remontant le col de son manteau de fourrure avant de sortir.

– Mais non, tu es toujours aussi jolie, la rassure Moïse.

– Peut-être, mais n'empêche, le corps se fatigue. Quand on fait ça depuis trente-cinq ans, on a plus froid qu'avant, on supporte moins bien de rester debout pendant des heures… »

Gib aussi trouve que les relations avec les « filles » ont changé, mais à qui la faute ? « Quand il y avait un anniversaire autrefois, on les invitait à boire un coup avec nous, c'était sympa. Mais aujourd'hui, pour elles aussi, il n'y a plus que le fric qui compte ! » se lamente-t-il, avant de m'asséner pour clore son réquisitoire cet argument sans appel : « Elles ne viennent même plus aux réunions de copropriété… »

Et les autres femmes, dans tout ça ? Car il n'y a pas que les putains dans le Sentier, il y a aussi les vendeuses, les épouses et les filles des fabricants. Du temps des ashkénazes, m'explique Joseph Bialot, beaucoup des épouses travaillaient ici avec leurs maris et certaines d'entre elles étaient redoutables. « Ma mère avait une personnalité terrifiante, se souvient par exemple Irène Van Ryb. C'est elle qui était à la tête de l'affaire, tandis que mon père s'occupait tranquillement de la gestion. C'est elle qui réglait tout, avec les clients comme avec les fournisseurs. » « La mère Sapon », comme on l'appelait, la femme du grossiste, était elle aussi célèbre pour son caractère bien trempé et sa vivacité. Plusieurs, aux dires de Joseph Bialot, étaient même si terribles qu'« à de rares exceptions près, les hommes du Sentier, frappés du complexe de Portnoy, cessaient de bander avant l'âge ». Les choses changeront avec l'arrivée des Juifs d'Afrique du Nord, ajoute-t-il, car ils sont beaucoup plus machistes. Avec eux, il y aura beaucoup moins de femmes dans le Sentier qu'avant !

« Lorsque je suis arrivée en 1983, confirme Gisèle Wurmser, le Sentier était presque uniquement un monde d'hommes, où les relations aux femmes et à la féminité dataient encore du siècle dernier. Ils avaient des idées très précises sur le rôle des femmes. Elles pouvaient être mannequins, vendeuses ou hôtesses. À la rigueur stylistes, c'était le plus prestigieux. Mais certainement pas directrice financière, comme je l'étais ! Les femmes qu'ils recrutaient étaient en général des jeunes filles sans formation professionnelle, attirées par le monde de la mode et par les paillettes. Une femme diplômée était pour eux quelque chose de totalement incongru ! D'ailleurs, c'était plus fort qu'eux, ils l'oubliaient systématiquement. Par exemple ils fixaient régulièrement, sans y réfléchir, des réunions à 18 h 30, alors que j'avais trois jeunes enfants qui m'attendaient. En plus, non seulement j'étais une femme, non seulement j'étais diplômée, mais je refusais de jouer sur la séduction. Or, c'est un monde qui fonctionne complètement là-dessus ! En fait, si j'ai pu accéder à un poste important, c'est sans doute que mon secteur était celui de "l'enfant". J'aurais difficilement pu exercer les mêmes fonctions au département "femme". Tout ça pour dire, conclut-elle en riant, que le monde du Sentier et moi, on ne se comprenait pas du tout, mais malgré tout, ça marchait ! »

Un monde d'hommes, le Sentier l'est encore davantage depuis que les petits détaillants ont cessé d'y faire leurs courses. Aujourd'hui, c'est essentiellement par un système de représentants et d'expéditions que se font les ventes, et cela désespère Sami Aladjem : « Avant, le Sentier était un monde de vendeuses, aujourd'hui c'est un monde de manutentionnaires, c'est-à-dire un monde d'hommes. Je me souviens qu'avec mon frère, lorsqu'on était plus jeunes, on s'amusait à faire de faux paquets pour aller draguer les filles, dans la queue du bureau de poste : on y rencontrait les vendeuses et les secrétaires du Sentier. Aujourd'hui, ce n'est plus la peine de se fatiguer, il n'y a plus que des Pakistanais ! »

1. Beaucoup de ceux qui travaillent dans la confection viennent de pays à forte tradition textile. Hier, la Pologne ou l'Arménie, aujourd'hui, la Chine ou la Turquie.

SYNDICAT GENERAL
des Travailleurs de l'Habillement
BOURSE DU TRAVAIL 3, Rue du Chateau-d'Eau

אכטונג! שניידער ארבעטער און ארבעטערינס
פון מענער קאנפעקציאן!!

חברים און חברטעס פון מענער קאנפעקציאן!

שבת דעם 20 מארס
BOURSE DU TRAVAIL 3, RUE DU CHATEAU-D'EAU

א מאסן מיטינג
פון מענער קאנפעקציאן

2. Les Juifs de la confection sont nombreux à se syndiquer durant l'entre-deux-guerres, et le yiddish est utilisé dans l'activité syndicale.

3. Vidal Nahoum, le père d'Edgar Morin, devant sa boutique du Sentier. Il faisait partie de la colonie des Saloniciens qui avaient rejoint Paris – et la confection – dans l'entre-deux-guerres.

4. Szyja Bromberg, le père de Roger, devant un métier à tricoter, avant la guerre. Jusqu'à une date récente, les tricoteurs formaient une corporation distincte dans le Sentier.

5. En 1922, Isidore Zigelman (à gauche) est employé comme presseur dans les ateliers des Galeries Lafayette.

6. Un atelier de tricot, en 1930. Ces anciennes machines à navettes horizontales sont actionnées à la main.

7. Un atelier de confection à domicile et en famille, typique de l'immigration juive d'avant-guerre. Ici, en 1938.

8. Des jeunes femmes apprennent à piquer à la machine dans un atelier de l'ORT, à la veille de la Seconde Guerre mondiale.

9. L'atelier de Guy Vasseur (à l'extrême-gauche) au début des années cinquante. Assise au premier rang, la finisseuse, madame Germaine. A droite, avec une enfant dans les bras, son associé, Schmil.

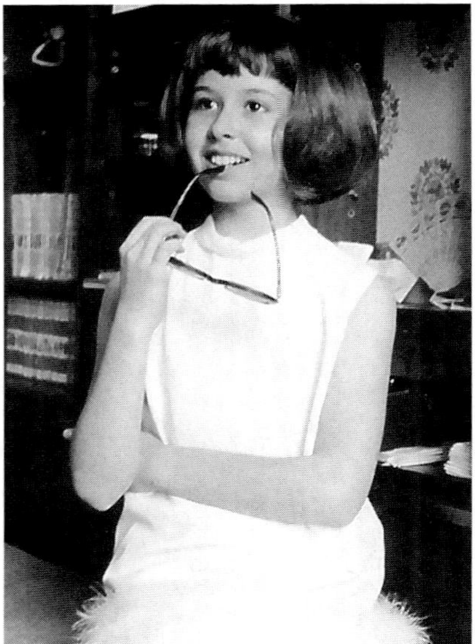

10. « Une année, j'ai fait une robe toute droite, avec une bordure en plumes d'autruche. Celle-là, les magasins me la commandaient par milliers. » Ici, portée par sa fille Nadine.

11 et 12. De la robe liberty de Virginie à la combinaison Naf Naf, certains « tubes » ont fait la fortune de leurs fabricants.

13. L'atelier de coupe de Virginie.

14. Une machine à tricoter circulaire, dans l'atelier de Virginie. « Au sommet sont accrochées des bobines de toutes les couleurs. C'est comme un ballet ininterrompu de fils dont le mouvement, à la fois constant et saccadé, donne naissance à de longues bandes colorées de laine tricotée. »

15. Maxi Librati, le « roi du Sentier » en 1971. Cinquante ans de confection et une cote d'amour inégalée pour cet ancien déporté.

16 et 17. Deux magasins « bombés », en 1973, par des organisations sionistes extrémistes. Ce sont les boutiques de ceux qui avaient refusé de donner de l'argent pour la guerre du Kippour qui sont visées.

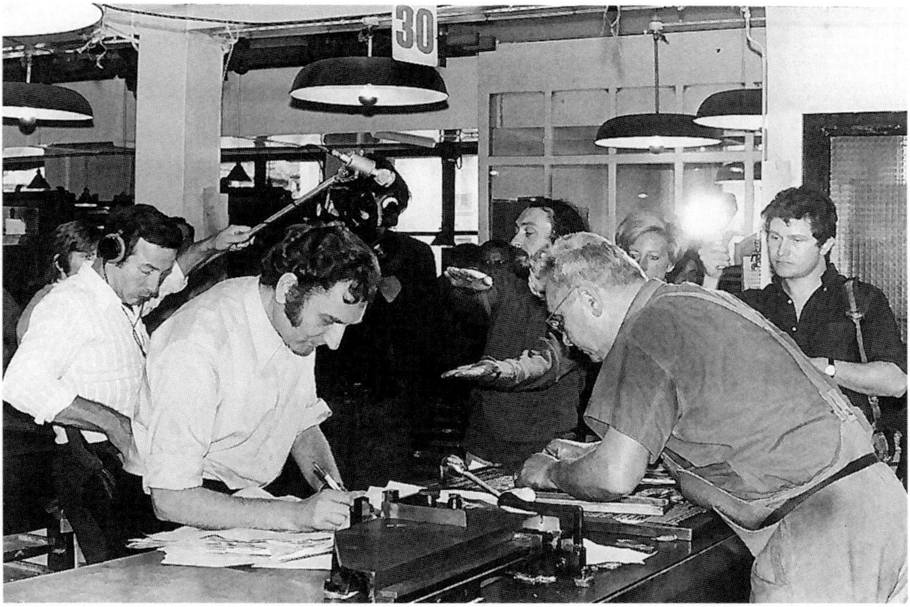

18. Victor Zigelman, secrétaire de rédaction, bouclant la page 30, au marbre de *France-Soir,* en septembre 1970. Après avoir travaillé dans le Sentier, comme son père, Victor passe à l'autre activité du quartier : la presse.

19. Roger Norymberg dans son atelier, dans les années 90. Pour lui, le parcours du Sentier a fait un détour par São Paulo.

20. Les poubelles du Sentier ne sont pas comme les autres. Elles sont souvent pleines de chutes de tissu et toutes sortes de légendes courent à leur sujet. « Certains racontent que le soir, lorsque les ateliers sont fermés, les Chinois de la confection (que ne prête-t-on aux Chinois !) viennent y fouiller pour récupérer les chutes, qui sont autant d'indices de ce qu'on fabrique ici, et s'en servir pour copier... »

21. L'univers de la mode a toujours été marqué par les silhouettes énigmatiques et suggestives des mannequins.

22. Dans certaines cours, à tous les étages, s'affichent les enseignes des fabricants.

23. La cour de l'hôtel Saint-Chaumond, où a été tournée la première scène de *La vérité si je mens* et où se trouvent les bureaux de Nelkin.

24. Au fond de la cour, le célèbre hôtel Saint-Chaumond, monument majeur du quartier : il fut érigé au XVIIe siècle par le marquis de Saint-Chamond, appelé par altération marquis de Saint-Chaumond.

25. À partir de la fin des années soixante, beaucoup de fabricants « descendent dans la rue » – c'est-à-dire prennent un magasin. Si bien qu'il existe, depuis une trentaine d'années, deux types très différents de boutiques dans le Sentier, qu'il est impossible à un néophyte de distinguer tant elles se ressemblent : celles des grossistes qui vendent aux détaillants la production des fabricants, celles des fabricants qui écoulent eux-mêmes leur production.

26. Derrière les vitrines rutilantes des magasins, ce sont souvent des arrière-cours sordides, des escaliers miteux sans lumière, de vieilles toilettes à la turque sur le palier, des façades intérieures jamais ravalées.

27. Place du Caire, où les manutentionnaires indo-pakistanais ont l'habitude d'attendre qu'on leur propose du travail. On distingue un ouvrier avec un « matelas » de cinq, six ou dix vêtements qui lui sont fournis en pièces détachées. Le coupeur a tout préparé : le dos, le devant, les manches, le col, les pattes de poches.

28. L'entrée du passage du Caire, place du Caire, ornée des têtes sculptées de la déesse Hathor, en souvenir de la campagne d'Égypte de Napoléon. Cette façade est aujourd'hui classée.

CC
BANQUES
change
SAPON
131
JOTY

29 et 30, page de gauche et ci-dessus : deux perspectives du passage du Caire, construit en 1799 sur l'emplacement de l'ancien couvent des Filles-Dieu. C'est le premier passage couvert parisien, créé à l'époque de Napoléon sur le modèle des bazars d'Orient. Il permettait au chaland de faire ses courses dans ses différentes galeries bordées d'élégantes boutiques à l'abri des chevaux, des roues des fiacres et de la boue.

31. Ouvriers chargés de vêtements dans la rue.

Le Sentier, un quartier juif ?

« Aujourd'hui dans le Sentier, dit Maxi Librati, il y a au moins 50 % d'étrangers.

– D'étrangers ?

– Oui, d'étrangers à la communauté ! »

Voilà qui ne manque pas de piquant ! Sami Aladjem, dans un esprit tout différent, fait le même constat : « Il y a beaucoup de Juifs, mais c'est surtout un quartier cosmopolite. Dans mon personnel, par exemple, il y a un Pakistanais, un Mauricien, un Portugais, un Breton. Ce qui compte, quand j'engage les gens, c'est leur capacité à travailler, pas leur culture d'origine. Avant, j'avais 27 employés ici, il n'y avait qu'un seul Juif. Ce n'est pas ça l'important. » À la liste de Sami, on pourrait rajouter les Turcs, très nombreux, et les Chinois. Hier, c'était les Yougoslaves, et avant-hier, jusqu'aux années soixante, les ouvriers parisiens. Tout cela pour dire que le Sentier n'est pas un quartier juif au sens habituel du terme : ici, pas de synagogues, ni d'enseignes en caractères hébraïques. Et pourtant, un petit pourcentage d'Arméniens mis à part, ce sont bien les Juifs qui donnent le ton – sans doute parce que ce sont eux les patrons.

Jusqu'à la fin des années soixante, sous la houlette des ashkénazes, le ton sera celui d'un judaïsme laïque, souvent engagé politiquement : « Les Juifs d'Europe de l'Est étaient tous extrêmement reconnaissants à la France, terre d'accueil, terre d'asile, dit Pierre Aïdenbaum. Ils étaient conscients que, grâce à la République française, ils avaient pu s'installer ici, monter leur commerce, faire étudier leurs enfants. C'étaient des gens qui, de ce fait, s'intéressaient beaucoup à la chose publique. »

La plupart, sans être militants, avaient plutôt « le cœur à gauche », qu'ils soient socialistes, communistes (comme le frère de Roger Norymberg et Roger lui-même qui, sans en être sûr, a « dû lui aussi faire partie des Jeunesses communistes »), ou plus rarement bundistes, comme Michel Feldman : « Il y avait, c'était l'époque, quelques "compagnons de route" du parti communiste, se souvient-il, et je m'accrochais souvent avec eux. Les disputes, au moment du procès Kravchenko*, par exemple, ont été terribles. Mais on s'entendait bien quand même. »

En réalité, si beaucoup de Juifs étaient communistes dans les années cinquante, ils étaient assez peu nombreux dans le Sentier, où la petite bourgeoisie était majoritaire. Ici, ils étaient plutôt socialistes. « Enfin, socialistes..., avait précisé une ancienne employée d'un ton malicieux, disons qu'ils avaient le cœur à gauche et le portefeuille à droite, comme tous les commerçants ! »

Voilà au moins une chose qui en cinquante ans n'a pas beaucoup changé, comme l'explique Michel, le patron du garage, avec une grande clarté : « C'est sûr qu'ici, on est plutôt pour le libéralisme commercial. En même temps, comme Juifs, et donc héritiers d'une histoire d'opprimés, on est sensible aux arguments de la gauche, on est proche de ceux qui prônent la tolérance et la liberté. En fait deux langages contradictoires se disputent dans le quartier : celui des affaires – et le langage des affaires est un langage de droite : les licenciements, les prud'hommes, les taxes et le fisc inquisiteur – et un langage d'immigrés et de déracinés. Dans le

---

* En 1949, le journal communiste *Les Lettres françaises* poursuit pour diffamation le dissident russe Victor Kravchenko qui, dans son livre *J'ai choisi la liberté*, évoque pour la première fois le goulag. Ce sera l'occasion d'un procès retentissant.

conscient, c'est le langage des affaires qui parle, dans l'inconscient, c'est celui du déraciné. On pourrait l'exprimer comme cela. »

Les camps : s'en souvenir ou oublier

La couleur politique du Sentier des années cinquante est aussi teintée du souvenir des camps dont plusieurs fabricants sont des rescapés. Parmi eux, certains comme Michel Feldman ou Maxi Librati continueront à militer jusqu'à aujourd'hui pour que se transmette la mémoire de la déportation ; d'autres comme mon père ou Joseph Bialot, préféreront prendre leurs distances. Chacun s'en sort comme il peut. « Quand je rencontre un ancien déporté, même si c'est un salaud, je suis pris immédiatement par un sentiment de fraternité, c'est un frère pour moi, me confie Michel Feldman, comme grisé par ce que cela a d'irrépressible. Même si je ne sais pas qui c'est. Dans la vie actuelle, c'est peut-être un homme qui ne vaut pas grand-chose, qui n'est pas intéressant, mais ça ne change rien. Dans le Sentier, il y avait plusieurs anciens déportés qui avaient des affaires et je me sentais proche d'eux, c'était plus fort que tout. J'ai toujours été très actif dans les associations d'anciens déportés, mais les gens du Sentier, eux, ne l'étaient pas du tout. Par exemple, à la commémoration de la grande rafle du Vel' d'Hiv', qui se tient tous les ans, je n'ai pas souvent vu de gens du Sentier. Quelquefois, je le leur reprochais :

– Ça ne t'intéresse pas ?

– Non, je ne peux pas, je n'ai pas le temps, me répondaient-ils en changeant de sujet. »

Maxi Librati, comme Michel Feldman, accompagne souvent des visites guidées à Auschwitz, et le jour de notre rendez-vous, il revient de l'un de ces voyages. Tandis que nous descendons la rue d'Aboukir, un commerçant l'arrête pour lui demander des nouvelles et j'entends Maxi qui, d'un ton guilleret, lui répond : « Auschwitz s'est très bien passé, merci. Cette fois-ci, j'ai emmené X. Elle était très contente. Ça lui a beaucoup plu ! » Sacré Maxi ! Ce doit être ça, un « déporté optimiste » ! Un peu plus tard, tandis que nous déjeunons, il me parle du film que le cinéaste israélien Yaacov Assal a réalisé en 1998 à partir de l'histoire de sa déportation, sous le titre : *Maxi, un aller-retour 145 922*, en référence au numéro qu'on lui a tatoué sur l'avant-bras. Je lui demande s'il a aimé *La vie est belle*, le film de Roberto Benigni. « Beaucoup, répond-il, ce n'est pas un film sur les camps, c'est un film sur l'amour d'un père pour son enfant. Mais ce sont des choses qui ont existé, un père qui ne lâche pas la main de son enfant, je l'ai vu à Auschwitz... »

Est-ce le sujet de notre conversation ? Maxi, pour la première fois, a soudain l'air très fatigué. Nous restons tous deux silencieux, lorsque soudain mon regard tombe sur son assiette de petit salé aux lentilles qu'il découpe négligemment. Ne m'a-t-il pas dit qu'il était très religieux ? Et rompant le silence, je lui fais remarquer, en souriant :

« Ce n'est pas très casher !

– Mais je ne mange pas casher ! répond-il. Je me sens très religieux, mais je roule en voiture le samedi, je mange du porc. Ça n'a rien à voir. »

Tiens, il est devenu religieux ?

Maxi a-t-il été toujours religieux ? Je l'ignore. Il appartient en tout cas à une génération où l'observance stricte des règles de la religion n'était pas de mise : les Juifs de France s'étaient laïcisés dans leur majorité. À cette époque-là, personne ne mangeait casher dans le Sentier, et la seule fête juive pour laquelle les magasins fermaient, c'était Yom Kippour. Et encore pas toujours. Roger Norymberg ne fermait pas à Kippour, « et personne ne me jetait de cailloux », dit-il, rassurant. Mon père non plus ne fermait pas son atelier, puisqu'il n'est pas croyant et que ses ouvriers n'étaient pas juifs, mais il fermait son magasin simplement parce que ce jour-là, le quartier était désert. D'ailleurs, d'après lui, « certains de ceux qui fermaient ne le faisaient pas tant pour des raisons religieuses que pour faire comme les autres. Ils ne voulaient pas qu'on dise d'eux qu'ils ouvraient pour ne pas perdre une journée de travail ».

Les choses changeront à partir des années soixante-dix. Conséquence de l'arrivée des pieds-noirs, comme l'affirment certains, ou regain général d'intérêt pour la religion dans nos sociétés ? Toujours est-il que divers signes du judaïsme sont apparus dans le quartier, qui n'existaient pas auparavant : les *mezuzah* à l'entrée des magasins et des ateliers, ou parfois (c'est tout de même plus rare) le portrait d'un rabbin dans un coin de la boutique, et surtout un plus grand respect des fêtes religieuses qui occasionnent la fermeture d'un nombre grandissant de magasins. « Quand je suis arrivé en 1986, explique Sami Marciano, il y avait entre 15 et 20 % de magasins qui fermaient pour les fêtes juives, aujourd'hui, il y en a 80 %. Et pas seulement pour Kippour, mais pour Pâque, Rosh Ha-Shanah, Purim, Sukkot*... »

S., toujours aussi sévère envers ses collègues du Sentier, prétend que pendant ces fêtes, certaines maisons descendent leur rideau, mais travaillent derrière !

« Et les boutiques qui ne ferment pas sont mal vues ?

– Non. Par exemple nous, on ne ferme pas. C'est quand

---

* Fêtes juives correspondant respectivement : au jour du Grand Pardon, à la sortie d'Égypte, au début de l'année, à la commémoration de la délivrance des Juifs sous l'Empire perse, à la fête des cabanes qui évoque l'errance des Hébreux dans le désert à leur sortie d'Égypte.

même la République française ! On n'est pas mal vus, mais les gens parlent : "Tiens, lui, il n'a pas fermé" ou le contraire : "Celui-là, il ne fermait pas, maintenant il ferme, c'est nouveau ! Il est devenu religieux ?" Il arrive régulièrement qu'Untel, qui un an auparavant ne fermait pas, ferme aujourd'hui. C'est qu'il y a un puissant esprit de prosélytisme envers les Juifs non pratiquants. On essaie de les convertir en leur faisant peur : "Si tu ne fais pas ça, Dieu va te punir !" Mais ça, c'est très mal connaître la religion, c'est en tout cas très mal l'interpréter.

– Les rabbins qui viennent faire la quête, ils la font pour qui ? Pour leur synagogue, pour Israël ?

– Les rabbins n'ont jamais fait la quête pour Israël, il faut le savoir ! répond Sami, d'un ton sans réplique. Ils demandent de l'argent pour leurs *yeshivot** et pour leurs "pauvres", entre guillemets. »

Toutes ces pratiques récentes exaspèrent bien évidemment nombre d'anciens fabricants qui n'y voient rien d'autre qu'hypocrisie et ostentation : « Un jour de Kippour, s'insurge l'un d'eux, je suis passé devant la synagogue de la rue Notre-Dame-de-Nazareth. Je suis sûr qu'il y avait plus de monde sur le trottoir en train de parler qu'à l'intérieur ! Parce que prier dans la synagogue, ça les emmerde. Ils sont tous très pieux, soi-disant, mais ils ne connaissent rien à la religion ! »

D'autres au contraire, tout aussi peu portés sur la religion, ont révisé leur jugement au contact de ces gens qui pensent autrement : « Je suis totalement anti-religion, dit une fabricante, mais j'ai rencontré ici quelques personnes sincèrement croyantes, j'ai eu l'occasion de leur parler, et cela m'a pour ainsi dire forcée au respect. Je pensais jusque-là que ce n'étaient que des pauvres gens, presque des imbéciles. Le

* *Yeshivah*, pluriel *yeshivot* : académie juive consacrée en premier lieu à l'étude du Talmud et de la littérature rabbinique.

Sentier – c'est une des choses que je lui dois – m'a rendue moins sectaire, et je ne suis pas la seule. Je connais d'autres ashkénazes dont le radicalisme laïque s'est adouci au contact des gens d'ici, au point de devenir religieux eux-mêmes. Ce qui n'est pas mon cas. »

Mais c'est celui de Jacques Segal, par exemple. Son père, fils d'un rabbin de Pologne, s'était comme beaucoup de Juifs ashkénazes éloigné de la religion à la suite de la guerre, et il avait élevé son fils dans un minimum de traditions, où ni le shabbat, ni la *casherut** n'avaient leur place. Aujourd'hui, Jacques Segal reconnaît qu'il s'est rapproché de la religion et que c'est aux Juifs d'Afrique du Nord qu'il le doit : « Les séfarades ont apporté avec eux une conscience de la religion que les Juifs de l'Est avaient oubliée, et je trouve ça plutôt bien. C'est important de retrouver des traditions, de se retrouver entre soi, sinon la communauté risque de se dissoudre complètement. À condition, bien sûr, de rester modéré. Mes petits-enfants portent la kippa le jour du shabbat, mais ils vont à l'école laïque ; ils sont initiés à la religion par leurs parents, mais sans extrémisme. Pas comme l'un de mes neveux qui lui a carrément sombré – sombré, je ne sais pas si on peut dire ça, se reprend-il en riant – dans la religion. Il est devenu Loubavitch** ! »

Paradoxalement, de tous ces anciens Juifs laïques que j'ai rencontrés, c'est Michel Feldman, le rescapé d'Auschwitz, le militant du Bund, le progressiste convaincu, qui sera le moins ébranlé par l'arrivée dans le Sentier de Juifs religieux. Tout incroyant qu'il est, il garde en effet, dans un recoin de sa mémoire, le souvenir attendri de ce rabbin de Lodz, « un immense rouquin avec une grande barbe », que ses grands-

---

* *Casherut*: préparation rituelle des aliments autorisés par la religion juive.

** Mouvement hassidique né en Lituanie à la fin du XVIIIe siècle. Il compte aujourd'hui de nombreux adeptes aux États-Unis.

parents, très pieux, l'emmenaient voir chaque semaine, en cachette de son père. « C'est étrange, comme j'aimais aller le voir, comme j'aimais l'écouter. J'adorais aussi l'odeur des vieux livres saints qu'on trouvait dans les oratoires des nombreuses synagogues de Lodz. Ce sont des expériences troublantes, elles m'ont appris à respecter les gens qui ne pensent pas comme moi. »

Cela n'empêche pas que sur certains sujets, la discussion avec ses collègues du Sentier n'ait pas toujours été facile, moins d'ailleurs sur la question de la religion que sur celle encore plus tabou d'Israël.

Israël, un soutien inconditionnel ?

« Israël, ça, c'était ce qu'il ne fallait surtout pas critiquer ! s'exclame-t-il en faisant mine de se protéger de coups imaginaires. Moi, j'étais quelquefois critique, ça ne veut pas dire que je n'aime pas Israël. Mais j'ai eu des discussions très vives à ce propos – en tout cas avec les ashkénazes, parce qu'avec les pieds-noirs… Je les aimais bien, mais sur ce sujet, c'était impossible de simplement commencer à discuter, il y avait un vrai barrage. On ne pouvait absolument rien dire. Quelquefois même, je m'énervais : "Et toi, je leur disais, lorsqu'on t'a renvoyé d'Algérie, tu avais le choix. Tu es venu en France, pourquoi tu n'es pas allé en Israël, puisque tu es tellement sioniste ?" »

Depuis 1967, la primauté absolue de la question d'Israël sur tous les autres problèmes politiques est telle qu'elle détermine, à peu d'exceptions près, l'ensemble des positions politiques des gens du Sentier, qu'il s'agisse de questions internationales ou françaises : « En réalité, dit Michel, le patron du garage, les critères qui font voter les gens du quartier pour tel ou tel gouvernement en France ne dépendent que d'une chose : du soutien de ce gouvernement à la politique israélienne quelle qu'elle soit. Peu importe que la majorité soit de droite ou de gauche là-bas, ils lui accordent de toute façon leur soutien inconditionnel. Ce qui veut dire qu'en France, où la droite a toujours eu une politique extrêmement pro-arabe, ils voteraient plutôt à gauche. Ce qui ne les empêche pas d'avoir en même temps de la sympathie pour un type comme Ariel Sharon, de la droite dure israélienne. »

Et rares sont ceux qui, comme Sami Marciano, pensent différemment. « Ici on dit : "Ce qui est bon pour Israël est bon pour les Juifs", ce qui est un peu limité comme analyse politique !

– Avec vos opinions, vous devez vous sentir plutôt minoritaire.

– Oui, mais ce n'est pas grave. Les gens me connaissent, et parfois même ils m'écoutent parce qu'ils sentent bien que leurs théories... "Mais Dieu, Dieu, Dieu..." invoquent-ils chaque fois qu'il est question des territoires, comme si le problème des frontières avait à voir avec Dieu ! Et moi, je leur réponds : "Si Dieu a décidé de rendre les territoires, c'est qu'on ne peut pas les garder. Alors, on ne les garde pas." Mais c'est vrai que je suis l'un des rares ici à penser comme ça.

– Quelle a été la réaction dans le Sentier quand Rabin s'est fait assassiner ?

– Il y a eu une grande émotion, et dans l'ensemble, les gens étaient plutôt sous le choc. Même si un pourcentage, certes minime, a dû être satisfait, non pas de la disparition physique de Rabin, mais de son élimination politique. Et je ne parle pas de certains religieux – pas tous – qui ont prétendu pouvoir expliquer l'assassinat de Rabin. Avec des gens qui trouvent des explications mystiques à un assassinat, comment peut-on discuter ? Pour leur dire quoi ? »

Le Sentier, on le sait, fut pendant de nombreuses années l'un des plus importants pourvoyeurs de fonds d'Israël. Il l'est beaucoup moins aujourd'hui. « C'est normal, dit Jacques Segal, quand il n'y a pas le feu à la maison, on ne va pas chercher l'extincteur ! Aujourd'hui Israël n'est plus en danger, ce n'est plus la peine qu'on se mobilise de la même manière. » Mais l'Agence juive s'en plaint, paraît-il. Il faut dire que depuis la fin des années soixante, le Sentier l'avait habituée à plus de largesses.

C'est au lendemain de la guerre des Six-Jours, en 1967, que se met en place un système de collecte dont les principaux organisateurs seront pendant longtemps Maxi Librati et René Aboucaya, le propriétaire de la maison de doublure Affritex, en collaboration avec des organisations juives comme le FSJU (le Fonds social juif unifié). Pour les militants sionistes les plus actifs, comme Maxi Librati, les dons d'argent se doubleront d'actions plus politiques, comme le soutien, dans les années soixante-dix, aux *refuzniks* juifs d'URSS. À cette époque, chaque militant – ils étaient quatre ou cinq dans le Sentier – avait un correspondant avec lequel il était en contact régulier et auquel il téléphonait toutes les semaines à Moscou ou à Leningrad. Il s'agissait avant tout d'une entreprise d'encouragement et de soutien moral, qui alla pour certains d'entre eux, comme Maxi Librati, jusqu'à faire le voyage en Russie. La plupart de ces familles candidates à l'émigration vivent aujourd'hui en Israël, et Maxi Librati continue à leur rendre régulièrement visite. Tout comme il continue à soutenir Israël, en finançant toutes sortes d'œuvres sociales pour les enfants ou pour les soldats, ou encore en faisant des dons au mémorial de la déportation de Yad Vashem.

Mais la mobilisation du Sentier pour Israël, atteint son apogée lors de la guerre du Kippour en 1973, et cet élan de solidarité s'accompagne de quelques dérapages pour le moins regrettables. En 1967, la guerre avait été trop courte et trop imprévue pour laisser aux gens le temps de s'organiser. Mais en 1973, les choses se passent très différemment. « La guerre du Kippour a été un vrai choc, se souvient Nicky Leon, les gens étaient inquiets, beaucoup avaient de la famille là-bas, un père, un frère, une sœur... Notre premier mouvement a été de nous réunir chez un marchand de tissus, pour voir ce qu'on pouvait faire. Mais que pouvait-on faire ? »

Nicky Leon n'en dira pas plus, mais à l'issue de cette réunion, un Comité de défense d'Israël est créé, dont l'activité essentielle sera la collecte de fonds auprès des fabricants du quartier pour aider à l'effort de guerre. C'est ainsi que, peu après, mon père reçoit dans son atelier la visite de deux membres de ce Comité. Tous les commerçants du Sentier doivent donner de l'argent pour Israël, expliquent-ils. Ce qui le fait sortir de ses gonds :

« Qui êtes-vous, messieurs, à quel titre venez-vous chez moi ? leur réplique-t-il, peu enclin à obtempérer.

– Il faut donner pour Israël », insistent-ils, en haussant la voix, et d'un ton cette fois-ci péremptoire.

Ce qui n'arrange rien, au contraire. L'atmosphère de l'entrevue devient de plus en plus tendue.

« Je donne quand et à qui je veux, ce n'est pas vous qui allez me l'imposer. Je ne me laisserai pas intimider.

– Dans ce cas, le menace l'un des deux, ne vous étonnez pas s'il vous arrive quelque chose ! »

Sans attendre, mon père appelle alors Irène, sa secrétaire, Jean-Pierre, son second, puis l'ensemble de son atelier, et leur désigne celui qui vient de parler. Il leur dit : « Ce monsieur me dit que je ne dois pas m'étonner s'il m'arrive quelque chose ; comme ça vous êtes au courant. » Puis se retournant vers les visiteurs : « C'est toujours bon à savoir. S'il m'arrive quoi que ce soit, on saura à qui s'adresser. »

Mais l'affaire n'en reste pas là. Quelques jours plus tard, lorsque mon père vient ouvrir sa boutique, elle est entièrement barbouillée d'étoiles juives et de graffiti infamants : « Juif honteux », « Juif anti-Israël », est-il écrit de haut en bas sur sa vitrine. Son magasin n'est pas le seul à avoir subi ce traitement, ils sont quatre ou cinq, parmi lesquels la célèbre boutique Odilène, dont les patrons sont connus pour leurs opinions de gauche. Eux non plus n'ont pas voulu donner. Quant à Ange Levi, dont le beau magasin se trouve encore rue Réaumur, il n'y comprend rien : il a donné et on a quand même barbouillé sa devanture ! « Ceux qui avaient fait la besogne s'étaient trompés de numéro ! » rigole rétrospectivement mon père qui, sur le coup, n'a pas dû rire beaucoup.

« Qu'est-ce que ça tu as fait, quand tu es arrivé le matin ?

– Je suis allé acheter du trichlorétylène, répond-il toujours aussi pragmatique, parce que c'était écrit à la bombe. Il fallait bien nettoyer. Je me souviens que pendant qu'on était en train de frotter, les patrons des bistrots, ou des Français (sic !) qui passaient par là, nous disaient : "Vous savez, tous les Français ne sont pas comme ça." Comment pouvaient-ils imaginer que c'était des Juifs qui nous avaient fait ça, pour eux ça ne pouvait être que des antisémites, évidemment ! En réalité, c'était les petits voyous du Betar. Ils sont toujours prêts à accomplir les basses besognes quand on les appelle.

– Les gens du quartier n'en revenaient pas, renchérit ma belle-mère. Plusieurs personnes, qui avaient pourtant donné, étaient révoltées, dégoûtées, et nous ont manifesté leur solidarité. Cela ne les empêchait pas d'avoir du mal à nous comprendre : pourquoi n'avions-nous pas donné d'argent pour la guerre ? Je leur répondais : "Comment osez-vous demander, vous qui êtes tranquillement chez vous, au calme, que des jeunes soldats aillent se faire tuer ?"

– Et ensuite que s'est-il passé ?

– Je suis allé à la police et j'ai porté plainte contre M. X, répond mon père, celui qui m'avait menacé, et je les ai avertis que s'il m'arrivait quelque chose, il fallait qu'ils cherchent de ce côté-là. Le commissaire a dû contacter M. X, car quelques jours après celui-ci me faisait savoir qu'il souhaitait me voir. Je suis allé dans son bureau. Il y avait là quatre ou cinq membres du Comité et l'un d'entre eux se met, à nouveau, à me faire la morale : "Il faut donner, etc." et il recommence : "Juif honteux"... Alors là, je m'énerve sérieusement : "Ce n'est pas vous qui allez me donner des leçons, je suis un ancien déporté, je sais ce que c'est d'être Juif ! Vous êtes là pour quoi, pour me dicter ce que je dois faire ? Vous ne me faites pas peur. Je me défendrai." En plus, ils avaient le culot de me reprocher d'être allé les dénoncer à la police ! "Vous êtes venus me menacer, et moi je devrais ne rien dire et me laisser menacer ? Vous savez, je vous connais tous, et s'il m'arrive quelque chose, on saura à qui s'adresser." Je leur ai dit au revoir, en prenant la peine de les appeler chacun par leur nom, et je suis parti. Je n'ai plus jamais eu de leurs nouvelles. En revanche, je ne me suis pas privé de raconter cette histoire dans tout le quartier. Mais il ne s'est plus rien passé. Il y en a simplement deux ou trois qui me regardaient de travers. C'est difficile à expliquer, mais lors de la guerre du Kippour, ils sont vraiment tous devenus dingues. C'était incroyable, ils voulaient tous faire des collectes ! Mais ce genre de racket n'est pas spécifique aux Juifs ; les Algériens, lors de la guerre d'Algérie, ont tous été rackettés aussi. J'avais un petit coursier, à cette époque-là, il était obligé aussi de payer. Tout le monde devait payer pour la guerre. »

Quelques jours après que j'ai entendu cette histoire, Metin, l'entrepreneur turc, me raconte la manière dont il est régulièrement racketté par les militants nationalistes kurdes, qui sont nombreux en France et notamment dans la confection. On croirait entendre, c'en est même troublant, l'exacte répétition de l'épisode précédent: « Je n'ai jamais rien voulu leur donner, alors ils m'ont menacé de s'en prendre à ma femme et à mon fils. Je suis allé avertir le commissariat de police des menaces que j'avais reçues, et je leur ai donné le signalement de ceux qui cherchaient à m'intimider au cas où il arriverait quelque chose. En retour, la police m'a donné un numéro d'urgence où téléphoner en cas de danger. Heureusement, pour l'instant, il ne s'est rien passé, mais qu'ils ne s'avisent pas de toucher à ma famille... »

Au moment où se déroulent les événements de la guerre du Kippour, David Aboucaya n'a que treize ans, mais il s'en souvient très bien, car son père était l'un des membres les plus actifs du Comité de défense et il fut même pendant quelque temps le président de l'organisation chargée de la collecte des fonds du Sentier pour Israël. C'est dans sa boutique de tissus que les commerçants du quartier se réunissaient, David ne comprenait évidemment rien à la politique, mais le sentiment qu'il a gardé de cette époque est celui d'une gêne à l'égard de cette atmosphère d'activisme sioniste. À son tour, comme beaucoup de jeunes Juifs imprégnés d'idéaux socialistes, il part vivre, quelques années plus tard, dans un kibboutz. Mais bientôt, alors que le pays est en pleine guerre contre le Liban, il est enrôlé dans l'armée. Il en revient sympathisant du Meretz, le parti d'extrême gauche israélien et ouvertement engagé dans le soutien aux Palestiniens. Ce qui ne facilite pas, on s'en doute, son retour dans le Sentier, lorsqu'il décide, en 1986, de reprendre l'affaire de son père: « Mon père, c'est mon père, et moi, c'est moi, déclare-t-il. Je ne me suis jamais caché de mon soutien aux Palestiniens, tout le monde dans le Sentier le savait. Et lorsque les organisations juives et sionistes ont essayé de m'inciter à donner, j'ai toujours refusé. Ce n'est pas parce que j'aime ce pays – car j'aime profondément Israël – que je vais donner à n'importe qui et pour n'importe quoi.

La conséquence évidemment, c'est que plusieurs fabricants ne sont plus venus acheter chez moi. »

En dehors de cette mobilisation inconditionnelle en faveur d'Israël, les Juifs du Sentier de ces années-là ne se sont jamais mobilisés pour grand-chose. Rares furent ceux qui, comme mon père et Maxi Librati, s'engagèrent au Mouvement contre le racisme, l'antisémitisme et pour la paix. Il existait en effet une section prêt-à-porter du MRAP, où se retrouvaient plusieurs noms importants de la mode, comme Daniel Hechter ou Dorothée Bis. « On faisait des réunions, il y en a même eu quelques-unes mouvementées à propos d'Israël, se souvient mon père. Mais l'une de nos tâches essentielles était de trouver de l'argent pour payer des avocats à des gens qui n'en avaient pas, et pas seulement à des Juifs ! Il y avait des types formidables qui se démenaient pour aider les militants du MRAP.

– Et des gens du Sentier, il y en avait dans cette section du MRAP ?

– Non, très peu. Car les gens comme nous, pas sectaires, qui s'intéressaient aux autres et pas seulement aux Juifs, étaient une minorité. La plupart étaient sionistes et c'est tout. Ce qui ne veut pas dire qu'ils étaient tous prêts à pratiquer le racket, il y en avait de plus modérés. Le racket, c'est encore autre chose ! »

L'après-Copernic

La dernière grande période de tension politique dans le Sentier ne sera pourtant pas directement liée aux affaires israéliennes, elle fera suite à l'attentat sanglant de la rue Copernic. En octobre 1980, on s'en souvient, une bombe explose devant la synagogue de cette rue faisant quatre morts et une quinzaine de blessés. À la suite de cet événement, vécu comme un véritable traumatisme, plusieurs fabricants du Sentier s'organisent en groupes de défense et créent le Comité de coordination du Sentier. Parmi eux, Michel, le patron du garage, qui en sera l'un des principaux organisateurs: « Ce Comité était à la fois une structure de coordination et un organe de liaison avec les pouvoirs publics », commence-t-il du ton du militant de choc qui a fait ses classes dans les groupes clandestins (ou qui a vu trop de films, l'imitation en tout cas est parfaite). « La défense et la protection sont normalement du ressort de l'État et des institutions, non du privé, nous abordions donc un domaine délicat qu'il fallait pouvoir contrôler de manière très stricte pour ne pas nous couper de la société civile, et maintenir le contact avec les pouvoirs publics et avec la presse. Certains nous ont appelé "la milice juive" de Paris, mais c'est une définition qui ne rend pas compte de notre action. Car nous étions bien plus un mouvement de masse, un mouvement populaire, lequel a dû se structurer et dégager des fonds pour organiser sa défense.

– Quelles étaient les actions de ce comité ?

– D'abord la protection des synagogues. Ensuite le coup de poing avec tout ce qui était mouvement d'extrême droite comme le GUD ou le GRECE, ainsi qu'avec les Palestiniens, qui à cette époque – on était en plein Sabra et Chatila – étaient très virulents dans certaines facultés de Paris. Enfin, dès que les premières radios libres sont apparues, nous avons dégagé des fonds pour créer notre radio, Radio Shalom, car nous avions besoin d'un média pour nous exprimer. Ce qui ne nous a pas empêchés de continuer à développer nos relations avec la presse et la télévision.

– Il y avait beaucoup de gens du Sentier dans cette association ?

– Nous étions une dizaine d'administrateurs qui nous occupions de recueillir des fonds et de mobiliser les gens quand c'était nécessaire. Et on peut dire que le quartier nous a suivis comme un seul homme, car nous étions une bande de gars qui jouissions d'un gros capital moral. Il n'y a donc pas eu d'hésitation. Je ne pense pas qu'il y ait même jamais eu, en France, une mobilisation des Juifs à une telle échelle, non seulement pour protéger leurs lieux de culte et leurs fêtes, mais pour s'exprimer de manière populaire et libre, en dehors de leurs habituelles représentations institutionnelles, comme le CRIF (Conseil représentatif des israélites de France). »

Ce que me racontait Michel ne laissait pas de me surprendre. Je n'avais jamais entendu parler de cette mobilisation du Sentier après l'attentat de la rue Copernic, ni d'une quelconque « milice juive ». Plusieurs fabricants auxquels je posai la question ensuite ne s'en souvenaient pas non plus. Au point que je finis par douter, non pas de la réalité des faits, mais de l'ampleur de la mobilisation. Le seul dont le témoignage confirmera ces événements est Roger Norymberg, qui se souvenait très précisément de la manière dont le Sentier s'était alors organisé pour répondre aux agressions possibles : « Il y avait tout un système d'alerte, explique-t-il, chacun d'entre nous avait cinq ou six numéros de téléphone de personnes à prévenir en cas d'urgence, au cas où il faudrait se réunir ou réagir. D'ailleurs, à l'époque de Copernic, je l'avoue, je me suis armé. C'était un choc terrible. Pour la seule fois de ma vie, moi qui ne suis pas religieux, j'ai même pris mon fils sur les épaules et je l'ai emmené dans la synagogue de la rue des Tournelles, pour écouter le *Kol Nidré*, le chant des morts qu'on récite à la veille de Kippour. Jusqu'alors, je ne fermais jamais non plus mon atelier, même pour Kippour. Mais à partir de Copernic, j'ai décidé de fermer par solidarité. Pour dire que bien qu'incroyant, je ne me désolidarisais pas du peuple juif et de la communauté juive. C'est sûr qu'à la tête de ce groupe de défense, il y avait des gens entraînés dans les mouvements sionistes, il ne faut pas être naïf, il y avait même des jeunes du Betar, qui sont des gens que je n'aime pas beaucoup, car c'est la droite sioniste agressive. On se servait d'eux pour faire la milice dans le quartier, c'est évident, et il valait mieux ne pas s'approcher du Sentier avec un look au crâne rasé ! »

« Cette mobilisation a été plus importante que celle de la guerre du Kippour ? demandai-je encore à Michel.

– Ça n'a rien à voir. Pour la guerre, il y a eu des appels de fonds, mais il n'y a jamais eu de mobilisation dans la rue, ni de constitution d'organes de défense. Il n'y en avait pas besoin, car les attentats n'avaient pas lieu ici, en France. On n'était pas personnellement en danger. Car il faut voir les choses comme elles sont, les groupes de défense après Copernic, on n'a pas fait ça pour être des héros, on a fait ça parce qu'on avait la pétoche !

– Et cette "milice" a duré longtemps ?

– Très longtemps, puisqu'elle a duré en gros de 1981 à 1990. À partir de là, les temps ont changé, les rapports entre Israël et les Arabes se sont modifiés. Aujourd'hui, il n'y a plus de terrorisme. Israël est en train de faire la paix avec ses voisins, tout cela ne se justifie plus. Sans compter que nous aussi on a vieilli, on a évolué. Il y a des gars qui ont fait faillite, d'autres qui ont divorcé… bref, on a tous eu l'occasion de prendre du recul ! »

Ce fut la dernière grande mobilisation du Sentier.

Ouvriers, entrepreneurs, fabricants : qui fait quoi ?

On l'aura certainement compris, dans le Sentier on ne connaît pas les trente-cinq heures ! Et sur ce point, ouvriers, entrepreneurs, fabricants sont tous logés à la même enseigne… si ce n'est au même prix.

« Il fallait se battre, ne pas compter les heures, se souvient Maxi Librati. On ne faisait pas les trente-cinq heures, on travaillait le jour, la nuit, le samedi, le dimanche. On se battait pour réussir ! » « Le code du travail et le Sentier sont incompatibles, renchérit Moïse Soussi. C'est pour ça qu'ici il n'y a pas de Français… enfin pas de "Français de souche", se reprend-il. Ils ne pourraient pas s'adapter. Ils n'ont pas envie, eux, de travailler tout le temps. Ils tiennent à préserver leur vie de famille, leur vie affective, leurs sorties… Ils ne sont pas prêts à tout sacrifier. Tandis que nous, on n'a pas le choix. Il faut qu'on fasse nos preuves. Pour monter une affaire, on est obligés de s'y mettre à 100 % : pas de week-ends, pas de jours fériés. Si le soir, à 6 heures, une commande tombe, il faut rester jusqu'à 10 heures, 11 heures parfois. Bien sûr que tout le monde travaille ici en dehors des normes légales. Et alors ? Sans nous, sans les Turcs, les Chinois, les Pakistanais, l'économie de la confection s'effondrerait. C'est à ce seul prix qu'elle peut rester compétitive. »

Nicky Leon, qui a débuté dans le Sentier à la fin des années soixante, en a fait elle aussi l'expérience, car après avoir commencé à travailler avec un façonnier français, elle a été contrainte de s'en séparer : « Il n'était pas assez performant, explique-t-elle, il ne voulait pas faire plus que ses heures. Or c'est un métier où, en haute saison, il faut parfois travailler plus de dix heures par jour. On a donc passé commande à des entrepreneurs turcs et yougoslaves. » Et l'on comprend parfaitement l'indignation de cet ouvrier chinois, fatigué de vivre sous la menace de l'Inspection du travail : « Je n'arrache le bol de riz [traduisez : "le pain de la bouche"] à personne ! La confection ne pourrait pas marcher qu'avec des Français. Lorsqu'un patron reçoit une commande à 17 heures pour le lendemain à 9 heures, aucun Français n'accepterait de travailler toute la nuit[5] ! »

Quand il fait l'éloge des immigrés du Sentier, de leur acharnement au travail, Moïse, dans son élan, cite un peu vite et sans distinction les diverses communautés, comme si elles étaient solidaires autour d'un projet commun. Or, les différents groupes ethniques n'occupent pas la même place dans la chaîne de production : au nom de quoi un ouvrier pakistanais s'identifierait-il aux intérêts de l'entrepreneur turc ou à ceux du fabricant juif ? Pourtant, par-delà les différences de statut social qui les séparent et parfois les opposent, tous ces gens partagent une même valeur : la valeur « travail », unique planche de salut et, qui sait, de réussite.

« Le Sentier, c'est New York, continue Moïse, usant d'une comparaison que j'aurai plus d'une fois l'occasion d'entendre. Il n'y a pas d'Américains à New York, il y a des New-Yorkais : ils sont chinois, espagnols, italiens... C'est pareil dans le Sentier. Et tout le monde peut s'y sentir à l'aise car les rapports y sont fondés sur une seule chose, le travail. Pourquoi n'ai-je eu aucun mal à m'adapter ici, au sortir du kibboutz ? Parce que le kibboutz est une société basée sur le travail. Le Sentier aussi. »

Sami, on s'en souvient, n'a pas eu la même expérience... mais il reconnaît aussi que le dénominateur commun ici est le travail : « Le Sentier, ce ne sont pas des relations entre "communautés immigrées", comme on aimerait le croire, ce sont des relations de travail, c'est tout. » Là où les choses se compliquent, c'est qu'à telle place ou telle fonction correspond une communauté donnée. Si les fabricants sont, dans leur immense majorité, juifs ou arméniens, les entrepreneurs sont eux turcs ou chinois (dans les années soixante-dix, ils étaient yougoslaves, mais la plupart sont repartis au début des années quatre-vingt-dix). Quant aux ouvriers, ils se recrutent essentiellement parmi les Turcs, les Chinois et les Pakistanais.

Entre les fabricants et les ouvriers : les entrepreneurs

Depuis les années soixante-dix, les fabricants, paradoxalement, ne fabriquent plus rien : ils se sont déchargés des tâches les plus contraignantes et les moins lucratives sur les entrepreneurs, pour ne conserver qu'une activité créatrice et commerciale. Ce système est extrêmement avantageux puisqu'il leur épargne l'embauche de main-d'œuvre, ainsi que l'achat de machines et de locaux de fabrication. L'entrepreneur est désormais le seul à en supporter les frais et la responsabilité. Le fabricant, une fois les pièces à monter livrées en « bûche » – c'est-à-dire en kit, fil et boutons compris – lui passe le relais pour l'essentiel du travail d'assemblage. L'entrepreneur répartit les différentes tâches entre les ouvriers de son atelier, rarement plus de dix.

Inutile de revenir sur les conditions de travail des uns et des autres, elles n'ont pas évolué depuis l'avant-guerre. Fluctuations saisonnières, rémunérations à la pièce, dépassements d'horaires sont toujours le lot des entrepreneurs et des ouvriers de la confection. Quant aux relations entrepreneurs-fabricants, elles n'ont pas beaucoup changé non plus.

« Les entrepreneurs sont traités comme de la merde ! se révolte S., on ne se gêne pas pour les faire déplacer dix fois par jour. S'ils arrivent, par malheur, plus tôt que prévu avec la livraison, on est capable de les renvoyer avec tous leurs colis, quitte à les faire revenir quelques heures plus tard. Ils sont toujours les premiers à payer les pots cassés, on passe ses nerfs sur eux, on leur baisse les prix sans qu'ils puissent rien dire, on leur impose des délais intenables qu'ils sont obligés d'accepter car la concurrence est féroce. Moi, je n'ai jamais vu un entrepreneur s'enrichir. »

Il faut, comme Roger Norymberg, se souvenir de la brutalité avec laquelle on a été soi-même traité lorsqu'on était entrepreneur, pour veiller à ne pas reproduire ce qu'on a subi : « Je me suis toujours bien entendu avec les entrepreneurs turcs car je suis rigoureux, dit-il, et c'est un comportement auquel ils ne sont pas habitués de la part d'un fabricant. “Ta parole, c'est une signature”, disait mon père, et je n'ai jamais oublié sa leçon. Alors quand je fais un prix, c'est un prix. Je ne reviens pas dessus, que la saison soit bonne ou mauvaise. Quand je dis que je paie à telle date, le chèque est prêt à temps : ce qui est convenu est convenu. Tandis qu'avec les autres patrons, ils n'arrêtent pas de courir pour se faire payer, ils doivent sans cesse réclamer. “Viens demain à 18 heures, je te paierai”, leur dit-on, mais quand ils arrivent on leur dit de revenir demain et encore demain. Avec moi, le marché est simple : tu me rends un travail impeccable, tu respectes les dates et moi je tiens mes engagements. Pareil pour les commandes. Si je leur commande un travail, quand ils passent le prendre, tout est prêt. Combien de fois ils se pointent chez les autres fabricants pour s'entendre dire que finalement, on n'a pas reçu le tissu, ou bien on n'a pas eu le temps de le couper, et ils se retrouvent avec tout un atelier sur les bras ! Et puis, je leur parle poliment, gentiment ! Il faut voir la manière dont certains leur parlent ! »

« On est les esclaves du Sentier, dit Hakan, le jeune entrepreneur turc, ils nous donnent des pièces à monter, ils fixent les prix, ils gagnent de l'argent, et nous, on bosse. Il y a quelques années, nous aussi on pouvait en vivre, mais aujourd'hui c'est impossible, il y a trop d'ateliers, trop de concurrence et pas assez de travail. »

Alors que fait Hakan pour s'en sortir ? Comme la plupart des entrepreneurs, il paie au noir une partie du travail de ses ouvriers pour alléger ses charges sociales. Ce qui, il faut bien le dire, arrange tout le monde : non seulement l'entrepreneur, mais le fabricant, une partie des ouvriers et même les pouvoirs publics ! La plupart des journalistes, dans leur hâte à diaboliser le travail au noir dans le Sentier, comme s'il s'agissait de la traite des esclaves, se gardent bien en général de chercher une explication ; comme ils se gardent de dire que la confection est loin d'être championne en la matière puisqu'elle passe, pour ce genre de pratiques, loin derrière le secteur du bâtiment et celui de la restauration.

Le travail au noir en question

« Même si certaines techniques ont évolué, explique Georges Jollès, la confection reste un métier de manutention qu'on ne peut pas robotiser. La fabrication d'un costume pour homme, par exemple, nécessite 160 opérations manuelles ! Sur le temps de production d'un vêtement, 80 % revient à la manutention, ce qui signifie que le coût principal de ce vêtement est la rémunération de la main-d'œuvre, laquelle est incompressible. C'est pour cette raison que les grandes chaînes ont délocalisé leur production à l'étranger. »

La conséquence est que l'Inspection du travail, en dépit de quelques contrôles épisodiques, préfère fermer les yeux, car on sait bien que si les entrepreneurs déclaraient tout, le prix de revient des marchandises augmenterait au point de menacer la compétitivité des entreprises françaises sur le marché international. Et cela entraînerait des pertes considérables pour l'industrie du vêtement : la disparition de milliers de commerces et des dizaines de milliers de travailleurs étrangers sans travail. Tout cela sans que ni TVA, ni charges sociales ne soient récupérées.

Nombreux sont les rapports officiels[6] qui, dans les années quatre-vingt, reconnaissent la spécificité du marché de la sous-traitance dans la confection, avec son alternance de périodes de pointe et de creux, ses délais de fabrication très courts, qui rendent difficiles l'embauche classique. Georges Jollès avait lui aussi avancé quelques propositions dans son rapport, en sachant qu'elles choqueraient les partenaires sociaux. Selon lui, seule une « nouvelle forme de salariat » aurait pu répondre aux exigences de la profession, en permettant de faire varier le volume de l'emploi par le recours aux heures supplémentaires et à l'intérim, ou encore par des contrats à durée déterminée ou à temps partiel. Le tout aurait dû s'inscrire dans un cadre juridique, avec un système de protection sociale adéquat. Mais aussi porteuses de progrès social et économique que ces méthodes, à l'entendre, auraient pu être – notamment en ce qui concerne l'emploi précaire et le travail au noir – elles ne furent pas appliquées.

Aujourd'hui, tout le monde ou presque dans le Sentier a intérêt à ce que perdure le système en place. À commencer bien sûr par les fabricants, puisque plus le prix de revient d'un vêtement est bas (et c'est directement lié au coût de la main-d'œuvre), plus il peut être vendu bon marché. Une enquête du magazine *Que choisir ?* avait permis, en septembre 1996, de calculer qu'un vêtement fabriqué en partie au noir permettait de l'avoir en rayon 30 % moins cher que son équivalent fabriqué selon les normes légales. Ce qui permet également au fabricant et au détaillant de s'accorder une marge supplémentaire.

Jouer de la concurrence entre les diverses populations immigrées permet de faire baisser de plus en plus les prix de fabrication : les derniers arrivés sont toujours prêts à travailler aux tarifs les plus bas. D'où la fureur des entrepreneurs turcs, maîtres du marché de la sous-traitance depuis les années quatre-vingt, face à la concurrence pakistanaise et surtout chinoise. « C'est vrai, les Chinois cassent les prix, reconnaît Hakan sans l'acrimonie de la plupart de ses compatriotes. Ils arrivent ici avec d'énormes dettes, alors ils acceptent tout sans discuter, ni les prix, ni les délais. Ils n'ont pas le choix. »

Güner Tahier, ancien étudiant en sociologie à Istanbul, réfugié politique à la suite du coup d'État de 1980, maintenant responsable de la section habillement de la CGT à la Bourse du travail, explique qu'en vingt ans cette concurrence a fait chuter les prix de fabrication de moitié : si au début des années quatre-vingt, un ouvrier recevait 12 F pour un jean, il reçoit aujourd'hui 6 F. Ce qui permet d'estimer la rémunération offerte par le fabricant à l'entrepreneur à 18 F environ. Ce dernier est en effet censé répartir cette somme en trois parts à peu près égales : 1/3 pour l'ouvrier, 1/3 pour les charges sociales et les frais généraux, 1/3 pour sa propre rémunération. (Mais en réalité les ouvriers ne savent jamais combien le fabricant paye réellement l'entrepreneur.) Si l'on prend l'exemple d'un pantalon payé 20 F à l'entrepreneur et vendu en magasin au prix de 299 F, on se fait une idée de la marge du fabricant, qui doit néanmoins payer son tissu et son propre personnel.

Au cours de l'émission *Capital* du 29 août 1995, filmée dans une rue du Sentier, Güner Tahier s'en était pris violemment à quelques fabricants, en les accusant d'être responsables du travail au noir par les tarifs insupportables qu'ils imposaient aux entrepreneurs. Ce qui avait donné lieu à une prise de bec assez animée : « On est obligés de rester compétitifs face à l'Extrême-Orient, lui avait répondu l'un des fabricants, sinon on met la clé sous la porte, et du coup c'est 200 000 personnes de plus qui se retrouvent au chômage !

– Mais vous êtes déjà responsables du chômage, répliquait Güner Tahier. Dans vos ateliers, on travaille quatorze heures par jour, soit six heures supplémentaires, au lieu de partager ce travail avec d'autres ! »

Responsables du chômage, responsables du travail au noir et des tarifs de misère, les fabricants sont aussi à l'origine, d'après Güner Tahier, de la baisse de la qualité du prêt-à-porter français. « Avec ces méthodes, tout un savoir-faire est en train de se perdre », dit-il. Car bien entendu, on ne travaille pas de la même manière pour 8 F que pour 80 F, et l'on ne fait pas non plus appel à la même catégorie d'ouvriers. « Quand je vois les prix qu'on pratique aujourd'hui, remarque mon père, je me demande comment ça peut être fabriqué en France. Dans les magasins, il y a des pantalons à 150 F ! C'est ce que je payais rien que pour la façon ! Il faut dire que les ouvriers avec lesquels je travaillais, des Yougoslaves, étaient des gens de métier, eux. Souvent, ils étaient déjà tailleurs avant d'arriver en France ; ils savaient coudre à la main, faire un bâti. Tandis que maintenant, on entend la machine à coudre qui fait *zzzzz* toute la journée ! Avec les prix d'aujourd'hui, comment veux-tu recruter de bons ouvriers ? C'est même impossible d'être tout simplement correct, de payer les charges et le reste. Ça revient trop cher. »

Atelier d'un jour

« Vous payez une partie du travail au noir ? avais-je demandé à un entrepreneur.

– Une grande partie, je peux vous le dire ! Et même comme ça, je ne m'en sors pas. Ce que je déclare me permet juste de ne pas être inquiété lors d'une visite de contrôle. Mais si l'Inspection du travail voulait vraiment fouiller, elle comprendrait très vite que je ne peux pas avoir une telle production avec si peu d'heures, c'est évident. Regardez-les, dit-il soudain en désignant deux ouvriers de son atelier, ils ont vingt-quatre ans comme moi, vous parlez d'une vie ! Et ce n'est pas avec les fiches de paie que je leur fais qu'ils pourront avoir une retraite ! Je sais que je peux être pris et je l'accepte, continue-t-il. Ce que je n'admets pas, ce sont les manières des inspecteurs. On dirait que la seule chose qu'ils veulent, c'est tout casser. Avant, ils fermaient l'atelier et confisquaient les machines. Aujourd'hui, ils ne se contentent plus de les confisquer, ils les détruisent, ils coupent les câbles. Des machines qui valent 14000 F pièce !

– Cela fait longtemps que vous êtes installé ici ?

– Non, seulement six mois, c'est mon premier atelier. Avant, depuis l'âge de seize ans, j'étais mécanicien dans l'atelier des autres. Mais je ne sais pas combien de temps cela va pouvoir durer. Aujourd'hui, les ateliers ne durent pas plus de douze ou treize mois, car au bout d'un an, on n'arrive pas à payer les charges.

– Vous n'en avez plus que pour six mois ici, alors ?

– Mon comptable m'a donné un peu plus ! corrige-t-il avec une ironie lasse, il m'a donné jusqu'à la fin de l'an 2000. Après, il faudra que je parte. »

Pour beaucoup d'entrepreneurs, cette pratique bien connue des services de l'Inspection du travail – les ateliers provisoires qui disparaissent au bout d'un an – est un moyen très lucratif de berner l'État et les ouvriers. Les Turcs, à écouter Güner Tahier, turc lui-même, seraient passés maîtres en la matière : « Aujourd'hui, à Paris, explique-t-il, il y a quatre ou cinq créations d'entreprises par jour dans la confection, et autant de disparitions. » Le principe en est simple : un entrepreneur monte un atelier et s'inscrit au registre du commerce. Comme tout nouvel entrepreneur, il a un an pour s'acquitter des charges sociales et des taxes. Il fait donc travailler des ouvriers sans rien payer et disparaît, en emportant toutes ses machines, avant que l'année ne soit écoulée. Il transporte son matériel dans un nouveau local, et ouvre un autre atelier sous une autre raison sociale. Pour qu'on ne le retrouve pas, il faut bien sûr que son nom n'apparaisse nulle part. Dans chacun de ses ateliers, il nomme à cet effet ce qu'on appelle un « gérant de paille », qui signe chèques et factures à sa place. La plupart du temps, c'est l'un des salariés de l'entreprise qui, en échange de compensations financières, accepte de jouer ce rôle de prête-nom et d'endosser les éventuelles responsabilités. « Pour vous donner une idée de la proportion du travail au noir, précise-t-il, le nombre d'ouvriers entièrement déclarés dans ce genre d'ateliers est d'environ trois ou quatre sur trente. Ce sont, en général, les membres de la famille de l'entrepreneur. Dans le nombre de trente, je compte les ouvriers de l'atelier proprement dit, mais aussi les ouvriers à domicile qui, le plus souvent, ne sont pas déclarés du tout. »

Je suis allée plusieurs fois voir Güner Tahier : « La porte de mon bureau est ouverte, m'avait-il dit. Venez quand vous voulez, parlez avec qui vous voulez. Il y a souvent des ouvriers qui viennent ici pour que je les aide à la suite de fermetures illégales d'ateliers. Parlez-leur, c'est intéressant ! » Lors d'une de ces visites, je rencontre dans son bureau plusieurs ouvriers qui se sont retrouvés à la rue après que leur patron a fermé l'atelier sans respecter aucune des formes légales de licenciement : il les a prévenus deux jours à l'avance qu'il les licenciait pour raison économique, sans leur donner ni préavis, ni congés payés, ni aucun des papiers nécessaires pour s'inscrire à l'ANPE. Les ouvriers ont voulu porter plainte, mais comme c'est très fréquemment le cas, le patron, entre-temps, avait disparu. Ils sont aujourd'hui une vingtaine dans le bureau de Güner Tahier, qui doit plaider leur cause aux prud'hommes : « Je gagne toujours, dit-il, et les ouvriers sont dédommagés par le Fonds de garantie des salaires, car l'entrepreneur, lui, reste en général introuvable. Mais cela n'est pas suffisant. C'est toute la profession qu'il faudrait mieux réglementer. Depuis les années quatre-vingt les étrangers ont le droit de créer une entreprise : aucun justificatif ne leur est demandé. Ils doivent juste suivre un stage de formation de trois jours, dont tout le monde, à commencer par la Chambre des métiers, sait bien qu'il est inopérant pour des gens qui ne savent souvent ni lire, ni écrire, ni parler français. On leur donne le pouvoir de monter une structure sans leur donner la capacité de la gérer, alors que pour s'établir comme coiffeur, artisan ou fleuriste, par exemple, il faut justifier d'un diplôme. Ce n'est pas étonnant que ça fasse des dégâts ! »

Au contact quotidien de la misère des ouvriers étrangers, Güner Tahier sait garder une justesse de ton, une lucidité, une honnêteté qui ne verse jamais dans les bons sentiments ni dans la démagogie. Il sait que les responsables de ce système sont nombreux, entrepreneurs et fabricants surtout, mais ouvriers aussi parfois. « Les ouvriers turcs, ne craint-il pas de dire, obligent souvent leurs employeurs à les payer au noir, car ce qu'ils veulent c'est travailler, et toucher les Assedic en même temps. Je n'ai jamais vu un Turc réclamer une fiche de paye ! Tout le contraire des Chinois qui, aussitôt régularisés, tiennent absolument à être déclarés. Les Turcs se fichent de se construire un avenir en France, de cotiser pour la retraite, la plupart souhaitent repartir, tandis que les Chinois veulent s'intégrer et avoir leur place dans la société française. C'est toute la différence. » Il refusera d'en dire davantage.

Parmi la vingtaine d'ouvriers venus voir Güner Tahier, ce jour-là, il n'y a pas de Turcs, mais plusieurs ouvrières chinoises au français hésitant, et deux mécaniciens, l'un guinéen, l'autre marocain. Ce dernier, le plus qualifié de tous, travaille depuis longtemps en France, et connaît très bien le métier. Lui aussi, comme les autres, touchait une grande partie de son salaire en espèces. Il aurait voulu être déclaré intégralement, mais avec son patron, c'était ça ou rien. Comme cela se pratique dans beaucoup d'ateliers, le salaire déclaré sur la fiche de paye est toujours le même : le SMIC et 169 heures de travail par mois, quels que soient la qualification de l'ouvrier, le nombre de pièces produites, et les heures effectuées. Le reste est payé en espèces. Ali, c'est le nom du Marocain, gagnait 13 000 F par mois, dont seuls les 6 000 F du SMIC étaient déclarés. « Mais tous les patrons ne sont pas comme ça, dit-il. J'ai travaillé juste avant, pendant six ans, chez un entrepreneur grec, très honnête. Il déclarait nos salaires réels, et lorsqu'il a voulu fermer parce qu'il était vieux, il nous a fait tous les papiers pour qu'on soit en règle, et il nous a donné un préavis. Ce qu'il faut, c'est retrouver un bon patron. Il y en a. » Pendant qu'il parle, son copain guinéen fait la moue, car être payé au noir, lui, ça l'arrange, comme ça il paye moins d'impôts. « Oui, mais quand il arrive des ennuis, comme aujourd'hui, lui rétorque Ali, on n'a droit à rien ! En plus, le jour où le patron n'a pas envie de payer le complément en espèces, parce qu'il ne peut pas ou parce qu'il trouve qu'il n'y a pas eu assez de travail, on n'a aucun recours. » Mais l'autre a toujours l'air dubitatif…

Un autre ouvrier assis à côté de nous écoute sans rien dire. Il est pakistanais et attend également d'être reçu par

Güner Tahier. Il a un beau visage et sourit tout le temps, mais il parle très mal français. Pourtant, cela fait dix ans qu'il vit en France, où il est arrivé comme réfugié politique. Il avait alors demandé le droit d'asile, mais celui-ci lui a été refusé. Aussi a-t-il survécu depuis, en faisant des petits boulots, sans trop s'aventurer en dehors du milieu des réfugiés pakistanais pour ne pas se faire arrêter. Il y a quelques mois, il a enfin obtenu la régularisation de sa situation, et son premier souci a été de trouver un emploi salarié. « Je suis malade, dit-il, en montrant sa jambe, je dois me soigner. » Au Pakistan, il était couturier, ce qui l'a aidé à trouver rapidement du travail dans la confection, contrairement à nombre de ses compatriotes qui sont restés débardeurs dans le Sentier, et attendent chaque jour sur la place du Caire. Son premier emploi, hélas, s'est plutôt mal terminé. C'est pour cela que, sans bien savoir ce qu'il peut obtenir, il est venu voir le syndicat. Toujours souriant, il me raconte sa dernière mésaventure, qui n'a rien de drôle. Après trois mois de SMIC avec des fiches de paye (plus un petit complément en espèces), son patron a cessé de le payer, en lui demandant de patienter jusqu'à la fin du mois suivant. Pour finalement disparaître en lui devant deux mois de salaire. Avec les sommes que son patron a déclarées, il n'a toujours pas droit à la sécurité sociale bien sûr, et cela pour lui, c'est le pire. « C'est là que j'ai mal », répète-t-il en souriant. Il se lève de sa chaise et marche avec difficulté. Qu'est-ce que Güner Tahier va bien pouvoir faire pour lui ?

Il ne faut pas croire pour autant que tous les ouvriers de la confection viennent chercher secours auprès du syndicat. Loin de là ! La structure spécifique de la profession est peu propice au syndicalisme, à cause des relations personnelles qui existent souvent entre l'entrepreneur et les ouvriers. Ceux qui travaillent ensemble viennent souvent du même pays – voire, dans le cas des Turcs, du même parti politique

– d'où la tendance des entrepreneurs et des ouvriers à s'allier contre le fabricant en cas de difficulté. Cela ne se vérifie pas toujours et un atelier peut être composé d'ouvriers d'origines diverses. Mais d'autres liens peuvent alors jouer, notamment de dépendance ou de complicité forgée par des pratiques illicites. Toujours est-il qu'en général, lorsque le conflit a lieu, il est trop tard.

Les méthodes du Sentier, dans le cadre de l'économie française, semi-libérale, sont l'expression d'un capitalisme pur et dur : activité cyclique, loi de l'offre et de la demande, faiblesse ou défaut de protection sociale, absence de syndicats. À cela s'ajoute l'individualisme forcené des patrons du Sentier. Ils n'adhèrent à aucun organisme professionnel : moins de 30 % des entreprises du Sentier sont inscrites à la Fédération du prêt-à-porter. Ils ne s'organisent pas en groupes de pression pour obtenir des avantages, des dégrèvements de charges sociales ou des mesures protectionnistes. Ils ne réclament pas non plus une législation du travail mieux adaptée à leur profession, comme l'ont obtenue d'autres secteurs soumis aux variations saisonnières, tels que les commerces ou les restaurants des stations touristiques ouverts sept jours sur sept pendant la saison. En contrepartie, ils entendent qu'on les laisse agir à leur guise. En un mot, pour les patrons du Sentier, la protection de la loi ne présente que peu d'intérêt par rapport aux contraintes qu'elle impose. Peut-on parler, là encore, d'un réflexe d'immigrés ? J'aurais, pour ma part, tendance à le croire.

Pour la plupart de ceux qui travaillent ici, la vie a été une lutte dans laquelle ils ont été souvent seuls à se battre, sans protection précisément, et sans attendre de cadeau de la part de quiconque. « Croyez-moi, le Sentier, c'est l'école de la vie, dit Georges Moreno. Celui qui a réussi ici peut tout faire. » Mais qu'entend-on généralement par « école de la vie », si ce n'est celle de la dureté, de la loi de la jungle, de l'éprouvante nécessité du combat solitaire ? Les gens qu'on rencontre ici se caractérisent tous par un grand courage, une remarquable énergie, mais ce ne sont pas des tendres... Ici personne ne s'apitoie sur soi-même et pas davantage sur les autres... Ce qui ne justifie en rien l'exploitation abusive des ouvriers de la confection, mais qui situe le problème au-delà des bons sentiments habituels. D'ailleurs, les ouvriers que j'ai rencontrés ne donnent guère dans la plainte ou l'apitoiement. Ils sont dans une autre logique : celle de la survie.

Ateliers clandestins et fausses factures

Un véritable atelier clandestin est un atelier sans existence juridique légale, qui ne satisfait à aucune obligation sociale et fiscale et dont les ouvriers, non déclarés, sont le plus souvent en situation administrative irrégulière. Sa production est écoulée frauduleusement et n'apparaît dans aucune comptabilité.

Dans les années quatre-vingt, plusieurs histoires d'ateliers clandestins, plus sordides les unes que les autres, ont fait la une des journaux. En 1980, dans une blanchisserie désaffectée de Brunoy, on découvre une douzaine de Yougoslaves ne parlant pas français, qui travaillent et vivent dans des conditions déplorables. En 1983, trois ouvriers indiens demandeurs de cartes de séjour sont trouvés à Neuilly, dans un local de 12 m^2 qui leur sert à la fois d'atelier et d'habitation. En 1986, la police démantèle un trafic de main-d'œuvre dans le 13ᵉ arrondissement de Paris et tombe sur vingt Thaïlandais, attirés en France par des promesses de gains fabuleux, et retenus quasi prisonniers dans un atelier de Maisons-Alfort, où ils sont contraints de travailler quatorze heures par jour pour un salaire mensuel de 450 F. En novembre 1988, dans un atelier clandestin de la rue des

Vinaigriers dans le 10e arrondissement, on surprend cinq ouvriers asiatiques sans titres de séjour ni de travail, qui fabriquent des blousons pour un fabricant du Sentier.

Dans la plupart de ces ateliers, les ouvriers sont exploités par leurs compatriotes qui les ont aidés à immigrer clandestinement, et auxquels ils sont redevables. Le prix du passage en France peut en effet équivaloir à plusieurs années de travail gratuit.

Les systèmes que ces ateliers ont mis en place pour pouvoir subsister sont extrêmement complexes et reposent sur un réseau hiérarchisé et cloisonné de petites entreprises dont certaines ne servent qu'à masquer les malversations.

Le maillon le plus important du système est celui des sociétés de fausse facturation ou « sociétés taxi ». Lorsqu'un entrepreneur paie ses ouvriers au noir, en totalité ou en partie, il lui faut des liquidités. Pour cela, il doit écouler une partie de sa marchandise sans facture, contre espèces, ce qui lui permettra de rémunérer ses ouvriers. Et par la même occasion, de masquer une partie de ses bénéfices. Pour cela il a recours à une société facturière qui a toutes les apparences d'une société productive – elle est notamment déclarée au registre du commerce – mais n'a ni local, ni machines. Sa seule activité est la facturation. Pour avoir des liquidités, l'entrepreneur remet à cette société une fausse facture et un chèque, que celle-ci échange ensuite à la banque contre des espèces qu'elle restitue à l'entrepreneur, non sans avoir prélevé au passage sa commission, soit le montant de la TVA, à l'époque de 18,6 %. Bien évidemment, pour que le système fonctionne, il faut s'assurer la complicité d'une banque qui ferme les yeux sur les sommes importantes retirées en espèces. C'est d'ailleurs la raison essentielle pour laquelle ces pratiques ne sont plus possibles aujourd'hui, le contrôle imposé aux banques ayant été largement renforcé.

Dans les années quatre-vingt, les entrepreneurs yougoslaves sont les principaux responsables de ces fraudes fiscales, qui peuvent atteindre des sommes colossales. En 1983, par exemple, l'un d'entre eux est arrêté : il dirige sans inscription préalable au registre de l'artisanat deux ateliers clandestins où il emploie des ouvriers yougoslaves en situation irrégulière, ce qui lui permet de ne payer ni charges sociales ni impôts. Pour écouler sa marchandise et rémunérer ses employés, il n'utilise pas moins de sept sociétés facturières. Le préjudice subi par l'État, au seul titre de la TVA prélevée par ces « sociétés taxi », est de 6 millions de francs[7]. Un peu plus tard, en 1985, la police découvre tout un réseau de fausses factures composé de Français et de Yougoslaves, qui sont parvenus en deux ans à frauder sur plus de 100 millions de francs. Dans cette affaire, plusieurs cadres de banques sont impliqués pour avoir permis, moyennant « enveloppe », l'ouverture de comptes de sociétés « taxi », et fermé les yeux sur de gros retraits en espèces. Un peu plus tard, c'est un réseau chinois qui est démantelé, avec à la clé 60 millions dissimulés au fisc, grâce à l'aide d'un cadre d'une banque du 13e arrondissement de Paris. Cette pratique de la fausse facturation n'est pas l'apanage du secteur de la confection : elle a pu être utilisée dans le financement des partis politiques...

La faute à qui ?

Mais dans la grande majorité des cas, ce qu'on appelle « atelier clandestin » s'apparente à un travail familial à domicile non déclaré. Cela s'est toujours pratiqué au sein des communautés étrangères encore mal intégrées, comme les Juifs ou les Arméniens avant-guerre. Aujourd'hui ce sont essentiellement – mais de moins en moins depuis leur régularisation – les Chinois qui travaillent ainsi, sans être pour autant des escrocs, ou des fraudeurs intentionnels. Que signifie la qualification de travail au noir pour un immigré chinois de fraîche date ? se demande, dans un article de *Libération* du 22 avril 1987, un jeune sino-français. « Pour un Chinois, cela ne veut rien dire. Il a une machine à coudre chez lui. Il travaille, c'est tout. Il dira : "Je gagne de l'argent à la sueur de mon front." En revanche, il trouvera déshonorant d'aller faire la queue à la Caisse d'allocations familiales. »

Mme Ma[8] dirigeait un petit atelier clandestin jusqu'au jour où la police a débarqué et a confisqué ses machines à coudre. Elle a même fait cinq mois de prison, mais elle se souvient encore de la gentillesse du gardien : « Vous êtes ici parce que vous travaillez au noir, mais il faut bien gagner son pain », lui disait-il, et cela, quand elle y pense, la rassérène. Seulement, maintenant, elle est prudente. Évidemment, reconnaît-elle, l'idéal serait d'avoir un petit atelier déclaré de deux ou trois ouvriers – ce qui permettrait de recevoir des commandes officielles et de facturer – et de dissimuler un atelier clandestin plus important quelque part en banlieue. Mme Ma triche avec la loi, c'est indéniable. Est-elle pour autant une « négrière », comme on l'entend si souvent dire dès qu'il est question de travail clandestin ?

Ce qui est sûr, c'est que Mme Ma et ses pairs servent le Sentier, dont ils exécutent les commandes à des tarifs imbattables et en un temps record : « 200 pantalons à 30 F pièce pour lundi, ça va ? » lui propose le fabricant le vendredi soir. Suivent alors deux jours et trois nuits d'enfer pour surpiquer, coudre, repasser, livrer… « Avec les Chinois, c'était incroyable, confirme un fabricant. L'entrepreneur venait et je lui disais : "Il y a 500 robes à faire, je te les paie tant, mais tu me les rends lundi matin, à 9 heures." Il me répondait : "Oui, monsieur", et il partait. Moi je me demandais comment il allait pouvoir faire. [En général, les fabricants préfèrent plutôt ne pas trop se le demander.] Le lundi matin, les 500 robes étaient là. Je le payais et c'était fini. » Que les fabricants du Sentier profitent de ce système et de la pratique illégale du travail au noir, c'est une évidence, mais ils n'en sont pas les commanditaires directs. Sur ce sujet aussi, mieux vaut être précis.

Quand on parle des méthodes du Sentier, on évoque un mode de production et non un espace géographique. Ce n'est pas dans les rues du Sentier, dans le 2e arrondissement de Paris, qu'on trouve des ouvriers payés au noir et des ateliers clandestins, mais dans un réseau d'ateliers extérieurs situés dans des quartiers périphériques ou en banlieue. Cela pour plusieurs raisons, dont la première est que le Sentier est l'un des quartiers de Paris les plus contrôlés par les inspecteurs du travail, et qu'on n'y trouve donc que des ouvriers en situation régulière. La deuxième est que, le soir et le weekend, c'est un quartier mort, dans lequel des bruits de machines à coudre en dehors des horaires normaux seraient vite détectés. Enfin, les fabricants du Sentier, dont les entreprises ont pignon sur rue depuis des années sinon des décennies, n'ont aucune envie de se trouver impliqués dans des scandales de travail au noir.

Quelques journalistes peu scrupuleux se sont livrés sur le sujet à des élucubrations délirantes. Ainsi dans un article du *Matin de Paris*, l'auteur imagine qu'en cas de descente de police dans le Sentier, « le propriétaire [du magasin] prévenu par son frère, ses amis, ses voisins, a le temps de donner l'alarme, de fermer les cloisons, de dissimuler les trappes et de permettre aux ouvriers de s'enfuir par des portes dérobées, leur machine à coudre sous le bras (sic !). » Ou cet autre, qui dans une émission de télévision qui avait scandalisé la profession, s'était livré au commentaire suivant à propos des immigrés turcs[9] : « On les retrouve quelques années plus tard dans les caves ou sous les toits. Rares sont les immeubles du quartier où il n'y a pas un trio de Turcs ou de Yougoslaves, sous les toits, avec la première machine à coudre qu'on leur loue, et les premières treize heures de travail par jour, et la pénurie de tout dans des ratières sordides. » Et, plus lyrique encore, il avait continué : « Population réduite à l'esclavage, ces recalés de la croissance, ces galériens de la surjeteuse (sic !) sont soumis à un chantage ignoble à la délation : votre travail en échange de l'abri offert, du silence, de quelques pièces… » On l'aura compris, ce n'est pas la sobriété, ni le souci d'exactitude de Güner Tahier…

« Moi, je connais des journalistes qui ont fait des articles sur le Sentier sans y avoir jamais mis les pieds ! » affirme Pierre Aïdenbaum, commanditaire, lorsqu'il était président de la Chambre syndicale de la mode, il y a une dizaine d'années, d'une enquête très sérieuse sur la réalité économique de la profession. « Et ceux qui disent qu'il y a des ateliers clandestins – on a même entendu parler "d'esclavage moderne"… – dans le Sentier, n'y connaissent rien. Seulement, c'est beaucoup plus facile de montrer du doigt un quartier, auquel correspond en plus une communauté, avec tous les sous-entendus que cela implique, que de s'attaquer aux métiers où cela est encore plus flagrant. » À l'appui de sa plaidoirie, Pierre Aïdenbaum cite une étude de plusieurs pages sur le travail clandestin en France, publiée il y a quelques années par le *Nouvel Observateur.* « Dans cet article, il n'y avait quasiment pas une ligne sur le Sentier, pour une fois ! Le journaliste reprenait notamment les statistiques publiées par le ministère du Travail, qui permettent de constater que la fraude et le travail clandestin dans la confection n'arrivent qu'en quatrième ou cinquième position après le bâtiment, les travaux publics, et la restauration. Mais l'image qui illustrait l'article, c'était quoi ? La place du Caire avec un troupeau de Pakistanais, comme si c'était un marché aux esclaves ! »

Pierre Aïdenbaum n'est pas le seul à tenter de sortir le Sentier des clichés. La Préfecture de police dit surveiller tout aussi étroitement les métiers du cuir, du bâtiment et du nettoyage. Quant à l'Inspection du travail, l'un de ses membres a déclaré dans *Le Monde* du 6 décembre 1991 : « Le travail clandestin n'a pas disparu, mais c'est à tort que les médias se sont focalisés sur ce quartier, en privilégiant le spectaculaire. »

Il faut croire que les clichés ont la vie dure. Car si, dans le Sentier comme ailleurs, la fraude existe et si les fabricants tirent largement profit du travail au noir, nous y reviendrons, tout cela n'a pour autant rien à voir avec ce que le terme « atelier clandestin » évoque immédiatement dans l'esprit du public, avec son cortège d'images scabreuses, d'esclaves enfermés dans des caves, telles que les ont diffusées les médias. Sans toujours expliquer d'ailleurs les différences fondamentales qui existent entre travail au noir, ouvriers clandestins, et trafic de main-d'œuvre.

Une négligence fautive ?

Jusqu'en 1997, la législation ne faisait porter la responsabilité du travail au noir que sur le sous-traitant ou l'entrepreneur, de fait le principal organisateur. Depuis cette date, elle engage également la responsabilité du fabricant qui, sans en être l'ordonnateur direct, est malgré tout l'un des premiers bénéficiaires de ces pratiques et donc implicitement son incitateur.

Selon Güner Tahier, les fabricants imposent en connaissance de cause aux entrepreneurs des prix qui ne leur permettent pas de payer les charges. Et ils se servent de ceux-ci comme écran pour rester eux-mêmes dans la légalité. Les fabricants se récrient, protestant de leur bonne foi, révoltés des contrôles et de la menace que la législation fait peser sur eux désormais. En effet, pour toute infraction au code du travail effectuée par un entrepreneur, le fabricant qui lui a passé commande est également tenu pour responsable. À sa charge de vérifier que son sous-traitant est en règle et que tous ses ouvriers sont déclarés. Mais comment peut-il contrôler que son entrepreneur ne sous-traite pas une partie du travail ? se plaignent-ils. Un argument fallacieux pour les syndicats : vu le volume de travail et les délais de fabrication qu'ils exigent, les fabricants savent pertinemment que l'entrepreneur ne pourra pas fabriquer seul et qu'il devra avoir recours à des ouvriers supplémentaires non déclarés.

« C'est à devenir fou, les lois te rendent responsables de ton sous-traitant, maintenant ! s'exclame Roger Norymberg. Tu dois lui demander son inscription au registre du commerce, sa déclaration à l'URSSAF, une déclaration sur l'honneur certifiant que le personnel qu'il emploie est déclaré, son contrat de bail ! Quand on a tout ça, on est à peu près tranquille. Au cas où il y aurait une descente de flics, tu es couvert. Mais c'est inadmissible ! Du moment qu'un sous-traitant prouve qu'il est chef d'entreprise, qu'il est inscrit au registre du commerce, le reste, c'est son problème ! Tu n'as pas à être responsable de son entreprise ! Ces derniers temps, j'avais tellement peur que je disais aux Turcs qui travaillaient pour moi : "Si tu as un copain qui vient te voir, qui n'est pas en règle, tu ne le laisses pas entrer ! Car si on vient pour un contrôle et qu'on le trouve, ça retombe sur moi. Tu auras beau jurer qu'il est juste venu te dire bonjour, personne ne le croira et on dira que c'est un ouvrier qui travaille illégalement." Tu parles d'un climat de méfiance, c'est insupportable ! »

Même explosion de colère chez Sami Marciano : « Maintenant on demande à chaque fabricant de faire la police ! Je ne dis pas que tout le monde est blanc bleu, pas plus ici qu'ailleurs. Chez les bouchers, il y a des escrocs, chez les chauffeurs de taxi, il y a des escrocs. Pourquoi n'y aurait-il pas d'escrocs dans le Sentier ? Seulement, c'est toujours de nous qu'on parle. Tout simplement parce que c'est plus facile de montrer le Sentier qu'un escroc dans une banque. Il suffit de venir, de planter une caméra, de filmer un Pakistanais en train de pousser un chariot, de mettre une légende en dessous et le tour est joué ! En plus, quand on dit "Regardez, c'est le Sentier", qu'est-ce qu'on dit aussi ? "Regardez, c'est des Juifs". Bien sûr qu'il y a du travail au noir dans les ateliers et je suis contre, tout à fait contre, mais ce n'est pas la peine d'en faire une caricature, les effets sont catastrophiques ! Il y en a chez les Chinois, chez les Turcs, chez les Pakistanais qui travaillent pour le Sentier mais qui ne sont pas dans le Sentier. Il n'empêche, la pression sur nous est disproportionnée par rapport à celle subie par le secteur de la restauration ou du bâtiment. »

En réalité, lorsqu'on regarde les jugements rendus ces dernières années, on constate que ce sont toujours les entrepreneurs qui subissent les plus lourdes peines. Quant aux fabricants inculpés, il s'agit essentiellement de grosses chaînes, dont les condamnations pour « recours à travail clandestin » sont beaucoup moins importantes que celles des entrepreneurs accusés, eux, d'« exécution de travail clandestin ». Mais ces derniers restent le plus souvent introuvables et purgent rarement leur peine. Exemple de condamnation : un entrepreneur turc (absent au jugement) est condamné le 10 janvier 1997 par le tribunal de grande instance à « six mois d'emprisonnement et à une amende de 50 000 F pour exécution de travail clandestin et emploi de deux étrangers non munis d'une autorisation de travail. Ces ouvriers travaillaient six jours sur sept, de 8 h 30 à 20 heures, pour un salaire compris entre 5 000 F et 6 000 F. Une jeune Thaïlandaise était payée 2 500 F. » Le fabricant ou donneur d'ordre qui a eu recours à cet entrepreneur est accusé quant à lui de « négligence fautive » : « La simple comparaison entre les bordereaux de déclaration sociale [...] et le nombre d'ouvriers présents dans l'atelier aurait permis de constater que [l'entrepreneur] effectuait la plus grande partie de son travail de façon clandestine. La quantité importante de pièces confiées pour montage à ce façonnier [...] aurait dû conduire [le donneur d'ordre] à se soucier de la faisabilité de l'exécution du travail dans des conditions régulières. »

Au terme de ce réquisitoire, le donneur d'ordre est condamné à une amende de 75 000 F pour « recours à travail clandestin » et à la publication de ce jugement dans le *Journal du textile.*

Ces mesures sont-elles efficaces ? Pour une fois, tout le monde est d'accord, syndicats comme comptables des entreprises, pour affirmer que non. Alors, que faire ? Certains, comme Georges Jollès, pensent qu'il est possible de doter la profession de règles spécifiques et mieux adaptées. Mais d'autres rêvent d'interventions plus musclées, comme ce journaliste du *Quotidien de Paris* qui, dans un article du 8 février 1980, après avoir dénoncé le « bagne » des ateliers clandestins où les ouvriers turcs – « qu'on est parfois allé chercher dans des ateliers d'Istanbul » (qui ça, « on » ?) – travaillent comme des esclaves, fait la proposition suivante pour en finir avec le travail clandestin : « Seule une rafle généralisée – le Sentier encerclé par 3 000 policiers – crèverait sinon définitivement, du moins pour un moment, cet abcès. Mais comment envisager pareille opération sans craindre de faire resurgir de très fâcheux souvenirs ? »

Vous avez dit fâcheux ?

Turcs, Chinois, Pakistanais : les derniers immigrants

À partir des années soixante-dix, de nouveaux immigrants arrivent dans le Sentier. Ce sont d'abord des Yougoslaves fuyant la crise économique de leur pays, suivis bientôt de Turcs venus dans l'espoir de gagner suffisamment d'argent pour se construire une vie meilleure à leur retour au pays. Alors que la majorité des Yougoslaves repart au début des années quatre-vingt-dix, avant la guerre – à la fin des années quatre-vingt, on en comptait officiellement 16 000 à Paris –, les Turcs demeurent. La crise économique, qui ne cesse de s'aggraver au cours des années soixante-dix, le coup d'État militaire de 1980 et la guerre au Kurdistan entraînent de nouvelles vagues d'immigration et incitent ceux qui sont déjà là à s'installer et à faire venir leurs familles.

En 1975, ce sont les réfugiés du Sud-Est asiatique qui rejoignent la France : plus de 110 000 au total, dont 50 000 en Île-de-France. Ils fuient la prise de Saigon par les communistes, ou l'arrivée au pouvoir des Khmers rouges. Quelques années plus tard, profitant de la relative ouverture que leur offre, depuis 1978, le nouveau régime de Deng Xiaoping, ce sont les Chinois. La plupart viennent de la province de Wenzhou. Enfin, au début des années quatre-vingt, Pakistanais et Sri-Lankais traversent les frontières pour échapper aux incessants conflits politiques et religieux qui déchirent la région.

Ce sont ces nouveaux immigrés qui font vivre le Sentier aujourd'hui, mais, on l'a vu, avec des rangs et des fonctions divers, qui varient en fonction de l'ancienneté de leur arrivée et de leur projet d'intégration. Il est intéressant de remarquer que nombre de Chinois, au terme d'une quinzaine d'années, sont devenus fabricants. Ni les Yougoslaves ni les Turcs, installés depuis plus de trente ans, n'ont franchi ce cap, pour la bonne raison qu'ils n'ont jamais envisagé de se construire un avenir ici. Ce qu'ils attendent, c'est de pouvoir rentrer chez eux, fût-ce seulement pour y mourir.

Les Chinois, comme les Juifs ou les Arméniens d'hier, sont au contraire des immigrés « sans retour possible ». Et cela fait toute la différence. Ils désirent réussir dans la profession faire suivre de bonnes études à leurs enfants et s'intégrer dans la société française. Eux aussi sont prêts à travailler sans limite. La différence, c'est qu'ils interviennent sur un marché qui s'est considérablement restreint du fait de la délocalisation grandissante vers les pays à bas salaires. Du coup, les rêves de réussite sont, pour tous – et pas seulement pour les Chinois –, bien plus incertains aujourd'hui qu'hier.

« Lorsque j'ai débuté, il n'y avait pas de "petits boulots", explique par exemple Moïse Soussi, il y avait du boulot. Moi, aussi, j'ai débuté comme manutentionnaire, attendant l'embauche place du Caire, comme les Pakistanais d'aujourd'hui. Mais il y avait de quoi faire, et on pouvait s'en sortir très vite. Les nouveaux immigrés ont un problème que je n'ai pas eu, il n'y a pas de travail pour eux, aujourd'hui, en France. »

Les anciens reconnaissent-ils ce qu'ils ont été jadis, quand ils regardent ceux qui peinent aujourd'hui au bas de l'échelle ? Nombreux sont ceux qui cherchent une échappatoire à la question : « On n'était pas enfermés dans des caves sans pouvoir sortir, comme les Chinois que j'ai vus dans certains reportages ! s'exclame Roger Norymberg, soudain prêt à s'approprier les clichés les plus simplificateurs. Et puis dans les années cinquante, il y avait du travail, ce qui n'est pas le cas aujourd'hui. » D'autres allégueront la situation illégale de beaucoup de ces immigrés. Eux-mêmes ont toujours eu des papiers et le droit de travailler… « C'est normal », commente Sami Marciano, avec son infaillible lucidité, tout à la fois caustique et bienveillante, « on déteste regarder ce qu'on a été, lorsque ce n'est pas valorisant. Pourtant, nous aussi, on a dormi comme eux, à dix dans une chambre, mais ils ne veulent pas s'en souvenir. Oui, on a eu faim. Oui, on a demandé : "S'il te plaît, donne-moi un peu de boulot !" Ils ne se rappellent pas tout cela, ils ont l'impression qu'ils ont toujours été patrons. Pas tous, il y en a qui te diront : "Oui, mais pas de la même manière…" » Beaucoup racontent volontiers leurs débuts, du temps où ils n'étaient rien. Mais de là à s'identifier aux Chinois ou aux Turcs…

Pour Michel, le patron du bistrot, il existe au moins un critère objectif pour distinguer ces diverses populations immigrées : il y a ceux qui boivent et ceux qui ne boivent pas. De ce point de vue, « les Yougo étaient les meilleurs clients, ils buvaient de l'alcool. Les Turcs, évidemment, ne boivent pas. Mais ils sont très gentils, je parle avec eux, ils sont sympas ». Les seuls avec lesquels Michel ait du mal, ce sont les Chinois car non seulement ils ne boivent pas, mais en plus « ils sont sournois, ils font toujours semblant de ne pas comprendre. Sans compter qu'ils ne sévissent pas que dans la confection. Côté restauration, avec leurs menus à 27 F… »

Les Turcs : gagner un peu d'argent et rentrer

L'arrivée des immigrés turcs commence à la fin des années soixante. À cette époque, des accords bilatéraux permettent aux ressortissants turcs d'entrer librement sur le territoire français. Jusqu'en 1974, il leur suffira de justifier d'un contrat de travail signé par un employeur pour obtenir une carte de travail et une autorisation de séjour. Parmi les entrepreneurs de cette première vague d'immigration, beaucoup sont déjà couturiers en Turquie et trouveront des emplois chez de grands couturiers français, comme Hermès ou Dior.

Mais en 1974 les portes se referment, et la plupart des Turcs qui entrent dès lors en France le font illégalement et travaillent clandestinement.

À la fin des années soixante-dix, un nombre important de ces immigrés clandestins rejoignent la CGT afin d'obtenir la régularisation de leur situation. Au début de 1980, 17 d'entre eux vont jusqu'à la grève de la faim et obtiennent un important écho médiatique.

En février 1980, une émission spéciale de FR3, entièrement consacrée aux travailleurs clandestins turcs de la confection, est réalisée avec l'aide des intéressés. Ils font venir les caméras de la télévision sur leurs lieux de travail et d'habitation en l'absence de leurs patrons. Cette émission aura un effet retentissant. Tout d'abord sur les fabricants du Sentier qui s'y sentent calomniés et traités, plus qu'à demi-mot, de purs négriers. Ils ne sont jamais, pour autant, désignés directement, car l'émission joue de sous-entendus. Qui sont les patrons qui exploitent ces ouvriers ? Ce n'est jamais dit. Sur les éternelles images de Pakistanais employés à des travaux de manutention dans les rues du Sentier, le journaliste se livre à un commentaire où se mêlent allusions au bagne et à la prostitution, jouant sur tous les fantasmes associés au lieu : « Il y a à Paris le quartier des confectionneurs. [...] C'est là qu'ils [les Turcs] retrouvent la meute des Pakistanais, des Mauriciens, des Pondichériens, qui se louent à 10 F à 20 F la journée, pour n'importe quoi, à n'importe qui, à vous, à moi, à tout le monde. Ils rejoignent assez vite le camp des déracinés, prêts à tout pour presque rien, [...] mûrs pour l'exploitation de leur temps, de leur talent, de leur naïveté, de leur travail. »

Ce qu'oublie ce commentaire d'un lyrisme échevelé, c'est que cette utilisation des médias par les travailleurs turcs est tout sauf naïve, elle témoigne au contraire d'un grand savoir-faire politique. Lorsque quelques mois plus tard, en janvier 1981, 2944 travailleurs du vêtement seront régularisés, près de la moitié (47,2 %) d'entre eux seront des Turcs. Au cours des deux années suivantes, environ 9500 autres ouvriers de la confection seront régularisés.

Une fois leurs revendications satisfaites, les travailleurs turcs quitteront la CGT pour rejoindre l'Union des travailleurs turcs, car le but de ce combat syndical avait été atteint. De tous les immigrés de la confection, les Turcs sont en effet les plus politisés mais aussi, paradoxalement, les moins syndiqués : souvent regroupés dans les ateliers en fonction de leur appartenance au même parti politique, ils sont contraints, en cas de conflit, de régler leur problème autrement qu'en ayant recours à des instances « étrangères ».

Le monde turc de la confection est organisé, explique Güner Tahier, par réseaux politiques : « Certains ateliers ne recrutent que des militants kurdes, d'autres des islamistes, d'autres des nationalistes d'extrême-droite, d'autres des Turcs laïques. » Le témoignage de Hakan dont la famille est Alevi* sans être pratiquante, va dans le même sens : « Moi, par exemple, je ne travaillerai jamais dans un atelier sunnite, et un sunnite ne travaillera jamais avec moi, car il pense que je ne suis pas un vrai musulman. Un gauchiste du parti marxiste-léniniste ne travaillera jamais avec un fasciste du MHP (Parti nationaliste du mouvement)... et puis il y a aussi les ateliers des militants kurdes du PKK (Parti des travailleurs du Kurdistan). »

Leur appartenance politique ou religieuse détermine aussi la plus ou moins grande ouverture de ces ouvriers à la société française. « Les Turcs sont des immigrés qui, en

---

* Alevisme : branche de l'islam. Cette minorité d'obédience chiite est très importante en Turquie.

majorité, ne s'intègrent pas du tout », explique Gaye Petek, directrice du centre Elele (« la main dans la main »), une association d'aide aux travailleurs turcs en France. « Certains, au bout de vingt ans, ne parlent presque pas français. Ils travaillent entre eux, vivent dans les mêmes quartiers, dans les mêmes immeubles, souvent rue du Faubourg Saint-Denis, où ils ont leurs propres restaurants, leurs magasins, leurs vidéo-clubs, leurs associations. » Gaye Petek le regrette mais l'explique par la crainte qu'ont ces gens de perdre leur identité au contact d'un monde auquel ils n'ont aucunement l'intention de s'attacher puisqu'ils n'ont qu'une idée : retourner dans leur pays. « Ah ! si les Turcs prenaient modèle sur les Juifs, s'était exclamé un jour, à ma grande surprise, Güner Tahier. Mais ils n'ont aucune ambition, ils n'ont pas envie de faire suivre des études à leurs enfants, juste faire de l'argent et rentrer ! »

Pourtant, les quelques entrepreneurs turcs que j'ai rencontrés, sans doute parce qu'ils sont plus jeunes et pour certains mariés à des filles d'immigrés turcs nées en France, ne manifestent pas cette attitude de repli : ils parlent français et affichent d'autres ambitions. Mais sans doute est-ce parce qu'ils sont ainsi qu'ils ont accepté de me recevoir. Les autres ne l'auraient pas fait.

Hakan, Metin et Çuma

J'ai rencontré Hakan grâce au directeur de l'Association des travailleurs de Turquie, mais il semblait se demander, au cours de notre conversation téléphonique préalable, ce que je lui voulais. Aussi, quelle ne fut pas ma surprise lorsqu'une heure avant notre rendez-vous dans l'un des bistrots du quartier, il me téléphona pour me proposer de lui rendre visite dans son atelier : une grande marque de confiance.

Le samedi après-midi, le quartier du Sentier est mort, mais l'atelier de Hakan, au deuxième étage d'un petit immeuble coincé entre un snack turc et un sex-shop, est en activité, comme toutes les semaines, jusqu'à 17 heures. Dans cet immeuble, on entend d'ailleurs des bruits de machines à coudre à tous les étages.

L'atelier de Hakan est clair et comporte deux grandes pièces où travaillent une huitaine d'ouvriers turcs et asiatiques qui m'accueillent en souriant. Dans la deuxième pièce, deux hommes sont occupés à repasser et à accrocher une pile de vêtements sur des tringles. C'est ici que Hakan et moi nous installons, lui sur le bureau, moi sur l'unique chaise. Il parle très bien le français et je le lui fais tout de suite remarquer, car cela n'est pas très fréquent : « Avant de venir en France, j'ai fait des études au lycée d'Istanbul, et je pensais pouvoir les poursuivre ici, explique-t-il. Je me suis donc tout de suite inscrit à des cours de français. Mais au bout de six mois, mon père est tombé malade, et j'ai dû tout abandonner pour travailler en atelier. Là, personne ne parlait français, il n'y avait que des étrangers comme moi, des Chinois, des Sri-Lankais, etc. C'est pour cela que j'ai rejoint l'Association des travailleurs turcs, car je pouvais y rencontrer de jeunes Turcs francophones et continuer à parler. C'était ma seule vie sociale, parce qu'en dehors de l'atelier, qui voulez-vous que j'aie le temps de voir ? Je suis là tous les jours, de 8 heures du matin à 9 heures du soir. Regardez-moi, j'ai vingt-quatre ans, vous trouvez que c'est une vie ? »

Il est vrai qu'à le regarder, élégamment vêtu d'une chemise blanche et d'un pull chiné, avec son visage encore adolescent, on a du mal à l'imaginer aux prises avec la brutalité du monde des ateliers. « Si j'étais resté en Turquie, j'aurais pu faire des études, j'aurais pu être heureux, reprend-il avec amertume. En huit ans, je suis retourné deux fois là-bas et j'ai revu mes amis d'enfance… La vie, ce n'est pas seulement gagner de l'argent. En Turquie, je n'aurais peut-être pas été riche, mais j'aurais eu une vie sociale, j'aurais eu des amis. Tandis qu'en France, ma seule vie, c'est le Sentier ! Et puis ici, je ne suis rien, ni vraiment turc, ni vraiment français...

– Vous aimeriez vivre comme un Français ?

– Oui, bien sûr, répond-il, un peu gêné, soudain timide. Mais tout m'empêche d'être français : le poids de la famille, l'obéissance à mes parents – c'est eux qui m'ont obligé à faire de la confection –, un mode de vie turc, la manière de concevoir les relations avec les femmes... du coup, la seule vie que je connaisse, c'est celle de l'atelier ! Au moins ici, tout le monde se parle. On est ensemble toute la journée, dans la même pièce, alors évidemment, on se raconte des trucs, on est même au courant des secrets des gens.

– Mais dans quelle langue vous parlez-vous ? Il n'y a pas que des Turcs ici, il y a aussi des Chinois... Ils parlent tous français ?

– Non, bien sûr, mais on se débrouille. On se parle en "langue Tarzan", répond-il en riant, vous voyez ce que je veux dire ! »

Hakan me raconte que son père est arrivé en France en 1989. Il a obtenu, sans que son fils comprenne comment, le statut de réfugié politique. Il les a fait venir, sa mère et lui, deux ans plus tard. Mais pourquoi cet homme est-il venu en France, alors que tout dans les manières de Hakan laisse supposer que sa famille n'était pas dans la misère ? « Je ne sais pas, c'est dans les gènes, répond-il. Son propre père avait quitté l'Anatolie pour venir à Istanbul. Il a continué ! Et c'est comme ça que pour moi a commencé le cauchemar.

– Le cauchemar c'est de n'être ni turc ni français, c'est de travailler en atelier ?

– Pas seulement. Le cauchemar c'est aussi le souvenir de mon arrivée. Pas le premier jour, le premier jour ça allait, car des amis étaient là pour nous accueillir. Mais dès le deuxième, je n'avais déjà plus personne à qui parler. Et puis je n'imaginais pas du tout Paris comme ça ! Notre premier appartement était à Stalingrad : il y avait des drogués partout. Et je n'avais jamais vu autant de Noirs de ma vie ni autant d'Arabes. L'appartement était incroyablement sale ! Le premier jour, je me souviens, j'ai cherché en vain les toilettes dans la salle de bain, et surpris de ne pas les trouver, j'ai posé la question à mon père. Il m'a répondu qu'elles se trouvaient sur le palier. Je n'avais jamais vu ça ! J'avais vu des toilettes en dehors des maisons, dans le village de ma mère, à la campagne, mais jamais en ville !

– Vous aviez un plus bel appartement à Istanbul ? demandai-je à Hakan, en m'efforçant, pour ne pas le froisser, de cacher ma surprise face à cette étonnante inversion des rôles.

– À Istanbul ? répond-il. Mais on avait un pavillon ! »

Je comprenais de moins en moins. Qu'étaient-ils donc venus faire ici ? Sans doute Hakan cachait-il une partie de la vérité. Mais laquelle ?

Plus tard, lorsqu'Élisabeth Allès, sinologue, chercheur au CNRS et animatrice du troisième collectif des sans-papiers, à majorité chinoise, m'expliquera les processus complexes de l'émigration, je ne pourrai pas m'empêcher de penser à Hakan : « Ce ne sont jamais les plus misérables qui partent, dira-t-elle, car partir nécessite un minimum de moyens. C'est souvent la petite bourgeoisie des villes qui émigre, poussée par une pression sociale qui peut prendre les formes les plus diverses. Pour les émigrés, cela se vérifie sans cesse, partir représente la plupart du temps une chute de statut social, un déclassement. » Cette réflexion laisse entendre que les raisons qui poussent un homme à tout quitter sont multiples et plus complexes qu'on ne l'imagine. Et je le crois volontiers, car je me suis demandé un nombre incalculable de fois ce qui avait bien pu pousser ceux qui vivent ici, misérablement, loin de leur famille, à franchir le pas. Pourquoi le père de Hakan est-il parti ? Son fils n'en dira rien. Peut-être l'ignore-t-il.

Le motif de l'émigration apparaît plus clair dans le cas de Çuma : il est kurde et frère d'un militant du PKK recherché par la police turque, ce qui lui a permis d'obtenir le statut de réfugié politique. Lui non plus ne vient pas d'une famille pauvre, il a fait des études et possède un diplôme de dessinateur en bâtiment.

Sur décision de ses parents, qui ne voient pas pour lui d'avenir en Turquie, il s'envole, à l'âge de vingt et un ans, pour l'Europe. D'abord pour Cologne en Allemagne, où il ne peut pas rester, car après la chute du mur il devient impossible pour un étranger d'obtenir un permis de séjour. Ensuite pour Paris.

Çuma, lui aussi, me reçoit dans son atelier. C'est un grand jeune homme mince, à l'air très doux. Tout en me parlant, il continue à découdre avec des ciseaux pointus une série de ganses cousues par erreur sur des robes. C'est l'un de ses ouvriers qui s'est trompé, explique-t-il en me montrant le coupable, en train de piquer à la machine, l'air piteux : il a cousu les ganses bleues sur les robes marron. Çuma va passer une bonne partie de la journée à tout découdre. C'est un travail méticuleux car il faut prendre garde à ne pas déchirer le tissu, mais Çuma, l'air impassible, ne laisse transparaître aucun agacement. L'ouvrier paiera certainement cette erreur d'une retenue sur son salaire…

« Je ne suis pas un extrémiste, dit-il. Bien sûr je lis la presse kurde, je vais parfois aux manifestations, mais dans mon atelier, tous mes ouvriers ne sont pas kurdes. Il y en a qui sont turcs, et il y a même un Arménien ! » C'est dire.

Lui non plus n'est pas installé dans cet atelier depuis bien longtemps, cela fait moins d'un an. Auparavant, il était associé, mais les choses n'ont pas marché. « Ça tourne beaucoup dans le Sentier. » Son statut de réfugié lui permet de résider et de travailler en France, mais lui interdit, depuis dix ans, de retourner en Turquie où vit encore toute sa famille. Seule l'obtention de la nationalité française lui permettrait de rentrer parfois chez lui. Il a déjà déposé une demande de naturalisation car il est marié à une Française d'origine turque. Celle-ci est la fille d'immigrés arrivés dans les années soixante-dix et devenus depuis patrons d'un petit restaurant. Elle est allée à l'école française et aujourd'hui, elle est étudiante en commerce international. Grâce à elle Çuma a pu sortir du milieu de l'émigration turque : elle lui a présenté des étudiants français et lui a fait connaître les restaurants, les cinémas, les théâtres. Cela lui donne le sentiment de vivre une vie très différente de celle de ses compatriotes de la confection. Non pas moins dure – il travaille comme eux dix heures par jour – mais moins repliée : « Les autres Turcs, pour la plupart, ne sortent jamais », dit-il.

A-t-il le désir de retourner vivre un jour en Turquie ? Pour sa femme qui est née ici et qui considère la France comme son pays, il n'en est pas question. Pour sa part, il ne sait pas trop ce qui l'attend, car vivre de la confection devient chaque jour plus difficile.

« Mais vous parlez correctement français, vous aurez bientôt la nationalité française, lui fais-je remarquer, cela vous aidera à trouver un autre travail.

– Vous croyez ? répond-il avec un sourire las et désabusé. Il restera toujours mon nom et mon apparence. Et ça, pour trouver du travail, c'est un handicap. »

Metin, des trois, est le plus ancien dans la profession, car il était déjà tailleur en Turquie. À son arrivée en 1988, il travaille comme ouvrier mécanicien, et puis grâce à l'argent qu'on lui envoie de Turquie et à quelques machines qu'on lui prête, il s'installe très vite à son compte. Il a environ trente-cinq ans et c'est un homme très élégant : pantalon noir à pinces, blouson de bonne coupe en cuir noir, chemise blanche, et téléphone portable d'un modèle assez luxueux, qui sonne à plusieurs reprises pendant notre conversation.

Metin vient d'une petite ville sur la mer Noire, à la frontière de la Russie, et le bureau où il me reçoit ressemble à s'y méprendre à celui des fonctionnaires turcs : drapeau turc au mur, vieux bureau des années cinquante, petite table basse où une sorte de serviette à rayures maintenue par un élastique fait office de nappe, et deux chaises recouvertes de housses en peluche, sur l'une desquelles il m'invite à m'asseoir. À chaque minute, je m'attends à voir surgir un employé apportant un thé à la pomme, compagnon obligé de toute négociation sur les bords du Bosphore. Mais ce sera Metin lui-même qui, un peu plus tard, me proposera un café du distributeur automatique placé dans l'entrée de son atelier.

Combien pouvait-il y avoir d'ouvriers dans cet atelier ? Six ou sept, en comptant le presseur et la finisseuse. Quand l'atelier tourne à plein régime, Metin peut employer jusqu'à dix mécaniciens. Mais ce n'est pas arrivé depuis longtemps. Cela fait des mois que le travail manque et les prix ont tellement baissé que personne ne peut plus en vivre : « Aujourd'hui, je gagne par pièce ce que je payais à mes ouvriers en 1990 ; et eux, ils touchent la moitié. Pour un pantalon, on me donnait entre 32 F et 35 F, c'est tombé à 14 F-16 F. Et les Pakistanais acceptent même de faire le travail pour 10 F ! » À l'écouter, les affaires sont même tellement mauvaises que nombre d'ouvriers turcs seraient déjà retournés chez eux. Ils gagneraient presque aussi bien leur vie – sans la même protection sociale, c'est vrai, mais quitte à mal vivre, autant vivre chez soi !

Pour Metin, il n'est pas question de rentrer : lui aussi a une femme française et il veut que son fils de quatorze ans se construise un avenir en France. S'il trouvait preneur, il vendrait son atelier bien volontiers, et avec le prix de la vente augmenté de ses économies, il achèterait une boutique de détail de luxe, avec un service de retouches, ou encore un café-restaurant... Ce jour-là pourtant, je doute de ses intentions : il se plaint, comme tout le monde, mais cela ne va pas si mal. Comment pourrait-il se reconvertir après avoir toujours été dans la confection, comment aurait-il assez d'argent pour s'acheter une boutique de luxe ? Mais j'apprendrai par la suite qu'il a réalisé son projet d'en finir avec l'atelier : il a mis la clé sous la porte et vendu son bail. Ce qu'il est devenu, personne n'a su me le dire. Il semble qu'il soit parti pour un voyage en Turquie. Peut-être va-t-il ouvrir là-bas une petite usine, comme d'autres patrons turcs résidant en France l'ont fait avant lui, pour délocaliser leur production à moindre prix ? N'est-ce pas d'ailleurs ce que font tous les patrons français ?

Les Chinois : travailleurs irréprochables et adversaires redoutables

« Les Chinois font peur aux gens du Sentier exactement comme les Juifs d'Afrique du Nord ont fait peur aux ashkénazes quand ils sont arrivés dans le quartier, dit Pierre Aïdenbaum. C'est toujours pareil, les nouveaux immigrants sont confrontés à un problème de survie, ils acceptent de travailler dans des conditions que les autres n'acceptent plus, et cela suffit à les diaboliser... »

Pierre Aïdenbaum est sans doute l'un de ceux qui connaît le mieux la communauté chinoise du centre de Paris, car c'est dans son arrondissement, le 3e, que celle-ci vit, en grande partie de la fabrication et du commerce de la maroquinerie. Elle a pris la place des artisans juifs d'antan. Dans les classes du lycée Turgot, rue de Turbigo, les enfants chinois sont assis sur les bancs des enfants juifs d'hier, et ce sont, aux dires d'Aïdenbaum, d'excellents élèves, aussi appliqués et studieux que leurs prédécesseurs. Peut-être est-ce d'ailleurs cette similitude qui rend les Chinois si effrayants pour certains fabricants. Car ces derniers sont confrontés pour la première fois à des immigrants aussi désireux de s'intégrer et de réussir qu'ils l'ont été eux-mêmes. Précision tout de même : on parle différemment des Chinois, dans le Sentier, selon qu'on en est l'employeur ou le concurrent. Seul point commun des deux discours : ce sont des gens mystérieux.

Pour un employeur, un Chinois, aussi mystérieux soit-il, est une bénédiction : où pourrait-on trouver quelqu'un qui pratique des prix plus bas ? Et quelle efficacité ! Sans parler des autres qualités : minutie, rapidité, discipline, discrétion, respect de la parole donnée.

Pour un concurrent, entrepreneur ou fabricant, les Chinois sont au contraire des adversaires redoutables. Où trouvent-ils le temps de travailler si vite et pour si peu ? Et les accusations de travail clandestin et de fraude fiscale pleuvent. « Ce n'est plus possible, se plaint un fabricant, les Chinois fabriquent des chemises pour 50 F ! Moi, je n'ai pas encore commencé à couper, ça me coûte déjà 50 F rien qu'en charges !

– Oui, et alors ? répond David Aboucaya. Tu les payais, toi, les charges, il y a trente ans, tu la payais la TVA ? Non. Eh bien eux, ils font pareil. Ils font ce que toi, tu ne peux plus te permettre de faire, parce que maintenant tu es installé, tu ne vas pas risquer de faire du travail au noir et couler ta boîte. Ce n'est pas la peine de te battre dans le bas de gamme, laisse ça aux Chinois, fais autre chose ! »

Plusieurs fabricants du Sentier l'ont déjà compris, qui se sont mis à fabriquer des produits qui ne sont pas encore à la portée des Chinois : « Les Chinois travaillent sans prix de revient, explique Sami Aladjem, ils font travailler leur famille et ne paient donc pas de façon. Nous serons toujours trop chers par rapport à eux. La seule solution, c'est de faire ce qu'ils ne peuvent pas faire. Nous faisons fabriquer des tricots que nous importons d'Italie : ces produits nécessitent des délais de six à neuf mois. Et ça, ce n'est pas pour les Chinois, qui sont uniquement intéressés par ce qui se fabrique en huit jours. »

Oui, mais jusqu'à quand ? Pour l'instant, les Chinois sont spécialisés dans le très bon marché, cela ne veut pas dire qu'ils n'évolueront pas. Les fabricants sont bien placés pour savoir qu'ils apprennent vite ! Ils l'ont souvent oublié, mais ne sont-ils pas aussi responsables de leur rapide ascension ? Dans leur désir d'ébranler le marché de la sous-traitance, tenu jusqu'alors par les Turcs et les Yougoslaves, et d'amener ces derniers à baisser leurs prix, ils ont aidé, à leurs débuts, bien des Chinois à s'installer, en leur accordant des prêts. Mais les prouesses de leurs protégés ont dépassé toutes leurs espérances !

Il n'y a guère que Michel, le patron du garage, pour trouver que le phénomène n'a rien de remarquable : « Si l'on prête davantage attention aux Chinois qu'on ne l'a fait hier vis-à-vis des Turcs, c'est simplement, affirme-t-il, parce que la profession est en crise, et que le marché s'est restreint. » C'est juste, mais il n'empêche qu'avant les Chinois, jamais aucun immigrant – depuis les Juifs et les Arméniens – n'avait dépassé le stade de la sous-traitance pour s'installer comme fabricant.

Il y a Chinois et Chinois...

Quand on parle des Chinois de la confection, il faut faire plusieurs distinctions, à commencer par celle qui sépare entrepreneurs et fabricants. Les premiers travaillent pour le Sentier, mais leurs ateliers sont essentiellement dans les

13e et 20e arrondissements, ou en banlieue. Les seconds sont les concurrents du Sentier. On ne les trouve pas aux alentours de la rue Saint-Denis – où néanmoins quelques-uns d'entre eux ont des boutiques d'accessoires – mais plutôt dans le périmètre de la rue Sedaine, de la rue du Chemin-Vert et du boulevard Voltaire.

L'autre distinction concerne les deux vagues d'immigration : celle des boat people venus d'Asie du Sud-Est en 1975, celle des Chinois venus de Chine populaire depuis le début des années quatre-vingt.

Entre 1975 et 1988 arrivent en France, fuyant les régimes communistes et accueillis comme réfugiés politiques, environ 120 000 réfugiés du Cambodge, du Vietnam et du Laos, parmi lesquels 85 000 sont d'origine chinoise.

Ces derniers sont les descendants de ceux qui avaient émigré de Chine – notamment de Canton, entre 1840 et 1940 – vers la péninsule indochinoise colonisée par la France, dans l'intention d'y faire du commerce. Devenus propriétaires de nombreux négoces, ils ont joué un rôle important dans le monde de la finance et se sentent menacés par le régime communiste. L'exemple le plus célèbre est celui de la famille Tang partie de Chine pour le Vietnam au XIXe siècle, où elle avait fait fortune. Au début de la guerre, elle émigre au Cambodge où elle reconstitue, une fois encore, une fortune importante. Contrainte de quitter le pays à l'arrivée des Khmers rouges, elle s'installera cette fois à Paris, où elle bâtira un troisième empire.

Comme celle-ci, de nombreuses familles de commerçants d'origine chinoise quitteront la région, sans espoir de retour. Forts d'une longue habitude de l'exil, ces immigrants se font très vite une place dans de nombreux secteurs d'activité, comme la fabrication et la vente de bijoux fantaisie, l'épicerie (du supermarché à la petite échoppe) et – en troisième position – la confection, comme entrepreneurs.

Les ouvriers se recrutent parmi la frange la plus pauvre et la moins mobile de cette population immigrée – les Cambodgiens et les Laotiens d'origine rurale. L'ensemble forme une communauté non pas hermétique et impénétrable, comme les médias la décrivent, mais au contraire très prompte à tisser des liens avec la société française, notamment par le biais de l'école. Si la plupart de ses membres habitent les tours des Olympiades, dans le 13e arrondissement – l'endroit a été surnommé Chinatown – ce n'est pas par choix ni dans l'idée de constituer une sorte de ghetto, mais simplement parce que leur arrivée a coïncidé avec la fin de la construction de ce complexe immobilier qu'aucun Français ne voulait habiter !

Les Chinois qui arrivent directement de Chine populaire viennent quant à eux pour la plupart de la province de Wenzhou, une ville portuaire située au sud de Shanghai. Leur histoire est liée à un épisode méconnu de la Première Guerre mondiale. Si l'on veut comprendre pourquoi ces Chinois ont choisi d'émigrer en France, il faut en effet remonter à 1916.

L'Europe est en pleine guerre, et dans les usines de munitions les bras commencent à manquer. Les Alliés se tournent alors vers la Chine et signent avec les autorités de ce pays un contrat pour l'envoi de 140 000 hommes. Ils installent des centres de recrutement dans les villes portuaires de la côte chinoise, et envoient des agents qui promettent la fortune à ceux qui s'engageront. Des milliers de paysans misérables se présentent. On fournit aux volontaires un équipement minimal et on les embarque pour une traversée en bateau d'un mois et demi.

À leur arrivée en France, la plupart d'entre eux sont dirigés vers le Nord, le Pas-de-Calais et les Flandres où ils sont embauchés dans les charbonnages, aciéries, forges, fonderies, poudreries et manufactures d'armes placées derrière les lignes de feu. Ils participent aussi à la construction des hôpitaux, des voies ferrées. Ils déchargent les trains et les navires. Sur le front, ils creusent les tranchées, déminent, nettoient les champs de bataille, transportent les morts et refont les routes. Enfin, lorsque la Chine déclare à son tour la guerre à l'Allemagne, le 14 août 1917, on les envoie au combat. Plusieurs milliers d'entre eux périront.

De ces Chinois, il ne reste en France aucun souvenir, sinon l'expression de « jaune » pour désigner les briseurs de grève, car on s'était en effet servis, dans les usines de gaz parisiennes, de ces volontaires pour casser le mouvement de protestation des ouvriers qui réclamaient des augmentations de salaire !

La guerre finie, presque tous les survivants sont rapatriés. Seule une minorité d'entre eux, environ 3000, choisit de rester à Paris. Parmi eux, de nombreux natifs de la province de Zhejiang où se trouvent, à quelques dizaines de kilomètres de distance, les deux villes de Wenzhou et de Qing Tian. Ils sont employés dans l'industrie métallurgique, l'aéronautique ou la mécanique. Mais lorsque, dans les années trente, les restrictions à l'embauche des étrangers sont mises en place, ils doivent se reconvertir. Ils deviennent alors colporteurs, commerçants itinérants et ils s'initient aux métiers du cuir où ils occuperont une place importante, surtout après la Seconde Guerre mondiale.

Un Chinois quelque peu ashkénaze

M. Yun père est l'un de ces volontaires de 1916 qui décide à la fin de la guerre de rester en France. Une dizaine d'années plus tard, il rencontre là sa femme, une Chinoise elle aussi, vendue en 1928 à un couple de Québécois résidant en France comme garde d'enfants. M. Yun et sa femme ouvrent bientôt ensemble un petit restaurant où leur fils les aidera dès son adolescence.

L'avenir de Yun fils est tout tracé, mais voilà que, peu de temps après la fin de la Seconde Guerre mondiale, ce dernier rencontre celle qui va devenir sa femme : une jeune fille d'origine juive polonaise dont le père est mort en déportation et qui a été prise en charge à la Libération par l'OSE (Organisme de secours à l'enfance), où elle a appris le métier de couturière. Et c'est ainsi que M. Yun débute, comme il le dit lui-même, dans le *shmatès*, dans un petit atelier-appartement de deux pièces à Belleville.

Aujourd'hui M. Yun a deux magasins, l'un dans le « Sentier chinois », rue Bréguet, l'autre rue d'Aboukir, en association avec un certain Izraël, frère paraît-il du célèbre cancérologue. « Tricots Finette, Izraël, Yun & Cie », est-il écrit sur la carte de visite que me remet M. Yun, ce qui me fait sourire.

Avez-vous déjà rencontré un vieux Chinois dont tous les gestes et toutes les intonations sont celles d'un vieux Juif ? Qui vous explique sans sourciller les différences entre ashkénazes et séfarades, le sens de l'épargne des uns, le goût de la dépense des autres ? Inutile de préciser vers qui va sa sympathie : « Les Juifs d'Afrique du Nord, dit-il, en me rapportant une blague, sont les seuls que je connaisse qui, même à poil sur une plage, arrivent à te faire savoir qu'ils ont du fric ! » Sa vertu ashkénaze l'incite à la discrétion.

Mais il ne se fait pas prier pour donner son avis sur une autre communauté : les Chinois ! « Qui aurait pu imaginer que tous ces Asiatiques arriveraient ici, avec ces boat people et tout ça ! C'est le péril jaune ! » lance-t-il sans se troubler le moins du monde. Les nouveaux fabricants chinois ? « Tous des flambeurs, des joueurs qui ne pensent qu'au fric. Ils ne connaissent rien au métier ! » Tiens, ça me rappelle quelque chose ! Ne dirait-on pas l'un de ces vieux *fakhman* en train de vitupérer contre ses « frères » d'Afrique du Nord ? « Pour l'instant, ils se cantonnent dans le bas de gamme, je vois bien qui sont leurs clients, les voitures qui stationnent devant leurs magasins. La plupart sont immatriculées en Allemagne ou en Hollande, mais ce ne sont pas de grands blonds qui sont au volant ! Ce sont des Sikhs ou des Pakistanais : ils revendent ensuite aux forains qui font les marchés dans les pays du Nord. Pour l'instant, les Chinois ramassent les miettes, ils prennent tout ce dont les autres ne veulent pas, mais peu à peu, les miettes s'amoncellent ! » « Rien de nouveau sous le soleil », comme dit M. Yun lui-même, à propos de son propre père : « L'émigrant c'est toujours celui qui n'a rien à perdre. »

Heureusement, tous ces Chinois n'ont pas encore leur résidence à Deauville ! M. Yun n'a pas à craindre de les rencontrer, quand il y part en week-end. Difficile, en revanche, d'échapper aux Juifs d'Afrique du Nord.

On n'est plus chez soi !

La filière Wenzhou

Peu de temps après que les volontaires de la guerre de 14 se sont installés en France, au milieu des années vingt, une grave crise économique touche la région de Wenzhou. Nombre de ses habitants font alors appel à leurs « oncles » et « cousins » de Paris, pour qu'ils les sauvent de la famine. Un véritable pont migratoire se met alors en place entre cette ville et la France.

Jusqu'à la fin des années trente ces nouveaux immigrés rejoignent leurs prédécesseurs dans le commerce ambulant, la restauration, l'ébénisterie, la pédicurie, et pour nombre d'entre eux la maroquinerie, un métier pratiqué dans la région dont ils sont originaires. Ces derniers travaillent chez des patrons juifs du quartier des Arts et Métiers dont beaucoup mourront en déportation ; la guerre finie, les Chinois se retrouveront à la tête d'un artisanat dont ils auront le quasi-monopole. La guerre marquera également l'arrêt de l'émigration de la province de Wenzhou qui, très intense pendant toutes les années trente, s'interrompra dès lors pour plus de quarante ans, jusqu'à l'arrivée au pouvoir de Deng Xiaoping.

La réforme économique que ce dernier met en place à la fin des années soixante-dix a beau donner naissance à un régime plus libéral, les entreprises individuelles y demeurent suspectes, et de nombreuses pressions sont exercées sur la population. Il suffit de penser à la répression de la place Tienanmen en 1989, ou à la politique de l'enfant unique qui, pour bien des femmes chinoises, est toujours vécue comme un traumatisme. Mais d'autres contraintes existent encore : aux descendants de « propriétaires de terre », l'accès à certaines études ou certains emplois reste toujours interdit, celui qui bénéficie d'une promotion dans une entreprise est soumis à toutes formes de racket. Comment s'étonner alors de ce désir d'émigrer ?

À nouveau ceux qui partent ne sont pas les plus pauvres, au contraire : pas de paysans, très peu d'ouvriers, mais des enseignants du primaire et du secondaire, des artisans, des ouvriers qualifiés, des petits commerçants, des « acheteurs » chargés dans les usines de l'approvisionnement en matières premières et de la prospection de la sous-traitance. Jusqu'à la fin des années quatre-vingt-dix, ces émigrants sont encore et toujours originaires de la province de Wenzhou ; mais depuis quelque temps, une nouvelle vague arrive du Nord-Est de la Chine, organisée, semble-t-il, avec la complicité du gouvernement chinois, d'employés d'entreprises d'État, de policiers et d'administratifs au chômage.

Ces derniers arrivés se tournent aussi en grande partie vers la maroquinerie, mais le secteur finit par être saturé. Alors, beaucoup s'orientent vers la confection.

Jusqu'en 1983, les consulats français délivrent facilement des visas aux Chinois. L'afflux est tel que bientôt les frontières se ferment, et il leur devient quasiment impossible d'entrer en France. La demande continue néanmoins à être forte, donnant naissance dans la région de Wenzhou à tout un réseau d'immigration clandestine. Le tarif du passage est très élevé – entre 52 000 et 435 000 F d'après *Libération* du 20 juin 2000 – mais le voyage nécessite une série d'opérations que seuls des passeurs professionnels sont en mesure d'organiser.

Un autre Sentier : la rue du Chemin-Vert

C'est grâce à Mme Cheng, une ancienne actrice du théâtre de Pékin, que j'ai pu rencontrer certains fabricants chinois de la rue du Chemin-Vert. Elle habite tout près, sur le boulevard Voltaire, et elle parcourt souvent ces rues, s'arrêtant quelquefois pour bavarder avec les commerçants. Elle ne parle pas leur langue, le Wenzhou – aucun autre Chinois ne peut la comprendre – mais ils se parlent en mandarin. « Je rentre avec toi dans les boutiques, et je leur explique ce que tu veux. Si tu es avec une Chinoise, ce sera plus facile. » C'est sûr ! Elle se souvient même que l'un de ces commerçants parle volontiers et lui a expliqué beaucoup de choses avec une grande clarté.

Nous partons donc en quête de son magasin le long de la rue du Chemin-Vert. Mais toutes les boutiques se ressemblent : partout les mêmes vitrines, remplies de pulls, de T-shirts et de toutes sortes de petites pièces en tissu synthétique, aux couleurs vives – rose bonbon, vert vif, jaune citron – pour la prochaine saison d'été. L'aménagement intérieur des magasins est réduit au minimum : des portants et des cintres qui supportent des centaines de vêtements. Au fond, un petit comptoir pour les paquets et les factures. Les enseignes des magasins ont des consonances françaises ou anglo-saxonnes, mais à l'intérieur tout le monde est chinois.

Mme Cheng ne retrouve pas la boutique qu'elle cherche, aussi entrons-nous au hasard dans une ou deux, où la pêche est peu fructueuse. Nous aurons plus de chance dans la troisième où madame Daisi – c'est le nom de son magasin – accepte, après quelques préambules échangés en chinois avec Mme Cheng, de nous répondre. Elle est arrivée il y a dix ans, mais elle parle très peu français et l'essentiel de notre dialogue passe donc par la traduction. Madame Daisi est une jeune femme d'une trentaine d'années ; elle ne se départit jamais de son sourire et de son regard attentif alors qu'elle s'efforce de saisir ce que nous disons en français. Pendant dix ans, elle a travaillé comme mécanicienne dans un atelier pour rembourser le prix de son voyage, mais, il y a six mois, elle a pu ouvrir ce magasin à force d'économie et grâce à l'aide de sa famille.

« C'était dur le travail en atelier ? ai-je demandé à madame Daisi.

– Oui, très dur. Mais, pour moi, c'était moins dur qu'un autre travail car j'ai vite appris à coudre.

– Vous connaissez quelque chose qui ne soit pas dur pour un immigré qui arrive dans un pays étranger ? intervient alors son vendeur, un jeune homme parfaitement francophone originaire du quartier chinois de Cholon, à Saigon. Imaginez que vous deviez tout recommencer ailleurs sans connaître la langue, ni rien. C'est forcément dur.

– Et la France, c'est dur ?

– Non, la France, c'est bien. C'est le pays des droits de l'homme, c'est une terre d'asile. C'est un bon pays pour les étrangers.

– Et madame Daisi, elle pense la même chose ? »

Madame Daisi est surtout fière de nous informer que ses filles sont de bonnes élèves à l'école. Elle a deux filles qui sont nées en Chine et un petit garçon de six ans né en France.

« Tu as réussi à faire un garçon en France ! » s'exclame en riant Mme Cheng.

Puis elle se tourne vers moi pour m'expliquer qu'en Chine, après deux filles, c'est fini : il n'est plus possible de faire un enfant, on stérilise de force les femmes. Or le désir de tout Chinois est d'avoir un fils qui puisse plus tard subvenir aux besoins de ses parents.

« Quel métier aimeriez-vous pour vos enfants ?

– Pas la confection ! répond madame Daisi, c'est trop dur. Je ne veux pas qu'ils travaillent comme j'ai travaillé. J'aimerais qu'ils soient fonctionnaires. »

Notre conversation est interrompue par deux clients qui entrent dans le magasin. Deux étrangers – des Suédois ou des Norvégiens semble-t-il – blue-jean et bonnet sur la tête. Des forains ? Ils ont déjà fait quelques courses dans la rue et leurs bras sont chargés de sacs en plastique. Ils repartent du magasin avec une dizaine de T-shirts brodés de perles.

« On vend beaucoup pour les marchés de province et de l'étranger : Portugal, Espagne, Belgique… explique le jeune vendeur.

– Les gens du Sentier vous craignent, ils trouvent que vous êtes des concurrents terribles !

– Mais c'est bien la concurrence ! C'est ce qui fait marcher le commerce ! »

Nous remercions madame Daisi et nous prenons congé. En remontant à nouveau la rue du Chemin-Vert, Mme Cheng reconnaît soudain la boutique qu'elle cherche depuis tout à l'heure. Mais le patron, qu'elle m'avait décrit comme affable et volubile, est aujourd'hui sombre et taciturne, ce qui n'ôte rien à son étonnante beauté, digne d'une star de cinéma. Il n'a pas envie de parler et désigne son coupeur qui se cache dans l'arrière-boutique : « Discutez avec lui, il parle mieux français que moi. » Je me dirige donc vers le fond du magasin, où se tient le coupeur à l'air maladif, dissimulé derrière un portant. C'est un de ces Chinois du Vietnam dont la famille vient de Canton, et qui est arrivé en France avec la première vague des boat people, au milieu des années soixante-dix. Lui aussi, comme le jeune vendeur de madame Daisi, doit sans doute servir d'interprète à son patron Wenzhou qui ne parle presque pas français. Auparavant, il travaillait dans le Sentier, jusqu'à ce que la crise de 1990 ne le mette au chômage.

« Dans le Sentier, c'était mieux, dit-il, parce qu'avec les Juifs, on avait des horaires. Quand c'était l'heure, on arrêtait. Tandis qu'ici, on ne compte pas. Ils payent mal, mais ils veulent qu'on travaille tout le temps. Et question qualité, ils s'en fichent complètement. Mal coupé, mal fini, ça n'a pas la moindre importance. Dans le Sentier, on prêtait beaucoup plus d'attention à la qualité du travail. »

Comme quoi tout est relatif…

« Les fabricants chinois sont pourtant des concurrents dangereux pour le Sentier…

– Mais non, pas du tout ! s'exclame-t-il en haussant les épaules, on ne fait pas du tout la même marchandise ! Ici c'est "populaire ordinaire", tandis que le Sentier c'est "classique élégant". Notre clientèle, c'est à 80 % les marchés, et un peu l'étranger : l'Allemagne et les pays de l'Est surtout. Cela dit, c'est vrai, le marché du bas de gamme s'étend. Il y a de plus en plus de gens qui gagnent le SMIC, alors on ne peut plus s'acheter une chemise à 200 F, il faut qu'elle fasse moins de 100 F.

– Et avec votre patron qui est de Wenzhou, vous vous entendez bien ?

– Non, pas très bien, ce n'est pas la même mentalité. Et ce sont des patrons très durs. »

Il n'en dit pas plus, mais il semble à bout. Ravagé par la maladie et la pauvreté.

Tandis que je discute avec le coupeur, Mme Cheng, elle, a parlé avec le patron, et lorsque nous sortons, elle me dit : « Je comprends maintenant qu'il ait l'air si sombre. Il a eu des problèmes et son magasin est vendu depuis quelques jours. Mais il ne me l'a avoué qu'au dernier moment, quand j'ai proposé de repasser le voir. Il m'a alors dit qu'il serait parti. Un Chinois a honte d'avouer ce genre de choses. Il n'aime pas perdre la face ! »

Code de l'honneur, mais aussi dureté dans le travail, font en effet partie des images associées à cette émigration. « Les Chinois ne sont pas, comme les Turcs, les spécialistes des "disparitions" et des impayés, tient à rappeler Élisabeth Allès. Ils font énormément travailler leurs ouvriers et les payent mal, mais ils règlent toujours ce qu'ils leur ont promis. » De leur côté, aussitôt régularisés, les ouvriers réclament des fiches de paye et ils contrôlent tout : les cotisations à la sécurité sociale, l'URSSAF. Les Chinois qui sont en règle ne rechignent même pas devant l'impôt. Un Wenzhou ne paie pas 100 000 F de voyage juste pour toucher les Assedic. Il vient pour travailler et pour faire fortune !

Un tournant radical a marqué l'histoire récente de la communauté en France. En août 1996, les Chinois rejoignent le troisième collectif des sans-papiers regroupés dans l'église Saint-Bernard, pour obtenir leur régularisation. Cela les fait sortir du ghetto. Clandestins en majorité, ils étaient jusqu'alors demeurés à l'écart de la société française, organisés entre eux, bien que forts d'un réseau commercial déjà étendu.

Leur entrée dans le combat des sans-papiers permet à beaucoup d'entre eux non seulement d'obtenir la régularisation de leur situation, mais aussi de se frotter à la société française. Dans cette lutte, ils se retrouvent au contact de quarante nationalités différentes, découvrent le monde associatif et apprennent les lois françaises. La conséquence de cette expérience est qu'ils sortent de leur enfermement.

Malgré ce changement d'attitude, rares sont ceux qui n'ont pas peur des Chinois dans le Sentier et refusent de les voir comme des ennemis. J. a choisi de collaborer avec eux. Il a embauché une assistante d'origine chinoise, qui l'aide à entrer en rapport avec ces marchés : « La force des Chinois, explique-t-il, c'est d'être à la fois une communauté très solidaire et une diaspora, ce qui leur permet d'avoir des contacts partout. Il y a des Chinois en France, mais il y en a aussi en Allemagne, en Hollande, et surtout, bien sûr, en Chine où ils fabriquent du textile, avec une main-d'œuvre dont le coût est totalement hors du temps ! Mais pour négocier avec eux, c'est comme partout, il faut connaître leurs codes. Seul un Chinois peut m'y aider. »

J. n'est peut-être pas le seul à avoir eu cette idée, surtout au moment où la Chine s'ouvre chaque jour davantage au commerce international. Mais les autres ne l'avouent pas : la règle, c'est encore de dire qu'on n'a rien à voir avec les Chinois...

Les Pakistanais

Les Pakistanais – ou plutôt les Indo-Pakistanais car ils viennent de tout le sous-continent indien, Inde incluse – sont, on l'a déjà dit, les travailleurs les plus pauvres du Sentier : débardeurs, manutentionnaires, ouvriers mécaniciens, rarement entrepreneurs. Dans leur pays, pourtant, certains avaient des emplois qualifiés ; ils étaient instituteurs, commerçants, kinésithérapeutes. Ils sont partis pour fuir la misère, mais aussi les violences de cette partie du monde. Dans un numéro du *Monde* de 1985, un jeune Pakistanais répondait aux questions d'un journaliste : certes, il était mal payé, entre 30 F et 50 F de l'heure, pour porter des rouleaux de jeans de 80 kg, mais il était heureux d'être en France où il pouvait vivre délivré de la peur.

Après une tentative d'ouverture à la démocratie sous le régime d'Alî Bhutto, le Pakistan est tombé en effet, à la fin des années soixante-dix, sous la coupe des militaires. S'ensuivront près de dix ans de loi martiale, doublée d'une islamisation brutale du pays. Pourtant, quels que soient les motifs qui les ont poussés à partir, aucun des Pakistanais qui arrivent en France ne bénéficie du statut de réfugié, et c'est clandestinement qu'ils passent la frontière, en transitant souvent par la Belgique. Aujourd'hui, la plupart d'entre eux sont en possession de titres de séjour et de travail. Le problème de leur emploi demeure néanmoins.

Les travaux de manutention auxquels ils sont essentiellement affectés étaient encore accomplis, il y a une vingtaine d'années, par les chauffeurs-livreurs qui chargeaient et déchargeaient eux-mêmes les camions. Mais au terme de négociations syndicales, ceux-ci obtinrent d'être exemptés de cette partie du travail. C'est ainsi qu'elle échut aux Pakistanais. « Hier, les porteurs s'appelaient Marcel ou Georges », rappelle Joseph Bialot, histoire de dire que beaucoup étaient passés par là, « et ce travail leur a souvent permis de s'en sortir ». La différence, c'est qu'aujourd'hui, quand on est manutentionnaire, la plupart du temps on le reste. De surcroît, ce type de tâche est aujourd'hui essentiellement rémunéré au noir, même si tous les Pakistanais qui attendent du travail sur la place du Caire sont en situation régulière. Rares sont, en effet, les fabricants du Sentier qui ont besoin d'un débardeur à temps complet, ou même à mi-temps. Aussi le système qui s'est mis en place est celui d'une rémunération à la tâche, de la main à la main, en fonction des besoins ponctuels des fabricants.

En 1982, avec l'aide du secrétariat d'État aux Travailleurs immigrés, une association avait tenté de remédier à ces problèmes de travail clandestin des manutentionnaires. L'ASPEC (Association pour une solution aux problèmes de l'emploi clandestin) rassemblait des travailleurs pakistanais regroupés autour de la CFDT et avait réussi à mettre en place, avec l'aide de la CIMADE* et de la Caisse des dépôts, une coopérative d'emploi, la SCOP (Société coopérative ouvrière de production). Le principe était celui d'une coopérative d'emploi intérimaire : les fabricants pouvaient y acheter des carnets de « chèques-services », dont ils se servaient ensuite pour payer les manutentionnaires, sur le modèle de l'emploi des livreurs ou des femmes de ménage, les chèques-services intégrant le calcul des charges. Cette coopérative avait aussi d'autres ambitions : organiser des stages d'apprentissage du français et des cours de comptabilité, dans le but de confier à moyen terme la gestion de l'agence aux Pakistanais eux-mêmes. Mais très vite cette coopérative devait se révéler inopérante : seules 20 % des entreprises du Sentier y avaient recours et, surtout, les ouvriers déclarés gagnaient beaucoup moins qu'au noir. Leurs salaires, charges déduites, étaient dérisoires ! La coopérative, par ailleurs, ne pouvait recruter que des immigrés en situation régulière, lesquels, dans ces années-là, n'étaient encore qu'une infime minorité. Tout le monde est donc revenu au bon vieux système, toléré en désespoir de cause par les pouvoirs publics.

Quelques Indo-Pakistanais ont aussi trouvé des emplois de mécaniciens dans la confection, mais ils sont, là encore, le plus souvent payés au noir et aux tarifs les plus bas. Ce n'est pas le cas d'Adam qui a eu la chance de trouver un

---

* Organisation œucuménique créée en 1939 pour venir en aide aux personnes placées dans des camps du sud de la France. Pendant la guerre, elle a participé activement à la résistance contre le nazisme. Aujourd'hui, elle soutient les réfugiés et les étrangers en France et aide au développement des pays de l'Est et du Sud.

emploi déclaré au montage des prototypes d'une célèbre marque de vêtements pour enfants. Il me donne rendez-vous avec deux de ses amis à Belleville, à la sortie de son travail. C'est l'hiver, il fait froid et tous trois proposent d'aller parler tranquillement dans un café du quartier qu'ils aiment bien, *La Vielleuse*, le même café où, jadis, les vieux ouvriers juifs de la confection venaient jouer à belote ! L'un des trois est un vieil homme au visage maigre et fatigué. Il est pakistanais, et vient de la ville d'Islamabad. Adam et le dernier, un ami de son âge, sont indiens. Ils sont tous deux originaires du Gudjarat, une province qui a une forte tradition textile.

Tous les trois sont arrivés en France il y a une dizaine d'années, et n'ont pas une seule fois remis les pieds au pays depuis. Ils ont pourtant toute leur famille là-bas. Ali, le copain d'Adam, est parti alors que sa femme était enceinte. Son fils, qu'il n'a jamais vu qu'en photo et auquel il n'a jamais parlé qu'au téléphone, a dix ans. Le vieil homme est veuf mais il a trois filles à Islamabad. Si aucun des trois ne rentre, c'est qu'ils n'en ont pas les moyens ; mais surtout ils craignent de ne pas pouvoir revenir : comme clandestins, ils ont pu pénétrer une fois en France, qui sait s'ils réussiraient à y entrer une deuxième ?

La vie d'un clandestin n'est évidemment pas simple : travailler au noir, ne pas pouvoir envoyer soi-même d'argent à sa famille, sans cesse se cacher… Tous les trois se sont déjà fait arrêter à plusieurs reprises. Cela leur vaut en général quelques jours de prison, au terme desquels on les libère : « Les flics sont plutôt gentils avec les Indiens, me dit l'un d'eux, et de toute façon, ils ne peuvent pas nous renvoyer chez nous, car on n'est pas assez nombreux pour qu'ils affrètent un charter ! »

S'ils ont pu trouver du travail comme mécaniciens, c'est qu'ils étaient déjà dans le textile dans leur pays, et qu'ils ont pu s'adapter rapidement à la vie des ateliers. C'est mieux que d'être manutentionnaire. Mieux, cela signifie pour Ali, le plus jeune, de 4000 F à 5000 F par mois, en espèces non déclarées. Mais en basse saison, comme ils sont payés à la pièce, cela peut tomber à 2000 F. Le vieil homme est plus lent et ne gagne jamais plus de 2000 F par mois.

« Et vous arrivez à vivre à Paris avec ça ? leur ai-je demandé, incrédule.

– On se débrouille, parce qu'on ne vit jamais seul. On partage l'appartement à plusieurs, et on met tout en commun, le loyer, la nourriture. »

Je les regarde et je ne peux m'empêcher de me demander ce qu'ils ont fui de si terrible pour préférer vivre aussi loin des leurs, dans une telle pauvreté. Mais ils me font comprendre qu'il existe des misères bien pires, que je ne peux même pas soupçonner. Rien dans leur attitude ne laisse d'ailleurs transparaître la moindre révolte ou aigreur. Ils sont aimables, souriants, et ne se plaignent pas de leurs différents patrons qui les ont toujours payés – à ce qu'ils disent, mais peut-être n'osent-ils pas me dire toute la vérité – ce qu'ils leur ont promis. De toute façon, ils restent très peu de temps dans le même atelier. Dès que le travail se tarit, ils partent en chercher ailleurs, aidés en cela par le bouche à oreille. Depuis deux semaines, ils travaillent chez un Turc. Ce qu'ils feront ensuite, ils n'en savent encore rien. « C'est comme ça la vie, dit Ali, faut bosser ! Il y a quelques mois, j'ai perdu mon père, mais je n'ai pas pu rentrer pour son enterrement. C'était dur. Mais le soir, je m'endors, et j'oublie. Et puis, je suis très croyant, ça m'aide.

– Lui, il est trop croyant, commente Adam en riant, il fait cinq prières par jour ! »

Si la majeure partie des émigrés indiens en France sont hindous, Ali et Adam sont musulmans, ce qui leur créait bien des difficultés pour trouver du travail en Inde, comme ils me le laissent entendre à demi-mot. Mais à Paris, ils n'ont pas de problème avec les émigrés hindous. Les seuls qu'ils craignent, ce sont les Sikhs, car ils sont violents et se livrent paraît-il à toutes sortes de trafics. On les trouve surtout autour du métro Barbès. Il faut prendre garde à les éviter.

Au bout de dix ans, Ali n'a toujours pas d'autorisation de séjour, mais il espère encore, car il pourrait alors peut-être faire venir sa famille. « Mais il faudrait aussi que je trouve un meilleur travail, dit-il, car pour faire vivre une famille, il faut au moins 6 000 F ou 7 000 F par mois ! »

Il fait nuit noire sur Belleville, il est 20 heures passées et il faut qu'ils rentrent. « J'ai ma carte orange ! » dit Ali, content de posséder au moins ce papier. Et je le regarde s'engouffrer dans le métro, pour rejoindre ses colocataires, tous aussi seuls que lui, sans doute.

1990-2000 :
des années de crise et de reconversion

Un après-midi de décembre 1999, dans l'arrière-boutique de Moïse Soussi, deux fabricants voisins viennent lui dire bonjour et s'assoient un moment. Les affaires sont au point mort. Rien. Pas un client de la journée.

« C'est normal, on est avant les fêtes, dis-je pour tenter de les rassurer.

– Tu parles, répond l'un d'eux, ça fait des mois que ça dure. Tout ce que je fais, c'est fumer des clopes. J'attends et je fume de plus en plus. »

Tout en l'écoutant, Moïse, assis derrière son bureau, sort d'un dossier quelques factures dont il additionne le montant à la machine à calculer.

« Tu as des factures, toi ! s'exclame l'autre. Tu en as de la chance, moi ça fait trois mois que je n'en ai pas signé une. J'ai même oublié à quoi ça ressemble », ajoute-t-il avec un rire amer.

Pourtant, pour Moïse aussi les affaires sont difficiles. « Tout le monde souffre, m'assure son coupeur. Ceux qui disent que pour eux ça va sont des menteurs. Ou bien ils refusent de le reconnaître, par amour-propre ou par pudeur. Les seuls qui tiennent, ce sont les grandes sociétés, celles qui ont de gros capitaux, mais nous les petits et même les moyens, on est très touchés. »

On le sait, la majorité des entreprises du Sentier sont de petites structures. Depuis une dizaine d'années, elles ont des difficultés à tenir face à la crise de la consommation, face à la concurrence des Chinois, et surtout face à la réorganisation de la distribution. Celle-ci peut désormais se passer de leurs services puisqu'elle s'est mise à fabriquer elle-même, avec des moyens que les petits fabricants n'ont pas.

Les débuts de cette crise datent des années quatre-vingt-dix, et plus précisément encore de la guerre du Golfe, laquelle s'est soldée par une baisse de la consommation d'autant plus marquée qu'elle s'inscrivait dans un climat de récession et de montée du chômage. Le vêtement, qui n'est pas un produit de première nécessité, a été l'un des secteurs les plus touchés.

« Au moment de la guerre du Golfe, raconte Gilles Gomez, les fabricants du Sentier ont senti que la profession allait être frappée de plein fouet, et ils ont réagi très vite, évitant ainsi le pire. Ils ont immédiatement réduit les frais généraux, ce qui veut dire, en clair, le personnel. Ils se sont mis à produire moins, et beaucoup ont remis de l'argent dans leur affaire pour éviter la faillite. Le résultat, c'est qu'il n'y a pratiquement pas eu de dépôts de bilan dans le Sentier, en tout cas beaucoup moins que dans l'ensemble des autres secteurs de l'Île-de-France, à la même période. » Mais cette rapidité de réaction des gens du Sentier n'a pas suffi, évidemment, à parer la baisse de la consommation, pas plus qu'elle n'a freiné le désintérêt croissant des consommateurs à l'égard de la mode. Car, c'est une évidence, on investit beaucoup moins dans le vêtement aujourd'hui qu'hier, les tenues sont décontractées et l'on préfère dépenser son argent pour les loisirs ou les voyages. Enfin, rien n'a pu empêcher la grande distribution de s'organiser.

La distribution mène la danse

Les années quatre-vingt-dix sont marquées par le bouleversement des rapports de force entre la fabrication et la distribution. En quelques années, les boutiques de détaillants « multi-marques », qui vendaient les modèles de plusieurs fabricants, se sont raréfiées, jusqu'à ne plus représenter aujourd'hui que 25 % de parts de marché. À leur place, les chaînes se sont multipliées : Étam, Promod, Pimkie, Camaïeu, mais aussi Naf Naf, Morgan – sans compter les chaînes étrangères, de Gap à Zara – qui non seulement distribuent les produits de leur marque mais en assurent la fabrication, selon le principe du circuit court dont elles ont intégré l'efficacité.

Même les centrales d'achat qui auparavant s'approvisionnaient chez les fabricants du Sentier – Monoprix, Carrefour ou Casino – ont créé leurs propres réseaux de fabrication et n'ont plus recours à leurs anciens fournisseurs que pour des réassorts ponctuels ou des dépannages de vitrines. Au mieux, les petits fabricants du Sentier sont devenus des entrepreneurs pour les différentes chaînes et centrales.

C'est le cas par exemple de Moïse Soussi, dont l'entreprise de quatre personnes est aujourd'hui totalement dépendante de la grande distribution : « Ce sont eux qui imposent leurs critères et leurs exigences, explique-t-il. Ils connaissent la demande, et nous ce qui se fait en matière de tissus et de fournitures. Nous travaillons en fonction des directives qu'ils nous donnent. Il n'y a pas d'autre choix, puisque les petits détaillants sont morts. Les courses du lundi, c'est fini ! » Même chose pour Thierry : « On est devenus en quelque sorte des entrepreneurs de luxe, et les entrepreneurs sont nos ouvriers. C'est le travail à l'envers ! Avant, c'était moi qui décidais des modèles et qui fixais les prix. Maintenant, ce sont mes clients, les centrales d'achat, qui m'appellent : "Tu peux me faire ce modèle, dans ce tissu-là, pour 65 F ?" Et c'est ça ou rien. Le client fixe le prix, et moi, je dois faire tout le chemin à l'envers, et calculer ma marge, plus ce que je vais payer à l'entrepreneur, à partir du prix qu'il m'impose. »

Et cela, dans le meilleur des cas. Car, bien souvent, le fabricant n'est considéré que comme un intermédiaire de trop auquel on n'a recours qu'en cas d'extrême nécessité. La plupart du temps, les chaînes de distribution traitent directement avec les entrepreneurs, qu'ils se trouvent en France ou à l'étranger.

Plusieurs facteurs ont joué dans cette reconversion de la grande distribution, à commencer par le développement des nouvelles technologies de communication : grâce à Internet, la production en flux tendu n'est plus liée à la stricte proximité, les commandes peuvent être passées instantanément à l'autre bout du monde, où se trouvent nombre des usines de ces grandes chaînes. La puissance grandissante des moyens de transport a mis le Maroc ou les pays de l'Est à deux jours de camion de Paris, Hong Kong, à deux jours d'avion. La délocalisation peut désormais être lointaine, sans perdre pour autant de sa réactivité. La conséquence de cette réorganisation est que le Sentier a perdu le monopole du circuit court : les grosses entreprises peuvent appliquer ses méthodes à l'échelle de la grande consommation.

Au début des années quatre-vingt-dix, une loi limitant l'extension des grandes surfaces est votée. Au-delà de 300 m², il faut désormais obtenir une autorisation. D'où la nécessité pour la grande distribution de trouver de nouveaux moyens de croissance. C'est une première en la matière. « L'État s'est rendu compte, un peu tard hélas, explique J., de l'effet pernicieux de la grande distribution qui était en train de massacrer tout le réseau artisanal et commercial du pays. Les Allemands et les Italiens l'avaient compris depuis longtemps, et ils avaient empêché les grandes centrales de proliférer. Tandis que chez nous, jusqu'à cette loi, les hypermarchés pouvaient ouvrir quatre, cinq, dix nouvelles surfaces par an : un nouveau Carrefour, un nouveau Mammouth, un nouveau Casino ne cessaient de surgir ici ou là, sans la moindre restriction. Ils augmentaient leur chiffre d'affaires en multipliant les points de vente. Après cette loi, cela ne leur a plus été possible, ils ont donc misé, pour se développer, sur l'optimisation des surfaces existantes grâce à une diversification : ils ont introduit la vente de matériel hi-fi, des pompes à essence, toutes sortes de services, comme les agences de voyage. Du côté du "cinquième rayon" – on appelle ainsi les rayons de vêtements dans les grandes surfaces – la fabrication a permis une amélioration des résultats. »

« Des entreprises pauvres dirigées par des gens riches »

Rares sont les fabricants du Sentier qui se sont rendus compte à temps de ce que cette montée en puissance de la grande distribution était en train de faire subir à leur profession. Les premiers à l'avoir perçu sont les frères Pariente qui, dès 1986, rappelons-le, franchissent le pas et ouvrent leurs propres magasins de détail. Ils seront bientôt suivis par quelques autres, comme Morgan, Gérard Darel ou Teenflo. Ce que ces fabricants qui se lancent dans la distribution comprennent également, c'est que, pour exister dorénavant sur le marché, il faut être une marque, avec tout ce que cela implique en termes de communication et de marketing.

Mais l'immense majorité des entreprises du Sentier, malgré leur remarquable sensibilité au marché, ne prennent pas ce virage, car créer une marque n'a jamais été leur objectif. On se souvient sans doute des arguments de Virginie : crainte de prendre des risques, refus de l'industrialisation.

Car se lancer dans la distribution, cela veut dire investir davantage, passer au stade industriel. Or ces familles juives ou arméniennes, souvent traumatisées par la guerre et les persécutions, vivent avec le sentiment permanent de leur précarité et manquent trop de confiance en l'avenir pour envisager la pérennité de leur entreprise, et donc pour réinjecter une partie de leurs bénéfices au profit de son développement. « Investir dans le capital de leur entreprise est totalement étranger aux gens du Sentier, dit Georges Jollès, et je ne parle même pas d'être coté en Bourse ! C'est pourtant ce qui devrait être la finalité de toute société. Le Sentier, ce sont des entreprises pauvres dirigées par des gens riches ! ai-je coutume de dire. Et de ce point de vue, aussi paradoxal que cela puisse paraître, Juifs d'Europe de l'Est et Juifs d'Afrique du Nord agissent de manière analogue. Leurs attitudes ont beau sembler antagonistes – les économes d'une part, les dépensiers de l'autre – le résultat au bout du compte, en termes d'investissement capitalistique, est le même. Les uns comme les autres préfèrent profiter de leurs gains à titre personnel plutôt que de les investir dans leur société. »

Les fabricants du Sentier peuvent-ils entendre ce raisonnement, qui est celui d'un patron d'entreprise capitaliste ? Il y a fort à parier que peu d'entre eux se laissent séduire par les charmes de l'investissement ou de la cotation en Bourse. Tout ça, comme dit Jacques Sebaoun, c'est pour les « technocrates de l'habillement qui, avec leurs méthodes de financement et de marketing, ont été les pourfendeurs de la profession. Jusqu'au début des années quatre-vingt-dix, celle-ci était organisée à l'échelle de petits chefs d'entreprise. Aujourd'hui, ils sont tous morts. »

Ou s'ils ne sont pas morts, ils sont, c'est sûr, en difficulté. Les gens du Sentier n'ont pas d'autre approche de leur profession que celle-là. Point final. Cela signifie-t-il que pour s'en sortir il faut désormais s'écarter du « système Sentier » ? C'est ce que pense, depuis longtemps déjà, Irène Van Ryb.

Irène Van Ryb : Sentier ou pas Sentier ?

Irène Van Ryb est une enfant du Sentier. Fille de commerçants de la rue du Caire, petite-fille de tailleur, elle est, comme elle dit, « tombée dans la marmite » dès son plus jeune âge. Mais la vision qu'elle a de la mode et de l'entreprise, dès la création de sa société en 1981, est en rupture totale avec l'héritage de ses parents. Aujourd'hui sa boutique se trouve dans une partie légèrement excentrée de la rue d'Aboukir, et cela suffit, assure-t-elle, à la distinguer du monde du Sentier : « Quand j'ai commencé, j'étais toute seule, je créais les modèles, je faisais les paquets, je faisais tout. Ma structure était minuscule, mon seul local était le sous-sol du magasin de mes parents. Mais dès le début, j'ai eu une vision très précise de ce que je voulais faire. Mon objectif n'était pas simplement de monter une affaire de fabrication de prêt-à-porter, ce que je voulais c'était créer une marque. Une marque de prêt-à-porter français, au plein sens du terme ! C'était peut-être très prétentieux, très mégalomane. Mais c'était mon but. J'ai compris très vite – c'était surtout une intuition, je ne saurais pas l'expliquer – que pour exister dans les années à venir, il fallait créer une marque. La première personne que j'ai donc embauchée, un an après la création de mon entreprise, a été une attachée de presse. Sans doute est-ce la raison pour laquelle je suis connue aujourd'hui. Il y avait sans doute aussi, au-delà de cette intuition, le désir de me faire connaître autrement que par une image strictement mercantile…

– Le début des années quatre-vingt, ce sont aussi les années du démarrage en flèche d'entreprises comme Naf Naf ou Morgan.

– On est de la même génération. Cela veut dire qu'on a compris ensemble qu'on vivait dans un monde nouveau, ouvert sur les médias, la publicité. On a peut-être eu en commun une manière d'être moderne, tout simplement.

– Les médias, la publicité, ce n'est pas très Sentier…

– Ce n'est pas du tout Sentier ! Je ne crache pas dans la soupe, je viens d'une famille du Sentier, et je le revendique. Mais je revendique aussi totalement le fait d'en être sortie.

– Votre boutique est rue d'Aboukir !

– Je ne suis pas dans le Sentier. Le Sentier s'arrête à la rue Réaumur, ma boutique se trouve au-delà. Je me suis très légèrement – je dis bien très légèrement – décalée, en me rapprochant davantage du *Figaro* et de la place des Victoires. Quand on veut devenir une marque, il y a un moment où il faut savoir se couper un peu de ses racines…

– Vous vous êtes éloignée d'à peine cent mètres, la bouche du métro Sentier est à deux pas d'ici. Cela suffit donc à tout changer ?

– Oui. Car, honnêtement, je ne pense pas que j'aurais la même légitimité en termes de marque et en termes d'image – notamment pour la presse – si j'étais restée de l'autre côté de la rue. »

En voilà une idée ! Irène Van Ryb est bien la seule, me semble-t-il, à remarquer que son magasin est en dehors du strict périmètre du Sentier… Quant à son image, comment la définit-elle ? « À rebours des clichés, répond-elle. La femme qui s'assume, sûre d'elle, bien dans ses baskets, dominatrice, tout ça, non ! J'habille une femme active, qui peut occuper les mêmes fonctions qu'un homme, mais dont la tenue revendique la féminité, à la manière de certaines de mes actrices fétiches, Lauren Bacall ou Katharine Hepburn, dont l'élégance, qui flirte avec le masculin – tailleurs stricts aux pantalons fluides sur chemisiers de soie – m'a toujours paru le comble de la féminité. La femme que j'habille peut aussi porter des pull-overs un peu décolletés, des soutiens-gorge en dentelle à balconnets, sans être pourtant l'une de ces poupées Barbie dont on observe le retour dans les magazines féminins. »

Irène Van Ryb, cela se voit, a l'habitude – marketing oblige – de s'exprimer dans les pages mode des magazines. C'est ça être une marque ! Contrairement au fabricant du Sentier qui, lui, n'a aucune image à défendre puisque sa vocation est au contraire de suivre la tendance, quelle qu'elle soit.

Irène Van Ryb, de surcroît, est une marque qu'on range dans la catégorie du « moyen haut de gamme », ce qui va de pair, en termes de fabrication, avec un certain nombre d'exigences, mais avec aussi certains privilèges : « Moi, je ne vends pas un produit poubelle, dit-elle, je fais un produit qu'on conserve dans sa garde-robe. Je ne vends pas comme Zara des manteaux à 900 F – une cliente qui achète un manteau à 900 F sait bien qu'elle ne doit pas être trop regardante sur la manière dont la doublure est montée et sur le reste… Mes manteaux ne valent pas 900 F, mais ils sont bien faits. » Seulement, ils ne sont pas faits en France. La main-d'œuvre à bas prix que l'on trouve ici n'est pas assez qualifiée pour son type de fabrication, explique-t-elle. Et les rares ouvriers qualifiés sont hors de prix. Aussi Irène Van Ryb est-elle allée chercher de bons ouvriers dans des pays où le coût du travail est moindre, en Hongrie ou en Roumanie.

Quant au privilège d'être une marque, il lui permet de ne plus être soumise aux contraintes et au stress du circuit court. Irène Van Ryb, aujourd'hui, fait les salons – Paris, Milan,

New York – et travaille sur commande comme les couturiers. Ce qui limite aussi les risques. « Aujourd'hui, le circuit long est le luxe des marques installées », dit-elle. Ce qui, reconnaissons-le à Irène Van Ryb, n'est pas très Sentier. Ou plus exactement, *n'était* pas très Sentier ! Car il reste encore aux fabricants une partie possible à jouer, à l'heure où ils viennent de se faire damer le pion, sur le terrain du circuit court, par les chaînes de distribution et autres centrales d'achat, et sur celui du bas de gamme par les fabricants chinois : le retour au haut de gamme et à la « qualité France ».

Un Sentier chic ?

« Aujourd'hui, le Sentier ne peut plus se battre sur les prix, constate Pierre Aïdenbaum, il y aura toujours moins cher. Mais il peut se battre sur la qualité d'un produit et sur l'image qu'on y associe dans le monde entier, le *made in France*. Soit on est capables d'offrir cette image de marque et on survivra, soit on n'en est pas capables… »

« La survie des entreprises du Sentier, ajoute-t-il plus tard, passe par les "produits mode". » Mais qu'entend-il précisément par là, dans ce nouveau contexte ? « Le produit mode, explique J. à son tour, est un produit d'une grande créativité, qui s'adresse à une clientèle plus exigeante, qui cherche à s'individualiser, à se distinguer. C'est donc un produit plus confidentiel, fabriqué en petites séries, et qui tend au "moyen haut de gamme". »

En résumé, un produit mode s'inscrit à contre-courant de la standardisation des vêtements opérée par les chaînes industrielles.

« Par exemple, votre pull », enchaîne-t-il, ce qui me crispe instantanément ; le commentaire de Bhatti sur ma veste m'a suffi. Que va-t-il dire sur mon pull ? Il est très élégant, je l'ai acheté dans une boutique très chic de Naples ! « Votre pull… » Il hésite, il le scrute. « On peut dire que c'est un pull très classique, dans une matière très banale… » Et voilà ! « Imaginez qu'on en garde la forme, mais qu'on le fabrique dans un tissu plus brillant, plus soyeux, qu'à la place du beige, on le fasse dans un beau turquoise… » Quelle horreur ! « Ou dans un fuchsia… » Encore pire ! « Eh bien, tout de suite, ce serait plus beau. Ce serait plus mode ! Il suffit souvent d'apporter une touche plus originale, plus recherchée, du côté des coloris, de la matière, ou des volumes pour que ça change tout. On vous présenterait les deux pulls côte à côte, vous verriez tout de suite qu'il y en a un qui est plus beau, plus lumineux. »

Je me contente de répondre à J. avec un sourire crispé, mais j'ai compris : à l'heure où tout le monde peut être réactif en termes de productivité, ce qui reste au Sentier, ce sont ses ressources de créativité ! Les seuls qui pourront survivre, entend-on dire aujourd'hui, ce sont les « professionnels », sous-entendu « pas comme dans les années quatre-vingt où l'on pouvait débarquer dans le métier en n'y connaissant presque rien, et jouer aux chercheurs d'or ».

« Hier, dit Thierry, on faisait n'importe quoi, et ça se vendait. Il y a dix ans encore, pour l'été, je faisais une jupe paréo courte, une jupe paréo longue, un short, un pantalon. Tout ça dans dix coloris et c'était bouclé. Aujourd'hui, ce n'est plus possible. Il faut travailler avec de bons modélistes, proposer toutes sortes de gammes de tissus, il faut être vraiment pro ! » Les fabricants du Sentier cherchent aujourd'hui à s'adresser aux femmes qui veulent sortir du lot, mais elles ne sont pas assez nombreuses pour les faire vivre. Reste heureusement toute la clientèle étrangère. « Les étrangers qui viennent en France ne cherchent pas le produit chinois, continue Pierre Aïdenbaum, le produit bas de gamme. Ce qu'ils viennent chercher, c'est la griffe *made in France*, qui implique un certain style, une certaine qualité de finition, une certaine créativité aussi, car nous sommes toujours les champions pour l'innovation et pour la fantaisie, aucun autre pays ne peut offrir une telle diversité. De nouveaux marchés s'ouvrent : le Sentier travaille de plus en plus avec des pays comme le Japon ou les pays émergents, l'Europe de l'Est, le Portugal, l'Espagne. On a depuis quelque temps des clients en Lettonie, en Russie, en Pologne. Il y a tout à défricher encore là-bas. La Polonaise d'aujourd'hui, ce dont elle a envie, c'est de ressembler à la Parisienne ! Et cela, pour nous, c'est un atout formidable. » Et puis, qui sait, la vogue des chaînes va peut-être tarir, les femmes vont peut-être se lasser des Gap, Zara et autres H & M. Il y a vingt ans, on ne jurait que par les centres commerciaux, aujourd'hui c'est fini…

Une marque à la pointe de la nostalgie : Antoine Akopian

Dans son magasin de la rue Réaumur, Antoine Akopian est en train de parler en russe avec deux de ses clientes qui repartent les bras chargés de paquets. Il faut dire que depuis deux ans, cet ancien exilé d'Arménie soviétique connaît un franc succès dans les milieux de la mode russe. En 1998, il reçoit pour récompenser sa créativité la distinction de la Nef d'or, remise par la Chambre de commerce et d'industrie de Paris. Au même moment, se tient à Moscou le salon « Vivre à la française ». Antoine Akopian s'y rend pour présenter sa collection et rencontre un tel succès que quelques mois plus tard, il ouvre dans la capitale russe, près du célèbre théâtre de la Taganka, sa première boutique.

La nouvelle bourgeoisie russe est friande, on le sait, de marques prestigieuses, et les boutiques Dior, Chanel, Nina Ricci ont fleuri dans le centre ville. Mais ce n'est pas cette clientèle que vise Antoine Akopian avec ses « petits lycra très branchés », comme il dit, ou ses pulls tricotés à l'ancienne. Sa clientèle, c'est plutôt la jeunesse aisée, active, et avide de couleurs et de formes inédites. En France, on dit de lui qu'il est en passe de devenir, avec Charles Aznavour et Youri Djorkaeff, l'un des trois Arméniens les plus connus de Paris. Et sa boutique de détail, rue Pierre-Lescot, en face du Forum des Halles, qui s'inspire de l'atmosphère de celles de Berlin, New York ou Londres, est, paraît-il, l'un des magasins les plus à la mode.

Le parcours d'Antoine Akopian n'a pourtant pas été des plus simples. C'est en 1972 que, son diplôme d'ingénieur électronicien en poche, il fuit l'Arménie soviétique et débarque à Paris, sans parler un mot de français. Pour gagner sa vie, il commence par manier la pelle sur les chantiers où les contremaîtres, ne parvenant à identifier ni son pays d'origine ni la langue qu'il parle, le rangent au vu de ses cheveux noirs et de son teint basané dans la catégorie des « arabes », terme générique qui désigne à leurs yeux tous les ratés du monde. Après quelque temps de ce régime, Antoine Akopian, qui s'est initié à la langue française, finit par trouver du travail dans l'électronique. Enfin, par le plus grand des hasards, il en vient un jour à s'occuper de la gestion d'un fabricant de tricots. Le voilà lancé dans la profession !

En 1985, il crée sa propre société. Bien sûr, le style et la marque Antoine Akopian ne sont pas venus tout de suite : il fait d'abord des produits standard, bon marché, mais il comprend très vite qu'il existe, pour ce type de marchandise, l'équivalent en produits importés, pour quatre ou cinq fois moins cher. Ce qu'il faut, c'est inventer un style propre, original, que personne ne puisse imiter, se créer une personnalité immédiatement identifiable sur le marché.

C'est alors qu'il a l'idée de fabriquer industriellement des pulls imitant le « tricoté main ». « Les femmes ne tricotent plus, mais l'époque a la nostalgie des "choses à l'ancienne", explique-t-il. En 1988, j'ai donc retrouvé et racheté de vieilles machines qui peuvent imiter le tricot fait main. Ce sont des machines électriques qui ont été abandonnées il y a longtemps et qui ne sont pas très performantes techniquement, mais elles permettent d'utiliser des fils de mercerie, c'est-à-dire ceux dont on se sert pour tricoter à la main. » Miser sur la nostalgie ne signifie pas pour Antoine Akopian se contenter de reproduire les vieux pulls de grand-mère. Au contraire, ce qu'il aime, c'est le style jeune, un peu farfelu. Ses pulls mélangent couleurs et natures de fils, afin d'obtenir des surfaces irrégulières et des effets de matière. Pour ne pas être copié, Antoine Akopian crée même son propre fil. Et pour chacun de ses modèles, il en mélange au moins une dizaine, alors que les autres tricoteurs travaillent au maximum sur deux. Les pulls se transforment en blousons ou arborent au contraire des décolletés plongeants.

Enfin, dernière originalité d'Antoine Akopian, et non des moindres : tous ses tricots sont faits dans sa propre usine de la région parisienne, et bientôt un label « textile de France », réservé aux produits fabriqués à 90 % en France, leur sera attribué. À l'heure où la plupart des fabricants importent à bas prix des pulls d'Extrême-Orient, il a déjà compris que l'avenir du Sentier est au *made in France* et il exportait même les siens – jusqu'à la crise asiatique de la fin des années quatre-vingt-dix – vers le Japon, Taiwan et Hong Kong !

Le seul problème d'Antoine Akopian, c'est qu'il n'a pas de concurrent ! Ne pas être copié en série c'est bien, mais avoir quelques concurrents cela crée un dynamisme et ouvre des marchés plus importants. « Je ne veux pas être le dernier des Mohicans, s'exclame Antoine Akopian, je veux être en rapport avec le reste du marché. » Pas d'impatience ! Le virage actuel du Sentier, avec l'invention du lycra allié au retour de la maille et l'orientation des fabricants vers le « moyen haut de gamme », va bientôt lui fournir plus de concurrents qu'il n'en souhaite. Et plus tôt qu'il ne le croit !

Les affaires et l'Affaire

À peine prononce-t-on le mot « Sentier », que deux expressions, toujours les mêmes, sont systématiquement retournées en écho : fraude fiscale et travail au noir. À qui la faute ? Aux médias, répondent les fabricants : « À écouter les journalistes, toute la profession serait malhonnête ! s'exclame Nicky Leon. On n'a jamais vu nulle part qu'une corporation entière soit malhonnête ! Si ça marche bien ici, c'est qu'il y a une raison. Et cette raison, c'est le professionnalisme. Tous ces gens bossent comme des fous. Ça, on n'en parle jamais ! La presse ne traite que du travail clandestin. Ça existe, bien sûr, mais il y a aussi des avocats marrons, des médecins crapuleux, des caisses noires de partis politiques. Pourquoi s'acharner toujours sur le Sentier ? »

« Les médias, renchérit Pierre Aïdenbaum, n'ont pas souvent été bienveillants à notre égard, c'est le moins que l'on puisse dire. Car dans notre pays, malheureusement, la réussite est toujours regardée avec suspicion. C'est vrai qu'il y a eu quelques grosses affaires d'escroquerie dans lesquelles ont été impliqués des gens malhonnêtes. Personne ne le nie. Mais on s'en est immédiatement servi pour salir l'ensemble de la profession. La meilleure comparaison que l'on puisse faire, c'est avec le monde de la politique. Aujourd'hui, la politique – et le politique – ont une mauvaise image dans notre pays : "Tous des escrocs qui ne pensent qu'à s'enrichir", entend-on dire de plus en plus, sans distinction. "Tous pourris !" En réalité, il n'y a qu'un petit nombre de personnes, ceux dont les médias parlent, qui ont commis des indélicatesses. Mais leur mauvaise image rejaillit sur l'ensemble du monde politique français. En France, il y a 35 000 élus dont 98 % sont des gens honnêtes, qui ont pour passion de se mettre au service des autres. Et il suffit de quelques individus pour jeter le discrédit sur tous ! »

« La réussite a mauvaise presse, c'est vrai, confirme Michel, le patron du garage. Le Sentier a eu son heure de gloire, et cela ne plaisait pas trop. C'était de la jalousie, de la frustration. Les fabricants sont souvent des gens sortis de rien. Ils ont beau être capables, ils ne sont pas instruits. Alors, les voir gagner 50 000 F par mois, plus qu'un médecin, plus qu'un journaliste, il y en a que ça agace. C'est plus rassurant de penser qu'ils fraudent... »

En quête d'une meilleure image

À la fin des années quatre-vingt, lassés par la réputation désastreuse que leur font les médias, quelques fabricants du Sentier décident de créer une association pour défendre l'image de marque de leur profession auprès du public. « Paris Sentier demain », présidée par Georges Moreno, rassemble lors de sa première réunion environ 450 fabricants. C'est le signe qu'ils sont nombreux à prendre conscience qu'il s'agit d'un réel problème et qu'il y va même, à long terme, de leur survie. « Mais les gens ici sont très individualistes, dit Georges Moreno. Et puis, ils travaillent trop pour avoir le temps de s'occuper de tout ça. » L'action de « Paris Sentier demain » se limite donc à quelques interventions ponctuelles de Georges Moreno ou de l'un de ses confrères, qui n'ont que peu d'effet.

Néanmoins, la première étude sérieuse sur la réalité économique du Sentier est commandée par l'association et par la Chambre syndicale de la mode, dont Pierre Aïdenbaum est alors le président. Confiée à des analystes indépendants et réalisée à partir de statistiques recueillies par l'INSEE, elle porte sur plusieurs années et prend en compte aussi bien le chiffre d'affaires global des entreprises du Sentier que leur chiffre à l'exportation, sans parler des charges et des impôts que le secteur rapporte à l'État. Ses conclusions sont intéressantes : au début des années quatre-vingt-dix, le chiffre d'affaires annuel du Sentier est de 26 milliards de francs. Avec ses 10 milliards de francs d'exportations, c'est l'un des secteurs les plus exportateurs de l'économie française. Il représente à lui seul, avec ses 4500 entreprises, 25 % de l'industrie française de l'habillement. Il emploie, directement ou indirectement, environ 50000 personnes – chiffre qui n'inclut que les salariés déclarés – dont la rémunération est sensiblement supérieure à celle des autres salariés de la confection. Quant à la fraude, une étude comparative avec d'autres secteurs, comme celui du meuble, démontre qu'il n'y a pas dans le Sentier plus de fraude fiscale ou de détournement de charges sociales qu'ailleurs.

Cette étude, achevée en 1991, fait bien entendu l'objet d'une publication et Pierre Aïdenbaum donne, à cette occasion, une conférence de presse. Les seuls journalistes qui en font état sont ceux de la presse économique spécialisée. La grande presse n'en parle pas…

Une profession très contrôlée ?

« Nous sommes la profession la plus surveillée : contrôles systématiques de l'URSSAF, des services fiscaux, de la médecine du travail, s'énerve à son tour Moïse Soussi, mais on est en même temps la profession la plus convoitée, épiée, jalousée. Pourquoi est-ce toujours nous qu'on vient filmer ? Parce que, contrairement à ce qu'on raconte, nous sommes un milieu ouvert. Pourquoi est-ce qu'on ne montre pas le monde des agriculteurs ? Parce que c'est un monde clos. Qui parle du travail au noir pendant les vendanges ? Personne. Ça n'intéresse pas, car ça ne brille pas. Tandis que le Sentier, ça brille. Alors, c'est plus simple de croire qu'ici tout le monde fraude, que tout est fondé sur la cavalerie financière et sur le mensonge. Et le bâtiment, pourquoi on n'en parle jamais ? Parce que le bâtiment, c'est l'État, il y a des partis politiques derrière. Mais pour le Sentier, on peut y aller, aucun risque ! "Tous des voleurs, des brigands et en plus juifs !", voilà l'image qui nous colle à la peau. »

« Vous pensez que l'image péjorative systématiquement associée au Sentier cache une forme d'antisémitisme larvé ? ai-je demandé à Pierre Aïdenbaum.

– Incontestablement. Le Sentier sous-entend communauté juive, et certains articles de journaux sont parfois limite... L'amalgame est vite fait, une fois encore, entre quelques personnes malhonnêtes et l'ensemble de la profession. À cela vient s'ajouter une sorte de raccourci rapide : Sentier = communauté juive = argent = appât du gain = escroquerie ! Le dérapage est facile ! »

La fascination qu'exerce le mot « Sentier » et l'ambivalence de son image, à la fois négative et paradoxalement populaire, se traduisent d'ailleurs dans toutes sortes d'expressions : Le« style Sentier » désigne, par exemple, une certaine manière de se vêtir et de se comporter, qui dénote à la fois vulgarité et ostentation. Le « système Sentier » évoque, dans les années quatre-vingt, le travail au noir et la fraude fiscale. « S'habiller Sentier », veut dire s'habiller mode et bon marché... Ne devient pas locution populaire qui veut !

Quand on est comptable comme Michel Kaminski, on se passerait bien de toute cette publicité : « Non pas que les entreprises du Sentier soient statistiquement plus contrôlées que d'autres secteurs comme l'alimentation, les professions libérales ou le bâtiment, ou que les redressements y soient supérieurs à ce qu'ils sont dans d'autres professions, contrairement à ce que l'on croit. Mais cela peut donner de mauvaises idées tant aux inspecteurs des impôts qu'aux assureurs ! Un film comme *La vérité si je mens* a, de ce point de vue, fait beaucoup de mal. »

Cela dit, Michel Kaminski en convient, faire respecter les exigences comptables aux entreprises du Sentier n'est pas toujours facile. Or les risques que les fabricants encourent aujourd'hui sont beaucoup plus importants qu'hier. Leur responsabilité est engagée, on l'a vu, dans le contrôle des sous-traitants, et elle l'est aussi en cas de faillite : « Les banques ne prêtent plus sans garantie personnelle. Les clients doivent souvent se porter caution et engager leurs biens personnels. En cas de dépôt de bilan, ça peut très mal se passer. Notre rôle est donc de forcer les gens à être vigilants. On leur fait régulièrement des courriers de directives, on leur envoie des lettres types, sur les garanties à prendre à l'égard du travail clandestin, sur le paiement de la TVA... Avec les clients qui suivent nos instructions, on a très rarement des problèmes de fiscalité, parce qu'on sait bien, nous, ce que demande l'administration. Les autres, à terme, le payent très cher. »

Le Sentier joue à la Loterie

Le recours au travail non déclaré et le non-paiement des charges patronales ne concernent pas directement les fabricants du Sentier. Il est plutôt le fait des sous-traitants, et les fabricants n'en sont les bénéficiaires que par ricochet. La fraude fiscale, en revanche, par le biais des ventes payées en espèces, sans facturation, a été largement pratiquée, comme chez beaucoup de commerçants, par les fabricants du Sentier. Elle l'est beaucoup moins aujourd'hui, car pour se permettre de faire des ventes au noir, il faut que les affaires marchent bien : seule une masse importante de marchandises facturée peut dissimuler une part de ventes non déclarées. « On n'est plus au début des années quatre-vingt, s'exclame Gilles Gomez, un peu nostalgique. À l'époque, il y en avait des liquidités, dans le Sentier ! Je me souviens même qu'après l'élection de Mitterrand, les gens faisaient la queue à l'agence pour accéder au coffre. Tout le monde voulait récupérer son argent de peur que les socialistes ne le confisquent ! En fait, c'est plutôt le contraire qui s'est passé, puisque Mitterrand a offert des facilités à ceux qui rapatriaient les fonds qu'ils avaient sur des comptes en Suisse… » Toutes ces espèces récupérées grâce aux ventes non déclarées, sur lesquelles les fabricants ne payent donc ni TVA ni impôts, ne peuvent évidemment pas être déposées sur des comptes bancaires, et encore moins être dépensées officiellement.

Or voici qu'au milieu des années soixante-dix, à l'instigation d'un émetteur de billets de loterie crapuleux, un étrange trafic se met en place, qui va permettre à certains fabricants du Sentier – ils seront une soixantaine au total à être inculpés – de « blanchir » leurs espèces acquises illégalement… grâce à de faux billets de loterie ! Le principal accusé de cette affaire, qui sera jugée en 1983 par le tribunal correctionnel de Lyon, est le patron d'une société agréée pour émettre et vendre les billets de la Loterie nationale. L'un des sièges de sa société se trouve à Roanne, le deuxième établissement, dans la rue Montmartre, à deux pas du Sentier.

Le principe de ce trafic est assez simple : contre commission, le patron de cette société propose de fournir aux commerçants une fausse attestation de billet gagnant et ainsi de justifier, en cas de contrôle fiscal, de l'origine des fonds : « Nous soussignés, les émetteurs X, certifions par la présente que M. Y a encaissé ce jour, en espèces, la somme de X francs, contre valeur du billet de Loterie nationale n°… Gagnant cette somme au tirage de la énième tranche. » Suivaient tampons et signatures. Autre technique possible, la société émettrice remet au commerçant un chèque d'un montant égal à celui des sommes qu'il souhaite officialiser et équivalent à celui d'un lot gagnant lors d'un tirage réel. En échange, le commerçant lui donne la somme en espèces, augmentée d'une commission. Toutes ces opérations fictives sont scrupuleusement inscrites sur les livres de comptes des deux complices comme des opérations réelles.

En dépit de toutes ces précautions, les finances de la société émettrice vont éveiller les soupçons et quelques années plus tard, son patron sera inculpé de « fausse attestation, usage et recel, faux en écriture de commerces ». Tous les intermédiaires, et bien sûr les bénéficiaires, de cette manœuvre seront également condamnés. Il est intéressant de noter, au passage, que cette affaire, résumée dans un numéro du *Matin de Paris*, ne mentionne à aucun moment la responsabilité de l'émetteur de billets, principal accusé du procès, mais évoque simplement de « petites commissions » versées à un « imprimeur » et met en avant les fabricants du Sentier. Le journaliste chiffre, par ailleurs, le montant de l'escroquerie à 40 millions de nouveaux francs sans préciser qu'il ne s'agit pas de 40 millions volés, mais de 40 millions non déclarés au fisc…

Cette affaire fut l'un des importants scandales du Sentier, ce qui n'empêche pas Sami Aladjem de protester : « Quand on voit ce qui se passe ailleurs, dans le Sentier on est plutôt des enfants de chœur ! Personne n'a de leçons d'honnêteté à nous donner. Et je sais de quoi je parle, j'ai suivi quelque temps les opérations à la Bourse du Commerce. Quand j'ai vu les trafics qui se passaient dans d'autres corporations, celle des denrées alimentaires, par exemple le sucre ou le cacao… »

Des enfants de chœur ? Si les fabricants du Sentier ne sont pas des escrocs, comme on le raconte, ils ne sont pas non plus – et pourquoi le seraient-ils davantage que les autres ? – des anges. Pourtant un ancien fabricant s'exclame : « Ah ! Si tous les commerces payaient les impôts comme nous on les a payés… On en a rapporté de l'argent au fisc ! »

Puis il enchaîne, avec un malin plaisir, sur l'anecdote suivante : « Dans toutes les maisons, le bilan se faisait au mois d'avril. On calculait, à ce moment-là, le total du chiffre d'affaires, on déduisait celui des dépenses : salaires, charges sociales, loyer, etc. Dans une entreprise de confection, il fallait aussi faire l'état du stock, compter le nombre de mètres de tissu qui restaient de telle référence, à tel prix, dont on pouvait soustraire un petit pourcentage – 20 % environ – de dépréciation, car un stock se dévalue. Seulement, évaluer les stocks chaque année était impossible. Dérouler les pièces de tissus et tout mesurer aurait été un travail énorme ! Alors, on faisait le calcul à l'envers. Le comptable, pour faire le bilan de l'année, évaluait le stock en fonction du bénéfice qu'on voulait déclarer : si on voulait faire tel bénéfice, on devait avoir tel stock. Notre maison travaillait gentiment, on déclarait des bénéfices, juste un peu moins que dans la réalité.

Or voilà qu'un jour, je reçois un papier disant qu'un mec va se pointer pour contrôler la comptabilité ! Il faut lui préparer les stocks de chaque année, les factures, et tout doit tomber juste ! Le casse-tête ! J'ai passé des nuits entières avec ma secrétaire, avant qu'il n'arrive, pour essayer de mettre tout ça à jour. Finalement le type arrive. L'horreur ! Non seulement il met son nez dans tous les comptes, mais en plus on l'a sur le dos toute la journée. Si une cliente vient acheter quelque chose au détail, on ne peut pas lui vendre, on n'a pas le droit. Ça paralyse complètement, un gars comme ça ! Heureusement mon comptable avait quelques relations chez les polyvalents et ça n'a pas duré longtemps. Au bout de quelques jours, il a proposé à l'autre de prendre tous les livres et de partir faire son travail ailleurs : "On n'a pas beaucoup de place ici, comme vous voyez, alors si vous pouviez aller faire ça chez vous..."

Et le mec est parti. Quelques jours plus tard, mon comptable me dit : "Il faudra quand même lui donner quelque chose." Moi, je n'aurais jamais osé proposer quoi que ce soit, mais puisque mon comptable me donnait le feu vert... J'invite le contrôleur au restaurant.

"Je n'en peux plus des restaurants !" me dit-il, le teint jaune. Il en avait marre, le pauvre, tout le monde passait son temps à l'inviter !

On va tout de même déjeuner et, discrètement, je lui glisse une enveloppe.

"Non, non, vous êtes sympathique", proteste-t-il faiblement avant de l'empocher.

Et puis il m'explique qu'il doit tout de même me faire un petit redressement de 30 000 ou 40 000 F : "Je suis obligé, je ne peux pas repartir sans rien. Même si votre comptabilité était impeccable, d'après votre train de vie, je pourrais toujours vous coincer."

On s'est donc mis d'accord sur les boîtes de chocolats que j'offrais à mes clients à chaque fin d'année. C'était de grandes boîtes de chocolats, sur lesquelles je récupérais la TVA. Je n'avais pas le droit, bien entendu ! Mais c'était une idée de mon comptable qui m'avait dit : "Il faut leur laisser trouver quelque chose, parce que s'ils ne trouvent rien, ils deviennent mauvais !"

Je lui ai donc laissé les boîtes de chocolats et d'autres petits trucs. Je pensais qu'après ça, ce serait fini. Mais le surlendemain, je reçois un coup de fil de l'inspecteur Machin des polyvalents: "Vous avez donné une enveloppe à mon collègue, mais moi aussi je veux quelque chose!" Et j'ai dû aussi lui donner!

Encore mieux: le type qui m'avait contrôlé, un homme près de la retraite, est revenu me voir pour me proposer de lui envoyer des amis qui voudraient se faire contrôler: "Je provoque un petit contrôle, et comme ça ils sont tranquilles pour dix ans, on ne viendra plus les embêter. Ça vaut mieux que de risquer de tomber sur un jeune. Avec eux, ça ne rigole pas, il faut être prudent. Ils sont durs!" »

Voilà comment les choses se passent! Non, pardon, se passaient. Tout a, paraît-il, totalement changé. Ces pratiques-là n'existent plus…

L'Affaire du Sentier n'arrange rien

18 novembre 1997. Le Sentier fait la une de tous les journaux. Quasiment tout l'effectif du service des affaires économiques et financières de la PJ, soit 300 policiers, ont été mobilisés pour un coup de filet spectaculaire. Il se solde par l'interpellation de 77 personnes, parmi lesquelles des fabricants et quelques responsables de banques. Quelques mois plus tard 66 seront mises en examen pour escroquerie, faux et usage de faux, recel, blanchiment d'argent.

Mars 1998. Nouvelle descente de police, 60 autres suspects sont arrêtés.

Au total, ce sont 130 personnes qui sont inculpées – dont 13 en fuite – pour une escroquerie évaluée à 500 millions de francs. Elles risquent dix ans de prison. Mais dans l'attente du procès qui, trois ans plus tard, n'a toujours pas eu lieu – et qui ne se déroulera pas, aux dires de certains, avant les municipales de 2001... –, elles vivent aujourd'hui en liberté provisoire et sous contrôle judiciaire.

« Comme par miracle, le jour de la grosse prise du Sentier, tout le monde était au courant, s'exclame Moïse Soussi. Toutes les télévisions du monde étaient là ! Plusieurs centaines de policiers avaient été mis sur l'affaire. On fait moins de zèle, lorsqu'il s'agit du Crédit lyonnais ou d'Elf ! Mais pour le Sentier, c'est tout de suite les grands moyens : les écoutes téléphoniques, les gens suivis pendant des mois... »

Depuis le 18 juin 1997, effectivement, un système d'écoutes téléphoniques a été mis en place, d'où sont sortis 14 classeurs de décryptage d'écoutes qui ont été portés au dossier d'instruction. Le 18 juin, soit deux jours exactement après le début officiel de l'affaire.

Le 16 juin 1997 en effet, maître Michel Beaussier, avocat d'un pool de 7 banques, a dénoncé des malversations auprès du procureur de Paris, sans pour autant porter plainte. Les banques concernées restent en effet d'une extrême discrétion face à l'escroquerie dont elles ont été victimes. Sont-elles gênées d'avoir été abusées à ce point ? Environ 300 sociétés, pour l'essentiel domiciliées dans le Sentier, leur ont laissé une ardoise de près de 150 millions !

Mais la brigade financière, saisie de l'affaire au début de l'été, aboutit à des chiffres infiniment plus importants : aux 300 sociétés se sont ajoutées 400 autres, et une quarantaine de banques, notamment dans l'Est et le Sud de la France. Premiers indices de l'enquête : un cadre de banque est licencié, dans l'Est, en mai 1997, pour sa complaisance envers des clients douteux dont il escomptait les traites sans sourciller. Par ailleurs, une série d'incendies dans des entrepôts de confection inquiètent les assureurs. À partir de ces éléments, les enquêteurs vont bientôt pouvoir remonter une filière de fraude et mettre au jour un énorme mécanisme de cavalerie financière dont le fonctionnement complexe mérite une explication.

« Le principe est vieux comme le monde, explique un policier, il suffit d'escompter, auprès des banques, des traites qui ne reposent sur l'achat d'aucune marchandise. » Le système qu'on nomme « cavalerie payée » est, en effet, une pratique qui a existé de tout temps, non seulement dans le commerce, mais également entre particuliers, dont quelques célébrités, au premier rang desquels Honoré de Balzac, qui se servit de ce système pour payer ses dettes ! Son principe consiste à signer une traite à quelqu'un à qui l'on ne doit rien. Cela permet au prétendu bénéficiaire de la traite d'obtenir un crédit auprès de sa banque, laquelle de son côté se rémunère en agios. L'auteur de la traite de complaisance, lui, demande une commission en contrepartie de son service. La traite émise correspond à une opération fictive, mais elle ne lèse personne. Bref tout le monde y trouve son compte !

Il en va tout autrement du réseau de « cavalerie non payée », mis sur pied dans cette affaire dite « du Sentier » ! Son montage est le suivant : la société A vend à la société B un lot fictif de 100 robes pour 3 000 F. Elle tire, selon l'usage, une traite payable à trois mois (soixante jours et le mois) par la société B. Cette traite est présentée par la société A à une banque qui lui accorde 2 800 F d'escompte et prend des intérêts et commission de 200 F. Au bout de trois mois, la traite arrive à échéance. La banque demande le paiement du montant total à la société B qui ne l'honore pas ; la banque en demande alors le remboursement à la société A. Mais la société A, fausse structure, a disparu en déposant le bilan. Et la banque se retrouve avec un impayé. En outre, entre le moment où elle est émise et son arrivée à échéance, une traite appliquée à une livraison fictive peut circuler entre de nombreuses sociétés et être escomptée par les différentes banques avant que le pot aux roses ne soit découvert. On se retrouve alors avec des millions de francs dans la nature. Quand les impayés tombent, les banques font le tour des sociétés qui, lorsqu'elles n'ont pas disparu, leur expliquent qu'elles ne peuvent pas honorer la traite puisque le fournisseur n'a pas honoré la sienne. La fraude aboutit à un énorme et vertigineux chassé-croisé !

Le procureur Franchi

L'envergure de l'escroquerie et les ramifications du système ont immédiatement soulevé de nombreuses questions : de quel ordre a été la responsabilité des banques dans ce trafic ? Complicité de certains agents malhonnêtes ou négligence ? Cette gigantesque arnaque est-elle le fait d'un réseau d'escroquerie organisé, et si oui, de quelle manière ? À quel niveau les professionnels du Sentier ont-ils été impliqués dans ce scandale ?

Sur cette dernière question, tout le monde s'accorde : aucun des noms connus du monde de la confection n'apparaît dans cette affaire. Il s'agit plutôt de micro-sociétés où ne figure parfois qu'un seul nom, voire de simples boîtes aux lettres. « J'étais très étonnée, raconte Nicky Leon, car tous les noms qu'on donnait dans la presse nous étaient inconnus. Quand ils ont donné l'adresse de l'un d'entre eux, dans la partie piétonne de la rue Saint-Denis – ce n'est plus tout à fait le Sentier là-bas – je suis allée voir, et je suis entrée dans la cour. Il n'y avait rien. Aucune trace d'entreprise, ni d'atelier… » Michel, le patron du bistrot, sait bien de quelle cour parle Nicky Leon, puisqu'elle jouxte son établissement : « Ce qui se passe en dehors de mon bistrot, ça ne me regarde pas ! C'est sûr que d'ici, je suis aux premières loges… mais je ne vois rien, se protège-t-il, prudent. Quant au type qui a été pris dans cette histoire de cavalerie, je vois très bien qui c'est. Mais je n'ai jamais cherché à savoir ce qu'il faisait. Vous savez, depuis trente ans que je suis rue Saint-Denis, plus rien ne m'étonne ! »

« D'accord, ce ne sont pas les boîtes stables du Sentier qui sont concernées, mais c'est bien dans le quartier que ça s'est passé. Tout le monde s'en défend, mais il ne faut pas rigoler ! C'est dans les cafés du quartier que les gens se rencontraient, c'est là que tout se traitait ! » L'homme qui parle, c'est François Franchi, le procureur de la République chargé de l'affaire, un petit homme rond, vif et sympathique, visiblement ravi de me recevoir dans son bureau du Palais de justice. Il faut dire que François Franchi a la passion de son métier qui le fait toucher du doigt l'énigme de l'âme humaine : « C'est formidable la justice, c'est toute la vie ! dit-il à peine avons-nous commencé à parler du Sentier. C'est bien dommage que les Français ne s'y intéressent pas plus. » Dans l'« Affaire du Sentier », ce qui le réjouit plus particulièrement, c'est que pour une fois, la justice s'est donné les moyens de démonter tout un système de A à Z, depuis sa mise en place jusqu'à la fuite des capitaux à l'étranger. Ce n'est pas si fréquent.

« Certains vous accusent d'avoir fait du zèle dans cette affaire, plus que dans d'autres...

– Non, c'est faux. C'est le rôle de la justice de donner, tous les trois ou quatre ans, un coup de pied dans la fourmilière du marché, pour l'assainir un peu ! Cela faisait longtemps qu'on n'avait pas touché au secteur du Sentier... Mais on a mis fin, de la même manière, à de nombreux réseaux de cavalerie dans le milieu de l'informatique. Les traites de cavalerie sont un mécanisme de crédit qui date du Moyen Âge, alors ce n'est pas demain que ça va changer ! L'homme restera toujours l'homme... » conclut le procureur-philosophe, un sourire à la fois indulgent et désabusé aux lèvres.

« Les fabricants du Sentier sont-ils impliqués ?

– Les principaux responsables sont au départ des courtiers dont la fonction est de mettre des gens en relation. Certains intermédiaires ont aidé par exemple des personnes à qui aucune banque ne voulait ouvrir de comptes à cause de faillites répétées. Parfois, ce sont même d'anciens banquiers qui ont quitté le métier en y gardant des relations, dont la recommandation a servi de caution pour un client un peu douteux. Ces courtiers ont entraîné dans le circuit toute une série de fabricants qui étaient en difficulté économique. La plupart d'entre eux avaient déjà eu des affaires dans le secteur, mais ils étaient interdits de fonder ou de gérer de nouvelles sociétés, pour en avoir mis un certain nombre par terre. Bref, ils n'ont tout de même pas recruté des bonnes sœurs ! Tous ces gens connaissaient parfaitement bien les mécanismes et savaient pertinemment à quoi ils jouaient !

– Certains fabricants du Sentier ont également été victimes de ce système, certains fournisseurs sont restés avec des impayés...

– Très peu. Car contrairement à ce qu'on raconte, quand un fabricant dépose le bilan, c'est plutôt les banques qu'il plante, pas les fournisseurs. Il existe un code d'honneur dans le Sentier selon lequel on ne plante jamais ses fournisseurs. Pourquoi ? Tout simplement parce que si un jour on reprend du métier, on n'aura plus jamais de marchandise. Alors, pas question de laisser une ardoise ! Mais tout le monde, bien sûr, n'est pas impliqué au même degré de responsabilité. Les 130 inculpés représentent le centre du réseau, d'autres ont gravité autour mais n'ont pas été inquiétés car on a jugé que leur culpabilité était moindre. »

D'après Thierry : « Il y a tout de même des gens qui ont pris et qui n'auraient pas dû prendre, en tout cas pas autant. J'ai un ami qui a été condamné à six mois et demi de prison, comme un bandit, assortis de 600 000 F de caution pour sortir, alors qu'il s'était simplement fait embringuer par deux mecs. Il a juste trafiqué deux, trois petits trucs parce qu'il ne pouvait plus s'en sortir, mais il a trinqué comme un véritable voyou. Il s'est retrouvé en prison avec un type qui avait pris vingt ans ! »

Les escrocs qui sont au centre du réseau de cavalerie profitent, en effet, de la crise et de l'asphyxie de certains petits fabricants. L'un des principaux inculpés, surnommé le « coursier de la traite », fut l'un de ces intermédiaires douteux dont le rôle était de repérer les entreprises en difficulté. Celles-ci, pour boucler leurs fins de mois et survivre, n'ont souvent d'autre choix que d'entrer dans la combine. On les persuade alors d'accepter des factures fictives dont le réseau leur rétrocède entre 20 % et 30 % du montant. En contrepartie, ils doivent être prêts à se déclarer en faillite lorsque les banques réclameront leur dû.

Cette pratique du dépôt de bilan frauduleux est, elle, bien antérieure à l'« Affaire du Sentier ». Elle remonte, rappelle Thierry, aux années quatre-vingt, lorsque la loi française a instauré ce que l'on appelle le « redressement judiciaire » : « Les mecs déposaient le bilan à tire-larigot, ils s'en foutaient ! Leurs dettes étaient gelées pendant sept ans, voire à vie. Tous les compteurs étaient remis à zéro. C'était facile ! » Le système du redressement judiciaire consiste en effet à aider à redémarrer des chefs d'entreprise qui, ne pouvant éponger leurs dettes, sont contraints au dépôt de bilan. On accepte de geler leur dette pendant un temps, mais on nomme un syndic qui doit cosigner tous les chèques et surveiller l'entreprise pour que tout soit payé par chèque et comptant. Au bout de six mois, si l'entreprise va mieux mais n'est pas totalement redressée, on lui donne six mois de plus. « Seulement, entre-temps, explique Thierry, les syndics ont été arrosés, sans compter qu'ils ne sont pas toujours dans votre magasin à contrôler tout ce que vous faites.

Bref, rien n'est plus facile que de recommencer. Ce sont toutes ces combines-là qui ont brûlé le Sentier. Et aujourd'hui, on le paye. »

En plein polar !

L'un des spécialistes des dépôts de bilan en chaîne, actuellement recherché dans le cadre de l'Affaire du Sentier, est l'un des très rares personnages de cette affaire connu des fabricants du quartier. « J'ai déjà fait condamner sa famille il y a vingt ans ! » annonce le procureur Franchi, comme s'il parlait d'une vieille connaissance. « C'est le seul véritable fabricant du quartier qui ait été impliqué dans cette affaire, confirme Gilles Gomez. Tout le monde le connaissait, mais personne n'avait envie d'avoir affaire à lui. En vingt ans, il avait créé plus de dix entreprises et déposé autant de fois le bilan ! Inutile de vous préciser que j'ai toujours refusé de lui ouvrir un compte ! » Un autre me racontera que le personnage, décidément infréquentable, s'était même fait exclure de son équipe de hockey sur glace pour brutalités !

Outre ce « grand spécialiste », une dizaine des principaux responsables de l'escroquerie sont actuellement en fuite. L'un d'entre eux s'est réfugié en Israël et la France a déposé une demande d'extradition contre lui. Le gouvernement israélien a posé comme condition que l'inculpé, une fois jugé, retourne purger sa peine en Israël. « Et j'ai donné mon accord sur ce point, précise le procureur Franchi, mais j'attends toujours la réponse à ma demande d'extradition, et je ne suis pas sûr de l'obtenir…

– Pourquoi, à votre avis ?

– Parce que cette affaire touche à des questions qui les gênent. Israël est un pays où l'on blanchit beaucoup d'argent. Cela s'explique par la nécessité dans laquelle ils ont été d'acheminer des fonds au moment de la construction de l'État. Qu'ils aient alors mis en place quelques systèmes, admettons… mais aujourd'hui, cela ne se justifie plus. Or la principale destination des fonds détournés dans cette affaire, ce sont des banques en Israël. Cela ne signifie pas, continue Franchi, toujours bonhomme, qu'il n'y ait que des Juifs impliqués dans cette affaire, loin de là ! »

Et le voilà qui me sort d'un classeur la liste des principaux inculpés : « Et celui-là, dit-il, en citant l'un après l'autre tous les noms de la liste, c'est pas un nom juif, c'est bien français tout ça ! » En réalité, il y a de tout : des noms turcs, arméniens, français, portugais, juifs, pakistanais…

Le problème de l'accusation n'est d'ailleurs pas de savoir de quelle origine sont tous ces gens mais de quelle manière ils se sont organisés. L'une des questions centrales du dossier d'instruction est, en effet, de déterminer s'il s'agissait de petits groupes d'escrocs indépendants, d'une bande rassemblée autour d'un cerveau unique ou encore d'un réseau organisé en plusieurs filières. Contre l'argumentation des avocats, le dossier d'accusation a finalement maintenu la qualification d'« escroquerie en bande organisée ».

« Il s'agissait bien, explique le procureur Franchi, d'un réseau organisé en neuf filières dont les membres s'échangeaient les traites et contactaient les banques à tour de rôle pour ne pas être repérés. On peut même parler d'une véritable organisation militaire, très structurée. » La thèse du réseau fut confortée lorsque la police découvrit qu'un « galop d'essai » avait été exécuté en 1995, par un plus petit nombre de sociétés. Les banques n'y ayant vu que du feu, une opération d'envergure baptisée, selon un témoin, du nom de code « Planter les banques », avait été alors mise sur pied. L'action était concentrée sur quelques mois, entre février et octobre 1997. Entre ces deux dates, 2 181 des 2 699 traites litigieuses furent mises en circulation !

Ces différents circuits étaient imbriqués les uns dans les autres, et leurs instigateurs possédaient une excellente connaissance des mécanismes financiers ; ils n'ignoraient rien non plus de la concurrence féroce que se livrent les banques entre elles.

Et les banques dans tout ça ?

L'une des questions que pose toute cette affaire touche évidemment à la responsabilité des banques. « Personne n'a mis de couteau sous la gorge des banquiers pour qu'ils escomptent des traites, proteste Moïse, révolté que toute la faute retombe encore sur le seul Sentier. Si les banques avaient refusé, la cavalerie s'arrêtait net. Il n'y a pas eu de braquage, ni de hold-up ! Si les banquiers ont accepté, c'est qu'ils y trouvaient un intérêt. Nous, dans le Sentier, on n'a été que les boucs émissaires. Et il n'y a pas un seul banquier en tôle ! » Si certains ont été interpellés au commencement de l'affaire, aucun, effectivement, n'a été finalement inculpé.

« On aurait pu, c'est vrai, mettre quelques banquiers en examen... concède Franchi, l'air songeur, comme s'il parlait d'un invité qu'on aurait oublié. Il est probable que certains banquiers étaient plus ou moins au courant, tout en sous-estimant l'ampleur du phénomène. Mais il n'y a aucune preuve que des banquiers ont bénéficié de cette affaire en termes d'enrichissement personnel... Et puis si j'inculpe des banquiers, ça veut dire quoi ? poursuit-il en se ressaisissant soudain. C'est tout simplement condamner ces entreprises à couler ! Les banques n'ont pas porté plainte parce qu'elles savaient qu'elles agissaient en marge de la légalité. Tout le monde sait que la cavalerie – certes payée, ce qui n'est pas tout à fait la même chose – a toujours existé. Elle est illégale, mais elle est tolérée. Pourquoi ? Parce que sans elle, ce sont des centaines de petites entreprises qui disparaîtraient sur-le-champ. Je vous rappelle qu'il ne faut que 50 000 F pour fonder une SARL, ce qui est dérisoire quand il faut acheter des fournitures, investir dans un local… Cette tolérance est une manière de continuer à faire vivre le tissu économique ! »

Quel banquier allait accepter de me livrer son opinion sur toutes ces questions ?

« Va voir X. Il travaille depuis trente ans avec le Sentier, me conseille-t-on.

– Tu rigoles, il ne la recevra jamais ! » intervient un autre, la voix pleine de sous-entendus.

J'essaie, malgré tout, d'appeler X à son agence. Il refuse de prendre la communication. Au bout de la énième tentative, il finit tout de même par accepter de me parler. Il a la voix de Lino Ventura dans *Les Tontons flingueurs*. Prudente, j'essaie de lui expliquer le propos du livre, je tente de le mettre en confiance :

« Je ne cherche pas à vous coincer, lui dis-je, de toute façon vous ne direz que ce que vous voulez dire…

– Me coincer, moi ? me reprend-il d'un ton rocailleux. Ça fait trente ans que je suis dans le textile ! Je suis comme la fermeture Éclair : incoinçable ! »

Mais j'ai beau insister, lui envoyer des fax comme il me le demande, X, finalement, ne me recevra pas. Trente ans dans le textile ont dû lui apprendre qu'une fermeture Éclair, justement, ça se coince !

Gilles Gomez accepte, lui, de me recevoir. « On appelle ça le "casse du siècle", mais c'est des clopinettes, quelques centaines de millions de francs ! » commence-t-il par me répondre, décontracté. Pour lui, toute cette affaire a été grossie, à des fins électorales, par la mairie de Paris qui aimerait bien récupérer ce quartier de la capitale. Quant aux banques qui ont été « plantées », c'est qu'elles ne connaissaient pas leur métier ! Elles ne savaient rien, en tout cas, de la spécificité du secteur de la confection : « Ce sont les grandes banques qui se sont fait avoir, parce qu'elles n'ont l'habitude que des crédits industriels, elles travaillent sur ordinateur. Avec des petites entreprises comme celles de la confection, la seule garantie, c'est le savoir-faire et la valeur du chef d'entreprise. Il faut le connaître, avoir suivi son affaire pendant deux ou trois ans. Les clients, chez moi, n'engagent pas davantage leurs biens personnels qu'avant. Car le problème, ce n'est pas d'avoir des garanties, mais de prêter à bon escient. Sur le plan économique, ce dont les fabricants du Sentier ont besoin, c'est de "crédits de campagne", c'est-à-dire d'avances pour payer leurs fournisseurs, surtout en tissus, et leurs façonniers, avant qu'ils ne récupèrent le montant de leurs ventes. Ils n'ont pas besoin de prêts pour investir, puisque les machines ne sont pas à leur charge – ils n'ont, en général, qu'une salle de coupe et un showroom. Il s'agit donc de prêts beaucoup moins lourds que ceux qu'on accorde aux entreprises traditionnelles En revanche, ils sont beaucoup plus dangereux. Ils exigent qu'on ne se trompe pas dans l'évaluation du client. Pour faire le bilan d'une entreprise de confection, il a fallu que j'apprenne un nouveau métier, qui n'a rien à voir avec ce que ma formation de banquier m'avait enseigné. J'ai dû apprendre que l'important, ce n'était pas seulement les bénéfices d'une entreprise, mais aussi la valeur ou la non-valeur de son stock par exemple... Les banquiers qui ne savent pas tout cela, ne peuvent que se faire avoir. »

Pourtant, les banquiers disposent aujourd'hui d'outils très précis pour obtenir des renseignements commerciaux sur le débiteur et l'émetteur d'une traite, comme le fait remarquer un économiste du CNRS, dans un article du *Monde* du 10 décembre 1997. Toutes les entreprises sont notées par la Banque de France, les échanges entre banques sur la solvabilité d'un client sont fréquents. Malgré cela, les banques ont escompté pendant de longs mois des papiers sans valeur. « L'aveuglement, la complaisance ou les complicités internes n'expliquent pas tout, précise ce chercheur. À l'évidence, des signaux d'alerte n'ont pas fonctionné. Des informations n'ont pas été fournies à la Banque de France ni à d'autres banques. La lourdeur des opérations à accomplir, la faiblesse des contrôles internes, la concurrence entre banques pour gagner des parts de clientèle conduisent à écarter les règles ordinaires au nom de "l'intérêt des affaires et de la productivité". Résultat : les banques imprudentes se sont fait "planter". »

Et le Sentier a pris sur la tête le plus gros coup de son histoire : « Cette affaire a sali notre nom, se lamente Moïse Soussi, on a eu peur, tout le monde nous montrait du doigt ! Les assurances-crédit ne veulent plus nous assurer et les banques ne veulent plus nous ouvrir de comptes. On est devenu une "zone à risque". C'est surtout grave pour les jeunes qui veulent monter une affaire, car plus aucune banque n'accepte de leur faire confiance. "Ça ne nous intéresse pas de travailler avec le Sentier", leur répond-on. Comment peut-il y avoir une relève de la profession dans ces conditions ? » « Bien sûr que ça nous a fait du tort, explique Thierry, pendant quelques mois plus aucun client ne venait nous voir, car on était tous des voyous. Mais les choses en même temps ont été assainies, ce n'est pas si mal. Il y aura moins d'escrocs par ici, comme ça. »

À quand le jugement ?

Tous ces faits remontent à plus de trois ans, mais il reste encore une inconnue dans cette affaire : celle de la date de son jugement, déjà plusieurs fois repoussée. Le dernier renvoi date d'octobre 1999. Il a été prononcé par la Cour de cassation, suite à la plainte pour vice de procédure déposée par un inculpé. Celui-ci, interpellé le 18 novembre 1997 à l'aube lors de la première descente de police, ne s'est vu notifier ses droits qu'à 10 h 20, une fois embarqué dans les locaux de la Brigade financière, alors qu'ils auraient dû lui être notifiés dès la perquisition. La Cour de cassation a donc estimé illégale la garde à vue du prévenu, lequel n'est pas d'ailleurs l'un des principaux inculpés. Et cette infraction a suffi pour repousser l'ensemble du procès.

« L'attitude de la Cour a beaucoup étonné, me confie le procureur Franchi, car il s'agissait d'un élément vraiment minime. Je l'explique, quant à moi, par un précédent de la Cour qui avait procédé de même lors du procès de deux préfets, auxquels elle avait ainsi évité un jugement. Il est possible qu'elle ait usé de la même conduite pour qu'on ne dise pas qu'elle avait cherché à protéger des puissants... Toujours est-il que, pour l'instant, cette affaire est prise dans une bataille de juridictions qui ne cessent de se la repasser. Ce qui est fortement préjudiciable à la qualité d'un procès, bien entendu, car plus on le repousse, plus le risque est grand que ceux qui ont travaillé sur le dossier ne soient plus là au moment du jugement. Il sera alors confié à d'autres qui le reprendront en cours, ce qui n'est jamais très motivant. De toute façon, il est toujours très difficile de faire avancer les grosses affaires financières. Rien n'est fait pour aider les magistrats à avancer dans ces cas-là. C'est la même chose pour l'affaire du Crédit lyonnais ou pour l'affaire Elf... »

En préparation de l'audience qui aurait dû se tenir une première fois en mai 1999, le ministère de la Justice n'avait pourtant pas lésiné sur les frais ! Le problème qui se posait à lui, en effet, était de faire tenir dans une même salle les 120 inculpés (une dizaine d'autres étant en fuite) accompagnés chacun de son avocat, les juges, sans oublier le public ! Car selon le procureur Franchi : « Nous rendons la justice au nom du peuple, il faut que le peuple puisse y assister. »

Seulement, aucune salle du Palais de justice n'était capable de contenir autant de monde. Aussi prit-on la décision d'aménager en salle d'audience la salle des pas perdus où l'on monta, pour l'occasion, des gradins pouvant contenir 400 personnes. Le procès repoussé, qu'allait-on faire de cette impressionnante installation ? On s'en est finalement servi pour celui de l'ARC.

Autre innovation pour ce procès dont les dimensions frisent la démesure : la numérisation sur 5 CD-ROM du dossier d'instruction qui consigne les procès-verbaux de l'enquête de la Brigade financière et des juges d'instruction. Soit, sous forme imprimée, 54 volumes et 45 000 pages ! Cette numérisation a été jugée indispensable pour que, le jour de l'audience, chaque avocat puisse consulter son dossier sur ordinateur, sans s'y perdre et sans envahir la salle de milliers de pages. « Et encore, me dit le procureur, les CD-ROM ne reprennent pas les 52 tomes du dossier annexe ! » Décidément dans le Sentier, on ne fait rien à moitié !

Quel avenir pour le Sentier ?

Crise de la profession, scandale de l'Affaire du Sentier… le moral est plutôt morose, ces temps derniers. Mais ce n'est pas dans les habitudes des gens du quartier de se laisser abattre. « Avec l'Europe, ils vont faire des lois qui nous protégeront des importations… » ose espérer Moïse, confiant. Demain, rêvent certains, le Sentier sera de nouveau une extraordinaire pépinière de talents, qui renouvelleront l'image de la mode française à travers le monde. Finis les ateliers, finis les commerces de gros, puisque la grande distribution s'est emparée de l'essentiel du marché. Il reste au Sentier à devenir un prestigieux centre de création, et une vitrine de showrooms. Des marques apparaissent, des idées nouvelles sont en train de naître. Le Sentier va se ressaisir, il s'est déjà ressaisi.

Cela mettra-t-il fin aux protestations des riverains, qui depuis la fin des années quatre-vingt essaient d'obtenir de la municipalité le déménagement des fabricants en dehors de Paris ? Une industrie telle que le textile n'a pas sa place en plein centre de la capitale ! se plaignent-ils, fatigués de se sentir les otages des commerçants qui, comme l'explique le commissaire en chef du 2e arrondissement, « foutent le bazar dans le quartier pendant la journée, mais n'y habitent pas ». Les sujets de mécontentement des habitants des rues limitrophes touchent en priorité aux problèmes de circulation et de stationnement. La crainte des incendies dans ces ateliers et ces entrepôts remplis de tissus facilement inflammables est aussi régulièrement évoquée, d'autant que l'étroitesse des rues rend problématique l'accès des pompiers aux lieux.

Depuis quelques années, une partie du quartier, située au sud de la rue Réaumur, est déjà devenue piétonne, et le magasin de Moïse Soussi est aujourd'hui dans le périmètre interdit à la circulation. « Comment voulez-vous travailler si on ne peut plus ni charger, ni livrer ? En plus, ils ont rétréci les rues en élargissant les trottoirs, pour que les gens, même dans la partie accessible à la circulation, ne puissent pas se garer. Empêcher les voitures de passer, c'est condamner à mort le textile. » Ces aménagements sont, d'après Moïse, la solution que les élus du quartier ont trouvée pour pousser les gens du Sentier à partir d'eux-mêmes, puisqu'ils n'ont pas réussi à les expulser. Les projets envisagés à la fin des années quatre-vingt pour créer une « cité de la mode » dans le nouveau quartier de Tolbiac, ou un « Textilopolis » à Marne-la-Vallée, ont en effet tous avorté, car il était impossible pour les pouvoirs publics d'indemniser les fabricants du Sentier à hauteur de leurs baux et de leurs chiffres d'affaires. Inutile de préciser qu'ici tout le monde s'en est réjoui. On voulait qu'ils quittent leur village ?

Le seul fabricant que j'ai rencontré et qui aurait déménagé volontiers, sans état d'âme, c'est Thierry : « Si demain, on me disait : "Vous partez à la Défense, ou à Marne-la-Vallée", moi je serais ravi. À Düsseldorf ou à Amsterdam, tout le secteur de la mode est regroupé dans un grand centre, et c'est merveilleux. J'adorerais ça ! Les clients peuvent se garer dans d'immenses parkings en sous-sol. Dans l'entrée centrale du building, il y a des panneaux qui indiquent l'emplacement des fabricants. Vous regardez : "3e étage, tour A". C'est génial !

– Mais ce n'est pas vraiment l'ambiance du Sentier, avec son bruit, son animation, sa pagaille…

– On en a marre de la pagaille. Les entrepreneurs qui viennent me livrer prennent 230 balles d'amende par jour ! Et puis, ça ne serait pas mal de travailler dans des trucs propres. J'en ai marre de mon escalier pourri. Il a beau être classé, il est pourri ! »

Mais Thierry devra se faire une raison. Il y a peu de chances que le Sentier ait à déménager, puisque le quartier se transforme de lui-même.

Ateliers et boutiques ferment. Une autre population commence à investir le quartier. Ces nouveaux occupants, tous les journaux en parlent, sont de jeunes créateurs de start-up – traduisez de « jeunes entreprises à fort potentiel de croissance dans le domaine de la haute technologie » – qui, les unes après les autres, sont venues s'installer ici. Début 2000, elles sont plus d'une trentaine.

Yahoo, l'un des plus importants annuaires du Web, a été parmi les premiers à prendre ses quartiers rue du Sentier, suivi bientôt, dans la même rue, par le moteur de recherche *Écila,* et par *BuyCentral,* un site de comparaison de prix. *Magique Émilie,* un site destiné aux jeunes parents, se trouve lui rue d'Aboukir. Mais c'est dans la rue des Jeûneurs que ces start-up sont aujourd'hui les plus nombreuses. À quelques mètres les unes des autres, et parfois dans le même immeuble, se trouvent *Lastminute,* un site spécialisé dans « l'achat d'impulsion de dernière minute » de billets d'avion ou de places de théâtre, *FirstInvest,* conseil en Bourse sur Internet, *Rosebud Technologies,* une société de vente de serveurs et de logiciels pour sites Web, ou encore *Agrifirst,* le premier serveur de fournitures en ligne pour les agriculteurs.

Au 27 de la rue, se trouve aussi le plus grand « incubateur de start-up » d'Europe, *Défi StartUp,* dirigé par deux techniciens sortis l'un de Polytechnique et l'autre de Supelec, soit 5 000 m^2 entièrement voués à la création d'entreprises high-tech. Cette structure, dont l'objet est d'aider de jeunes entreprises à démarrer, propose aux start-up dont elle a sélectionné le projet, à la fois des locaux, une logistique, des conseils et de l'argent frais, en échange de 25 % de leur capital. Le système semble marcher puisque *Défi StartUp* a déjà à son crédit la réussite de ceux qui sont désormais ses voisins, *BuyCentral* et *Magique Émilie.*

Même les fabricants du Sentier s'y sont mis ! Histoire de prouver, une fois encore, qu'ils n'ont rien perdu de leur goût pour l'innovation et de leur talent de reconversion. Le plus important de ces sites est *B2B* (« Business-to-Business ») lancé à l'automne 2000 par Nicolas Leon, le patron de l'entreprise Nelkin. Son but : recréer un esprit de corporation entre les fabricants du Sentier, favoriser une forme de coopération, et bien sûr toucher de nouveaux marchés, tant en France qu'à l'étranger. *B2B* se présente comme une société de services sur le Net, destinée à répondre aux besoins des professionnels du secteur. Ses adhérents pourront avoir accès à toute une gamme de services : déposer un modèle pour le protéger des copies, faire traduire des documents, bénéficier de conseils fiscaux, techniques et juridiques, consulter de nombreuses petites annonces professionnelles (locaux, emplois), être informés par une revue de presse spécialisée, nationale et internationale, de l'actualité du textile. Sur ce site, enfin, les mauvais payeurs seront mis à l'index !

Mais *B2B* est, plus que tout, un lieu de rencontres commerciales aussi bien nationales qu'internationales. Chaque fabricant peut y ouvrir son propre site, sorte de vitrine sur le web, afin d'y présenter son entreprise et ses collections. Et prouver au monde entier que le Sentier est toujours le même, aussi créatif, aussi réactif. Bref, pour reprendre le mot d'ordre des créateurs de ce nouveau site, que «le Sentier n'a pas dit son dernier mot ! ».

Conséquence de cet afflux de start-up dans le quartier, un nouveau nom est né, Silicon Sentier, et une adresse électronique a été déposée : « siliconsentier. com », en hommage aux deux grandes sœurs américaines, la Silicon Valley californienne (où se concentrent les sociétés informatiques) et la Silicon Alley de Manhattan (où se sont regroupées de nombreuses entreprises du Net).

Ce qui attire ici tous les jeunes techniciens de la nouvelle économie ? La relative modicité des loyers – bien que cela soit de moins en moins vrai au fur et à mesure que la demande augmente – pour des locaux en plein Paris, récemment libérés par la fermeture de nombreux ateliers. L'exceptionnelle infrastructure des télécoms et du câble, l'une des plus denses de la capitale, dont le quartier bénéficie du fait de la proximité de la Bourse et des agences de presse comme l'AFP ou Reuter, ce qui permet aux internautes d'établir des connexions rapides. Enfin l'atmosphère du quartier, empreinte d'une énergie toute new-yorkaise, qui n'est pas pour déplaire à ces fous de travail – pas plus que les fabricants ils ne savent ce que se reposer veut dire.

« Le Sentier est un quartier d'immigration, entreprenant, où les gens ne sont pas nés avec une cuiller en argent dans la bouche, explique l'un de ces jeunes businessmen. Dans le monde des créateurs de start-up, les origines géographiques et professionnelles sont aussi très diverses[1]. » Benoît Cotte, patron de *MétaMédia*, aime d'ailleurs à se présenter comme un autodidacte « bac moins un ». L'important, c'est la « valeur travail », que tous respectent. Comme dans les folles années du Sentier de la confection, les « entreprenautes » travaillent douze heures par jour et certains n'ont pas pris de vacances depuis deux ans. « Moi, je suis pour les soixante-dix heures ! s'exclame l'un d'entre eux. On travaille comme ça pendant quatre ans, on prend notre retraite et tout le monde est riche[2] ! » Et comme chez les fabricants de la belle époque, l'image de la ruée vers l'or fonctionne à plein régime dans tous les esprits.

« C'est amusant que toutes ces jeunes boîtes d'informatique se soient installées dans le Sentier, fait remarquer Pierre Aïdenbaum. Car là aussi, avec 25 m^2, un ordinateur, et deux-trois informaticiens, on peut démarrer, et en quelques années créer une société. » Seul problème : la vitesse de croissance de ces jeunes entreprises est parfois si grande que les locaux du Sentier deviennent vite exigus. Certaines start-up, qui ont commencé avec cinq employés, se retrouvent avec un effectif de 100 personnes, en un peu moins d'un an ! *Yahoo* et *Nomade* ont dû se déplacer vers des quartiers de Paris possédant de plus grandes surfaces. *Lastminute*, avec ses 35 employés dans 240 m^2, commence déjà à se sentir à l'étroit. La réussite est à la mesure de celle des beaux jours du Sentier.

« J'ai téléphoné à ma mère pour lui donner le chiffre d'affaires. J'ai dû lui répéter que c'était des nouveaux francs ! » À votre avis, qui parle ? Élie Kakou, ou l'un de ses frères tunisiens, éternellement encombré de l'amour de son envahissante mère juive, inquiète des affaires du magasin et de la réussite de son fiston ? Eh bien non. Ce fils attentif, c'est Philippe Hardoux, jeune PDG de *Rosebud Technologies*, et créateur d'un logiciel capable de mettre des milliers de textes en ligne. Sa société, qui vend également des serveurs et pratique le commerce en ligne, va bientôt commercialiser des services sur le « wap », le téléphone portable à écran Internet. Comme quoi le sens des affaires et l'amour maternel sont sans frontières. Même les virtuoses du virtuel décrochent le téléphone pour appeler leur mère et la rassurer sur le talent de sa progéniture…

Tout compte fait, le Sentier, n'a pas changé tant que ça !

Post-scriptum
Le Sentier mène à tout

Le petit monde du Sentier, on l'ignore souvent, fut un extraordinaire berceau de talents. Tous ceux dont le portrait suit ont fait leurs premiers pas dans des rumeurs d'ateliers, des odeurs de tissu : ce sont aujourd'hui des scientifiques, des médecins, des psychanalystes, des artistes. Bien sûr, ce ne sont pas les seuls enfants d'immigrés qui aient réussi. Comme beaucoup d'autres, ils ont été soutenus dans leur ambition par le rêve de leurs parents de les voir accéder à une vie meilleure. Mais de « l'école du Sentier », ils ont hérité certains traits spécifiques : énergie, endurance, reconnaissance absolue de la « valeur travail », pragmatisme. Sans oublier cette approche essentiellement sensorielle du monde que vous donne une enfance baignée dans cet univers de couleurs, de matières et d'odeurs ; une mémoire bercée, dès les premiers jours, par le bruit des machines à coudre, et marquée par les silhouettes énigmatiques et suggestives des vêtements et des mannequins.

On s'étonnera peut-être de ne pas trouver dans la liste qui suit certains noms célèbres que leur œuvre a définitivement liés au monde de la confection, comme celui de Jean-Claude Grumberg, auteur de la célèbre pièce *L'Atelier* (mais aussi *Amorphe d'Ottenburg* et beaucoup d'autres), ou Robert Bober, dont le roman *Quoi de neuf sur la guerre ?* raconte la vie d'une fabrique de vêtements dans l'immédiat après-guerre. C'est que le monde de la confection est vaste ! Et que les ateliers dont ils parlent se trouvaient dans un périmètre extérieur au Sentier lui-même, tel qu'il est défini dans ce livre. On s'en est tenu dans les quelques portraits qui suivent, à ceux qui ont hérité non seulement de la mémoire d'une profession, mais aussi de celle d'un quartier de Paris.

Janine Altounian

Janine Altounian, on s'en souvient, est la fille d'immigrés arméniens arrivés par bateau à Marseille. Son père, d'abord ouvrier dans les soieries lyonnaises, ouvrira plus tard un atelier de confection dans le Sentier. Professeur d'allemand, elle participe aujourd'hui à la nouvelle traduction des œuvres de Freud.

Pour Janine Altounian, être née d'une famille d'artisans – et pas seulement d'une famille d'immigrés – est l'une des clés de son existence, bien qu'elle ait mis du temps à comprendre en quoi : « C'est en côtoyant les autres, dont les parents n'étaient pas artisans, que j'ai compris ce que mes parents m'avaient transmis. Je crois que ce sont des valeurs éminemment culturelles. Ils ne sont peut-être jamais allés à l'école dans leur pays, mais les éléments culturels qu'ils transportent avec eux n'en sont pas moins forts. Enfant, j'étais incapable de les décrypter, puisque l'école vous enseigne que la culture, ce sont les lettres. Or celle que véhicule l'artisanat n'a rien à voir avec l'écrit, elle se trouve dans les mains. Il s'agit d'une créativité certes modeste, qui s'exerce avec peu de moyens, mais qui permet de n'être jamais totalement démuni. On n'est pas riches, mais on est ingénieux. Et donc, avec un bout de tissu, on va savoir faire une jolie robe à sa fille, ou un manteau chaud. Cette ingéniosité va de pair avec une forme d'austérité, évidemment. Mais c'est aussi une forme d'indépendance.

L'artisanat, c'est aussi un certain rapport au temps. On fait cette pièce-là, avant de faire la suivante. Il y a un ordre à respecter, qui implique de savoir hiérarchiser les choses, d'avoir des priorités. Un jour, il m'est apparu que c'est tout cela que ma famille m'avait transmis. Mes parents étaient presque analphabètes, et pourtant ils avaient ce que j'appellerais une forme d'aristocratie.

On associe souvent l'artisanat à des valeurs réactionnaires, voire pétainistes, et c'est vrai qu'il a pu être utilisé ainsi. Mais, dans ma façon de le vivre, il est toujours synonyme de vertu, au sens fondamental du terme.

Écrire, c'est ma manière à moi de faire du tissage, comme mon père lorsqu'il était soyeux à Lyon, ou bien de la couture, ou encore de la dentelle comme ma grand-mère. Je prends des petits bouts de choses, des petits bouts de textes, de souvenirs et je les assemble, comme on tricote un châle ou comme on monte un vêtement. »

Serge Bromberg

Au sortir de quelques années d'études à Sup de Co où il s'initie à l'informatique, Serge Bromberg est amené à fabriquer un logiciel pour la gestion des stocks et des commandes du Sentier : « Seulement, mon système n'intégrait que la comptabilité déclarée. Je n'avais rien compris ! Ce qui intéressait les fabricants, c'était d'avoir un logiciel qui leur permette de gérer une double comptabilité, l'officielle mais aussi celle au noir. Bref, je me suis planté. C'est alors que je me suis dit qu'il valait vraiment mieux que je m'en tienne à ce que je rêvais de faire depuis toujours : du cinéma ! »

Cela a été tout bénéfice pour nous aussi. Car, grâce à Serge Bromberg, des milliers de films tournés avant-guerre ont été sauvés de la destruction ; en tout plus de 50 000 bobines. Lobster, sa maison de production, s'est en effet donné pour tâche de restaurer de vieilles pellicules récupérées par les moyens les plus divers : en faisant les marchés aux puces, ou bien par le biais d'annonces incitant les particuliers à fouiller leur grenier pour trouver, qui sait, une merveille oubliée. Parmi les trésors repêchés : quelques Buster Keaton et Laurel et Hardy perdus, mais aussi des chefs-d'œuvre du cinéma russe des années vingt, ou quelques-uns des premiers films colorisés à la main.

Serge Bromberg, heureux de faire partager sa passion, présente régulièrement ces miraculés de l'histoire du cinéma lors de séances publiques qu'il a nommées « Retour de flamme », car ces vieilles copies au nitrate sauvées du néant flambent aussi vite… qu'un dépôt de tissu. On lui a également confié la restauration de quelques chefs-d'œuvre du cinéma français dont les copies originales étaient en mauvais état : *Le Crime de monsieur Lange* de Jean Renoir, *L'Atalante* de Jean Vigo, ou encore *Jeux interdits.*

En 1993, Arte lui commande une série sur le burlesque américain, *Slapstick,* pour laquelle il restaure et met en musique des films des années vingt. Suivront *Cartoon Factory,* une série sur les vieux dessins animés des années trente comme Betty Boop, et depuis quelques années sur la 5e, *Bromby* et *Cellulo,* des émissions pour les enfants sur le film d'animation.

Bref, Serge Bromberg, en bon rejeton du Sentier, est lui aussi un « intox » du travail, comme il dit. C'est dans les locaux de sa maison de production qu'il me reçoit, dans son « atelier », ainsi qu'il l'appelle. « Et l'atelier, comment ça va ? Ça va ! » m'informe-t-il en préambule, histoire de me mettre dans le bain. Puis il me fait faire un petit tour du propriétaire. Dans la salle de mixage, plusieurs émissions de *Cellulo* sont en train d'être synchronisées : l'une montre Serge Bromberg dans un décor de cartoon, déguisé en cow-boy ; dans la suivante, il porte un costume de lapin… et cela semble le ravir.

« Un de mes plus anciens souvenirs, me dit-il, c'est celui

de mon père en train de travailler sur la machine à tricoter. Mon père a passé sa vie sur le métier, et à transporter des cartons. Moi, je transporte des bobines ! Lobster n'est pas une grosse boîte de production, c'est un petit atelier. Je suis, comme ils l'ont été avant moi, un petit artisan. Un petit artisan qui vit bien et dont la force, c'est la débrouillardise, c'est d'avoir des idées. Comme mes parents, j'aime la qualité du travail bien fait. Car si je fais du bon travail, on me repassera des commandes, comme dans le Sentier !

– Être un fils d'artisans a compté pour vous ?

– Oui, c'est une référence importante. Parce que moi non plus, je ne suis pas un intellectuel, j'adore avoir les mains dans le cambouis ! Et puis, je me sens pleinement le fils de ces artisans qui se sont faits tout seuls. Je suis fier d'eux, fier de leur combat pour la vie.

– Le Sentier, c'est seulement le travail ?

– Non, c'est aussi une véritable organisation humaine, avec ses codes, avec son quotidien. À la maison, les conversations tournaient souvent autour du Sentier, que ce soit à propos de commandes, de livraisons, mais aussi de mariages, de disputes. La vie, quoi ! J'imagine que ça devait être comme ça jadis, dans les *shtetl*, où les gens vivaient au jour le jour, travaillaient ensemble sans trop se poser de questions... Quelquefois, je vais me promener dans le Sentier, le soir, lorsque tout est vide. Et j'ai le sentiment bizarre d'être ici chez moi, comme nulle part ailleurs. Comme si, dans chaque maison, dans chaque rue, il y avait un peu les fantômes de mes ancêtres... »

Georges Charpak

Georges Charpak, prix Nobel de physique en 1992, n'est pas à proprement parler un enfant du Sentier, puisqu'il n'y est pas né. Mais, à la fin des années quarante, après son retour du camp de Dachau, ses parents y achètent une bonneterie. Dans son livre de souvenirs, *La Vie à fil tendu*[3], il explique que ses grands-parents maternels tenaient une boutique de tissus dans la rue principale de la petite ville de Sarny, en Pologne. Une boutique, où, précise-t-il, on ne vendait que des tissus destinés aux « goys » : des imprimés, des « tissus à fleurs qu'une femme juive n'aurait jamais choisis et encore moins portés ». Il faudra attendre encore bien longtemps pour que les Juifs d'Afrique du Nord « apportent la couleur » dans le monde juif du vêtement ! Cette boutique, Georges Charpak la décrit comme un élément décisif dans l'avenir de sa famille, puisqu'il y voit « l'ancêtre du petit atelier de confection que mes parents ont finalement pu créer rue du Caire, à Paris ».

Auparavant, comme beaucoup d'émigrés juifs arrivés en France au début des années trente, ils s'étaient retrouvés à Belleville. Tandis que son père, qui était comptable en Pologne, se reconvertit dans le métier de livreur – notamment de harengs ! –, sa mère effectue déjà des travaux de couture sur sa première machine à coudre Singer, dans la chambre de bonne qui leur sert d'appartement… L'installation à leur compte dans une bonneterie de la rue du Caire, après des années de dur labeur, signe leur ascension sociale et leur intégration dans la société française. C'est à la même époque qu'ils obtiennent la nationalité française et nomment leur entreprise des initiales de leurs nouveaux prénoms officiels : AGAM, soit Anne, Georges, André (son père) et Maurice, « exprimant ainsi leur bonheur que nous soyons enfin devenus français », commente Georges Charpak.

L'un de mes amis médecins, qui travaille avec le professeur René Frydman à l'hôpital Antoine-Béclère de Clamart, l'avait prévenu de mon appel. « Un livre sur la *ri* d'Aboukir ? D'accord, qu'elle m'appelle ! » s'était-il exclamé amusé, imitant l'accent yiddish alors qu'ils sortaient tous deux, en blouse blanche, d'une réunion de service ! Un peu plus tard, je rencontrai donc le « papa d'Amandine », le créateur des premiers bébés-éprouvettes. C'est un sourire aux lèvres, comme attendri déjà au souvenir de ce monde lointain dont je venais le faire parler, que René Frydman m'accueillit dans son cabinet de consultation. « Le Sentier ? Pour moi, c'était la famille, commença-t-il, presque timide, d'un ton modeste. C'était les "cousins", les "cousines". Je me souviens de Dani Sapon, par exemple, dont les parents tenaient l'une des plus anciennes affaires du Sentier. Rien de consanguin dans tout ça, c'était la famille au sens large, le village. On se retrouvait tout le temps. Quand j'étais enfant, à la fin des années quarante, on partait tous ensemble, pendant les grandes vacances, en pension de famille à Fontainebleau. On se voyait aussi lors des garden-parties du Cercle des tricoteurs qui était une sorte d'amicale à laquelle appartenait mon père. Ses membres se réunissaient une fois par an, pour des parties de campagne, et il y avait là tous les tricoteurs du Sentier, avec leurs enfants. Les parents parlaient yiddish, et nous, on jouait. C'était très gai.

– Vous vous souvenez de l'atelier de tricot de votre père ?

– Oui, bien sûr, et surtout de la table de coupe et des énormes ciseaux dont il se servait !

– Ce n'est pas banal comme souvenir, pour un futur chirurgien !

– Je sais. Mais c'est comme ça, j'adore les ciseaux de coupe.

– Votre père exerçait déjà le métier de tricoteur en Pologne ?

– Non, pas du tout. C'est un métier qu'il a appris sur le tas. Avant, il avait fait toutes sortes de petits métiers, il avait travaillé dans un port, conduit des autobus… Ce n'est qu'après son mariage avec ma mère qu'il a commencé dans la profession, d'abord comme ouvrier à domicile. Je me souviens encore très bien de notre appartement, il était divisé en deux, moitié atelier, moitié logement.

– Ce sont des souvenirs qui comptent pour vous ? Ou s'agit-il d'une partie de votre vie qui est aujourd'hui très lointaine ?

– Elle n'est pas lointaine du tout. Premièrement, je suis toujours propriétaire, avec mon frère, de locaux rue d'Aboukir, et donc le quartier, par la force des choses, se rappelle à nous assez régulièrement ! Mais surtout, c'est mon enfance, c'est mon histoire.

– Être non seulement un enfant d'immigrés, mais un enfant d'artisans, vous pensez que cela a laissé une empreinte sur votre manière d'être ?

– Le modèle que mes parents m'ont peut-être transmis, par leur métier, par leur histoire, c'est une sorte d'école de la vie. La médecine, c'est un peu la même chose, on y croise toutes les classes sociales, les destins les plus différents… Et puis, tous ces gens étaient des bosseurs. La valeur du travail, c'est une chose qui s'inculque aussi, qui se transmet. Avoir le goût du travail bien fait et des satisfactions qu'il donne, même si la tâche est rude, est un sentiment qui n'a jamais cessé de m'accompagner. Entre mes parents et moi, il y a eu certes un processus d'ascension sociale, mais c'est sur les mêmes mécanismes que nos vies reposent : sur le travail, et sur cette conviction que les choses ne sont pas données. Il faut les conquérir à la force du poignet. Quand on met la main à la pâte, on peut s'en sortir. Mais il faut y aller !

– Père tailleur, fils médecin. C'est la parfaite image d'Épinal du Sentier !

– Il y avait un tel désir, chez mes parents, que leurs fils deviennent médecins : mon frère est pharmacien... Mais la médecine, pour eux, c'était être généraliste en ville. La recherche, la médecine universitaire, ça ne ressemble pas du tout à l'avenir qu'ils avaient imaginé pour moi. Je ne l'avais pas imaginé non plus, d'ailleurs !

– Et la spécialisation en obstétrique, les questions de procréation, c'est aussi lié à tout ça ?

– Au Sentier ? Non, je ne le pense pas. Mais à l'histoire juive, très certainement. Car toute vie gagnée est un peu une victoire contre la mort... »

Jacques Kébabdjian

Jacques Kébabdjian est, comme Serge Bromberg, un passionné de cinéma. Il a réalisé plusieurs films, dont *Mémoire arménienne, Sans retour possible,* et *D'une brousse à l'autre,* un documentaire consacré aux sans-papiers maliens. Son père, avant de s'installer comme tricoteur rue Réaumur puis rue Saint-Denis, avait été bottier et marchand forain. Jacques Kébabdjian se souvient bien du petit monde arménien du Sentier, car dans son enfance, ils étaient plusieurs à se retrouver, non pas à Deauville comme les Juifs le feront plus tard, mais à Morsang-sur-Orge, une commune de l'Essonne où beaucoup d'entre eux avaient acheté des terrains et fait construire des maisons. Ils passaient leurs vacances là et un épicier arménien s'était même installé sur la place du village. Tous ses copains allaient alors au collège arménien de Sèvres où lui-même n'a passé qu'un an, et plusieurs se sont orientés par la suite vers la confection. Sans doute aurait-il suivi le même chemin, s'il avait fait toutes ses études dans ce milieu, et surtout si le cinéma ne l'avait pas, depuis toujours, attiré ailleurs. Mais le cinéma, après tout, est-il si loin que ça de la confection ?

« Il y tout un côté manuel dans le cinéma, analyse Jacques Kébabdjian, ou plus exactement, il y avait car cela tend à disparaître avec la vidéo. Mais avant, il fallait enrouler les bobines. Et comme dans la confection, il faut, aujourd'hui encore, couper, bâtir, monter. Le cinéma, c'est aussi fabriquer des choses, c'est un artisanat. Au contraire du commerce qui consiste à vendre des produits tout faits, c'est les faire soi-même, c'est les créer. Est-ce que cela vient de l'atmosphère de mon enfance, des souvenirs de l'atelier ? Toujours est-il que je ne suis pas du tout quelqu'un de conceptuel. Quand je lis un texte, par exemple, il faut que je me représente presque visuellement les choses, pour les faire exister. En revanche, tout ce qui est images, impressions, c'est toujours net et précis. C'est un monde très sensoriel, un atelier, avec le bruit des machines, les odeurs de vapeur, la couleur des fils... Celle des pulls que fabriquait mon père, ça c'était de la couleur ! Il les aimait très bariolés, dans le goût oriental, ce qui leur valait le plus grand succès auprès des marchands arabes. Allez savoir, c'est peut-être ça l'origine de ma passion pour le technicolor ! »

Edgar Morin

Edgar Morin a consacré un livre entier à son père Vidal Nahoum[4]. Plusieurs chapitres racontent sa vie et son travail dans le Sentier. Mais lui-même, quels souvenirs a-t-il gardés de ce qui fut le monde son enfance ? « C'est avec le temps que le Sentier est devenu attendrissant... » me répond-il. Car sur le moment, ce monde ne l'attirait guère, et surtout pas la boutique de son père dont il n'a gardé que des souvenirs d'ennui : « Mon père voulait que je vienne l'aider, notamment le jeudi, car son rêve c'était bien sûr de m'initier au commerce pour ouvrir un jour une boutique à l'enseigne de "Vidal Nahoum et fils" ! Mais moi, au magasin, je m'ennuyais ferme. C'était une toute petite boutique, plutôt une échoppe, pleine de choses accumulées et disposées sans art. Tout semblait être dans un grand désordre, même si mon père s'y reconnaissait, je ne sais pas comment ! Je le regardais faire, je l'aidais un peu, mais au lieu de m'intéresser, il a réussi à me dégoûter totalement de ce métier : l'attente du client, les sempiternelles discussions pour baisser le prix, tout cela me faisait horreur ! Pour essayer de me "faire mordre au métier", comme il disait, il m'emmenait aussi avec lui en Province, surtout à Troyes où se trouvaient les principaux fournisseurs en bonneterie. Mais je n'ai décidément jamais mordu ! » conclut-il en souriant, attendri au souvenir de ces épisodes qui l'avaient jadis tant exaspéré.

Il faudra plusieurs décennies pour qu'Edgar Morin prenne conscience que ces souvenirs-là sont « le fragment d'identité orientale » qu'il porte en lui. « C'est parce que j'ai vécu dans ce monde-là que j'ai pu comprendre l'Orient, ajoute-t-il. Le monde du Sentier était un monde où ce qui comptait avant tout, c'était les relations entre les gens. Tout y était jeu social, rapports personnels : la vente, le marchandage… Chez mon père, par exemple, les prix n'étaient pas affichés et tout le monde marchandait, cela faisait partie du commerce. C'est bien plus tard que j'ai découvert que cette pratique n'était pas la norme et que partout ailleurs les prix étaient affichés ! Et puis, c'était un monde très concret, il n'y avait rien d'abstrait dans tout ça : vendre des chaussettes ! Entre gamins, on se pose toujours la question : "Et toi, qu'est-ce qu'il fait ton père?" Évidemment, moi, je répondais: "Il vend des bas et des chaussettes en gros." C'est incroyable comme métier, quand j'y repense, de vendre des bas et des chaussettes en gros! Comme identité pour un enfant, qui en plus venait de Salonique, avec un nom dont personne ne connaissait la signification en dehors des gens du quartier!»

Marie Moscovici

«Vous connaissez la différence entre un tailleur et un psychanalyste?» raconte une célèbre blague new-yorkaise. Réponse: «Une génération». La preuve, Marie Moscovici, fille d'un artisan du Sentier et psychanalyste de renom. «Mon grand-père était rabbin dans un petit village de Pologne, mon père tricoteur dans le Sentier, moi je suis psychanalyste, l'un de mes fils est ministre, et l'autre tout aussi intéressant: une lignée normale, en somme!» me dit-elle en riant, avant de rectifier: «Enfin, c'est normal, jusqu'au psychanalyste. Le ministre n'était pas prévu par les statistiques!» Occasion pour Marie Moscovici de rendre hommage en passant à la République française: Pierre Moscovici a certes hérité de l'intérêt de sa famille pour la politique, et c'est à son travail personnel qu'il doit d'en être arrivé là, mais cela prouve aussi qu'on leur en a donné la possibilité. «C'est bien de penser qu'en France on peut donner un poste de ministre à quelqu'un dont les deux parents sont d'origine étrangère», conclut-elle. Comme beaucoup d'émigrés d'Europe de l'Est arrivés dans les années trente, son père a d'abord travaillé en famille, avec ses frères et ses beaux-frères, dans un petit atelier sur le même palier que leur appartement. Et puis la guerre est arrivée, et ils ont dû tout abandonner pour partir se cacher en zone libre. «Pour moi, ces artisans et commerçants juifs sont l'essence du judaïsme, explique Marie Moscovici. Ils n'étaient peut-être pas des intellectuels, dans le sens où ils avaient très peu fait d'études, mais ils avaient acquis, par les nécessités de la vie, toute une gymnastique intellectuelle : ils savaient faire marcher leur tête. On peut dire que c'était des "intelligents". J'ai eu la chance – qu'ils n'ont pas eue – de pouvoir faire des études, mais cela n'a jamais empêché qu'on se comprenne. Au contraire. J'ai toujours eu le sentiment que mon fonctionnement, ma manière de raisonner, c'est d'eux que je les tiens. Entièrement. Entre eux et moi, il n'y a pas de discontinuité. Ils ne lisaient peut-être pas Freud, ils ne lisaient d'ailleurs pas tous le français, mais peu importe ! On a toujours parlé le même langage – et la même langue, le yiddish. Et puis, il ne faut pas oublier non plus que certains d'entre eux, comme mon père qui se destinait à être rabbin avant de se reconvertir dans la confection, avaient étudié en Pologne à la *yeshivah*. Or, l'étude de la Torah est une véritable discipline intellectuelle qui a contribué, elle aussi, à former l'esprit et à exercer l'intelligence de tous ces gens. Le père de mon père, lui, tenait un minuscule bistrot dans une rue de Sterdyn, le village d'où vient toute ma famille. Ce sont des origines extrêmement modestes, mais, d'une certaine manière, oui, on peut dire que je m'en vante !

– Pourquoi s'en vanter ?

– D'abord, parce qu'il ne faut jamais oublier d'où l'on vient. Et puis, parce que je suis fière du trajet parcouru. Je suis fière de leur trajet, car ce sont eux qui ont fait les trois quarts du chemin, moi je n'ai fait que poursuivre. Sentir qu'il y a cette possibilité de trajet, qu'on n'est pas cloué à sa place, je pense que c'est assez juif. Freud devait être comme ça. C'est d'ailleurs l'un des moteurs de la psychanalyse que de penser qu'on n'est pas assujetti par sa naissance, qu'on peut "devenir".

– Qu'ont pensé vos parents de votre choix de devenir psychanalyste ? Ils connaissaient la blague sur la différence entre un tailleur et un psychanalyste ?

– Je ne suis devenue psychanalyste que beaucoup plus tard. J'ai d'abord fait des études à la Sorbonne, d'où je suis sortie avec des diplômes de psychologie. Mes parents étaient évidemment heureux d'avoir une fille qui étudie, j'étais la première de la famille à suivre de longues études. Et cela m'a ouvert, bien sûr, la porte d'un autre monde qui n'avait rien à voir avec celui de ma famille. Mon univers, c'était la Sorbonne, c'est là que j'avais mes copains, mes flirts. Mais je n'ai jamais eu pour autant de sentiment de gêne ou de distance à l'égard du milieu d'où j'étais sortie. Le plus drôle, c'est que mon sujet de thèse, alors que j'étais chercheur en sociologie, portait sur "La famille rurale", moi qui ai horreur de la campagne ! Peu à peu j'ai compris que la sociologie ne m'intéressait pas, que c'était de la psychanalyse que je désirais faire.

Ce que mes parents en pensaient ? Je crois qu'ils ne comprenaient pas trop ce qu'était la psychanalyse, ils ne voyaient pas du tout en quoi je pouvais soigner des gens : "Tu n'es pas docteur, comment fais-tu pour soigner les gens ?" m'avait dit une fois mon père. Et une autre fois, ce qui m'avait fait éclater de rire : "D'accord, tu es psychanalyste, mais qu'est-ce que tu fais toute la journée ?"»

Jacques Ohana

Jacques Ohana est l'aîné d'une famille de six enfants. Âgé d'une douzaine d'années, il quitte avec toute sa famille sa ville natale de Marrakech, au milieu des années soixante. Ce n'est pas le climat politique qui pousse les Ohana à partir, car ils vivent très bien au Maroc, en bonne entente avec la population locale. Ce ne sont pas davantage les problèmes économiques, car M. Ohana père, qui est mécanicien, possède un garage, tandis que sa femme est institutrice. Non, ce qui pousse les Ohana à venir en France, c'est l'ambition qu'ils nourrissent pour leurs enfants et leur désir de leur faire suivre les meilleures études. Ils ne se sont pas trompés puisque leurs deux fils aînés, Jacques et Sidney, comptent aujourd'hui parmi les chirurgiens plasticiens les plus réputés de France.

« On a toujours été spécialisés dans la carrosserie, dans la famille ! » s'exclame en riant Jacques Ohana. Il a une voix douce et modeste qui tranche sur l'atmosphère de sa clinique. Celle-ci, à deux pas des Champs-Élysées, occupe tout un immeuble où règne partout le bon goût : moquette beige, terrasse fleurie, salon d'attente où traînent des livres d'art. « Ma clinique, vous savez, ce n'est guère plus qu'une PME, tient-il néanmoins à préciser, ce n'est pas très différent d'une entreprise du Sentier ! »

Jacques Ohana sait de quoi il parle, puisque ses quatre frères et sœurs – ceux qui ne sont pas devenus chirurgiens – ont des affaires dans le Sentier. Ses deux frères, Raf et Gad, dirigent ensemble l'entreprise Carlingue rue d'Alexandrie. Dans la même rue, se trouve Tchin Tchin, la boutique de l'une de ses sœurs. Le magasin de la deuxième sœur se trouve lui rue Saint-Denis.

Lorsque son père arrive en France, explique Jacques Ohana, il cherche d'abord à racheter un garage. Mais un accident lui fait perdre une partie de l'usage de la main droite, ce qui l'empêche de poursuivre son travail de mécanicien. Aussi se laisse-t-il convaincre par l'une de ses sœurs établie en France et qui possède un atelier dans le Sentier d'acheter une boutique. M. Ohana ne connaît rien au métier de la confection mais il est ambitieux. Il achète donc une première boutique au 115 rue d'Aboukir, qu'il nomme Le Bouquet du Sentier. Quelques années plus tard, il achète la boutique du 117, puis celle du 121, puis les ateliers en étage. Bref, les affaires marchent bien. Le secret de sa réussite ? Il est le premier à fabriquer dans le Sentier de fastueuses robes du soir. Ces robes longues garnies de magnifiques passementeries achetées en Belgique, valent à l'époque de 5000 F à 6000 F en gros, et les princesses arabes, qui constituent une bonne partie de sa clientèle, en sont friandes. « Mon père fut l'un des premiers à travailler avec des stylistes, mais ma mère créait aussi une partie des modèles. Pourtant elle n'y connaissait rien, jusqu'alors elle s'était contentée de coudre des pantalons pour ses enfants ! Tout le monde s'y mettait. Avec mes frères et sœurs, on en a passé des dimanches à recouvrir des boutons de tissu, à l'aide d'une petite machine à manette, au lieu d'aller nous promener ! Mes parents n'ont jamais cessé de travailler comme des forçats. J'ai souvent eu peur qu'ils y laissent leur peau. Ils avaient beau réussir, je ne pouvais me défaire du sentiment que ce faisant, ils creusaient leur tombe. Par bonheur, ils ont eu la sagesse d'arrêter à temps.

– J'ai cru comprendre que vous aussi, vous travailliez sans cesse…

– Oui, et ça désespérait mon père. Il me disait toujours qu'il avait deux regrets : le premier de me voir travailler tout le temps, le second que je ne dépense pas toute cette énergie ailleurs : “Ah ! si tu l'avais mise dans le Sentier, ç'aurait été autre chose…”

– Il n'était pas fier que vous soyez chirurgien ?

– Si, bien sûr. Tous les parents rêvent que leurs enfants fassent médecine. Mais il aurait aussi aimé pouvoir transmettre son affaire à ses enfants, qu'on la reprenne tous ensemble. Ce qu'il aurait voulu, c'est sûr, c'est une réussite à la Naf Naf. Moi, je trouve que ce n'est pas ça l'important.

– Vous parlez du Sentier comme d'un bagne, ce n'est rien d'autre que ça ?

– Pas du tout. Le Sentier, pour moi, c'est l'énergie, c'est la créativité, c'est la rapidité à réagir. Qu'une présentatrice de télévision porte un chemisier – à l'époque, c'était Catherine Langeais ou Denise Fabre – et le lundi suivant, on le retrouvait en vitrine dans le Sentier ! Cela ne se voit nulle part ailleurs. Ces gens sont des pionniers, des innovateurs, mais aussi des esprits éclairés. Ils ont une dimension qui transcende le simple commerce, ils n'ont jamais fait simplement des robes. Je suis fier d'être un enfant du Sentier. »

Notre entretien s'achève. Mais alors que je m'apprête à saluer Jacques Ohana, le téléphone sonne : « Où es-tu ? Tu veux venir me voir aujourd'hui ? D'ailleurs, tu n'as pas un soin cet après-midi ? Bon, très bien alors viens à 17 heures, comme ça j'aurai le temps d'aller prendre un pot avec toi. »

Il raccroche. « C'est une danseuse du Crazy Horse, explique-t-il, elle avait très peur de se faire opérer. Alors il faut la rassurer, prendre du temps pour s'occuper d'elle. Ce n'est pas très différent du Sentier, moi aussi je dois bichonner les clientes ! »

Emmanuel Trink

Emmanuel Trink est avocat à la Cour. C'est dans son vaste et confortable cabinet de l'avenue Foch qu'il me reçoit. De prime abord, au téléphone, il est quelque peu surpris de la raison de mon appel. Sa réponse est embarrassée : « Que pourrais-je vous dire sur le Sentier ? J'en ai plutôt de mauvais souvenirs... Ce n'est pas par choix que mon père a fait ce métier... » Mais sous l'embarras perce, cependant, une pointe d'amusement. Soudain il éclate de rire. « Bon, d'accord, venez ! » Et il m'invite, avec une grande politesse, à le rappeler quelques jours plus tard.

Emmanuel Trink, bel homme, la cinquantaine, est d'une élégance extrême tant dans sa tenue – costume gris à la coupe parfaite – que dans ses manières, courtoises sans être apprêtées. Son père, m'explique-t-il, parlait le polonais, l'allemand et même un peu le français, dès avant la guerre. Issu d'une famille bourgeoise, il suit des études à l'université de Dantzig où il obtient un diplôme d'ingénieur en mécanique. Il fait même un stage dans une usine française de fabrication de locomotives. Mais la guerre arrive, et comme tous les Juifs il doit se cacher. Sa cachette n'est pas banale, puisqu'il passe une grande partie de la guerre en Roumanie sous la fausse identité d'un diplomate péruvien. Jusqu'au moment où le Pérou entre dans le conflit aux côtés des Alliés, ce qui vaut à M. Trink père quelques mois d'emprisonnement en Suisse. D'autres ont connu pire. Mais à la fin de la guerre, il n'a plus rien.

Il décide de venir en France où il rencontre bientôt sa femme qui, elle, est une rescapée du ghetto de Varsovie. C'est alors que n'ayant plus aucun moyen d'existence, il se reconvertit dans le textile grâce à l'un de ses amis qui possède une usine de vêtements en Belgique. Son travail consistera, pendant des années, à importer des vêtements fabriqués en Belgique et à les revendre ensuite aux commerçants français.

« Pour mon père, c'était une forme de déclassement, car il avait reçu l'éducation d'un homme de culture. Il jouait du violon, et quand j'étais petit, je me souviens même qu'il me faisait répéter mes leçons de latin, c'est dire… Vendre des vêtements dans le Sentier était à l'évidence une activité qui ne le passionnait guère. Mais il n'avait pas le choix, il fallait se battre pour survivre. Et puis, c'était un homme très bien élevé, très modeste, très discret qui ne s'est jamais plaint de sa situation. Il n'a jamais montré sa déception. Mais moi je la ressentais et j'ai toujours nourri une grande répulsion à l'égard de ce monde du Sentier. C'était si loin de ce que mon père aurait aimé faire, si loin aussi de ce que je voulais faire. Je me souviens encore du local sombre et encombré de marchandises – une sorte d'entrepôt – où je répétais mes leçons. C'était rue d'Uzès, une petite rue qui donne dans la rue des Jeûneurs… Aujourd'hui, on considère que faire des affaires a un sens, il y a même une forme de créativité dans cette activité. Tandis que pour mon père, c'était vraiment un pis-aller. Et puis, qu'est-ce que nous, les enfants, pouvions attendre d'une telle entreprise ? Elle n'était pas conçue pour durer, c'était simplement un moyen ponctuel de survie. Rien à voir avec ces grosses sociétés qu'on se transmet de génération en génération…

– Qu'est-ce qui vous a fait choisir la profession d'avocat ?

– Certainement deux choses. La première était d'avoir une activité intellectuelle qui permette à ma tête de fonctionner. Parce que j'avais vu qu'attendre le chaland dans une boutique de gros, ce n'était pas extraordinaire… Et puis je désirais un métier qui représente quelque chose socialement. Ma sœur, elle, a fait Sciences-Po et elle est devenue vice-présidente d'une importante banque d'affaires américaine. Enfant, mes parents avaient beau gagner correctement leur vie et témoigner une immense gratitude envers la France qui les avait accueillis, je ressentais confusément une forme de déracinement. Leur grand souci était de s'intégrer à la société française. Moi, il fallait absolument que je lui appartienne plus pleinement encore. La profession d'avocat, à l'époque – ça l'est beaucoup moins aujourd'hui – avait ses titres de noblesse…

– Alors le Sentier, oublié ?

– Non, pas oublié, la preuve. Mais c'est un monde à l'égard duquel je n'ai pas de tendresse particulière, même si la distance du temps peut me le rendre émouvant, comme à tout le monde, son enfance, sa jeunesse… La plus grande chose que je dois au Sentier c'est sans doute la possibilité d'en être sorti ! »

Ce qui n'est pas rien.

Annexes

Notes

Préface

1. Solange Montagné-Villette, *Le Sentier, un espace ambigu,* Masson, 1990.

Le Sentier avant le Sentier

1. Donatella Calabi, *Le Sentier-Bonne Nouvelle,* collection « Paris et son patrimoine », édité par l'Action artistique de la ville de Paris.
2. *Ibid.*
3. *Ibid.*
4. Dans son très bon livre : *Du Sentier à la Septième Avenue. Paris-New York, 1880-1980,* Le Seuil, 1998, auquel ce chapitre doit beaucoup. Voir aussi, de la même : *Les Travailleurs immigrés juifs à la Belle Époque,* Fayard, 1985.
5. Gallimard, collection « Série Noire ».
6. Edgar Morin, *Vidal et les siens,* Le Seuil, 1989.
7. Annie Benveniste, *Le Bosphore à la Roquette. La communuaté judéo-espagnole à Paris, 1914-1940,* L'Harmattan, 1989.
8. Auteur de plusieurs livres sur le génocide et l'Arménie, dont *Ouvrez-moi seulement les chemins d'Arménie : génocide aux déserts de l'inconscient.*
9. Nancy Green, *Les Travailleurs juifs..., op. cit.*

1970-1990 : le Sentier de la gloire

1. Solange Montagné-Villette, *Le Sentier..., op. cit.*
2. Nancy Green, *Du Sentier à la Septième Avenue, op. cit.*
3. Dramaturge. Auteur, entre autres, de la pièce *L'Atelier.*

4. *Le Nouvel Observateur,* 9-15 février 1989. Dossier spécial sur la réussite des séfarades.
5. Jean-Luc Porquet, *Les Clandestins,* Flammarion, 1997.
6. Voir, entre autres, *La Lutte contre les trafics de main-d'œuvre,* rapport au ministère des Affaires sociales et de la solidarité nationale, 1984-1985.
7. Solange Montagné-Villette, *Le Sentier..., op. cit.*
8. Jean-Luc Porquet, *op. cit.*
9. *French Confection,* FR3, 8 février 1980.

1990-2000 : des années de crise et de reconversion

1. *Libération,* 14 janvier 2000.
2. *Le Monde,* 8 mars 2000.
3. Odile Jacob, 1993. Entretiens avec Dominique Saudinos.
4. *Op. cit.*

Index

Crédits photographiques

Mémoires juives-Centre de documentation juive contemporaine (CDJC) : photos 1 (collection G. Sigel), 2 (collection Frydman), 3 (collection E. Morin), 5 (collection Zigelman), 6 (collection Zalcman), 7 (collection Perrot), 8 (collection Baron).

4 : coll. part. Roger Bromberg
9, 10, 16 et 17 : coll. part. Guy Vasseur
11, 13 et 14 : coll. part. Virginie Mihran
12 : Naf Naf
15 : coll. part. Maxi Librati
18 : coll. part. Victor Zigelman
19 : coll. part. Roger Norymberg
20, 21, 22, 23, 24, 25, 26, 27, 28, 29 : © Éditions Liana Levi
30 : © Gilles Plazy
31 : Agence France-Presse

Table des matières

1970-1990 : le Sentier de la gloire

1990-2000 : des années de reconversion

Quel avenir pour le Sentier ?

Post-scriptum : Le Sentier mène à tout

Annexes

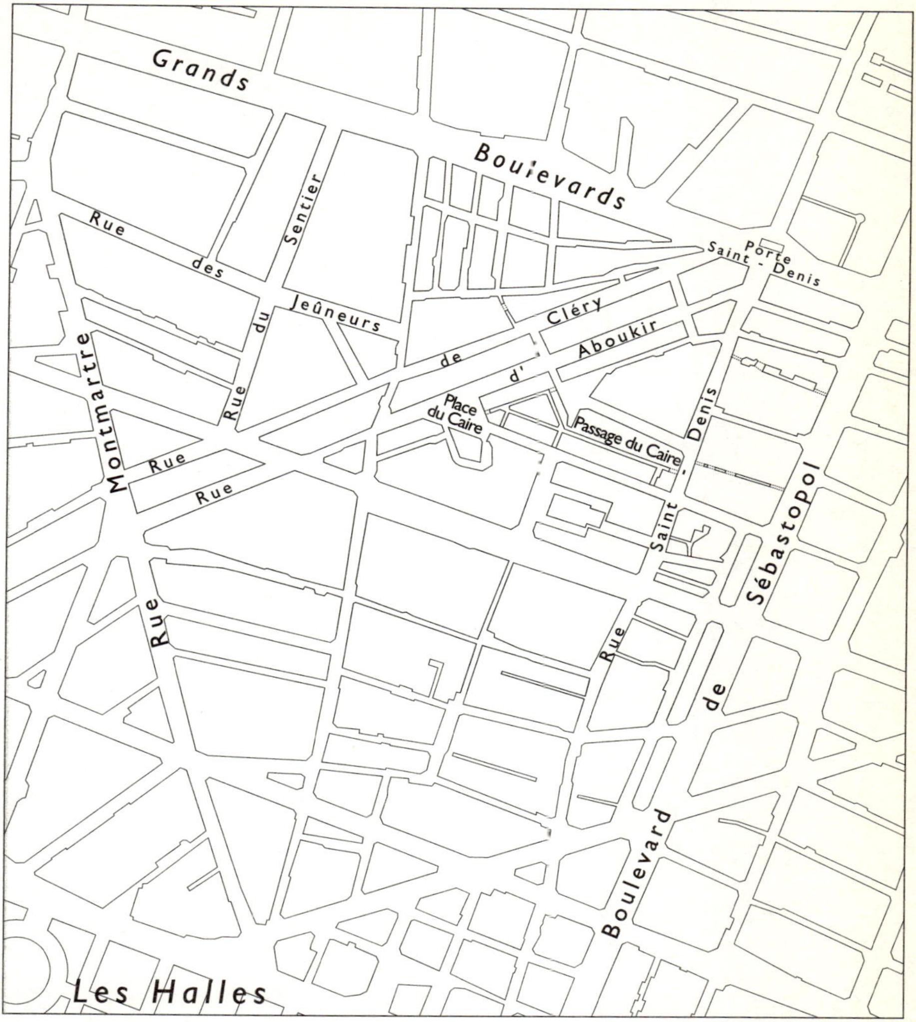

PLAN DU SENTIER

Achevé d'imprimer en novembre 2000
dans les ateliers de Normandie Roto Impression s.a.
61250 Lonrai
N°d'imprimeur : 002972
dépôt légal : novembre 2000